MORTE ᴅᴏs REIS

Obras do autor publicadas pela Editora Record

1356
Azincourt
O condenado
Stonehenge
O forte
Tolos e mortais

Trilogia As Crônicas de Artur

O rei do inverno
O inimigo de Deus
Excalibur

Trilogia A Busca do Graal

O arqueiro
O andarilho
O herege

Série As Aventuras de um Soldado nas Guerras Napoleônicas

O tigre de Sharpe (Índia, 1799)
O triunfo de Sharpe (Índia, setembro de 1803)
A fortaleza de Sharpe (Índia, dezembro de 1803)
Sharpe em Trafalgar (Espanha, 1805)
A presa de Sharpe (Dinamarca, 1807)
Os fuzileiros de Sharpe (Espanha, janeiro de 1809)
A devastação de Sharpe (Portugal, maio de 1809)
A águia de Sharpe (Espanha, julho de 1809)
O ouro de Sharpe (Portugal, agosto de 1810)
A fuga de Sharpe (Portugal, setembro de 1810)
A fúria de Sharpe (Espanha, março de 1811)
A batalha de Sharpe (Espanha, maio de 1811)
A companhia de Sharpe (Espanha, janeiro a abril de 1812)
A espada de Sharpe (Espanha, junho e julho de 1812)
O inimigo de Sharpe (Espanha, dezembro de 1812)

Série Crônicas Saxônicas

O último reino
O cavaleiro da morte
Os senhores do norte
A canção da espada
Terra em chamas
Morte dos reis
O guerreiro pagão
O trono vazio
Guerreiros da tempestade
O Portador do Fogo
A guerra do lobo
A espada dos reis
O senhor da guerra

Série As Crônicas de Starbuck

Rebelde
Traidor
Inimigo
Herói

BERNARD CORNWELL

MORTE DOS REIS

Tradução de
ALVES CALADO

13ª edição

EDITORA RECORD
RIO DE JANEIRO • SÃO PAULO
2025

CIP-BRASIL. CATALOGAÇÃO NA FONTE
SINDICATO NACIONAL DOS EDITORES DE LIVROS, RJ

C834m Cornwell, Bernard
13ª ed. Morte dos reis / Bernard Cornwell; tradução de Alves Calado. –
13ª ed. – Rio de Janeiro: Record, 2025.
(As crônicas saxônicas; v.6)

Tradução de: Death of Kings
Continuação de: Terra em chamas
ISBN 978-85-01-09830-6

1. Alfredo, Rei da Inglaterra, 849-899 – Ficção. 2. Grã-Bretanha – História – Alfredo, 871-899. 3. Ficção histórica inglesa. I. Alves Calado, Ivanir, 1953-. II. Título. III. Série.

12-1041

CDD: 823
CDU: 821.111-3

Título original em inglês:
DEATH OF KINGS

Copyright © Bernard Cornwell, 2011

Texto revisado segundo o Acordo Ortográfico da Língua Portuguesa de 1990.

Todos os direitos reservados. Proibida a reprodução, no todo ou em parte, através de quaisquer meios. Os direitos morais do autor foram assegurados.

Direitos exclusivos de publicação em língua portuguesa somente para o Brasil adquiridos pela
EDITORA RECORD LTDA.
Rua Argentina, 171 – Rio de Janeiro, RJ – 20921-380 – Tel.: (21) 2585-2000, que se reserva a propriedade literária desta tradução.

Impresso no Brasil

ISBN 978-85-01-09830-6

Seja um leitor preferencial Record.
Cadastre-se no site www.record.com.br e receba informações sobre nossos lançamentos e nossas promoções.

EDITORA AFILIADA

Atendimento e venda direta ao leitor:
sac@record.com.br.

Morte dos reis
é para
Anne LeClaire,
romancista e amiga,
que sugeriu a frase de abertura.

NOTA DE TRADUÇÃO

Mantive a grafia de muitas palavras como no original, e até mesmo deixei de traduzir algumas, porque o autor as usa intencionalmente num sentido arcaico, como Yule (que atualmente indica as festas natalinas mas originalmente, e no livro, é um ritual pagão) ou burh (burgo). Além disso mantive algumas denominações sociais, como earl (atualmente traduzido como "conde", mas o próprio autor o especifica como um título dinamarquês — mais tarde equiparado ao de conde, usado na Europa continental), thegn, reeve, e outros que são explicados na série de livros). Por outro lado, traduzi lord sempre como "senhor", jamais como lorde, que remete à monarquia inglesa posterior e não à estrutura medieval. Hall foi traduzido ora como "castelo", ora como "salão", na medida em que a maioria dos castelos da época era apenas um enorme salão de madeira coberto de palha, com uma plataforma elevada para a mesa dos comensais do senhor; o resto do espaço tinha o chão simplesmente forrado de juncos. Britain foi traduzido como Britânia (opção igualmente aceita mas pouco usada) para não confundir com a Bretanha, no norte da França (Brittany), mesmo recurso usado na tradução da série *As Crônicas de Artur*, do mesmo autor.

Sumário

Mapa 9

Topônimos 11

Árvore Genealógica da
Família Real de Wessex 15

Primeira Parte
A feiticeira 17

Segunda Parte
A morte de um rei 159

Terceira Parte
Anjos 237

Quarta Parte
Morte no inverno 297

Nota Histórica 371

Mapa

Topônimos

A GRAFIA DOS TOPÔNIMOS na Inglaterra anglo-saxã era incerta, sem qualquer consistência ou concordância, nem mesmo quanto ao nome em si. Assim, Londres era grafado como Lundonia, Lundenberg, Lundenne, Lundene, Lundenwic, Lundenceaster e Lundres. Sem dúvida alguns leitores preferirão outras versões dos nomes listados abaixo, mas em geral empreguei a grafia utilizada no *Oxford Dictionary of English Place-Names* ou no *Cambridge Dictionary of English Place-Names* para os anos mais próximos a 900 d.C., mas nem mesmo essa solução é à prova de erros. A ilha de Hayling, em 956, era grafada tanto como Heilincigae quanto como Hæglingaiggæ. E eu mesmo não fui consistente; preferi a grafia moderna Nortúmbria a Norðhymbralond para evitar a sugestão de que as fronteiras do antigo reino coincidiam com as do condado moderno. Desse modo, a lista, assim como as grafias, é resultado de um capricho.

BADDAN BYRG	Badbury Rings, Dorset
BEAMFLEOT	Benfleet, Essex
BEBBANBURG	Bamburgh, Northumberland
BEDANFORD	Bedford, Bedfordshire
BLANEFORD	Blandford Forum, Dorset
BUCCINGAHAMM	Buckingham, Bucks
BUCHESTANES	Buxton, Derbyshire
CEASTER	Chester, Cheshire
CENT	Condado de Kent
CIPPANHAMM	Chippenham, Wiltshire

CIRRENCEASTRE	Cirencester, Gloucestershire
CONTWARABURG	Canterbury, Kent
CRACGELAD	Cricklade, Wiltshire
CUMBRALAND	Cumberland
CYNINGES TUN	Kingston sobre o Tâmisa, Grande Londres
CYTRINGAN	Kettering, Northants
DUMNOC	Dunwich, Suffolk
DUNHOLM	Durham, Condado de Durham
EANULFSBIRIG	St Neot, Cambridgeshire
ELEG	Ely, Cambridgeshire
EOFERWIC	York
EXANCEASTER	Exeter, Devon
FAGRANFORDA	Fairford, Gloucestershire
FEARNHAMME	Farnham, Surrey
FIFHIDAN	Fyfield, Wiltshire
FUGHELNESS	Ilha de Foulness, Essex
GEGNESBURH	Gainsborough, Lincolnshire
GLEAWECESTRE	Gloucester, Cambridgeshire
GRANTANCEASTER	Cambridge, Cambridgeshire
HOTHLEGE, RIO	Hadleigh Ray, Essex
HROFECEASTRE	Rochester, Kent
HUMBRE, RIO	Rio Humber
HUNTANDON	Huntingdon, Cambridgeshire
LICCELFELD	Lichfield, Staffordshire
LINDISFARENA	Lindisfarne (Ilha Sagrada), Northumberland
LUNDENE	Londres
MEDWÆG, RIO	Rio Medway, Kent
NATANGRAFUM	Notgrove, Gloucestershire
OXNAFORDA	Oxford, Oxfordshire
RATUMACOS	Rouen, Normandia, França
ROCHECESTRE	Wroxeter, Shropshire
SÆFERN	Rio Severn
SARISBERIE	Salisbury, Wiltshire
SCEAFTESBURI	Shaftesbury, Dorset
SCEOBYRIG	Shoebury, Essex

SCROBBESBURH	Shrewsbury, Shropshire
SNOTENGAHAM	Nottingham, Nottinghamshire
SUMORSÆTE	Somerset
TEMES, RIO	Rio Tâmisa
THORNSÆTA	Dorset
TOFECEASTER	Towcester, Northamptonshire
TRENTE, RIO	Rio Trent
TURCANDENE	Turkdean, Gloucestershire
TWEOXNAM	Christchurch, Dorset
WESTUNE	Whitchurch, Shropshire
WILTUNSCIR	Wiltshire
WINBURNAN	Winbnorne, Dorset
WINTANCEASTER	Winchester, Hampshire
WYGRACEASTER	Worcester, Worcestershire

A Família Real de Wessex

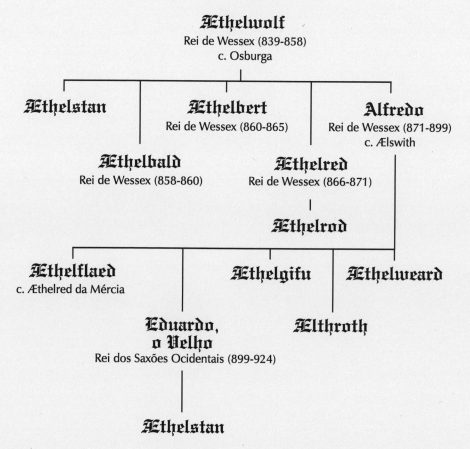

Primeira Parte

A feiticeira

Um

— Todo dia é um dia comum — disse o padre Willibald — até o momento que não é mais. — Ele deu um sorriso feliz, como se achasse que eu consideraria significativo o que acabara de dizer, e pareceu desapontado quando não respondi. — Todo dia... — recomeçou ele.

— Ouvi sua sandice — rosnei.

— ...até o momento que não é mais — terminou ele debilmente. Eu gostava de Willibald, mesmo ele sendo um padre. Havia sido um dos meus tutores na infância e agora eu o considerava um amigo. Era gentil, sério, e, se os humildes realmente herdarem a terra, Willibald será rico além da conta.

E todo dia é um dia comum até que alguma coisa muda, e aquela fria manhã de domingo parecera perfeitamente comum até que os idiotas tentaram me matar. Fazia frio demais. Tinha chovido durante a semana, mas naquela manhã as poças congelaram e uma geada dura branqueava o capim. O padre Willibald havia chegado logo depois do alvorecer e me descobrira na campina.

— Não conseguimos encontrar sua propriedade ontem à noite — disse para explicar o aparecimento matutino, tremendo —, por isso ficamos no mosteiro de São Rumwold. — E fez um gesto vago para o sul. — Estava frio, lá.

— Aqueles monges são uns desgraçados malignos — eu disse. Deveria entregar uma carroça de lenha todas as semanas no mosteiro de São Rumwold, mas ignorava esse dever. Os monges podiam cortar a própria lenha. — Quem foi Rumwold? — perguntei a Willibald. Eu sabia a resposta, mas queria arrastar Willibald através dos espinheiros.

— Foi uma criança muito devota, senhor.

— Uma criança?

— Um bebê — disse ele, suspirando ao ver para onde a conversa iria. — Tinha apenas 3 dias quando morreu.

— Um bebê de 3 dias é um santo?

Willibald balançou as mãos.

— Milagres acontecem, senhor. Acontecem mesmo. Dizem que o pequenino Rumwold cantava louvores a Deus sempre que mamava.

— Eu sinto a mesma coisa quando seguro um peito — eu disse. — Isso faz de mim um santo?

Willibald estremeceu, depois, sensatamente, mudou de assunto:

— Trouxe uma mensagem do ætheling — disse, falando de Eduardo, o filho mais velho do rei Alfredo.

— Então diga.

— Agora ele é o rei de Cent — respondeu Willibald, feliz.

— Ele mandou você até aqui para me falar isso?

— Não, não. Achei que talvez o senhor não tivesse ouvido dizer.

— Claro que ouvi. — Alfredo, rei de Wessex, tornara seu filho mais velho rei de Cent, o que significava que Eduardo podia treinar como rei sem causar muitos danos, já que Cent, afinal de contas, fazia parte de Wessex. — Ele já arruinou Cent?

— Claro que não — respondeu Willibald. — Mas... — E parou abruptamente.

— Mas o quê?

— Ah, não é nada — respondeu airosamente e fingiu se interessar pelas ovelhas. — Quantas ovelhas pretas o senhor tem?

— Eu poderia segurar você pelos tornozelos e sacudi-lo até a notícia cair — sugeri.

— É só que Eduardo, bem... — Ele hesitou, depois decidiu que era melhor contar, para o caso de eu realmente sacudi-lo pelos tornozelos. — É só que ele queria se casar com uma garota em Cent e o pai dele não concordou. Mas isso realmente não é importante!

Gargalhei. Então o jovem Eduardo não era exatamente o herdeiro perfeito, afinal de contas.

— Eduardo está causando tumulto, não é?

— Não, não! Isso foi meramente uma fantasia de juventude e agora já é história. O pai o perdoou.

Não perguntei mais nada, porém deveria ter prestado mais atenção àquela pequena fofoca.

— E qual é a mensagem do jovem Eduardo? — perguntei. Estávamos no pasto de baixo da minha propriedade em Buccingahamm, no leste da Mércia. Na verdade a terra era de Æthelflaed, mas ela havia me concedido o arrendamento de comida, e a propriedade era grande o bastante para sustentar trinta guerreiros domésticos, a maioria dos quais estava na igreja naquela manhã. — E por que você não está na igreja? — perguntei a Willibald antes que ele pudesse responder à primeira pergunta. — É dia de festa, não é?

— De santo Ælfnoth — disse ele, como se isso fosse um petisco especial —, mas eu queria encontrar o senhor! — Ele parecia empolgado. — Tenho notícias do rei Eduardo para o senhor. Todo dia é um dia comum...

— Até o momento que não é mais — interrompi bruscamente.

— Sim, senhor — disse ele debilmente, depois franziu a testa, perplexo. — Mas o que o senhor está fazendo?

— Olhando ovelhas — respondi, e era verdade. Estava olhando duzentas ovelhas ou mais, que me olhavam de volta e baliam pateticamente.

Willibald se virou para olhar o rebanho de novo.

— Belos animais — elogiou, como se soubesse do que estava falando.

— É só carne e lã — respondi —, e estou escolhendo as que vão viver e as que vão morrer. — Era a época da matança, os dias cinzentos em que nossos animais são abatidos. Nós mantemos alguns vivos para que procriem na primavera, mas a maioria precisa morrer porque não há forragem suficiente para manter rebanhos inteiros vivos durante o inverno. — Olhe as costas delas — disse a Willibald —, porque a geada derrete mais rápido na lã dos animais mais saudáveis, de modo que são esses que a gente deixa viver. — Levantei seu chapéu de lã e desgrenhei seu cabelo, que estava ficando grisalho. — Não há geada em você — disse animado —, caso contrário eu teria que cortar sua garganta. — Apontei para uma ovelha com um chifre quebrado. — Mantenha aquela!

A feiticeira

— Já vi, senhor — respondeu o pastor.

Era um homenzinho nodoso com uma barba que escondia metade do rosto. Ele rosnou para seus dois cães ficarem onde estavam, depois entrou no meio do rebanho e usou seu cajado para puxar a ovelha, arrastando-a para a borda do campo e levando-a para perto do rebanho menor que estava na extremidade mais distante do pasto. Um dos cães, um bicho hirsuto e com a pele cheia de cicatrizes, mordiscou os calcanhares da ovelha até que o pastor o repreendeu. Ele não precisava da minha ajuda para escolher quais animais deveriam viver e quais deveriam morrer. Cuidava de rebanhos desde que era criança, mas um senhor que ordena que seus animais sejam mortos lhes deve o pequeno respeito de passar algum tempo com eles.

— O dia do juízo — disse Willibald, puxando o chapéu sobre as orelhas.

— Quantas são? — perguntei ao pastor.

— Jiggit e mumph, senhor — disse ele.

— Isso basta?

— Basta, senhor.

— Então mate o resto.

— Jiggit e mumph? — perguntou Willibald, ainda tremendo.

— Vinte e cinco — respondi. — Yain, tain, tether, mether, mumph. É como os pastores contam. Não sei por quê. O mundo é cheio de mistérios. Já me disseram que algumas pessoas inclusive acreditam que um bebê de 3 dias é santo.

— Não se deve zombar de Deus, senhor — disse o padre Willibald, tentando se mostrar sério.

— Eu zombo. Mas o que o jovem Eduardo quer?

— Oh, é extremamente empolgante — começou Willibald cheio de entusiasmo, depois parou porque eu havia levantado a mão.

Os dois cães do pastor estavam rosnando. Ambos tinham se deitado e olhavam para o sul, na direção de um bosque. Havia começado a cair uma nevasca misturada com chuva. Olhei para as árvores, mas não podia ver nada de ameaçador no meio dos galhos pretos do inverno ou entre os arbustos de azevinho.

— Lobos? — perguntei ao pastor.

— Não vejo um lobo desde o ano em que a velha ponte caiu, senhor — respondeu ele.

Os pelos nos pescoços dos cães se eriçaram. O pastor aquietou-os estalando a língua, depois deu um assobio curto e agudo e um dos cães correu para o bosque. O outro gemeu, querendo ser liberado, mas o pastor fez um som baixo e o cão ficou quieto de novo.

O animal que corria fez uma curva em direção às árvores. Era uma fêmea e conhecia o trabalho. Saltou sobre uma vala coberta por uma crosta de gelo e desapareceu em meio ao azevinho, então latiu de repente e reapareceu saltando de novo por cima da vala. Por um momento parou, virada para as árvores, depois começou a correr de novo quando uma flecha voou das sombras do bosque. O pastor deu um assobio agudo e a cadela correu de volta para nós enquanto a flecha caía inofensivamente atrás dela.

— Fora da lei — eu disse.

— Ou homens procurando cervos — respondeu o pastor.

— Meus cervos. — Continuei olhando para as árvores. Por que caçadores ilegais atirariam uma flecha contra um cão pastor? Fariam melhor fugindo. Seriam simplesmente caçadores idiotas?

Agora a neve misturada com chuva caía mais forte, soprada por um frio vento leste. Eu usava uma grossa capa de pele, botas altas e um chapéu de pele de raposa, por isso não sentia frio, mas Willibald, com o manto preto de sacerdote, tremia apesar da capa e do chapéu de lã.

— Devo levá-lo de volta ao salão — eu disse. — Na sua idade você não deveria ficar ao ar livre durante o inverno.

— Eu não esperava chuva. — Willibald parecia estar sofrendo.

— Ao meio-dia vai ter neve — disse o pastor.

— Você tem uma cabana aqui perto? — perguntei a ele.

O homem apontou para o norte.

— Logo depois do bosque. — Ele apontava para um denso agrupamento de árvores através do qual havia um caminho.

— Tem fogo lá?

— Sim, senhor.

A feiticeira

— Leve-nos. — Eu deixaria Willibald junto ao fogo e lhe arranjaria uma capa de verdade e um cavalo dócil para levá-lo de volta ao salão.

Andamos para o norte e os cães rosnaram de novo. Virei-me para olhar em direção ao sul e de repente havia homens na borda da floresta. Um linha irregular de homens que nos encaravam.

— Você os conhece? — perguntei ao pastor.

— Não são daqui, senhor, e eddera-a-dix — respondeu, querendo dizer que eram 13. — Isso dá azar, senhor. — Ele fez o sinal da cruz.

— O que... — começou o padre Willibald.

— Quieto — eu disse. Agora os dois cães do pastor estavam rosnando. — São fora da lei — supus, ainda olhando os homens.

— Santo Alnoth foi assassinado por homens fora da lei — comentou Willibald, preocupado.

— Então nem tudo que os fora da lei fazem é ruim — retruquei. — Mas esses são idiotas.

— Idiotas?

— Em nos atacar. Serão caçados e estripados.

— Se não formos mortos primeiro — disse Willibald.

— Ande!

Empurrei-o na direção das árvores ao norte e encostei a mão no punho da espada antes de segui-lo. Não estava usando Bafo de Serpente, minha grande espada de guerra, e sim uma inferior, mais leve, tirada de um dinamarquês que eu havia matado mais cedo, naquele ano, em Bleamfleot. Era uma espada boa, mas naquele momento desejei ter Bafo de Serpente presa à cintura. Olhei para trás. Os 13 homens estavam atravessando a vala para nos seguir. Dois tinham arcos. O restante parecia armado com machados, facas ou lanças. Willibald era lento e já estava ofegando.

— Quem são eles? — ofegou.

— Bandoleiros? — sugeri. — Vagabundos? Não sei. Corra!

Empurrei-o para as árvores, depois tirei a espada da bainha e me virei para encarar os perseguidores, um dos quais pegou uma flecha na sacola presa à cintura. Isso me convenceu a seguir Willibald para dentro do bosque. A flecha passou por mim e atravessou o mato baixo. Eu não usava cota de malha, só a grossa capa de pele que não oferecia proteção contra uma flecha de caçador.

— Continue correndo — gritei para Willibald, depois segui mancando pelo caminho.

Eu havia sido ferido na coxa direita na batalha de Ethandun e, mesmo que pudesse andar e até mesmo correr lentamente, sabia que não conseguiria ir mais rápido que os homens que agora estavam atrás de mim, ao alcance de um disparo de flecha. Apressei-me pelo caminho enquanto uma segunda flecha era desviada por um galho e caía fazendo barulho entre as árvores. Todo dia é um dia comum, pensei, até que fica interessante. Meus perseguidores não podiam me ver em meio aos troncos escuros e os densos arbustos de azevinho, mas presumiram que eu havia seguido Willibald, por isso seguiram em frente enquanto eu me agachava no denso mato baixo, escondido pelas folhas brilhantes de um azevinho e pela capa que eu havia puxado sobre o cabelo louro e o rosto. Os perseguidores passaram por meu esconderijo sem olhar. Os dois arqueiros estavam na frente.

Deixei-os avançar um bocado, depois fui atrás. Tinha-os ouvido falar enquanto passavam e sabia que eram saxões, provavelmente da Mércia, pelo sotaque. Ladrões, presumi. Uma estrada romana passava pela floresta densa ali perto e os homens sem senhores assombravam as florestas para emboscar viajantes que, para se proteger, deslocavam-se em grupos grandes. Por duas vezes eu havia caçado esses bandidos com meus guerreiros e achava que os persuadira a ganhar a vida longe da minha propriedade, mas não podia pensar em quem mais esses homens seriam. No entanto, esses tipos de vagabundos não costumavam invadir as propriedades. Os pelos na minha nuca ainda estavam eriçados.

Movi-me com cautela enquanto me aproximava da borda das árvores, depois vi os homens ao lado da cabana do pastor, que parecia um monte de capim. Ele tinha feito a palhoça com galhos cobertos de terra e grama, deixando um buraco no centro para a fumaça do fogo escapar. Não havia sinal do pastor, mas Willibald fora capturado, embora ainda estivesse incólume, talvez protegido por ser padre. Um homem o segurava. Os outros deviam ter percebido que eu continuava no meio das árvores, porque olhavam na direção do mato que me escondia.

Então, de repente, os dois cães do pastor apareceram vindos da minha esquerda e correram uivando na direção dos 13 homens. Os cachorros corriam depressa e eram ágeis, circulando o grupo e às vezes saltando na direção deles e batendo com os dentes antes de se afastar rapidamente. Só um homem tinha uma espada, mas era desajeitado com a arma, brandindo-a na direção da cadela quando ela se aproximava e errando-a pela distância de um braço. Um dos dois arqueiros pôs uma flecha na corda. Puxou-a e de repente caiu para trás, como se atingido por um martelo invisível. Tombou esparramado na grama enquanto sua flecha saltava para o céu e caía inofensiva nas árvores atrás de mim. Os cães, agora com as patas da frente no chão, mostraram os dentes e rosnaram. O arqueiro caído se remexeu, mas evidentemente não conseguia ficar de pé. Os outros homens pareciam amedrontados.

O segundo arqueiro levantou sua arma, depois se encolheu, largando o arco para cobrir o rosto, e eu vi uma fagulha de sangue ali, brilhante como as frutinhas do azevinho. O borrão de cor era nítido na manhã de inverno, depois sumiu, e o homem estava agarrando o rosto e se dobrando de dor. Os cães latiram, depois saltaram de volta para as árvores. A chuva caía mais forte, fazendo barulho ao bater nos galhos. Dois dos homens partiram na direção da cabana do pastor, mas foram chamados de volta por seu líder. Ele era mais jovem que os outros e parecia mais próspero, ou pelo menos não tão pobre. Tinha rosto fino, olhos rápidos e barba curta e loura. Usava um gibão de couro gasto, mas por baixo era possível ver uma cota de malha.

— Senhor Uhtred! — gritou ele.

Não respondi. Estava bem escondido, pelo menos por enquanto, mas sabia que teria de me mover se eles revistassem o bosque. Porém, o que quer que houvesse tirado sangue deles estava deixando-os nervosos. O que seria? Tinham de ser os deuses, pensei, ou talvez o santo cristão. Alnoth devia odiar os fora da lei se fora assassinado por eles, e eu não duvidava que esses homens eram fora da lei mandados para me matar. Isso não era surpreendente porque, naqueles dias, eu tinha um bocado de inimigos. Ainda tenho inimigos, mas agora vivo atrás da paliçada mais forte do norte da Inglaterra. Naqueles tempos distantes, porém, no inverno de 898, não existia Inglaterra. Existia a Nortúmbria e a Ânglia Oriental, a Mércia e

Wessex, e as duas primeiras eram governadas pelos dinamarqueses, Wessex era saxã e a Mércia era uma bagunça, parte dinamarquesa e parte saxã. E eu era como a Mércia, porque havia nascido saxão e fora criado como dinamarquês. Ainda cultuava os deuses dinamarqueses, mas o destino me condenara a ser um escudo dos cristãos saxões contra a ameaça sempre presente dos pagãos dinamarqueses. Assim, boa parte dos dinamarqueses me queria morto, mas eu não podia imaginar um inimigo dinamarquês contratando fora da lei mércios para me emboscar. Também havia saxões que adorariam ver meu cadáver enterrado. Meu primo Æthelred, senhor da Mércia, pagaria bem para ver minha sepultura ser preenchida, mas certamente ele mandaria guerreiros, e não bandidos, não? No entanto, parecia o homem mais provável. Era casado com Æthelflaed, filha de Alfredo de Wessex, mas eu tinha plantado chifres na cabeça de Æthelred e achava que ele havia retribuído o favor mandando 13 fora da lei.

— Senhor Uhtred! — gritou o rapaz de novo, mas a única resposta foi um súbito balido em pânico.

As ovelhas vinham pelo caminho, atravessando o bosque, apressadas pelos dois cães que mordiscavam seus tornozelos para impeli-las mais depressa na direção dos 13 homens. E assim que as ovelhas chegaram aos homens os cães correram em volta, ainda mordendo e arrebanhando os animais num círculo apertado que envolveu os fora da lei. Eu estava rindo. Eu era Uhtred de Bebbanburg, o homem que havia matado Ubba junto ao mar e que destruíra o exército de Haesten em Beamfleot, mas nessa manhã fria de domingo era o pastor que se mostrava o melhor comandante militar. Seu rebanho em pânico estava apinhado ao redor dos fora da lei que mal conseguiam se mover. Os cães uivavam, as ovelhas baliam e os 13 homens entravam em desespero.

Saí do meio do mato.

— Estão me procurando? — gritei.

A reação do rapaz foi tentar vir na minha direção, mas as ovelhas o atrapalhavam. Ele chutou-as, depois golpeou para baixo com a espada, mas quanto mais lutava, mais apavoradas ficavam as ovelhas, e o tempo todo os cães as arrebanhavam para dentro. O rapaz xingou, depois puxou Willibald.

— Deixe-nos ir ou vamos matá-lo — disse.

— Ele é cristão — respondi, mostrando o martelo de Tor que pendia no meu pescoço. — Então por que vou me importar se você o matar?

Willibald me olhou horrorizado, então se virou quando um dos homens gritou de dor. De novo houve um súbito clarão de sangue vermelho como azevinho em meio à chuva com neve, e desta vez vi o que havia causado aquilo. Não eram os deuses nem o santo assassinado, e sim o pastor que saíra das árvores e segurava uma funda. Ele pegou uma pedra numa bolsa, colocou-a na concha de couro e girou a funda de novo. A arma zumbiu, o pastor soltou uma das cordas e outra pedra voou, acertando um homem.

Eles se viraram em puro pânico e eu fiz um gesto para o pastor deixá-los ir. Ele assobiou chamando os cães e os homens e as ovelhas se espalharam. Os homens correram, com exceção do primeiro arqueiro que ainda estava no chão, atordoado pela pedra que acertara sua cabeça. O rapaz, mais corajoso que os outros, veio na minha direção, talvez achando que os companheiros iriam ajudá-lo, então percebeu que estava sozinho. Uma expressão de puro medo atravessou seu rosto. Ele se virou, e nesse momento a cadela saltou sobre ele, cravando os dentes no braço que segurava a espada. Ele gritou, depois tentou sacudi-la enquanto o cachorro saltava para se juntar à companheira. Ainda gritava quando eu o acertei na nuca com a parte chata da minha espada.

— Pode chamar os cães agora — eu disse ao pastor.

O primeiro arqueiro ainda estava vivo, mas havia um grande pedaço de cabelo sujo de sangue acima da orelha direita. Chutei-o com força nas costelas e ele gemeu, mas estava insensível. Dei seu arco e a sacola de flechas ao pastor.

— Qual é o seu nome?

— Egbert, senhor.

— Agora você é um homem rico, Egbert — eu disse, e desejei que fosse verdade. Eu recompensaria bem Egbert pelo trabalho desta manhã, mas eu já não era rico. Tinha gastado meu dinheiro com os homens, as cotas de malha e as armas necessárias para derrotar Haesten, e naquele inverno estava desesperadamente pobre.

Os outros fora da lei haviam desaparecido, voltando para o norte. Willibald tremia.

— Eles estavam procurando por ele, senhor — disse com os dentes tremendo. — Foram pagos para matá-lo.

Parei junto ao arqueiro. A pedra do pastor havia partido seu crânio e eu podia ver um pedaço de osso lascado no meio do cabelo sujo de sangue. Um dos cães do pastor veio farejar o ferido e eu dei um tapinha em seu pelo grosso e duro.

— São bons cães — disse a Egbert.

— Matadores de lobos, senhor — explicou ele, e depois levantou a funda —, mas isso é melhor.

— Você é bom com ela — respondi. Isso era dizer pouco. O sujeito era letal.

— Venho treinando há 25 anos, senhor. Nada melhor que uma pedra para espantar um lobo.

— Eles foram pagos para me matar? — perguntei a Willibald.

— Foi o que disseram. Que foram pagos para matá-lo.

— Entre na cabana, esquente-se. — Virei-me para o rapaz que estava sendo vigiado pelo cão maior. — Qual é o seu nome?

Ele hesitou, depois disse de má vontade:

— Wærfurth, senhor.

— E quem contratou você para me matar?

— Não sei, senhor.

E pelo jeito não sabia mesmo. Wærfurth e seus homens tinham vindo de perto de Tofeceaster, um povoado que não ficava muito longe, ao norte, e Wærfurth me disse que um homem prometera pagar meu peso em prata em troca da minha morte. O sujeito havia sugerido uma manhã de domingo, sabendo que boa parte dos meus homens estaria na igreja, e Wærfurth recrutara uma dúzia de vagabundos para o serviço. Devia saber que era um risco enorme, porque não me faltava fama, mas a recompensa era gigantesca.

— Esse homem era dinamarquês ou saxão? — perguntei.

— Saxão, senhor.

— E você não o conhece?

— Não, senhor.

Interroguei-o mais, porém ele só foi capaz de me dizer que o homem era magro, careca e havia perdido um olho. A descrição significava pouco para mim. Um careca com um olho só? Poderia ser praticamente qualquer pessoa. Fiz perguntas até esgotar as respostas inúteis de Wærfurth, depois enforquei-o junto com o arqueiro.

E Willibald me mostrou o peixe mágico.

Uma delegação esperava no meu salão. Dezesseis homens vieram da capital de Alfredo em Wintanceaster, e entre eles havia nada menos do que seis padres. Dois, como Willibald, vinham de Wessex, e o outro par era de mércios que aparentemente tinham se estabelecido na Ânglia Oriental. Eu os conhecia, mas a princípio não os reconheci. Eram gêmeos, Ceolnoth e Ceolberth, e cerca de trinta anos antes tinham sido reféns comigo na Mércia. Éramos crianças capturadas pelos dinamarqueses, um destino que me agradou e que os gêmeos odiaram. Agora tinham quase 40 anos e eram idênticos, de corpo atarracado, rosto redondo e barba ficando grisalha.

— Nós observamos seu progresso — disse um deles.

— Com admiração — terminou o outro. Na infância eu não sabia diferenciá-los, e continuava sem conseguir. Cada um terminava as frases do outro.

— Admiração — disse um.

— Relutante — acrescentou o gêmeo.

— Relutante? — perguntei em tom hostil.

— É sabido que Alfredo está desapontado.

— Porque o senhor recusa a fé verdadeira, mas...

— Rezamos diariamente pelo senhor!

O último par de padres, ambos saxões, eram homens de Alfredo. Tinham ajudado a compilar seu código de leis e pareciam ter vindo me aconselhar. Os outros 11 homens eram guerreiros, cinco da Ânglia Oriental e seis de Wessex, e haviam escoltado os padres em suas viagens.

E tinham trazido o peixe mágico.

— O rei Eohric — disse Ceolnoth ou Ceolberht.

— Deseja uma aliança com Wessex — terminou o outro gêmeo.

— E com a Mércia!

— Os reinos cristãos, o senhor sabe.

— E o rei Alfredo e o rei Eduardo — disse Willibald, continuando a história — mandaram um presente para o rei Eohric.

— Alfredo ainda vive? — perguntei.

— Graças a Deus, sim — respondeu Willibald —, mas está doente.

— Muito próximo da morte — interveio um dos padres saxões ocidentais.

— Alfredo nasceu próximo da morte — eu disse — e desde que o conheço está morrendo. Ainda vai viver dez anos.

— Queira Deus — respondeu Willibald, e fez o sinal da cruz. — Mas está com 50 anos, e com dificuldades. Está morrendo mesmo.

— Motivo pelo qual busca essa aliança — continuou o padre saxão ocidental. — E motivo pelo qual o senhor Eduardo lhe faz este pedido.

— O rei Eduardo — corrigiu Willibald.

— Então quem está me requisitando? — perguntei. — Alfredo de Wessex ou Eduardo de Cent?

— Eduardo — disse Willibald.

— Eohric — falaram juntos Ceolnoth e Ceolberht.

— Alfredo — disse o padre saxão ocidental.

— Todos eles — acrescentou Willibald. — Isso é importante para todos eles, senhor!

Eduardo, Alfredo ou ambos queriam que eu fosse até o rei Eohric da Ânglia Oriental. Eohric era dinamarquês, mas havia se convertido ao cristianismo e tinha mandado os gêmeos a Alfredo, propondo que uma grande aliança deveria ser feita entre as partes cristãs da Britânia.

— O rei Eohric sugeriu que o senhor negociasse o tratado — disse Ceolnoth ou Ceolberht.

— Com o nosso conselho — emendou rapidamente um dos padres saxões ocidentais.

— Por que eu? — perguntei aos gêmeos.

Willibald respondeu por eles:

— Quem conhece a Mércia e Wessex melhor que o senhor?

— Muitos homens — respondi.

— E onde o senhor comandar esses homens seguirão — disse Willibald.

A feiticeira

Estávamos a uma mesa onde havia cerveja, pão, queijo, caldo de carne com legumes e maçãs. A lareira central estava acesa com um grande fogo cuja luz tremeluzia nas traves enegrecidas pela fumaça. O pastor acertara e a chuva havia se transformado em neve e alguns flocos caíam pelo buraco da fumaça no telhado. Lá fora, para além da paliçada, Wærfurth e o arqueiro estavam pendurados no galho nu de um olmo, e seus corpos serviam de comida para as aves famintas. A maioria dos meus homens estava no salão, ouvindo a conversa.

— É uma época estranha do ano para fazer tratados — eu disse.

— Alfredo tem pouco tempo — respondeu Willibald — e deseja essa aliança, senhor. Se todos os cristãos da Britânia se unirem, o trono do jovem Eduardo será protegido quando ele herdar a coroa.

Fazia sentido, mas por que Eohric desejaria essa aliança? Eohric da Ânglia Oriental estivera em cima do muro entre cristãos e pagãos, dinamarqueses e saxões, desde que eu podia lembrar, mas agora queria proclamar a aliança com os cristãos saxões?

— Por causa de Cnut Ranulfson — explicou um dos gêmeos quando fiz a pergunta.

— Ele trouxe homens para o sul — disse o outro gêmeo.

— Para as terras de Sigurd Thorrson — confirmei. — Eu sei, mandei essa notícia a Alfredo. E Eohric teme Cnut e Sigurd?

— Teme — respondeu Ceolnoth ou Ceolberht.

— Cnut e Sigurd não vão atacar agora — eu disse — e sim na primavera, talvez. — Cnut e Sigurd eram dinamarqueses da Nortúmbria e, como todos os dinamarqueses, seu sonho constante era capturar todas as terras onde se falava inglês. Os invasores haviam tentado isso repetidamente, mas sempre fracassaram. Mas outra tentativa era inevitável porque o coração de Wessex, que era o grande bastião do cristianismo saxão, encontrava-se combalido. Alfredo estava morrendo e sua morte certamente traria espadas e fogo pagãos à Mércia e a Wessex. — Mas por que Cnut ou Sigurd atacariam Eohric? — perguntei. — Eles não querem a Ânglia Oriental, querem a Mércia e Wessex.

— Eles querem tudo — respondeu Ceolnoth ou Ceolberht.

— E a fé verdadeira será expulsa da Britânia a não ser que a defendamos — disse o mais velho dos dois padres saxões ocidentais.

— Motivo pelo qual imploramos que o senhor forje a aliança — disse Willibald.

— Na festa de Natal — acrescentou um dos gêmeos.

— E Alfredo mandou um presente para Eohric — continuou Willibald com entusiasmo. — Alfredo e Eduardo! Eles foram muito generosos, senhor!

O presente estava numa caixa de prata cravejada de pedras preciosas. A tampa da caixa mostrava uma figura de Cristo com os braços levantados, ao redor da qual estava escrito: "Eduardo *mec heht Gewyrcan*", o que queria dizer que Eduardo ordenara que o relicário fosse feito, ou mais provavelmente que seu pai havia ordenado o presente e depois atribuído a generosidade ao filho. Willibald levantou a tampa com reverência, revelando um interior forrado de pano tingido de vermelho. Uma pequena almofada, do tamanho da mão de um homem, se acomodava dentro, e sobre a almofada havia um esqueleto de peixe. Era o esqueleto inteiro do peixe, a não ser pela cabeça; uma longa coluna branca com um pente de costelas dos dois lados.

— Aí está — disse Willibald, sussurrando as palavras como se, caso falasse alto demais, pudesse perturbar os ossos.

— Um arenque morto? — perguntei incrédulo. — Este é o presente de Alfredo?

Todos os padres fizeram o sinal da cruz.

— Quantos ossos de peixe a mais vocês querem? — perguntei. Em seguida olhei para Finan, meu amigo mais íntimo e comandante dos meus guerreiros domésticos. — Podemos fornecer peixe morto, não podemos?

— Aos montes, senhor — disse ele.

— Senhor Uhtred! — Como sempre, Willibald reagiu à minha provocação. — Esse peixe — ele apontou o dedo trêmulo na direção dos ossos — foi um dos dois que Nosso Senhor usou para alimentar 5 mil pessoas!

— O outro devia ser um peixe incrivelmente grande — respondi. — O que era? Uma baleia?

O padre saxão ocidental mais velho fez uma careta para mim.

— Aconselhei o rei Eduardo a não o escolher para essa tarefa — disse ele. — Falei para enviar um cristão.

— Então use outra pessoa — retruquei. — Prefiro passar o Yule no meu próprio salão.

— Ele quer que o senhor vá — disse o padre em tom cortante.

— Alfredo também quer — interveio Willibald, e em seguida sorriu. — Ele acha que o senhor vai amedrontar Eohric.

— Por que ele deseja que Eohric fique amedrontado? Achei que isso era uma aliança.

— O rei Eohric permite que seus navios ataquem nossas embarcações mercantes — respondeu o padre — e deve pagar pelos reparos antes que possamos prometer proteção. O rei acredita que o senhor será persuasivo.

— Nós só deveremos partir em, no mínimo, dez dias — eu disse, olhando de forma sombria para os padres. — Até lá devo alimentar vocês?

— Sim, senhor — respondeu Willibald enfaticamente.

O destino é estranho. Eu rejeitei o cristianismo, preferindo os deuses dos dinamarqueses, mas amava Æthelflaed, a filha de Alfredo, e ela era cristã, o que significava que eu carregava minha espada a favor da cruz.

E por causa disso parecia que eu iria passar o Yule na Ânglia Oriental.

Osferth chegou a Buccingahamm trazendo mais vinte dos meus guerreiros domésticos. Eu os havia convocado, querendo um bando grande para me acompanhar à Ânglia Oriental. O rei Eohric podia ter sugerido o tratado e ainda estar receptivo a qualquer exigência de Alfredo, mas seria melhor negociar tratados numa posição de força, e eu estava decidido a chegar à Ânglia Oriental com uma escolta impressionante. Osferth e seus homens estavam vigiando Ceaster, um acampamento romano na longínqua fronteira a noroeste da Mércia, onde Haesten havia se refugiado depois que suas forças foram destruídas em Beamfleot. Osferth me cumprimentou solenemente, como era de seu feitio. Ele raramente sorria e sua expressão costumeira sugeria desaprovação de qualquer coisa que visse, mas acho que ficou feliz em se unir ao restante de nós. Ele era filho de Alfredo, nascido de uma criada antes que

Alfredo descobrisse o júbilo duvidoso da obediência cristã. Alfredo quisera que seu filho bastardo fosse educado como padre, mas Osferth preferira trilhar seu caminho como guerreiro. Era uma escolha estranha, porque ele não sentia grande alegria numa luta nem ansiava pelos momentos selvagens em que a raiva e a espada faziam o resto do mundo parecer monótono, no entanto Osferth levava as qualidades de seu pai para a luta. Era sério, pensativo e metódico. Enquanto Finan e eu podíamos ser grosseiros e cabeças-duras, Osferth usava a inteligência, e essa não era algo ruim num guerreiro.

— Haesten ainda está lambendo as feridas — disse ele.

— Deveríamos tê-lo matado — resmunguei. Haesten recuara para Ceaster depois que destruí sua frota e seu exército em Beamfleot. Meu instinto fora segui-lo até lá e acabar com aquele absurdo de uma vez por todas, mas Alfredo quisera suas tropas de volta em Wessex e eu não tinha homens suficientes para sitiar as muralhas do castelo romano em Ceaster, por isso Haesten ainda vivia. Nós o vigiávamos, procurando provas de que estivesse recrutando mais homens, porém Osferth achava que Haesten estava ficando mais fraco, e não mais forte.

— Ele será obrigado a engolir o orgulho e jurar lealdade a outra pessoa — sugeriu.

— A Cigurd ou Cnut — eu disse. Sigurd e Cnut eram agora os dinamarqueses mais poderosos da Britânia, embora nenhum dos dois fosse rei. Tinham terra, riqueza, rebanhos, prata, navios, homens e ambição. — Por que estariam interessados na Ânglia Oriental? — pensei em voz alta.

— Por que não? — perguntou Finan. Ele era meu companheiro mais próximo, o homem em quem eu mais confiava durante uma luta.

— Porque querem Wessex — respondi.

— Eles querem toda a Britânia — contrapôs Finan.

— Estão esperando — disse Osferth.

— O quê?

— A morte de Alfredo. — Osferth raramente chamava Alfredo de "meu pai", como se, do mesmo modo que o rei, tivesse vergonha de seu nascimento.

— Ah, o caos se instalará quando isso acontecer — disse Finan, com prazer enorme.

— Eduardo será um bom rei — censurou Osferth.

— Ele terá de lutar por isso — eu disse. — Os dinamarqueses vão testá-lo.

— E você vai lutar por ele? — perguntou Osferth.

— Gosto de Eduardo — respondi sem me comprometer.

E gostava mesmo. Sentia pena dele na infância, porque seus pais o colocaram sob o controle de padres ferozes cujo dever era transformá-lo no herdeiro perfeito para o reino cristão de Alfredo. Quando o encontrei de novo, logo antes da luta em Beamfleot, ele me pareceu um rapaz pomposo e intolerante, mas desfrutou da companhia dos guerreiros e a pompa sumiu. Lutou bem em Beamfleot e agora, se eu acreditasse na fofoca de Willibald, ele também havia aprendido um pouco sobre o pecado.

— A irmã dele gostaria que você o apoiasse — disse Osferth oportunamente, fazendo Finan rir. Todo mundo sabia que Æthelflaed era minha amante, assim como sabia que o pai de Æthelflaed também era pai de Osferth, mas a maioria das pessoas fingia, educadamente, não saber, e a observação objetiva de Osferth era o máximo que ele ousava se referir ao meu relacionamento com sua meia-irmã. Eu preferiria ficar com Æthelflaed para a festa de Natal, mas Osferth me disse que ela fora chamada a Wintanceaster e eu sabia que não era bem-vindo à mesa de Alfredo. Além disso, agora eu tinha a tarefa de entregar o peixe mágico a Eohric e estava preocupado com a possibilidade de Sigurd e Cnut atacarem minhas terras enquanto eu estivesse na Ânglia Oriental.

Sigurd e Cnut haviam navegado para o sul no verão anterior, levando seus navios para o litoral meridional de Wessex enquanto o exército de Haesten assolava a Mércia. Os dois dinamarqueses da Nortúmbria planejavam distrair o exército de Alfredo enquanto Haesten devastava a fronteira norte de Wessex, mas mesmo assim Alfredo tinha me mandado suas tropas. Haesten perdeu seu poder e Sigurd e Cnut descobriram que estavam impotentes para capturar qualquer um dos burhs de Alfredo, as cidades fortificadas espalhadas ao longo das terras saxônicas, por isso haviam retornado aos seus navios. Eu sabia que eles não descansariam. Eram dinamarqueses, o que significava que estavam planejando alguma crueldade.

Assim, no dia seguinte, na neve que ia derretendo, levei Finan, Osferth e trinta homens para o norte, até as terras do ealdorman Beornnoth. Eu gostava de Beornnoth. Ele era velho, grisalho, aleijado e feroz. Suas terras ficavam na borda da Mércia saxônica e tudo ao norte dele pertencia aos dinamarqueses, o que significava que nos últimos anos ele fora obrigado a defender seus campos e suas aldeias contra os ataques dos homens de Sigurd Thorrson.

— Deus Todo-poderoso — disse ele, cumprimentando-me. — Não diga que está esperando passar o Natal no meu salão.

— Prefiro comida boa — respondi.

— E eu prefiro visitantes bonitas — retrucou ele, depois gritou para seus serviçais pegarem nossos cavalos. Ele morava um pouco a noroeste de Tofeceaster, num grande salão cercado de celeiros e estábulos protegidos por uma paliçada forte. O espaço entre o salão e o celeiro maior estava encharcado de sangue da matança do gado. Homens cortavam os tendões dos jarretes dos animais apavorados para derrubá-los e, com isso, mantê-los imóveis enquanto outros os abatiam com um golpe de machado na testa. As carcaças eram arrastadas, estremecendo, até um dos lados, onde mulheres e crianças usavam facas compridas para esfolar e retalhar os cadáveres. Cães vigiavam ou disputavam pedaços de vísceras jogados em sua direção. O ar fedia a sangue e estrume. — Foi um bom ano — disse Beornnoth. — O dobro de animais do ano passado. Os dinamarqueses me deixaram em paz.

— Não houve ataques para roubar o gado?

— Um ou dois. — Ele deu de ombros. Desde que eu o vira pela primeira vez ele havia perdido o movimento das pernas e precisava ser carregado a toda parte em sua cadeira. — É a velhice — reclamou. — Estou morrendo de baixo para cima. Imagino que você queira cerveja, não?

Trocamos novidades em seu salão. Ele gargalhou aos berros quando contei sobre o atentado contra minha vida.

— Agora você usa ovelhas para se defender? — Beornnoth viu seu filho entrar no salão e gritou para ele: — Venha escutar como o senhor Uhtred venceu a batalha das ovelhas!

O filho se chamava Beortsig e, como o pai, tinha ombros largos e barba densa. Riu da história, mas o riso parecia forçado.

— Você disse que os bandidos vieram de Tofeceaster? — perguntou.

— Foi o que o desgraçado contou.

— Essa terra é nossa — disse Beortsig.

— Eram fora da lei — descartou Beornnoth.

— E idiotas — acrescentou Beortsig.

— Um homem magro, careca e com um olho só os recrutou — eu disse. — Vocês conhecem alguém com essa aparência?

— Parece o nosso padre — respondeu Beornnoth, achando graça. Beortsig nada disse. — E o que o traz aqui — perguntou Beornnoth — além da necessidade de esvaziar meus barris de cerveja?

Contei a ele sobre o pedido de Alfredo de que eu selasse um tratado com Eohric, e que os enviados de Eohric haviam explicado o pedido de seu rei ressaltando o medo que ele sentia de Sigurd e Cnut. Beornnoth pareceu cético.

— Sigurd e Cnut não estão interessados na Ânglia Ocidental — disse ele.

— Eohric acha que estão.

— Aquele sujeito é um idiota — retrucou Beornnoth. — Sempre foi. Sigurd e Cnut querem a Mércia e Wessex.

— E assim que possuírem esses reinos, senhor — disse Osferth baixinho ao nosso anfitrião —, vão querer a Ânglia Oriental.

— Verdade, acho — admitiu Beornnoth.

— Então por que não tomar a Ânglia Oriental primeiro — sugeriu Osferth — e acrescentar os homens de lá aos seus bandos de guerreiros?

— Nada vai acontecer até Alfredo morrer — sugeriu Beornnoth. Ele fez o sinal da cruz. — E rezo para que ele ainda viva.

— Amém — disse Osferth.

— Então você quer perturbar a paz de Sigurd? — perguntou Beornnoth a mim.

— Quero saber o que ele está fazendo.

— Está se preparando para o Yule — disse Beortsig, sem dar importância.

— O que significa que estará bêbado durante o próximo mês — acrescentou o pai.

— Ele nos deixou em paz o ano inteiro — observou o filho.

— E não quero que você vá cutucar o ninho de vespas dele — disse Beornnoth. Falava com bastante leveza, mas o significado do que dizia era forte. Se eu cavalgasse para o norte poderia provocar Sigurd, e então as terras de Beornnoth seriam golpeadas pelos cascos dinamarqueses e ficaria vermelha com as espadas dinamarquesas.

— Preciso ir à Ânglia Oriental — expliquei — e Sigurd não vai gostar da ideia de uma aliança entre Eohric e Alfredo. Ele pode mandar homens ao sul, para deixar claro sua reprovação.

Beornnoth franziu a testa.

— Ou talvez não.

— E é isso que eu quero que você descubra — eu disse.

Beornnoth resmungou diante disso.

— Está entediado, senhor Uhtred? Quer matar alguns dinamarqueses?

— Só quero farejá-los — respondi.

— Farejá-los?

— Metade da Britânia já deve saber sobre esse tratado com Eohric. E quem tem mais interesse em impedi-lo?

— Sigurd — admitiu Beornnoth depois de uma pausa.

Às vezes eu pensava na Britânia como um moinho. Na base, pesada e confiável, ficava a mó de Wessex, e no topo, igualmente pesado, situava-se o rebolo dos dinamarqueses. A Mércia ficava esmagada entre as duas pedras. Era na Mércia que os saxões e os dinamarqueses lutavam com mais frequência. Alfredo, com inteligência, havia estendido sua autoridade sobre a maior parte do sul do reino, mas os dinamarqueses eram os senhores do norte, e até agora a luta fora dividida de modo razoavelmente igual, o que significava que os dois lados buscavam aliados. Os dinamarqueses haviam oferecido atrativos aos reis galeses, mas ainda que os galeses nutrissem um ódio imortal contra todos os saxões, temiam a ira de seu deus cristão mais do que temiam os dinamarqueses, e assim a maioria dos galeses mantinha uma paz cheia de tensão com Wessex. Mas a leste ficava o imprevisível reino da Ânglia Oriental, dominado pelos dinamarqueses, mas ostensivamente cristão. A Ânglia Oriental poderia fazer pender a balança. Se Eohric mandasse homens para lutar contra Wessex os dinamarqueses venceriam, mas caso se aliasse com os cristãos os dinamarqueses encarariam a derrota.

Eu achava que Sigurd desejaria impedir o tratado e tinha duas semanas para fazer isso. Teria mandado aqueles 13 homens para me matar? Enquanto eu estava sentado junto ao fogo de Beornnoth essa parecia a melhor resposta. E, se ele tivesse feito isso, o que faria em seguida?

— Você quer farejá-lo, hein? — perguntou Beornnoth.

— E não provocá-lo — prometi.

— Sem mortes? Sem roubos?

— Não vou começar nada — prometi.

— Deus sabe o que você vai descobrir sem trucidar alguns daqueles desgraçados — disse Beornnoth. — Mas sim. Vá farejar. Beortsig irá com você. — Ele mandaria o filho e uma dúzia de guerreiros domésticos para garantir que manteríamos a palavra. Beornnoth temia que planejássemos devastar algumas propriedades dos dinamarqueses e trouxéssemos de volta gado, prata e escravos, e seus homens estariam lá para impedir isso, mas eu realmente só queria farejar a terra.

Eu não confiava em Sigurd nem em seu aliado, Cnut. Gostava dos dois, mas sabia que eles me matariam tão casualmente quanto matávamos nosso gado no inverno. Sigurd era o mais rico dos dois, e Cnut, o mais perigoso. Ainda era jovem e em seus poucos anos havia obtido uma reputação de dinamarquês de espada, um homem cuja lâmina devia ser respeitada e temida. Esse tipo de homem atraía outros. Eles vinham do outro lado do mar, remando até a Britânia para seguir um líder que lhes prometia riquezas. E na primavera, pensei, os dinamarqueses certamente viriam de novo, ou talvez esperassem até Alfredo morrer, sabendo que a morte de um rei traz incerteza, e na incerteza existe a oportunidade.

Beortsig estava pensando a mesma coisa.

— Alfredo está mesmo morrendo? — perguntou enquanto cavalgávamos para o norte.

— É o que todo mundo diz.

— Já disseram isso antes.

— Muitas vezes — concordei.

— Você acredita?

— Eu não o vi pessoalmente — respondi, e sabia que não seria bem-vindo em seu palácio mesmo que quisesse vê-lo. Haviam me dito que Æthelflaed fora passar a festa de Natal em Wintanceaster, mas provavelmente estava lá para a vigília da morte, e não para os prazeres dúbios da mesa de seu pai.

— E Eduardo vai herdar? — perguntou Beortsig.

— É o que Alfredo quer.

— E quem se torna rei na Mércia?

— Não existe rei na Mércia.

— Deveria haver — disse ele com azedume. — E que não fosse saxão ocidental! Nós somos mércios, e não saxões ocidentais. — Não respondi nada. Um dia houvera reis na Mércia, mas agora o país era subserviente a Wessex. Alfredo tinha conseguido isso. Sua filha era casada com o ealdorman mais poderoso da Mércia, e a maioria dos saxões da Mércia parecia contente por estar completamente sob a proteção de Alfredo, mas nem todos eles gostavam desse domínio saxão ocidental. Quando Alfredo morresse, os mércios poderosos começariam a olhar para seu trono vazio, e eu imaginava que Beortsig era um desses homens. — Nossos ancestrais foram reis aqui — disse ele.

— Meus ancestrais eram reis na Nortúmbria — retruquei —, mas eu não quero o trono.

— A Mércia deveria ser governada por um mércio. — Ele parecia desconfortável na minha companhia, ou talvez estivesse desconfortável porque penetrávamos fundo nas terras que Sigurd reivindicava.

Cavalgávamos diretamente para o norte, com o sol baixo de inverno lançando nossas sombras longe, adiante. As primeiras propriedades por onde passávamos não eram mais do que ruínas queimadas, até que depois do meio-dia chegamos a uma aldeia. O povo nos vira chegando, por isso levei meus cavaleiros para um bosque próximo até que arrancamos um casal de seu esconderijo. Eram saxões, um escravo e sua mulher, e disseram que seu senhor era dinamarquês.

— Ele está no salão? — perguntei.

— Não, senhor. — O homem estava ajoelhado, tremendo, incapaz de levantar os olhos para me encarar.

— Qual é o nome dele?

— É o jarl Jorven, senhor.

Olhei para Beortsig, que deu de ombros.

— Jorven é um dos homens de Sigurd — disse ele. — E não é um jarl de verdade. Deve comandar trinta ou quarenta guerreiros.

— A mulher dele está no salão? — perguntei ao homem ajoelhado.

— Está sim, senhor, e alguns guerreiros, mas não muitos. O restante foi embora, senhor.

— Para onde?

— Não sei, senhor.

Joguei-lhe uma moeda de prata. Eu mal estava em condições de fazer isso, mas um senhor é um senhor.

— O Yule está chegando — disse Beortsig sem dar importância — e Jorven provavelmente foi a Cytringan.

— Cytringan?

— Ouvimos dizer que Sigurd e Cnut vão comemorar o Yule por lá.

Saímos da floresta e voltamos para um pasto úmido. Agora havia nuvens escondendo o sol e eu achei que choveria em pouco tempo.

— Fale sobre Jorven — pedi a Beortsig.

Ele deu de ombros.

— É dinamarquês, claro. Chegou há dois verões e Sigurd lhe deu esta terra.

— Ele é parente de Sigurd?

— Não sei.

— Quantos anos ele tem?

Beortsig deu de ombros outra vez.

— É novo.

E por que um homem iria a uma festa sem sua esposa? Quase fiz a pergunta em voz alta, então pensei que a opinião de Beortsig seria inútil, por isso fiquei em silêncio. Em vez disso instiguei meu cavalo até chegar a um local de onde podia ver o salão de Jorven. Era uma construção bastante boa, com teto inclinado e um crânio de touro preso na alta empena. A palha era suficientemente nova para não ter musgo. Uma paliçada rodeava o salão e eu podia ver dois homens nos vigiando.

— Seria um bom momento para atacar Jorven — disse despreocupado.

— Eles nos deixaram em paz — respondeu Beortsig.

— E você acha que isso vai durar?

— Acho que deveríamos voltar — disse ele, e então, quando não falei nada, acrescentou: — se quisermos estar em casa antes do anoitecer.

Em vez disso fui mais para o norte, ignorando as reclamações de Beortsig. Deixamos o salão de Jorven sem sermos molestados e atravessamos uma crista baixa até vermos um vale amplo. Pequenos fiapos de fumaça apareciam onde havia povoados ou propriedades, e fachos de luz opaca revelavam um rio. Era um belo lugar, pensei, fértil e com bastante água, exatamente o tipo de terra que os dinamarqueses desejavam.

— Você disse que Jorven tem trinta ou quarenta guerreiros? — perguntei a Beortsig.

— Não mais do que isso.

— Ou seja, uma tripulação. — Então Jorven e seus seguidores haviam cruzado o mar num único navio e jurado lealdade a Sigurd, que em troca lhes dera terras na fronteira. Se os saxões atacassem, Jorven provavelmente morreria, mas esse era o risco, e as recompensas poderiam ser muito maiores caso Sigurd decidisse atacar em direção ao sul. — Quando Haesten esteve aqui, no verão passado — perguntei a Beortsig enquanto instigava meu cavalo —, ele lhe causou problemas?

— Ele nos deixou em paz. Causou danos mais a oeste.

Aquiesci. Eu achava que o pai de Beortsig havia se cansado de lutar contra os dinamarqueses e estava pagando tributo a Sigurd. Não poderia haver outro motivo para a paz aparente que prevalecia na terra de Beornnoth, e presumi que Haesten deixara Beornnoth em paz seguindo ordens de Sigurd. Haesten jamais ousaria ofender Sigurd, de modo que sem dúvida evitara as terras dos saxões que pagavam pela paz. Isso lhe deixava a maior parte do sul da Mércia para devastar, e ele queimara, estuprara e saqueara até que tirei a maior parte de sua força em Beamfleot. Então, com medo, ele fugiu para Ceaster.

— Alguma coisa preocupa o senhor? — perguntou Finan. Estávamos descendo na direção do rio distante. Uma chuva fina soprava nas nossas costas. Finan e eu havíamos esporeado à frente, fora do alcance da audição de Beortsig e seus homens.

— Por que um homem iria à festa do Yule sem sua mulher? — perguntei a Finan.

Ele deu de ombros.

— Talvez ela seja feia. Talvez ele tenha uma coisinha mais nova e mais bonita para os dias de festa, não?

— Talvez — resmunguei.

— Ou talvez ele tenha sido convocado — disse Finan.

— E por que Sigurd convocaria guerreiros no meio do inverno?

— Porque sabe sobre Eohric?

— É isso que está me preocupando.

A chuva caía mais forte, soprada por um vento cortante. O dia estava terminando, escuro, úmido e frio. Restos brancos de neve permaneciam sobre valas congeladas. Beortsig tentou insistir que voltássemos, mas continuei indo para o norte, deliberadamente me aproximando de dois grandes salões. Quem quer que guardasse aqueles lugares deveria ter nos visto, mas ninguém veio cavalgando nos interpelar. Mais de quarenta homens armados, carregando escudos, lanças e espadas, percorriam seu território e eles não se incomodavam em descobrir quem éramos ou o que fazíamos? Isso me dizia que os salões estavam mal guardados. Quem nos via passar estava contente em deixar que prosseguíssemos, na esperança de que os ignorássemos.

E então, à nossa frente, estava a cicatriz na terra. Parei meu cavalo junto à borda. A cicatriz atravessava nosso caminho, rasgada na campina úmida da margem sul do rio que estava sendo salpicado por gotas de chuva. Então virei meu cavalo, fingindo não ter interesse no terreno pisoteado e nas pegadas fundas de cascos.

— Vamos voltar — eu disse a Beortsig.

A cicatriz havia sido feita por cavalos. Enquanto cavalgava na chuva fria, Finan aproximou seu garanhão do meu.

— Oitenta homens — disse ele.

Concordei. Eu confiava em seu julgamento. Duas tripulações de homens haviam cavalgado de oeste a leste e os cascos de seus cavalos abriram aquela cicatriz no terreno encharcado. Duas tripulações estavam seguindo o rio até onde? Diminuí o passo do meu cavalo, deixando Beortsig nos alcançar.

— Onde você disse que Sigurd ia comemorar o Yule? — perguntei.
— Em Cytringan.
— E onde fica Cytringan?
Ele apontou para o norte.
— Um dia de jornada, provavelmente dois. Ele tem um salão de festas lá.
Cytringan ficava ao norte, mas as pegadas dos cascos iam para o leste. Alguém estava mentindo.

Dois

Eu não havia percebido como o tratado proposto era importante para Alfredo até que retornei a Buccingahamm e encontrei 16 monges comendo minha comida e bebendo minha cerveja. Os mais novos ainda eram adolescentes imberbes enquanto o mais velho, o líder, era um homem corpulento aproximadamente da minha idade. Chamava-se irmão John, e era tão gordo que teve dificuldade para se curvar diante de mim.

— Ele é da Frankia — disse Willibald com orgulho.

— O que está fazendo aqui?

— Ele é o mestre-cantor do rei! Comanda o coro.

— Um coro? — perguntei.

— Nós cantamos — disse o irmão John numa voz que parecia trovejar vinda de algum lugar dentro de sua barriga enorme. Acenou a mão peremptória para seus monges e gritou: — O *Soli Deo Gloria*. De pé! Respirem fundo! Quando eu disser! É um! É dois! — Eles começaram a cantar. — Bocas abertas! — berrava o irmão John. — Escancaradas! Escancaradas como passarinhos! Saindo do estômago! Deixem-me ouvir!

— Chega! — gritei antes que eles terminassem a primeira frase. Joguei minha espada embainhada para Oswi, meu serviçal, e depois fui me esquentar junto ao fogo central do salão. — Por que devo alimentar monges cantores? — perguntei a Willibald.

— É importante fazermos uma apresentação que impressione — respondeu ele, lançando um olhar duvidoso para minha cota suja de lama. — Nós representamos Wessex, senhor, e devemos demonstrar a glória da corte de Alfredo.

Alfredo havia mandado estandartes com os monges. Um deles mostrava o dragão de Wessex, enquanto outros eram bordados com santos ou imagens sagradas.

— Vamos levar esses trapos também? — perguntei.

— Claro — respondeu Willibald.

— Eu posso levar um estandarte mostrando Tor? Ou Woden?

Willibald suspirou.

— Por favor, senhor, não.

— Por que não podemos ter um estandarte mostrando uma santa?

— Tenho certeza de que podemos — disse Willibald, satisfeito com a sugestão. — Se o senhor quiser.

— Uma daquelas mulheres que foram despidas antes de serem mortas — acrescentei, e Willibald suspirou de novo.

Sigunn trouxe um chifre de cerveja quente temperada e eu lhe dei um beijo.

— Tudo bem por aqui? — perguntei a ela.

Ela olhou para os monges e deu de ombros. Pude ver que Willibald estava curioso com relação a ela, especialmente quando passei um braço em volta de Sigunn e puxei-a para perto.

— Ela é minha mulher — expliquei.

— Mas... — começou ele e terminou abruptamente. Estava pensando em Æthelflaed, porém não teve coragem de dizer o nome.

Sorri para ele.

— Tem alguma pergunta, padre?

— Não, não — respondeu ele depressa.

Olhei para o maior estandarte, um grande quadrado espalhafatoso de linho cor de creme com um bordado da crucificação. Era tão grande que seriam necessários dois homens para desfilar com ele, e mais ainda se o vento estivesse soprando qualquer coisa a mais do que uma brisa suave.

— Eohric sabe que vamos levar um exército? — perguntei a Willibald.

— Ele foi avisado para esperar até cem pessoas.

— E ele espera Sigurd e Cnut também? — perguntei acidamente, e Willibald apenas me encarou com expressão vazia. — Os dinamarqueses sabem sobre o tratado — eu disse — e vão tentar impedi-lo.

— Impedi-lo? Como?

— Como você acha? — perguntei.

Willibald pareceu mais pálido do que nunca.

— O rei Eohric vai mandar homens para nos escoltar.

— Vai mandá-los para cá? — falei com raiva, pensando que esperavam que eu alimentasse mais homens ainda.

— Para Huntandon — respondeu Willibald. — E de lá eles nos levam até Eleg.

— Por que vamos para a Ânglia Oriental? — perguntei.

— Para fazer o tratado, claro — respondeu Willibald, perplexo com a pergunta.

— Então por que Eohric não manda seus homens a Wessex?

— Eohric mandou homens, senhor! Mandou Ceolberht e Ceolnoth. O tratado foi sugestão do rei Eohric.

— Então por que não está sendo selado e assinado em Wessex? — insisti.

Willibald deu de ombros.

— Isso importa, senhor? — perguntou, com um traço de impaciência. — Nós devemos nos reunir em Huntandon dentro de três dias, e se o tempo ficar ruim... — Ele deixou o resto da frase no ar.

Eu tinha ouvido falar de Huntandon, mas nunca estivera lá, e só sabia que ficava em algum lugar para além da vaga fronteira entre a Mércia e a Ânglia Oriental. Sinalizei para os dois gêmeos, Ceolberht e Ceolnoth, e eles vieram correndo da mesa onde estavam sentados com os padres enviados de Wessex com Willibald.

— Se eu cavalgasse direto daqui até Eleg — perguntei aos gêmeos —, que caminho deveria tomar?

Eles murmuraram juntos durante alguns segundos, depois um deles sugeriu que a rota mais rápida era através de Grantanceaster.

— De lá — continuou o outro — há uma estrada romana que atravessa direto a ilha.

— Ilha?

— Eleg é uma ilha — disse um dos gêmeos.

— Num pântano — acrescentou o outro.

— Com um convento!

A feiticeira

— Que foi queimado pelos pagãos.

— Mas a igreja já foi restaurada.

— Graças a Deus.

— A santa Æthelreda construiu o convento.

— E ela era casada com um nortumbriano — disse Ceolnoth ou Ceolberht, pensando em me agradar, já que sou nortumbriano. Sou o senhor de Bebbanburg, mas naquela época meu tio maligno morava nessa grande fortaleza junto ao oceano. Ele a roubara de mim e eu planejava tomá-la de volta.

— E Huntandon — perguntei — fica na estrada para Grantanceaster?

Os gêmeos pareceram surpresos com minha ignorância.

— Ah, não, senhor — disse um deles. — Huntandon fica mais ao norte.

— Então por que vamos até lá?

— O rei Eohric, senhor — começou o outro gêmeo, e hesitou. Estava claro que nem ele nem o irmão haviam pensado nessa pergunta.

— É uma rota muito boa — disse o irmão com firmeza.

— Melhor que Grantanceaster? — perguntei.

— Quase tão boa quanto — respondeu um dos gêmeos.

Há ocasiões em que o homem se sente como um javali selvagem encurralado no mato, ouvindo os caçadores e os cães latindo, sentindo o coração bater mais forte e imaginando para onde fugir, sem saber por que os sons vinham de toda parte e de lugar nenhum. Nada daquilo estava certo. Nada. Convoquei Sihtric, que já fora meu serviçal, mas agora era um guerreiro doméstico.

— Encontre alguém, qualquer um, que conheça Huntandon — disse a ele. — Traga-o aqui. Quero-o aqui amanhã.

— Onde devo procurar?

— Como vou saber? Vá à cidade. Fale com as pessoas nas tavernas.

Sihtric, magro e de rosto afilado, me olhou com ressentimento.

— Devo encontrar alguém numa taverna? — perguntou, como se a tarefa fosse impossível.

— Um mercador — gritei. — Encontre alguém que viaje! E não se embebede. Encontre alguém e traga-o para mim. — Sihtric continuou carrancudo, talvez porque não quisesse voltar para o frio do lado de fora. Por um momento ficou parecido com o pai, Kjartan, o Cruel, que havia gerado Sihtric numa escrava saxã, mas depois, controlando a raiva, ele se virou e saiu. Finan, que notara a truculência de Sihtric, relaxou. — Encontre alguém que saiba como chegar a Huntandon, a Grantanceaster e Eleg — gritei para Sihtric, mas ele não respondeu e saiu do salão.

Eu conhecia Wessex bastante bem e estava aprendendo a conhecer partes da Mércia. Conhecia as terras em volta de Bebbanburg e ao redor de Lundene, mas boa parte do resto da Britânia era um mistério. Eu precisava de alguém que conhecesse a Ânglia Oriental tão bem quanto eu conhecia Wessex.

— Nós conhecemos todos esses lugares, senhor — disse um dos gêmeos.

Ignorei o comentário porque eles jamais entenderiam meus temores. Ceolberht e Ceolnoth haviam dedicado a vida à conversão dos dinamarqueses, viam o tratado proposto com Eohric como prova de que seu deus estava vencendo a luta contra as divindades pagãs e seriam aliados duvidosos para uma ideia minha que estava nascendo.

— E Eohric vai mandar homens para se encontrar conosco em Huntandon? — perguntei aos gêmeos.

— Uma escolta, senhor, sim. Provavelmente será comandada pelo jarl Oscytel.

Eu tinha ouvido falar de Oscytel. Era comandante da guarda pessoal de Eohric e, portanto, o guerreiro em chefe da Ânglia Oriental.

— E quantos homens ele vai trazer? — perguntei.

Os gêmeos deram de ombros.

— Talvez uma centena — disse um.

— Ou duas — completou o outro.

— E vamos todos juntos a Eleg — disse animado o primeiro gêmeo.

— Cantando jubilosamente como passarinhos — interveio o irmão John.

Então esperavam que eu marchasse para a Ânglia Oriental levando meia dúzia de estandartes espalhafatosos e acompanhado por um bando de monges cantores? Sigurd gostaria disso, pensei. Era de seu interesse impedir que o tratado acontecesse, e o melhor modo de fazer isso era me emboscar antes mesmo que eu chegasse a Huntandon. Eu não tinha certeza de que era isso que ele planejava, estava simplesmente supondo. Pelo que eu sabia, Sigurd poderia estar mesmo em vias de comemorar o Yule, sem intenções de travar uma rápida campanha de inverno para impedir o tratado entre Wessex, a Mércia e a Ânglia Oriental, mas ninguém sobrevive por muito tempo presumindo que o inimigo está dormindo. Dei um tapinha no traseiro de Sigunn.

— Você gostaria de passar o Yule em Eleg? — perguntei.

— O Natal — murmurou um dos gêmeos, não resistindo a me corrigir, e depois ficou branco diante do olhar que lhe dei.

— Eu preferiria passar o Yule aqui — respondeu Sigunn.

— Vamos a Eleg — eu disse — e você vai usar as correntes de ouro que eu lhe dei. É importante que impressionemos — acrescentei, depois olhei para Willibald. — Não é, padre?

— O senhor não pode levá-la — disse Willibald.

— Não?

Ele balançou as mãos. Queria dizer que a glória da corte de Alfredo seria contaminada pela presença de uma beldade dinamarquesa pagã, mas não tinha coragem de falar as palavras em voz alta. Simplesmente olhou para Sigunn, que era viúva de um dos guerreiros dinamarqueses que tínhamos matado em Beamfleot. Tinha por volta de 17 anos, era uma garota ágil e magra, de pele clara, olhos azul-claros e cabelo que parecia ouro reluzente. Vestia-se com roupas finas; um vestido de linho amarelo pálido com borda intricada de dragões azuis bordados, que se retorciam na bainha, no pescoço e nas mangas. Ouro pendia em seu pescoço e aparecia nos pulsos, símbolos de que era privilegiada, de que era posse de um senhor. Ela era minha, mas durante a maior parte da vida só conhecera a companhia dos homens de Haesten, e Haesten estava do outro lado da Britânia, em Ceaster.

E era por isso que eu levaria Sigunn para Eleg.

Era o Yule de 898 e alguém estava tentando me matar.

Em vez disso eu iria matá-los.

Sihtric parecera estranhamente relutante em cumprir minhas ordens, mas o homem que ele me trouxe foi uma boa escolha. Era um rapaz com pouco mais de 20 anos que dizia ser mágico, o que significava que de fato era um patife que viajava de cidade em cidade vendendo talismãs e feitiços. Chamava-se de Ludda, embora eu duvidasse que esse fosse seu nome verdadeiro, e estava acompanhado por uma garota pequena e morena chamada Teg, que fez um muxoxo para mim por baixo das grossas sobrancelhas pretas e do cabelo emaranhado como um ninho de pássaro. Parecia murmurar algo baixinho enquanto me olhava.

— Ela está lançando feitiços? — perguntei.

— Ela é capaz disso, senhor — respondeu Ludda.

— É mesmo?

— Ah, não, senhor — tranquilizou-me Ludda rapidamente. Ele, como a garota, estava ajoelhado. Tinha um rosto enganadoramente aberto, com grandes olhos azuis, boca generosa e sorriso rápido. Também tinha uma sacola presa às costas, que continha seus amuletos, na maioria pedras-de-elfo ou pedregulhos brilhantes, e um punhado de pequenas bolsas de couro, cada uma contendo um ou dois pedaços de ferro enferrujado.

— O que é isso? — perguntei, cutucando os sacos com o pé.

— Ah — disse ele, e deu um riso sem graça.

— Os homens que enganam os moradores da minha terra são castigados.

— Enganam, senhor? — Ele levantou os olhos com inocência.

— Eu os afogo. Ou então enforco. Você viu os corpos lá fora? — Os cadáveres dos dois homens que tinham tentado me matar ainda estavam pendurados no olmo.

— É difícil não ver, senhor — respondeu Ludda.

Peguei um dos saquinhos de couro e o abri, derrubando dois pregos enferrujados na palma da mão.

— Você diz às pessoas que se elas dormirem com esse saco embaixo do travesseiro e fizerem uma oração o ferro vai virar prata?

Os grandes olhos azuis ficaram ainda mais arregalados.

— Por que eu diria uma coisa dessas, senhor?

— Para ficar rico vendendo pedaços de ferro por cem vezes o seu valor.

— Mas se eles rezarem com bastante força, senhor, o Deus Todo-poderoso pode ouvir sua oração, não é? E seria pouco cristão da minha parte negar ao povo humilde a chance de um milagre, senhor.

— Eu deveria enforcá-lo.

A feiticeira

— Enforque-a no meu lugar, senhor — disse Ludda rapidamente, apontando para a sua garota. — Ela é galesa.

Tive de rir. A garota fez um muxoxo e deu um cascudo amigável atrás das orelhas de Ludda. Eu havia comprado uma daquelas sacolas milagrosas anos antes de um patife igual a Ludda, acreditando de algum modo que a oração transformaria a ferrugem em ouro. Mandei-o ficar de pé e que os serviçais trouxessem cerveja e comida para ele e sua garota.

— Se eu fosse viajar daqui a Huntandon — perguntei —, qual seria o melhor caminho?

Ele pensou na pergunta por alguns instantes, procurando ver se haveria alguma armadilha nela, depois deu de ombros.

— Não é uma viagem difícil, senhor. Vá para o leste até Bedanford e lá vai encontrar uma boa estrada até um local chamado Eanulfsbirig. O senhor atravessa o rio lá e continua indo para o nordeste até Huntandon.

— Que rio?

— O Use, senhor. — Ele hesitou. — Os pagãos navegam com seus navios subindo o Use até Eanulfsbirig, senhor. Há uma ponte lá. Existe outra em Huntandon, também, que a gente atravessa para chegar ao povoado.

— Então eu atravesso o rio duas vezes?

— Três vezes, senhor. Atravessa em Bedanford também, mas ali é um vau, claro.

— Então preciso atravessar e reatravessar o rio?

— O senhor pode seguir a margem norte, se quiser, assim não terá de usar as pontes mais adiante, mas é uma viagem muito maior, e não existem estradas boas naquela margem.

— O rio pode ser atravessado em outro lugar?

— Não abaixo de Bedanford, senhor, não com facilidade, depois de toda essa chuva. Ele deve estar inundado.

Concordei. Eu estava brincando com algumas moedas de prata, e nem Ludda nem Teg conseguiam afastar os olhos do dinheiro.

— Diga — pedi —, se você quisesse enganar o povo de Eleg, como viajaria até lá?

— Ah, através de Grantaceaster, senhor — respondeu ele imediatamente. — De longe é a rota mais rápida e existem pessoas extremamente simplórias em Grantanceaster, senhor. — Ele riu.

— E qual é a distância de Eanulfsbirig até Huntandon?

— Uma manhã de caminhada, senhor. Distância nenhuma.

Revirei as moedas na palma da mão.

— E as pontes? São de madeira ou de pedra?

— As duas são de madeira, senhor. Antes eram de pedra, mas os arcos romanos desmoronaram. — Ele me contou sobre os outros povoados no vale do Use, e sobre como o lugar ainda era mais saxão do que dinamarquês, embora todas as fazendas ali pagassem tributo a senhores dinamarqueses. Deixei-o falar, mas estava pensando no rio que teria de ser atravessado. Se Sigurd planejasse uma emboscada, pensei, iria colocá-la em Eanulfsbirig, sabendo que teríamos de atravessar a ponte ali. Certamente não escolheria Huntandon, já que as forças da Ânglia Oriental estariam esperando no terreno mais elevado logo ao norte do rio.

Ou talvez ele não planejasse nada.

Talvez eu visse perigo onde não havia.

— Você já esteve em Cytringan? — perguntei a Ludda.

Ele pareceu surpreso, talvez porque Cytringan ficasse muito longe dos outros lugares sobre os quais eu havia perguntado.

— Sim, senhor.

— O que existe lá?

— O jarl Sigurd tem um salão de festas, senhor. Ele o usa quando caça nas florestas de lá.

— O lugar tem paliçada?

— Não, senhor. É um salão grande, mas fica vazio na maior parte do tempo.

— Ouvi dizer que Sigurd vai passar o Yule lá.

— Pode ser, senhor.

Aquiesci, depois coloquei as moedas de volta na bolsa e vi a expressão de desapontamento no rosto de Ludda.

— Pago a você quando nós voltarmos — prometi.

— Nós? — perguntou ele, nervoso.

A feiticeira

— Você vai comigo, Ludda. Qualquer guerreiro ficaria feliz com a companhia de um mágico, e um mágico deveria ficar tremendamente feliz por ter uma escolta de guerreiros.

— Sim, senhor — disse ele, tentando parecer feliz.

Partimos na manhã seguinte. Todos os monges viajavam a pé, o que nos retardou, mas eu não estava com muita pressa. Levei quase todos os meus homens, deixando apenas um punhado para tomar conta do salão. Éramos mais de cem, porém apenas cinquenta eram guerreiros, enquanto o restante era de homens da igreja e serviçais, e Sigunn era a única mulher. Meus homens usavam suas melhores cotas de malha. Vinte deles iam à frente e o resto formava uma retaguarda, enquanto os monges, padres e serviçais andavam ou cavalgavam no centro. Seis de meus homens estavam nos flancos, cavalgando adiante como batedores. Eu não esperava problemas entre Buccingahamm e Bedanford, e de fato não encontramos nenhum. Eu nunca havia visitado Bedanford antes e encontrei uma cidade triste, meio deserta, que encolhera até virar uma aldeia apavorada. Um dia houvera uma grande construção ao norte do rio, e o rei Offa, o tirano da Mércia, supostamente estava enterrado ali, mas os dinamarqueses haviam queimado a construção e escavado a sepultura do rei para buscar qualquer tesouro que tivesse sido enterrado com o cadáver. Passamos uma noite fria e desconfortável num celeiro, mas eu fiquei durante parte da escuridão com as sentinelas que tremiam em suas capas de pele. O amanhecer trouxe uma névoa sobre a terra molhada, sem graça e plana, através da qual o rio serpenteava em grandes curvas preguiçosas.

Atravessamos o rio na névoa da manhã. Mandei Finan e vinte homens passarem primeiro e ele examinou a estrada adiante, voltando para dizer que não havia inimigos à vista.

— Inimigos? — perguntou Willibald. — Por que você esperaria inimigos?

— Somos guerreiros e presumimos que sempre há inimigos — respondi.

Ele balançou a cabeça.

— Essas terras são de Eohric. Ele é amigo, senhor.

O vau estava fundo, com a água extremamente fria, e eu deixei os monges atravessarem usando uma grande balsa que estava amarrada à margem sul e evidentemente fora deixada ali com esse objetivo. Assim que cruzamos o rio seguimos os restos de uma estrada romana que passava por uma ampla campina encharcada. A névoa se dissolveu deixando um dia ensolarado, frio e luminoso. Eu estava tenso. Às vezes, quando uma matilha de lobos se torna ameaçadora e esquiva, preparamos uma armadilha para os animais. Algumas ovelhas são postas num cercado em espaço aberto enquanto os cães são escondidos contra o vento, e então aguardamos, na esperança de que os lobos venham. Se vierem, os cavaleiros e os cães são soltos e a matilha é caçada pelas terras selvagens até não restar nada além de pelos ensanguentados e carne dilacerada. Mas agora nós éramos as ovelhas. Estávamos indo para o norte com estandartes erguidos, proclamando nossa presença, e os lobos nos vigiavam. Eu tinha certeza.

Peguei Finan, Sigunn, Ludda, Sihtric e quatro outros homens e saímos da estrada, deixando Osferth com ordens de continuar andando até chegar a Eanulfsbirig, mas não deveria atravessar o rio ali.

Enquanto isso examinávamos o terreno. Examinar territórios é uma arte. Normalmente eu deixaria dois pares de cavaleiros trabalhando de cada lado da estrada. Um par, vigiado por outro, avançaria para investigar morros ou florestas, e só quando tivessem certeza de que não havia inimigo à vista sinalizariam para os colegas que, por sua vez, investigariam o próximo trecho de terreno, mas eu não tinha tempo para esse tipo de cautela. Em vez disso cavalgávamos intensamente. Eu tinha dado a Ludda uma cota de malha, um elmo e uma espada, enquanto Sigunn, que cavalgava tão bem quanto qualquer homem, usava uma grande capa de pele de lontra.

Passamos por Eanulfsbirig no fim da manhã. Fomos bem para o oeste do pequeno povoado e eu parei junto a árvores escuras de inverno para olhar o brilho do rio, a ponte e as minúsculas casas de palha que deixavam escapar um pouco de fumaça no céu claro.

— Não tem ninguém lá — disse Finan depois de um tempo. Eu confiava mais nos olhos dele do que nos meus. — Pelo menos ninguém com quem nos preocuparmos.

— A não ser que estejam nas casas — sugeri.

— Eles não levariam os cavalos para dentro — disse Finan —, mas quer que eu descubra?

Balancei a cabeça. Eu duvidava que os dinamarqueses estivessem ali. Talvez não estivessem em lugar algum. Minha suspeita era que eles vigiavam Eanulfsbirig, mas talvez da outra margem do rio. Havia árvores do outro lado das amplas campinas do rio, e um exército poderia se esconder no mato baixo. Presumi que Sigurd gostaria que atravessássemos o rio antes de atacar, de modo que estivéssemos com as costas voltadas para a água, mas ele também desejaria garantir a ponte para impedir nossa fuga. Ou talvez, agora mesmo, Sigurd estivesse em seu salão tomando hidromel e eu estivesse apenas imaginando o perigo.

— Continuem indo para o norte — eu disse, e instigamos os cavalos em meio a um campo plantado com trigo de inverno.

— O que está esperando, senhor? — perguntou Ludda.

— Que você fique de boca fechada se encontrarmos os dinamarqueses.

— Acho que eu gostaria de fazer isso — disse ele com fervor.

E reze para que não tenhamos passado pelos desgraçados.

Eu me preocupava pensando que Osferth poderia estar indo direto para uma emboscada, mas meus instintos diziam que ainda não havíamos encontrado o inimigo. Se é que havia um inimigo. Parecia que a ponte de Eanulfsbirig era o local ideal para Sigurd nos emboscar, mas, pelo que dava para ver, não havia nenhum homem daquele lado do Use, e ele certamente gostaria de tê-los nas duas margens.

Agora seguíamos mais cautelosamente, ficando entre as árvores enquanto sondávamos em direção ao norte. Estávamos para além da rota que Sigurd esperaria que eu pegasse, e se ele tinha homens esperando para cortar nossa retirada, eu esperava encontrá-los. No entanto o campo no inverno estava gélido, silencioso e vazio. Eu comecei a achar que meus temores eram infundados, que nenhum perigo nos ameaçava quando, de repente, houve algo estranho.

Tínhamos seguido cerca de 5 quilômetros para além de Eanulfsbirig e estávamos no meio dos campos encharcados e pequenos bosques, com o rio 800 metros à nossa direita. Uma mancha de fumaça subia de um bosque na outra margem do rio e eu não pensei muito sobre isso, presumindo que fosse uma cabana escondida entre as árvores, mas Finan viu algo mais.

— Senhor? — disse ele, e eu contive o cavalo e olhei para a direção que Finan apontava. Ali o rio fazia uma grande curva com redemoinhos para o leste e, no ponto mais distante da curva, entre os galhos nus dos salgueiros, estavam as formas inconfundíveis de duas proas de navios, com cabeças de animais. Eu não os vira até que Finan apontou, e o irlandês tinha os olhos mais afiados que os de qualquer homem que eu já conhecera. — Dois navios — disse ele.

Os dois navios não tinham mastros, presumivelmente porque haviam passado a remo sob a ponte em Huntandon. Seriam da Ânglia Oriental? Fiquei olhando e não pude ver nenhum homem, mas os cascos estavam escondidos sob o mato denso na margem do rio. No entanto as proas altas me diziam que os dois navios estavam num lugar onde eu não esperava haver nenhum. Atrás de mim, Ludda contava mais uma vez que antigamente os atacantes dinamarqueses costumavam remar até Eanulfsbirig.

— Fique quieto — eu disse.

— Talvez eles estejam passando o inverno com os navios aqui — sugeriu Finan. Balancei a cabeça em discordância.

— Eles iriam arrastá-los para fora da água para passar o inverno. E por que estão mostrando as cabeças de animais? — Nós só colocamos as cabeças de dragão ou lobo nos navios quando estamos em águas inimigas, o que sugeria que aqueles dois navios não eram da Ânglia Oriental. Girei na sela para olhar Ludda. — Lembre-se de manter a boca fechada.

— Sim, senhor — disse ele, mas seus olhos estavam brilhando. Nosso mágico gostava de ser guerreiro.

— E o restante de vocês — alertei —, certifiquem-se de esconder as cruzes. — A maioria dos meus homens era cristã e usava a cruz, assim como eu usava um martelo. Olhei-os esconder seus talismãs. Deixei meu martelo exposto.

Instigamos os cavalos para fora da floresta e atravessamos a campina. Não tínhamos percorrido metade do caminho quando uma das feras, montada numa proa, se mexeu. Os dois navios estavam atracados na margem oposta, mas agora um deles atravessava o rio e três homens saltaram da proa. Usavam cotas de malha. Levantei as mãos bem alto para mostrar que não estava segurando arma e deixei meu cavalo cansado andar lentamente até eles.

— Quem é você? — perguntou um deles. Gritou em dinamarquês, mas o que me deixou perplexo foi a cruz que ele usava sobre a cota de malha. Era uma cruz de madeira com uma pequena figura prateada de Cristo. Seria um saque? Eu não podia imaginar que qualquer um dos homens de Sigurd fosse cristão, mas os navios certamente eram dinamarqueses. Atrás dele eu podia ver agora mais homens, talvez quarenta no total, esperando nos dois navios.

Parei para deixar que o sujeito me olhasse. Ele viu um senhor com um caro equipamento de guerra e adornos de prata nos arreios, braceletes brilhando ao sol e um martelo de Tor proeminente no pescoço.

— Quem é o senhor? — perguntou ele, com respeito.

— Sou Haakon Haakonson — inventei o nome — e sirvo ao jarl Haesten. — Essa era a minha história, a de que eu era um dos homens de Haesten. Presumia que nenhum dos seguidores de Sigurd seria familiarizado com as tropas de Haesten e por isso não me questionaria demais. E, se fizesse isso, Sigunn, que já fizera parte do grupo de Haesten, daria as respostas. Eu a havia trazido para isso.

— Ivann Ivarrson — disse o homem. Ele se tranquilizou ao ver que eu falava dinamarquês, mas ainda estava cauteloso. — O que veio fazer aqui? — questionou, mas ainda numa voz respeitosa.

— Procuramos o jarl Jorven — eu disse, escolhendo o nome do homem de cuja propriedade havíamos nos aproximado com Beortsig.

— Jorven?

— Ele serve ao jarl Sigurd — respondi.

— E está com ele? — perguntou Ivann, parecendo nem um pouco surpreso por eu procurar um dos homens de Sigurd tão longe de seu território, e essa foi minha primeira confirmação de que Sigurd estava mesmo nas proximidades. Ele havia deixado suas terras e se encontrava no território de Eohric, onde não tinha o que fazer, a não ser impedir que o tratado fosse assinado.

— Foi o que me disseram — respondi em tom casual.

— Então está do outro lado do rio — disse Ivann, e depois hesitou. — Senhor? — Agora sua voz estava cheia de cautela. — Posso fazer uma pergunta?

— Pergunte — respondi com imponência.

— O senhor pretende fazer mal a Jorven?

Eu ri disso.

— Vou lhe fazer um serviço — eu disse, depois girei na sela e puxei o capuz de cima da cabeça de Sigunn. — Ela fugiu dele — expliquei — e o jarl Haesten acha que ele gostaria de tê-la de volta.

Os olhos de Ivann se arregalaram. Sigunn era uma beldade, clara e de aparência frágil, e teve o bom-senso de parecer apavorada enquanto Ivann e seus homens a examinavam.

— Qualquer homem iria querê-la de volta — disse Ivann.

— Sem dúvida Jorven irá punir esta cadela — observei com displicência —, mas, quem sabe, ele deixe você usá-la antes. — Puxei o capuz de volta, sombreando de novo o rosto dela. — Você serve ao jarl Sigurd?

— Servimos ao rei Eohric — respondeu ele.

Há uma história nas escrituras cristãs, mas esqueci sobre quem é e não vou chamar um dos padres da minha mulher para me contar, porque o padre acharia que seu dever era me informar que eu vou para o inferno a não ser que me humilhe diante de seu deus pregado, mas a história é sobre um homem que estava viajando em algum lugar quando uma luz enorme o ofuscou e de repente ele viu tudo com clareza. Foi assim que me senti naquele momento.

Eohric tinha motivos para me odiar. Eu havia incendiado Dumnoc, uma cidade no litoral da Ânglia Oriental, e ainda que eu tivesse bons motivos para transformar aquele belo porto numa ruína calcinada, Eohric não se esqueceria do incêndio. Eu havia pensado que ele poderia desculpar o insulto em sua ânsia de fazer uma aliança com Wessex e Mércia, mas agora via sua traição. Ele me queria morto assim como Sigurd, mas os motivos de Sigurd eram muito mais práticos. Ele queria comandar os dinamarqueses vindo para o sul para atacar a Mércia e Wessex, e sabia quem comandaria os exércitos que iriam enfrentá-lo. Os homens me temiam. Se eu estivesse morto, a conquista da Mércia e de Wessex seria mais fácil.

E eu vi, naquele momento, naquela úmida campina junto ao rio, como a armadilha fora montada. Eohric, bancando o bom cristão, sugerira que eu negociasse o tratado de Alfredo, somente para me atrair até um local onde Sigurd pudesse me emboscar. Eu não tinha dúvida de que Sigurd faria a matança e, desse modo, Eohric seria absolvido da culpa.

— Senhor? — perguntou Ivann, perplexo com meu silêncio, e eu percebi que estava encarando-o.

— Sigurd invadiu a terra de Eohric? — perguntei, fingindo ser idiota.

— Não é uma invasão, senhor — explicou Ivann, e me viu olhando para o outro lado do rio, ainda que não houvesse nada para ver na outra margem, a não ser mais campos e árvores. — O jarl Sigurd está caçando, senhor — disse Ivann, ainda que de um jeito um tanto maroto.

— É por isso que vocês deixaram as cabeças de dragão nos navios? — perguntei. As feras que colocamos nas proas dos nossos navios se destinam a amedrontar os espíritos inimigos e geralmente as retiramos quando os barcos estão em águas amigáveis.

— Não são dragões — disse Ivann. — São leões cristãos. O rei Eohric insiste em que os deixemos nas proas.

— O que são leões?

Ele deu de ombros.

— O rei diz que são leões, senhor — respondeu ele, obviamente sem saber a resposta.

— Bem, está um dia ótimo para uma caçada — eu disse. — Por que você não está com eles?

— Nós estamos aqui para fazer a travessia do rio com os caçadores, para o caso de a presa cruzar por aqui.

Fingi que parecia satisfeito.

— Então você pode nos levar para o outro lado?

— Os cavalos podem nadar?

— Terão de nadar — eu disse. Era mais fácil fazer os cavalos nadarem do que tentar convencê-los a entrar num navio. — Vamos chamar os outros — sugeri, virando meu cavalo.

— Os outros? — Ivann ficou imediatamente cheio de suspeitas de novo.

— As damas dela — eu disse, apontando o polegar para Sigunn —, dois dos meus serviçais e alguns cavalos de carga. Nós os deixamos numa propriedade. — Acenei vagamente para o oeste e indiquei que meus companheiros deveriam me seguir.

— O senhor poderia deixar a garota aqui! — sugeriu Ivann solícito, mas eu fingi não ouvi-lo e cavalguei de volta para as árvores.

— Desgraçados! — eu disse a Finan quando estávamos escondidos de novo em segurança.

— Desgraçados?

— Eohric nos atraiu até aqui para que Sigurd pudesse nos esmagar — expliquei. — Mas Sigurd não sabe que margem do rio vamos usar, por isso esses barcos estão ali para trazer seus homens caso fiquemos deste lado. — Pensei bastante. Talvez a emboscada não fosse em Eanulfsbirig, e sim mais a leste, em Huntandon. Sigurd deixaria que eu atravessasse o rio e não atacaria até que eu estivesse junto à ponte seguinte, onde as forças de Eohric forneceriam uma bigorna para seu martelo. — Você — apontei para Sihtric, que acenou carrancudo para mim. — Leve Ludda e encontre Osferth. Diga para ele vir para cá com todos os guerreiros que tiver. Monges e padres devem ficar na estrada. Eles não devem dar nem um passo à frente, entendeu? E quando você voltar aqui, certifique-se de que aqueles homens nos barcos não o vejam. Agora vá!

— O que vou dizer ao padre Willibald? — perguntou Sihtric.

— Que ele é um idiota desgraçado e que estou salvando sua vida sem valor. Agora vá! Depressa!

Finan e eu havíamos apeado e eu dei a Sigunn as rédeas dos cavalos.

— Leve-os para o outro lado da floresta e espere — eu disse. Finan e eu nos deitamos na borda da floresta. Ivann estava obviamente preocupado conosco porque olhou na direção do nosso esconderijo durante alguns minutos e finalmente voltou para o navio atracado.

— O que vamos fazer? — perguntou Finan.

— Destruir aqueles dois navios. — Eu gostaria de fazer mais. Gostaria de cravar Bafo de Serpente na garganta gorda do rei Eohric, mas nós éramos a presa ali e eu não duvidava que Sigurd e Eohric tinham homens mais do que suficientes para nos esmagar com facilidade. Agora eles deviam saber exatamente quantos homens eu tinha. Sem dúvida Sigurd havia posto batedores perto de Bedanford, e esses homens teriam lhe dito precisamente quantos cavaleiros iam em direção à sua armadilha. No entanto, ele não iria querer que víssemos esses batedores. Queria que atravessássemos a ponte em Eanulfsbirig, então iria atrás de nós de modo que fôssemos apanhados entre suas forças e os homens do rei Eohric. Seria uma matança crua num dia de inverno, se isso acontecesse. E se por acaso tivéssemos pegado a margem norte do rio, os navios de Ivann levariam os homens de Sigurd para o outro lado do Use, de modo que pudessem chegar atrás de nós assim que passássemos. Ele não tentara esconder os navios. Por que tentaria? Havia presumido que eu não veria nada de ameaçador na presença de dois navios da Ânglia Oriental num rio da Ânglia Oriental. Eu teria marchado para sua armadilha em qualquer das duas margens e a notícia da matança chegaria a Wessex em alguns dias, mas Eohric juraria que não sabia de nada sobre o massacre. Colocaria a culpa de tudo no pagão Sigurd.

Em vez disso, eu machucaria Eohric e provocaria Sigurd, depois passaria o Yule em Buccingahamm.

Meus homens chegaram no meio da tarde. O sol já estava baixo no oeste, onde ofuscaria os homens de Ivann. Passei alguns instantes com Osferth, dizendo o que ele deveria fazer e depois mandando-o com seis homens para se juntar de novo aos monges e padres. Dei-lhe algum tempo para alcançá-los, e então, enquanto o sol baixava ainda mais no céu de inverno, acionei minha armadilha.

Levei Finan, Sigunn e sete homens. Sigunn ia a cavalo, enquanto o restante de nós caminhava, puxando os animais. Ivann esperava ver um grupo pequeno, portanto foi isso que lhe mostrei. Ele havia levado o navio de volta para o outro lado do rio, mas agora seus remadores traziam o casco longo de volta para a nossa margem.

— Ele tinha vinte homens no navio — eu disse a Finan, calculando quantos teríamos de matar.

— Vinte em cada navio, senhor, mas há fumaça naquele bosque. — Ele apontou para o outro lado do rio. — De modo que pode ter outros, esquentando-se.

— Eles não vão atravessar o rio para serem mortos. — O terreno era macio e fazia os pés chapinharem a cada passo. Não havia vento. Do outro lado do rio alguns olmos ainda tinham folhas de um amarelo pálido. Tordos voaram da campina, daquele lado. — Quando começarmos a matança — eu disse a Sigunn —, pegue as rédeas dos nossos cavalos e volte para a floresta.

Ela concordou. Eu a havia trazido porque Ivann esperava vê-la e porque ela era linda, o que significava que ele iria olhar para ela, e não para as árvores onde meus cavaleiros aguardavam. Eu esperava que eles estivessem escondidos, mas não ousava olhar para trás.

Ivann havia subido a margem e amarrado a proa do navio no tronco de um choupo. A corrente virou o casco rio abaixo, o que significava que os homens a bordo poderiam saltar em terra com facilidade. Eram vinte, e nós apenas oito. Ivann nos observava. Eu havia lhe dito que traríamos criadas e ele não podia vê-las, mas os homens veem o que querem ver e ele só tinha olhos para Sigunn. Esperou sem suspeitar. Eu sorri para ele.

— Você serve a Eohric? — gritei quando nos aproximávamos.

— Sirvo, senhor, como lhe disse.

— E ele mataria Uhtred? — perguntei.

O primeiro sinal de dúvida atravessou seu rosto, mas eu ainda estava sorrindo.

— O senhor sabe sobre... — Ele começou a perguntar, mas não terminou porque eu havia desembainhado Bafo de Serpente, e esse era o sinal para o restante dos meus homens esporearem os cavalos para fora das árvores. Uma fila de cavaleiros com os cascos levantando água e torrões de terra, cavaleiros segurando lanças, machados e escudos, a ameaça da morte numa tarde de inverno, e eu girei minha espada contra Ivann, apenas para impeli-lo para longe do cabo de atracação do barco, mas ele tropeçou, caindo entre o navio e a margem.

E tudo acabou.

De repente a margem estava apinhada de cavaleiros, com a respiração soltando fumaça à luz fria e clara. Ivann gritava implorando misericórdia enquanto sua tripulação, tomada de surpresa, não fazia qualquer tentativa de sacar as armas. Eles estavam com frio, entediados e desprevenidos, e o surgimento dos meus homens, portando elmos e escudos, as lâminas afiadas enquanto a geada ainda permanecia em locais escuros, os havia aterrorizado.

A tripulação do segundo navio viu a do primeiro se render, e também não tinha vontade de lutar. Eram homens de Eohric, na maioria cristãos, alguns saxões e alguns dinamarqueses, e não tinham a mesma ambição dos famintos guerreiros de Sigurd. Aqueles dinamarqueses, eu sabia, estavam em algum lugar a leste, esperando que monges e guerreiros atravessassem o rio, mas estes homens nos navios eram participantes relutantes. Seu trabalho era esperar para o caso de serem necessários, e todos prefeririam estar no salão, junto ao fogo. Quando lhes ofereci a vida em troca da rendição, eles se mostraram pateticamente agradecidos, e a tripulação do navio mais distante gritou dizendo que não lutaria. Remamos o barco de Ivann até o outro lado do rio, e assim capturamos as duas embarcações sem matar uma alma sequer. Despimos os homens de Eohric de suas cotas de malha, suas armas e seus elmos, e eu levei esse saque para o outro lado do rio. Deixamos os homens tremendo na margem oposta, com exceção de Ivann, que tomei como prisioneiro, e incendiamos os dois navios. As tripulações haviam acendido uma fogueira no meio das árvores, um lugar para se aquecer, e usamos essas chamas para destruir os navios de Eohric. Esperei apenas o suficiente para ver o fogo tomar conta, as chamas comendo os bancos dos remadores e a fumaça começando a ficar densa no ar parado, e então cavalgamos rapidamente para o sul.

A fumaça era um sinal, uma indicação inconfundível para Sigurd de que sua cuidadosa emboscada havia falhado. Logo ele saberia disso com as tripulações de Eohric, mas nesse ponto seus batedores já teriam visto os monges e padres junto à ponte de Eanulfsbirig. Eu dissera a Osferth para mantê-los na nossa margem e para garantir que chamassem atenção. Havia um risco, claro, de que os dinamarqueses de Sigurd atacassem os homens praticamente indefesos da igreja, mas eu achava que ele esperaria até ter certeza de que eu estivesse lá. E esperou mesmo.

Chegamos a Eanulfsbirig e encontramos o coro cantando. Osferth havia ordenado que eles cantassem e estavam de pé, arrasados e cantando, sob seus grandes estandartes.

— Cantem mais alto, seus desgraçados! — gritei enquanto galopávamos até a ponte. — Cantem como passarinhos barulhentos!

— Senhor Uhtred! — O padre Willibald veio correndo na minha direção. — O que está acontecendo? O que está acontecendo?

— Decidi começar uma guerra, padre — respondi cheio de animação. — É muito mais interessante que a paz.

Ele me olhou horrorizado. Desci da sela e vi que Osferth havia me obedecido empilhando gravetos na passarela de madeira da ponte.

— É palha — disse ele — e está úmida.

— Contanto que queime — respondi. A palha estava empilhada na ponte, escondendo pedaços de madeira que formavam uma curta barricada. Rio abaixo, a fumaça dos navios em chamas havia se adensado formando um grande pilar no céu. Agora o sol estava muito baixo, lançando sombras compridas na direção do leste, onde Sigurd já devia ter sabido, pelas tripulações dos dois navios, que eu estava por perto.

— O senhor começou uma guerra? — Willibald me alcançou.

— Parede de escudos! — gritei. — Aqui! — Eu faria uma parede de escudos na ponte propriamente dita. Não importava quantos homens Sigurd trouxesse agora, porque somente uns poucos poderiam nos enfrentar no espaço estreito entre os pesados parapeitos de madeira.

— Nós viemos em paz! — protestou Willibald. Os gêmeos, Ceolberht e Ceolnoth, estavam fazendo protestos semelhantes enquanto Finan juntava nossos guerreiros. A ponte tinha largura suficiente para seis homens ficarem lado a lado, com os escudos se sobrepondo. Agora eu tinha quatro fileiras de homens ali, homens com machados, espadas e grandes escudos redondos.

— Nós viemos — virei-me para Willibald — porque Eohric traiu vocês. Isso jamais teve algo a ver com a paz. Tem a ver com tornar a guerra mais fácil. Perguntem a ele. — Indiquei Ivann. — Vamos, falem com ele e me deixem em paz! E digam a esses monges para parar com esses miados desgraçados.

Então, saindo das árvores distantes do outro lado dos campos úmidos, surgiram os dinamarqueses. Uma horda de dinamarqueses, talvez duzentos, e chegaram a cavalo comandados por Sigurd, que montava um grande garanhão branco sob seu estandarte que representava um corvo em voo. Ele viu que estávamos esperando-o e que, para nos atacar, deveria mandar seus homens para o outro lado da ponte estreita, por isso conteve seu cavalo a uns cinquenta passos de distância, apeou e andou na nossa direção. Um homem mais novo o acompanhava, mas era Sigurd o centro das atenções. Era um homem grande, de ombros largos e com o rosto cheio de cicatrizes parcialmente escondido pela barba suficientemente longa para ser presa em duas tranças grossas que ele usava enroladas no pescoço. Seu elmo refletia o sol avermelhado. Não se incomodava em carregar um escudo nem em desembainhar uma espada, mas mesmo assim era um senhor dinamarquês em seu esplendor guerreiro. Seu elmo tinha detalhes de ouro, uma corrente de ouro estava entrecruzada nas tranças da barba, os braços eram cobertos por argolas de ouro e a boca da bainha da espada, assim como o punho da arma, reluzia com mais ouro. O homem mais novo tinha uma corrente de prata e um aro de prata rodeando o topo do elmo. Tinha um rosto insolente, petulante e hostil.

Passei por cima da palha amontoada e fui me encontrar com os dois.

— Senhor Uhtred — cumprimentou Sigurd com sarcasmo.

— Jarl Sigurd — respondi no mesmo tom.

— Eu disse a eles que você não era idiota. — Agora o sol estava tão baixo no horizonte sudoeste que ele era obrigado a fechar um pouco os olhos para me ver direito. Cuspiu no capim. — Dez dos seus homens contra oito dos meus — sugeriu. — Aqui mesmo. — E bateu o pé no capim molhado. Queria atrair meus homens para fora da ponte, e sabia que eu não aceitaria.

— Deixe-me lutar com ele — disse o mais jovem.

Olhei o rapaz sem lhe dar importância.

— Gosto que meus inimigos tenham idade suficiente para se barbear, antes de matá-los — respondi, depois olhei de novo para Sigurd. — Você contra mim, aqui mesmo. — E bati com o pé na lama endurecida com gelo na estrada.

Ele sorriu ligeiramente, mostrando dentes amarelados.

— Eu mataria você, Uhtred — disse em tom afável —, e com isso livraria o mundo de uma bosta de rato inútil, mas esse prazer deve esperar. — Ele puxou a manga direita para mostrar uma tala no antebraço. A tala eram duas lascas de madeira amarradas com tiras de pano. Também vi uma curiosa cicatriz na palma de sua mão, um par de cortes que formava uma cruz. Sigurd não era covarde, mas também não era idiota a ponto de lutar comigo enquanto o osso partido do braço com o qual manejava a espada ainda não estivesse curado.

— Andou brigando com mulheres de novo? — perguntei, apontando para a cicatriz estranha.

Ele me encarou. Achei que meu insulto o havia acertado fundo, mas evidentemente ele estava pensando.

— Deixe-me lutar com ele! — repetiu o rapaz.

— Fique quieto — rosnou Sigurd.

Olhei para o jovem. Devia ter 18 ou 19 anos, quase chegando à força plena, e tinha toda a postura de um rapaz confiante. Sua cota de malha era boa, provavelmente da Frankia, e os braços estavam cheios das argolas que os dinamarqueses gostam de usar, mas suspeitei que a riqueza fosse um presente, e não uma conquista no campo de batalha.

— É meu filho — apresentou Sigurd. — Sigurd Sigurdson. — Acenei para ele, enquanto Sigurd, o Jovem, apenas me encarava com olhos hostis. Ele desejava intensamente se provar, mas seu pai não admitiria isso. — Meu único filho — disse ele.

— Parece que ele tem vontade de morrer — respondi. — E se ele quiser lutar, posso ceder à sua vontade.

— Não é a hora dele — disse Sigurd. — Sei disso porque falei com Ælfadell.

— Ælfadell?

— Ela conhece o futuro, Uhtred — respondeu ele, e sua voz estava séria, sem qualquer traço de zombaria. — Ela diz o futuro.

Eu tinha ouvido boatos sobre Ælfadell, boatos vagos como fumaça, boatos que pairavam sobre a Britânia e diziam que uma feiticeira do norte podia falar com os deuses. Seu nome, que se parecia tanto com a palavra que usávamos para pesadelo, fazia os cristãos se persignarem.

Dei de ombros como se não me preocupasse com Ælfadell.

— E o que a velha diz?

Sigurd fez uma careta.

— Diz que nenhum filho de Alfredo algum dia governará a Britânia.

— Você acredita nela? — perguntei, mesmo podendo ver que ele acreditava, porque falava com simplicidade e clareza, como se me dissesse o preço de alguns bois.

— Você também acreditaria. Só que não vai viver para conhecê-la.

— Ela disse isso?

— Ela disse que, se você e eu nos encontrarmos, o líder de vocês morrerá.

— Meu líder? — fingi achar graça.

— Você — respondeu Sigurd, sério.

A feiticeira

Cuspi no capim.

— Imagino que Eohric esteja lhe pagando bem por esse tempo desperdiçado.

— Ele pagará — disse Sigurd asperamente, depois virou-se, puxou o filho pelo cotovelo e foi andando.

Eu tinha parecido desafiador, mas na verdade minha alma se arrastava de medo. E se Ælfadell, a Feiticeira, tivesse dito a verdade? Os deuses falam conosco, mas raramente em linguagem comum. Será que eu estava condenado a morrer ali naquela margem de rio? Sigurd acreditava que sim, e estava juntando seus homens para um ataque que, se os resultados não tivessem sido previstos, ele jamais tentaria. Nenhum homem, por mais hábil que fosse na batalha, poderia ter esperança de romper uma parede de escudos tão resistente como a que eu havia posto entre os parapeitos sólidos da ponte, mas homens inspirados por uma profecia tentam qualquer tolice, sabendo que o destino ordenou sua vitória. Toquei o punho de Bafo de Serpente, depois o martelo de Tor, e voltei para a ponte.

— Acenda o fogo — disse a Osferth.

Era hora de incendiar a ponte e recuar. Se fosse sensato, Sigurd nos deixaria ir. Ele havia perdido a chance de nos emboscar, e nossa posição na ponte era extremamente formidável, mas ele tinha a profecia de uma mulher estranha ressoando na cabeça, por isso começou a arengar com seus homens. Ouvi as respostas gritadas por eles, ouvi as lâminas batendo nos escudos e vi os dinamarqueses apeando e formando uma linha. Osferth trouxe uma tocha acesa e enfiou-a na palha amontoada, e a fumaça se adensou instantaneamente. Os dinamarqueses estavam uivando enquanto eu abria caminho até o centro de nossa parede de escudos.

— Ele deve ter um desejo imenso de vê-lo morto, senhor — disse Finan, achando aquilo um tanto divertido.

— Ele é um idiota — respondi. Não contei a Finan que uma feiticeira havia profetizado minha morte. Finan podia ser cristão, mas acreditava em cada fantasma e cada espírito, acreditava que os elfos caminhavam pelo mato baixo e que as fúrias se retorciam nas nuvens noturnas, e se eu tivesse lhe contado sobre Ælfadell, a Feiticeira, ele sentiria o mesmo medo que fazia meu coração estremecer. Se Sigurd atacasse, eu deveria lutar, já que precisava sustentar a ponte até que o fogo pegasse, e Osferth estava certo com relação à palha. Era junco, e não palha de trigo, estava úmida e o fogo ardia relutante. Soltava fumaça, mas não havia um calor feroz para morder as tábuas grossas da ponte que Osferth tinha enfraquecido e lascado com machados de guerra.

Os homens de Sigurd não estavam nem um pouco relutantes. Batiam espadas e machados contra os escudos pesados e disputavam a honra de liderar o ataque. Estariam meio cegos pelo sol e sufocados pela fumaça, no entanto continuavam ansiosos. A reputação é tudo, e é a única coisa que sobrevive em nossa viagem ao Valhalla, e o homem que me matasse ganharia reputação. E assim, à luz agonizante do dia, eles se prepararam para nos atacar.

— Padre Willibald! — gritei.

— Senhor? — bradou uma voz nervosa na margem.

— Traga aquele estandarte grande! Mande dois dos seus monges o segurarem acima de nós!

— Sim, senhor — disse ele, parecendo surpreso e satisfeito, e um par de monges trouxe a grande bandeira de linho bordada com a imagem do Cristo crucificado. Eu disse a eles para se posicionarem logo atrás da minha última fileira e mandei dois dos meus homens ficarem com eles. Se houvesse qualquer rajada de vento, seria impossível controlar o quadrado de linho, mas agora ele estava nítido acima de nós, todo em verde, ouro, marrom e azul, com uma tira escura de vermelho onde a lança do soldado havia furado o corpo de Cristo. Willibald achou que eu estava usando a magia de sua religião para apoiar as espadas e os machados dos meus homens, e deixei que ele pensasse isso.

— Ele vai fazer sombra para os olhos deles, senhor — alertou Finan, querendo dizer que perderíamos a vantagem de ter o sol baixo ofuscando-os assim que os dinamarqueses avançassem para a grande sombra lançada pelo estandarte.

— Só por um tempo — respondi. — Fiquem firmes! — gritei para os dois monges que seguravam os cajados fortes que sustentavam o grande quadrado de linho. E nesse momento, talvez instigados pela ostentação do estandarte, os dinamarqueses atacaram uivando.

E quando eles vieram me lembrei da primeira vez que estive numa parede de escudos. Eu era muito jovem, estava apavorado demais, numa ponte que

A feiticeira

não era mais larga do que esta, com Tatwine e seus mércios sendo atacados por um grupo de ladrões de gado galeses. Primeiro eles tinham feito chover flechas sobre nós, depois atacaram, e naquela ponte distante eu havia aprendido o fervilhar do júbilo da batalha.

Agora, em outra ponte, desembainhei Ferrão de Vespa. Minha grande espada se chamava Bafo de Serpente, mas sua irmã menor era Ferrão de Vespa, uma lâmina curta e brutal que podia ser mortífera no abraço apertado da parede de escudos. Quando os homens estavam próximos como amantes, quando seus escudos pressionavam uns contra os outros, quando você sentia o bafo e via a podridão nos dentes e as pulgas nas barbas, quando não havia espaço para girar um machado de guerra ou uma espada longa, Ferrão de Vespa era capaz de golpear de baixo para cima. Era uma espada de rasgar tripas, um horror.

E aquela foi uma matança horrível num dia de inverno. Os dinamarqueses tinham visto nossa palha empilhada e presumiram que não houvesse nada além de juncos úmidos soltando fumaça na ponte, mas por baixo dos juncos Osferth havia empilhado traves de telhado, e quando os primeiros dinamarqueses tentaram chutar a palha de cima da ponte toparam com aquelas madeiras pesadas e tropeçaram.

Alguns haviam atirado lanças primeiro. Essas lanças bateram em nossos escudos, tornando-os incômodos, mas isso não importava. Os primeiros dinamarqueses tropeçaram na madeira escondida e os de trás empurraram os homens que caíam. Chutei a cara de um, sentindo a bota reforçada com ferro esmagar o osso. Havia dinamarqueses esparramados aos nossos pés enquanto outros tentavam passar pelos colegas caídos para alcançar nossa fileira, e estávamos matando. Dois homens conseguiram chegar até nós, apesar da barricada cheia de fumaça, e um deles caiu contra Ferrão de Vespa, que veio por baixo da borda de seu escudo. Ele estivera brandindo um machado que o homem atrás de mim aparou com o escudo e o dinamarquês ainda segurava o cabo da arma enquanto eu via seus olhos se arregalarem, o rosnado de sua boca se transformar em agonia enquanto eu torcia a lâmina, rasgando para cima ao mesmo tempo que Cerdic, ao meu lado, baixava seu machado com força. O homem de rosto esmagado estava segurando meu tornozelo e eu o acertei enquanto o jorro do sangue que voou do machado de Cerdic me cegava.

O homem gemendo aos meus pés tentou se arrastar para longe, mas Finan acertou a espada em sua coxa, depois golpeou de novo. Um dinamarquês havia prendido o machado na borda superior do meu escudo e puxou-o para baixo, expondo meu corpo a um golpe de lança, mas sua arma rolou pelo escudo circular e a lança foi defletida para cima enquanto eu estocava de novo com Ferrão de Vespa, sentindo-a morder e torcendo-a. Finan gritava sua cantiga irlandesa louca enquanto acrescentava sua espada à chacina.

— Mantenham os escudos se tocando! — gritei para meus homens.

Era isso que treinávamos todos os dias. Se a parede de escudos se romper, a morte comanda, mas se a parede de escudos se sustentar é o inimigo que morre. Aqueles primeiros dinamarqueses chegaram a nós numa corrida louca, inspirados pela profecia de uma feiticeira, e seu ataque fora derrotado pela barricada que os fez tropeçar, tornando-os presas fáceis para nossas armas. Eles não tinham chance de romper nossa parede de escudos, eram indisciplinados demais, confusos demais, e agora três deles estavam mortos no meio do junco espalhado que ainda queimava debilmente enquanto as traves fumegantes permaneciam como um obstáculo baixo. Os sobreviventes entre os primeiros atacantes não ficaram para ser mortos; correram de volta para a margem de Sigurd, onde um segundo grupo se preparava para nos romper. Deviam ser uns vinte guerreiros, homens grandes, dinamarqueses de lança, vindo para matar, e não foram loucos como o primeiro grupo, mas sim deliberados. Eram homens que haviam matado na parede de escudos, que conheciam o serviço, homens cujos escudos se sobrepunham e cujas armas reluziam ao sol agonizante. Não correriam e tropeçariam. Viriam devagar e usariam as lanças longas para romper nossa parede e com isso deixar que os outros, com espadas e machados, penetrassem em nossas fileiras.

— Deus, lutai por nós! — gritou Willibald enquanto os dinamarqueses chegavam à ponte. Os recém-chegados pisavam cuidadosamente, sem tropeçar, os olhos nos observando. Alguns gritavam insultos, mas eu praticamente não os ouvia. Estava olhando-os. Havia sangue no meu rosto e nos elos da minha cota de malha. Meu escudo estava pesado por causa de uma lança dinamarquesa que se cravara nele, e a lâmina de Ferrão de Vespa estava vermelha. — Trucidai-os, ó Senhor! — rezava Willibald. — Matai os pagãos! Esmagai-os,

Senhor, em vossa grande misericórdia! — Os monges haviam começado a cantar de novo. Os dinamarqueses puxaram homens mortos ou agonizantes para trás, abrindo espaço para o ataque. Agora estavam perto, muito perto, mas ainda não ao alcance das nossas espadas. Vi seus escudos se tocarem de novo, vi as pontas das lanças subirem e ouvi a palavra de comando.

E também escutei a voz aguda de Willibald acima da confusão.

— Cristo é nosso líder, lutai por Cristo, não podemos fracassar.

E eu ri enquanto os dinamarqueses chegavam.

— Agora! — gritei para os homens que estavam com os monges. — Agora!

O grande estandarte caiu para a frente. As mulheres da corte de Alfredo haviam trabalhado durante meses fazendo pontos pequenos com a cara lã tingida, meses de dedicação, oração, amor e habilidade, e agora a figura de Cristo caía para a frente, sobre os primeiros dinamarqueses. O enorme painel de linho e lã caiu como uma rede de pesca sobre a primeira fileira, cegando os homens, e enquanto ele os engolfava dei a ordem para atacarmos.

É fácil passar por uma ponta de lança se o homem que a segura não pode ver você. Gritei para nossa segunda fileira agarrar as armas e puxá-las enquanto matávamos os lanceiros. O machado de Cerdic cortava através de linho, lã, ferro, osso e miolos. Estávamos gritando, trucidando e fazendo uma nova barricada com dinamarqueses. Alguns tentavam cortar o estandarte, que os amortalhava e cegava. Finan cortava com sua espada afiada os pulsos que seguravam as lanças, os dinamarqueses estavam tentando desesperadamente escapar do emaranhado e nós golpeávamos, cortávamos e estocávamos, enquanto ao redor e entre nós a fumaça dos juncos espalhados se adensava. Senti calor num tornozelo. O fogo finalmente estava pegando. Sihtric, com os dentes arreganhados numa careta, golpeava repetidamente com um machado de cabo longo, cravando a lâmina nos dinamarqueses presos.

Joguei Ferrão de Vespa em nossa margem e peguei um machado caído. Jamais gostei de lutar com machado. A arma é desajeitada. Se o primeiro golpe falhar, a recuperação demora demais e o inimigo pode aproveitar a pausa para golpear, mas esse oponente já estava derrotado. O estandarte rasgado estava vermelho com sangue de verdade, encharcado, e eu baixei o machado repetidamente, atravessando malha, carne e osso com a lâmina larga.

A fumaça me sufocava, um dinamarquês berrava, meus homens gritavam, o sol era uma bola de fogo no oeste e toda a terra plana e molhada era um vermelho tremeluzente.

Recuamos para longe do horror. Vi o rosto surpreendentemente alegre de Cristo sendo consumido pelo fogo quando o linho se acendeu. O tecido queima com facilidade, e a mancha preta se espalhou nas camadas de pano. Osferth havia trazido mais junco e tábuas da cabana que ele derrubara, e nós jogamos tudo nas chamas pequenas e ficamos olhando enquanto finalmente o fogo ganhava força. Os homens de Sigurd tinham sofrido o suficiente. Também recuaram e ficaram na margem oposta do rio, olhando o fogo tomar conta da ponte. Nós arrastamos os cadáveres dos inimigos para o nosso lado da ponte e tiramos as correntes de prata, os braceletes e os cintos esmaltados. Sigurd havia montado em seu cavalo branco e simplesmente ficou me encarando. Seu filho carrancudo, que fora mantido fora da luta, cuspiu em nossa direção. O próprio Sigurd não disse nada.

— Ælfadell estava errada — gritei, mas isso não era verdade. Nosso líder havia morrido, talvez uma segunda morte, e o linho queimado mostrava onde ele estivera e onde fora consumido pelo fogo.

Esperei. Estava escuro antes que a ponte despencasse no rio, lançando um súbito rolo de fumaça no ar iluminado pelas chamas. Os pilares de pedra que os romanos haviam feito estavam chamuscados e ainda poderiam ser utilizados, mas seriam necessárias horas de trabalho para fazer uma nova ponte. Enquanto a madeira queimada flutuava rio abaixo, fomos embora.

Foi uma noite fria.

Andamos. Deixei os monges e padres cavalgarem porque estavam tremendo, cansados e fracos, enquanto o restante de nós puxava os cavalos. Todo mundo queria descansar, mas eu os fiz andar pela noite, sabendo que Sigurd nos seguiria assim que pudesse levar seus homens para o outro lado do rio. Caminhamos sob as estrelas brilhantes e frias até passarmos por Bedanford, e só quando encontrei um morro coberto de floresta que poderia servir como local defensável deixei que parassem. Naquela noite não acendemos fogueiras. Eu vigiava o terreno, esperando os dinamarqueses, mas eles não vieram.

E no dia seguinte estávamos em casa.

Três

O Yule chegou, o Yule passou, e em seguida vieram tempestades rugindo do Mar do Norte para lançar neve sobre a terra morta. O padre Willibald, os sacerdotes saxões ocidentais, os gêmeos mércios e os monges cantores foram obrigados a ficar em Buccingahamm até que o tempo melhorou, e então lhes dei Cerdic e vinte lanceiros para escoltá-los em segurança até em casa. Eles levaram o peixe mágico e também Ivann, o prisioneiro. Alfredo, se ainda vivesse, iria querer saber sobre a traição de Eohric. Entreguei a Cerdic uma carta para Æthelflaed, e ao voltar ele me garantiu que a havia entregado a uma das suas aias de confiança, mas não trouxe resposta de volta.

— Não tive permissão de ver a senhora — disse Cerdic. — Eles a engaiolaram muito bem.

— Engaiolaram?

— No palácio, senhor. Todos estão chorando e gemendo.

— Mas Alfredo ainda vivia quando você veio embora?

— Ainda vivia, senhor, mas os padres disseram que somente as orações o mantinham vivo.

— Eles diriam mesmo isso.

— E o senhor Eduardo está noivo.

— Noivo?

— Fui à cerimônia, senhor. Ele vai se casar com a senhora Ælflaed.

— A filha do ealdorman?

— Sim, senhor. Ela foi escolhida pelo rei.

— Pobre Eduardo — eu disse, lembrando-me da fofoca do padre Willibald, de que o herdeiro de Alfredo queria se casar com uma garota de Cent. Ælflaed era filha de Æthelhelm, ealdorman de Sumorsæte, e presumivelmente Alfredo queria que o casamento ligasse Eduardo à família mais poderosa de Wessex. Imaginei o que teria acontecido à garota de Cent.

Sigurd havia retornado às suas terras de onde, com petulância, mandava guerreiros à Mércia saxônica para incendiar, matar, escravizar e roubar. Era guerra de fronteira, não diferente da luta perpétua entre os escoceses e os nortumbrianos. Nenhum dos seus atacantes tocou minhas propriedades, mas meus campos ficavam ao sul das amplas terras de Beornnoth, e Sigurd concentrou sua raiva contra o ealdorman Ælfwold, filho do homem que havia morrido lutando ao meu lado em Beamfleot, e deixou o território de Beornnoth intocado. Achei isso interessante. Assim, em março, quando a alsina branqueava as sebes, levei 15 homens para o norte, até o salão de Beornnoth, com um presente de ano-novo composto de queijo, cerveja e cordeiro. Encontrei o velho enrolado numa capa de pele e sentado frouxamente em sua cadeira. Seu rosto estava abatido, os olhos aquosos e o lábio inferior tremia incontrolavelmente. Estava morrendo. Beortsig, seu filho, me olhou carrancudo.

— É hora de dar uma lição em Sigurd — eu disse.

Beornnoth fez um muxoxo.

— Pare de andar de um lado para o outro — ordenou ele. — Você faz com que eu me sinta velho.

— Você está velho — respondi.

Diante disso ele fez uma careta.

— Sou como Alfredo — disse ele. — Vou me encontrar com meu deus. Vou para a cadeira do julgamento descobrir quem viverá e quem queimará. Eles vão deixá-lo entrar no céu, não vão?

— Eles darão as boas-vindas a Alfredo — concordei. — E você?

— Pelo menos o inferno será quente — disse ele, enxugando debilmente um pouco de cuspe da barba. — Então você quer lutar com Sigurd?

— Quero matar o desgraçado.

— Você teve sua chance antes do Natal — observou Beortsig. Ignorei-o.

— Ele está esperando — disse Beornnoth. — Esperando a morte de Alfredo. Não vai atacar até que Alfredo morra.

— Ele está atacando agora.

Beornnoth balançou a cabeça.

— São apenas pilhagens — disse sem dar importância. — E encalhou sua frota em Snotengaham.

— Snotengaham? — perguntei, surpreso. Era o mais para o interior que qualquer navio marítimo poderia viajar, na Britânia.

— Isso diz a você que ele não está planejando nada além de pilhagens.

— Isso me diz que ele não está planejando ataques pelo mar — respondi —, mas o que o impediria de marchar por terra?

— Talvez ele faça isso quando Alfredo morrer — admitiu Beornnoth. — Por enquanto só está roubando um pouco de gado.

— Então quero roubar um pouco do gado dele — eu disse.

Beortsig fez um muxoxo e seu pai deu de ombros.

— Por que cutucar o diabo quando ele está cochilando? — perguntou o velho.

— Ælfwold não acha que ele está cochilando.

Beornnoth gargalhou.

— Ælfwold é jovem — comentou ele sem dar importância — e ambicioso, vive procurando encrenca.

Era possível dividir os senhores saxões da Mércia em dois grupos: os que se ressentiam do domínio saxão ocidental sobre suas terras e os que gostavam dele. O pai de Ælfwold havia apoiado Alfredo, enquanto Beornnoth sonhava com tempos anteriores, quando a Mércia tinha seu próprio rei. E, como outros de pensamento igual, recusara-se a mandar tropas para me ajudar a lutar contra Haesten. Preferira que seus homens estivessem sob o comando de Æthelred, o que significava que haviam guarnecido Gleawcestre contra um ataque que jamais chegou. Desde então houvera azedume entre os dois campos, mas Beornnoth era um homem bastante decente, ou talvez estivesse tão perto da morte que não desejaria prolongar velhas inimizades. Convidou-nos para passar a noite ali.

— Conte-me histórias — disse ele. — Gosto de histórias. Conte sobre Beamfleot. — Esse era um convite generoso, uma admissão implícita de que seus homens haviam estado no lugar errado no verão anterior.

Não contei toda a história. Em vez disso, em seu salão, quando o grande fogo iluminava as traves em vermelho e a cerveja havia deixado os homens barulhentos, contei como o velho Ælfwold morrera. Como tinha atacado junto comigo e como havíamos desbaratado o acampamento dinamarquês, e como causamos um massacre entre os homens apavorados na borda do morro, e depois como os reforços dinamarqueses contra-atacaram e a luta ficou feia. Os homens ouviam com atenção. Quase todos que estavam no salão haviam lutado em paredes de escudos e conheciam o medo desse momento. Contei como meu cavalo foi morto e como fizemos um círculo com nossos escudos e lutamos contra os dinamarqueses que gritavam, em número inesperadamente maior do que nós, e descrevi a morte que Ælfwold desejaria, contando como ele matou seus oponentes, como mandou inimigos pagãos para a sepultura e como derrotou homem após homem até que, finalmente, um machado rachou seu elmo e o derrubou. Não descrevi como ele me olhou cheio de reprovação, ou o ódio em suas palavras agonizantes porque acreditava, de maneira errônea, que eu o havia traído. Ele morreu ao meu lado, e nesse momento eu estava pronto para a morte, sabendo que certamente os dinamarqueses matariam todos nós naquele alvorecer que fedia a sangue, quando Steapa chegou com as tropas de Wessex e a derrota se transformou num triunfo súbito e inesperado. Os seguidores de Beornnoth bateram nas mesas apreciando a narrativa. Os homens gostam de histórias de batalha, motivo pelo qual empregamos poetas para nos entreter à noite com contos de guerreiros, espadas, escudos e machados.

— Foi uma boa história — disse Beornnoth.

— A morte de Ælfwold foi culpa sua — falou uma voz no salão.

Por um momento pensei ter ouvido mal, ou que o comentário não tivesse sido dirigido a mim. Houve silêncio enquanto cada homem pensava a mesma coisa.

— Nunca deveríamos ter lutado! — Era Sihtric quem falava. Ele se levantou para gritar comigo e eu vi que estava bêbado. — Você não mandou batedores para a floresta! — rosnou. — E quantos homens morreram porque você não fez isso? — Sei que eu parecia chocado demais para falar. Sihtric fora meu serviçal, eu tinha salvado sua vida, eu o havia tomado quando menino e fiz dele um homem e um guerreiro, eu lhe dera ouro, eu o recompensara como um senhor deve recompensar seus seguidores e agora ele me olhava com puro ódio. Beortsig, claro, estava adorando aquele momento, o olhar saltando de mim para Sihtric. Rypere, que estava sentado no mesmo banco com seu amigo Sihtric, pôs a mão no braço do outro que estava de pé, mas Sihtric afastou-o. — Quantos homens você matou naquele dia, devido a esse descuido? — gritou ele para mim.

— Você está bêbado — falei asperamente — e amanhã vai se arrastar diante de mim, e talvez eu o perdoe.

— O senhor Ælfwold ainda estaria vivo se você tivesse uma migalha de bom-senso — gritou ele.

Alguns dos meus homens gritaram tentando fazê-lo se calar, mas eu gritei mais alto.

— Venha cá e ajoelhe-se diante de mim!

Em vez disso ele cuspiu na minha direção. Agora o salão estava num tumulto completo. Os homens de Beornnoth encorajavam Sihtric, enquanto meus homens olhavam aterrorizados.

— Deem espadas a eles! — gritou alguém.

Sihtric estendeu a mão.

— Deem-me uma espada! — gritou.

Fui na direção dele, mas Beornnoth saltou à frente e segurou minha manga num aperto débil.

— Não no meu salão, senhor Uhtred — disse ele. — Não no meu salão. — Parei, e Beornnoth lutou para se levantar. Estava segurando a borda da mesa com uma das mãos para ficar de pé, enquanto a outra apontava trêmula para Sihtric. — Levem-no embora! — ordenou.

— E fique longe de mim! — gritei para ele. — E leve aquela puta da sua mulher com você!

Sihtric tentou se soltar dos homens que o seguravam, mas eles o apertavam com força e ele estava bêbado demais. Eles o arrastaram para fora do salão diante da zombaria dos seguidores de Beornnoth. Beortsig havia desfrutado de meu incômodo e estava rindo. Seu pai o encarou, depois sentou-se pesadamente.

— Lamento muito — resmungou ele.

— Ele é que vai lamentar — eu disse, em tom vingativo.

Não havia sinal de Sihtric na manhã seguinte e não perguntei onde Beornnoth o havia escondido. Preparamo-nos para partir e dois homens ajudaram Beornnoth a sair ao pátio.

— Sinto que vou morrer antes de Alfredo — disse ele.

— Espero que viva muitos anos — respondi respeitosamente.

— Haverá dor na Britânia quando Alfredo se for — disse ele. — Todas as certezas morrerão com ele. — Sua voz se esvaiu. Ele ainda estava embaraçado com a discussão da noite anterior em seu salão. Tinha visto um dos meus homens me insultar e havia impedido que eu o castigasse, e o incidente pairava entre nós como carvão em brasa. Mas ambos fingíamos que aquilo não acontecera.

— O filho de Alfredo é um homem bom — eu disse.

— Eduardo é jovem — respondeu Beornnoth com desprezo. — E quem sabe o que ele será? — Deu um suspiro. — A vida é uma história sem fim, mas eu gostaria de ouvir mais alguns versos antes de morrer. — Ele balançou a cabeça. — Eduardo não vai governar.

Sorri.

— Ele pode ter outras ideias.

— A profecia falou, senhor Uhtred — disse ele com solenidade.

Fiquei momentaneamente pasmo.

— A profecia?

— Há uma feiticeira — disse ele — e ela vê o futuro.

— Ælfadell? Você a viu?

— Beortsig viu — respondeu ele, olhando para o filho que, ao ouvir o nome de Ælfadell, fez o sinal da cruz.

— O que ela disse? — perguntei ao carrancudo Beortsig.

— Nada de bom — respondeu ele rapidamente, e não quis dizer mais nada.

Montei na minha sela. Olhei o pátio em volta procurando qualquer evidência de Sihtric, mas ele ainda estava escondido, por isso deixei-o ali e cavalgamos para casa. Finan estava perplexo com o comportamento de Sihtric.

— Ele devia estar bêbado além da conta — disse espantado. Não respondi. Em muitos sentidos, o que Sihtric havia dito estava certo. Ælfwold tinha morrido por causa do meu descuido, mas isso não dava a Sihtric o direito de me acusar num salão aberto. — Ele sempre foi um bom homem — continuou Finan, ainda pasmo. — Mas ultimamente anda carrancudo. Não entendo.

— Ele está ficando igual ao pai.

— Kjartan, o Cruel?

— Eu nunca deveria ter salvado a vida de Sihtric.

Finan concordou.

— Quer que eu arranje a morte dele?

— Não — respondi com firmeza. — Só um homem pode matá-lo: eu. Entendeu? Ele é meu, e até eu abrir as tripas dele nunca mais quero ouvir esse nome de novo.

Assim que cheguei em casa expulsei Ealhswith, a mulher de Sihtric, e seus dois filhos do meu salão. Houve lágrimas e súplicas por parte de suas amigas, mas não me comovi. Ela foi embora.

E no dia seguinte cavalguei para montar minha armadilha para Sigurd.

Aqueles eram dias de medo. Toda a Britânia esperava para ouvir sobre a morte de Alfredo, com a certeza de que seu falecimento espalharia as varetas de runas. Um novo padrão profetizaria uma nova sorte para a Britânia. Mas ninguém sabia que fortuna era essa, a não ser que a feiticeira de pesadelos tivesse as respostas. Em Wessex as pessoas quereriam outro rei forte para protegê-los, na Mércia alguns quereriam o mesmo, enquanto outros mércios desejariam seu próprio rei de volta, e em todos os outros locais ao norte, onde os dinamarqueses dominavam a terra, o sonho era conquistar Wessex. No entanto Alfredo viveu durante toda a primavera e o verão, os homens esperavam e sonhavam, as novas plantações cresciam e eu levei 46 homens para o nordeste, até onde Haesten havia encontrado seu covil.

Gostaria de ter levado trezentos homens. Tinham-me dito muitos anos antes que um dia eu comandaria exércitos através da Britânia, mas para ter um exército o homem devia possuir terras, e a terra que eu possuía tinha tamanho suficiente apenas para sustentar uma única tripulação de homens alimentados e armados. Eu coletava arrendamento em comida e cobrava taxas alfandegárias dos mercadores que usavam a estrada romana que passava pela propriedade de Æthelflaed, mas esse rendimento mal era suficiente e eu só podia levar 46 homens até Ceaster.

Era um lugar desolado. A oeste estavam os galeses e a leste e a norte havia senhores dinamarqueses que não reconheciam nenhum homem como rei, a não ser que fossem eles próprios. Os romanos tinham construído um forte em Ceaster, e era nos restos dessa fortificação que Haesten se refugiara. Houve uma época em que o nome de Haesten provocava medo em cada saxão, mas agora ele era uma sombra, reduzido a menos de duzentos homens, e até mesmo esses eram de lealdade dúbia. Ele começara o inverno com mais de trezentos seguidores, mas os homens esperam que seu senhor forneça mais do que comida e cerveja. Eles querem prata, ouro e escravos, e assim os homens de Haesten foram partindo aos poucos em busca de outros senhores. Foram a Sigurd ou a Cnut, homens que distribuíam ouro.

Ceaster ficava na borda agreste da Mércia e eu encontrei as tropas de Æthelred a cerca de 5 quilômetros ao sul da fortaleza de Haesten. Havia apenas pouco mais de 150 homens, cujo serviço era vigiar Haesten e mantê-lo fraco atacando seus forrageadores. Eram comandados por um rapaz chamado Merewalh, que pareceu feliz com minha chegada.

— O senhor veio matar o desgraçado? — perguntou ele.

— Só vim olhá-lo.

Na verdade eu estava ali para ser olhado, mas não ousava contar a ninguém todo o meu objetivo. Queria que os dinamarqueses soubessem que eu estava em Ceaster, por isso desfilei com meus homens ao sul do velho forte romano e mostrei meu estandarte com a cabeça de lobo. Cavalgava usando minha melhor cota de malha, polida pelo meu serviçal Oswi até brilhar, e cheguei suficientemente perto das velhas muralhas para que um dos homens de Haesten tentasse a sorte com uma flecha de caça. Vi a pena tremular no ar e a pequena haste bater no chão a poucos passos dos cascos do meu cavalo.

— Ele não pode defender todas essas muralhas — disse Merewalh, esperançoso.

Estava certo. O forte romano em Ceaster era um local vasto, quase uma cidade em si, e os poucos homens de Haesten jamais poderiam guarnecer a totalidade de suas fortificações decrépitas. Merewalh e eu poderíamos ter combinado nossas forças e atacado à noite. Talvez achássemos um trecho indefeso da muralha para depois travar uma batalha violenta nas ruas, mas nossos números eram parecidos demais com os de Haesten para nos arriscarmos a um ataque assim. Perderíamos homens para derrotar um inimigo que já estava derrotado, por isso me contentei em deixar Haesten saber que eu viera provocá-lo. Ele tinha de me odiar. Apenas um ano antes ele havia sido o maior poder entre todos os nórdicos, e agora estava acovardado como uma raposa espancada em seu covil, e eu o havia reduzido a esse sofrimento. Mas Haesten era uma raposa esperta e eu sabia que ele estaria pensando em um modo de recuperar o poder.

A velha fortaleza fora construída dentro de uma grande curva do rio Dee. Imediatamente do lado que tinha sido de sua muralha sul ficavam as ruínas de uma imensa construção de pedra que já havia sido uma arena onde, segundo me disse o padre de Merewalh, os cristãos eram dados de comer a animais selvagens. Algumas coisas são simplesmente boas demais para ser verdade, por isso não tive certeza se acreditava nele. Os restos da arena serviriam como uma esplêndida fortaleza para uma força pequena como a de Haesten, mas em vez disso ele optara por concentrar seus homens na extremidade norte da fortaleza, onde o rio ficava mais perto da muralha. Tinha dois navios pequenos ali, nada mais do que velhos barcos mercantes que, por estarem obviamente furados, tinham sido puxados um pouco para a margem. Se ele fosse atacado e isolado da ponte, esses navios eram seu meio de fuga atravessando o Dee para as terras incultas do outro lado.

Merewalh ficou perplexo com meu comportamento.

— O senhor está tentando atraí-lo a uma luta? — perguntou no terceiro dia em que cavalguei perto das velhas muralhas.

— Ele não vai querer lutar, mas quero que ele saia e se encontre conosco. E ele vai fazer isso, não conseguirá resistir. — Eu havia parado na estrada romana que corria reta como uma lança até o portão de arco duplo que levava ao forte. Agora esse portão estava bloqueado com toras enormes. — Sabia que eu salvei a vida dele uma vez?

— Não.

— Há ocasiões em que acho que sou idiota — eu disse. — Deveria tê-lo matado na primeira vez que o vi.

— Mate-o agora, senhor — sugeriu Merewalh, porque Haesten acabara de sair do portão oeste do forte e vinha lentamente em nossa direção. Estava com três homens, todos montados. Pararam no canto sudoeste do forte, entre a muralha e a arena arruinada. Então Haesten levantou as duas mãos para mostrar que só queria conversar. Virei meu cavalo e esporeei em sua direção, mas tive o cuidado de parar fora do alcance de possíveis disparos de flecha do topo da muralha. Levei somente Merewalh, deixando o restante de nossa tropa olhando à distância.

Haesten veio sorrindo, como se o encontro fosse um raro prazer. Não havia mudado muito, mas agora tinha uma barba grisalha, embora seu cabelo denso ainda fosse louro. O rosto estava enganadoramente aberto, cheio de encanto, com olhos brilhantes e parecendo achar tudo divertido. Usava uma dúzia de braceletes e, ainda que o dia de primavera estivesse quente, vestia uma capa de pele de foca. Haesten sempre gostou de parecer próspero. Os homens não seguem um senhor pobre, quanto mais um que não seja generoso, e enquanto mantinha esperanças de recuperar a riqueza ele precisava demonstrar confiança. Além disso, parecia excessivamente jubiloso em me encontrar.

— Senhor Uhtred! — exclamou ele.

— Jarl Haesten — eu disse, fazendo o título soar o mais azedo que podia.

— Você já não deveria ser o rei de Wessex?

— O prazer desse trono foi adiado, mas por enquanto deixe-me dar as boas-vindas ao meu reino atual.

Ri daquilo, como ele pretendia.

— Seu reino?

Ele estendeu o braço num gesto indicando o desolado vale do Dee.

— Nenhum outro homem se diz rei daqui, então por que não eu?

— Esta terra é do senhor Æthelred.

— E o senhor Æthelred é generoso demais com suas posses. Ouvi dizer que até mesmo com os favores de sua esposa.

Merewalh se remexeu ao meu lado e eu levantei a mão pedindo cautela.

— O jarl Haesten está brincando — eu disse.

— Claro que estou brincando — respondeu Haesten, sem sorrir.

— Este é Merewalh — eu disse, apresentando meu único companheiro — e ele serve ao senhor Æthelred. Ele poderia ser favorecido por meu primo caso matasse você.

— Ele seria muito mais favorecido se matasse você — argumentou Haesten com astúcia.

— Verdade — admiti, e olhei para Merewalh. — Quer me matar?

— Senhor! — respondeu ele, chocado.

— O meu senhor Æthelred deseja que você deixe as terras dele — eu disse a Haesten. — Ele já tem esterco demais sem sua presença.

— O senhor Æthelred é bem-vindo para tentar me expulsar.

Tudo aquilo era tão sem importância quanto seria de esperar. Haesten não havia saído do forte para ouvir ameaças, mas porque queria saber o que significava minha presença.

— Talvez o senhor Æthelred tenha me mandado para expulsá-lo, não? — eu disse.

— E quando você cumpriu uma ordem dele pela última vez?

— Talvez a esposa dele queira que você seja expulso.

— Acho que ela preferiria que eu estivesse morto.

— Também é verdade.

Haesten sorriu.

— Você veio com uma tripulação de homens, senhor Uhtred. Nós o tememos, claro, porque quem não teme Uhtred de Bebbanburg? — Ele fez uma reverência em sua sela enquanto pronunciava a lisonja. — Mas uma tripulação de homens não é suficiente para dar à senhora Æthelflaed o que ela deseja. — Ele esperou minha resposta, mas eu não disse nada. — Devo dizer o que me deixa perplexo? — perguntou ele.

— Diga.

A feiticeira

— Há anos, senhor Uhtred, você tem feito o trabalho de Alfredo. Matou os inimigos dele, comandou seus exércitos, tornou seu reino seguro, mas em troca de tudo isso tem apenas uma tripulação de guerreiros. Outros homens têm terras, grandes castelos, tesouro empilhado em salas fortes, os pescoços de suas mulheres estão cheios de ouro e eles podem comandar centenas de homens jurados em batalha, no entanto o homem que garantiu sua segurança continua sem recompensa. Por que permanece leal a um senhor que não é generoso?

— Eu salvei sua vida — eu disse — e você está perplexo com ingratidão?

Ele riu disso, deliciado.

— Ele faz você morrer de fome porque o teme. Já transformaram você em cristão?

— Não.

— Então junte-se a mim. Você e eu, senhor Uhtred. Vamos expulsar Æthelred de seu castelo e dividir a Mércia entre nós.

— Eu lhe oferecerei terras na Mércia — eu disse.

Ele sorriu.

— Uma propriedade com dois passos de comprimento e um passo de largura?

— E dois passos de profundidade — respondi.

— Sou um homem difícil de matar. Parece que os deuses me amam, assim como amam você. Ouvi dizer que Sigurd amaldiçoa você desde o Yule.

— O que mais ouviu dizer?

— Que o sol nasce e se põe.

— Olhe bem para ele — eu disse —, porque talvez não o veja mais nascer e se pôr. — De repente instiguei meu cavalo à frente, forçando o garanhão de Haesten a recuar. — Escute — avisei, tornando a voz áspera. — Você tem duas semanas para sair deste lugar. Entendeu, sua bosta de cachorro ingrata? Se ainda estiver aqui depois de 14 dias farei com você o que fiz com seus homens em Beamfleot. — Olhei para seus dois companheiros, depois olhei de volta para Haesten. — Duas semanas, e então as tropas de Wessex virão e vou transformar seu crânio numa taça.

Estava mentindo sobre as tropas de Wessex, claro, mas Haesten sabia que tinham sido essas tropas que me deram os números para obter a vitória em

Beamfleot, por isso a mentira era crível. Ele começou a dizer alguma coisa, mas virei-me e esporeei o cavalo, chamando Merewalh para me seguir.

— Vou deixar Finan e vinte homens com você — disse ao mércio quando estávamos fora do alcance da audição de Haesten —, e antes que as duas semanas terminem você deve esperar um ataque.

— De Haesten? — perguntou Merewalh, parecendo em dúvida.

— Não, de Sigurd. Ele vai trazer pelo menos trezentos homens. Haesten precisa de ajuda e vai buscar um favor com Sigurd mandando uma mensagem avisando que estou aqui, e Sigurd virá porque me quer morto. — Claro que eu não podia ter certeza de que qualquer uma dessas coisas fosse acontecer, mas não achava que Sigurd resistiria à isca que eu estava pendurando. — Quando ele vier, você vai recuar. Vá para a floresta, fique à frente dele e confie em Finan. Deixe Sigurd desperdiçar seus homens em terras vazias. Não tente lutar, só fique à frente dele.

Merewalh não discutiu. Em vez disso, depois de pensar por alguns instantes, me olhou interrogativamente.

— Senhor, por que Alfredo não o recompensou?

— Porque não confia em mim — respondi, e minha honestidade chocou Merewalh, que me olhou assustado. — E se você tiver alguma lealdade para com seu senhor, irá dizer a ele que Haesten me ofereceu aliança.

— E vou dizer que o senhor recusou.

— Pode dizer a ele que fiquei tentado — eu disse, chocando-o de novo. Esporeei o cavalo.

Sigurd e Eohric haviam preparado uma armadilha elaborada para mim, uma armadilha que quase dera certo, e agora eu prepararia uma armadilha para Sigurd. Não tinha esperança de matá-lo, pelo menos por enquanto, no entanto queria que ele lamentasse a tentativa de me matar. Mas primeiro queria descobrir o futuro. Era hora de ir para o norte.

Dei a Cerdic minha malha boa, meu elmo, minha capa e meu cavalo. Cerdic não era alto como eu, mas era suficientemente grande, e vestido com meus atavios e com as placas laterais do elmo escondendo seu rosto ele ficava parecido comigo. Dei-lhe meu escudo, pintado com a cabeça de lobo, e disse para fazer aparições todos os dias.

— Não chegue perto demais das muralhas — avisei. — Só o faça pensar que estou vigiando-o.

Deixei o estandarte com a cabeça de lobo com Finan, e no dia seguinte, com 26 homens, cavalguei para o leste.

Partimos antes do amanhecer, de modo que nenhum dos batedores de Haesten nos visse indo embora, e cavalgamos em direção ao sol nascente. Quando havia luz no céu nos mantínhamos em locais cobertos de árvores, mas sempre indo para o leste. Ludda ainda estava conosco. Ele era um trapaceiro, um patife, mas eu gostava dele. O melhor de tudo é que ele possuía um conhecimento extraordinário da Britânia.

— Estou sempre em movimento, senhor — explicou ele. — Por isso conheço os caminhos.

— Sempre em movimento?

— Se a gente vende dois pregos enferrujados em troca de um pedaço de prata, não vai querer estar ao alcance do sujeito na manhã seguinte, não é, senhor? A gente se move.

Eu ri. Ludda era nosso guia e nos levou para o leste por uma estrada romana até que vimos um povoado onde a fumaça subia para o céu. Em seguida, fizemos uma curva ampla em direção ao sul, para não sermos vistos. Não havia estrada depois da aldeia, apenas caminhos de gado que levavam aos morros.

— Aonde ele está nos levando? — perguntou Osferth.

— A Buchestanes — respondi.

— O que existe lá?

— A terra pertence ao jarl Cnut — respondi —, e você não vai gostar do que existe lá, por isso não vou dizer. — Eu preferia ter a companhia de Finan, mas confiava no irlandês para manter Cerdic e Merewalh longe de encrenca. Gostava bastante de Osferth, mas havia ocasiões em que sua cautela era um estorvo e não um valor. Se tivesse deixado Osferth em Ceaster ele teria recuado para longe de Sigurd depressa demais. Teria mantido Merewalh em segurança penetrando fundo nas florestas da fronteira entre a Mércia e Gales, e Sigurd poderia abandonar a caçada. Eu precisava de Sigurd provocado e tentado, e confiava em Finan para fazer isso direito.

Começou a chover. Não era uma chuva suave de verão, e sim um aguaceiro torrencial carregado por um forte vento leste. Isso tornou nossa jornada lenta, sofrida e mais segura. Mais segura porque poucos homens gostavam de estar ao ar livre num tempo daqueles. Quando encontrávamos estranhos eu dizia ser um senhor de Cumbraland que viajava para prestar respeito ao jarl Sigurd. Cumbraland era um local ermo onde pequenos senhores brigavam o tempo todo. Eu havia passado algum tempo lá uma vez e sabia o suficiente para responder a qualquer pergunta, mas ninguém que encontramos se importou o suficiente para fazê-las.

Desse modo, subimos os morros e depois de três dias chegamos a Buchestanes. O lugar ficava numa depressão dos morros e era uma cidade de tamanho razoável, construída ao redor de um agrupamento de edificações romanas que mantinham suas paredes de pedra, mas os tetos tinham sido substituídos por palha havia muito tempo. Não existia paliçada defensiva, mas fomos recebidos na borda da cidade por homens com cota de malha que saíram de uma choupana para nos confrontar.

— Vocês devem pagar para entrar na cidade — disse um deles.

— Quem é o senhor? — perguntou outro.

— Kjartan — respondi. Esse era o nome que eu estava usando em Buchestanes, o nome do pai maligno de Sihtric, um nome do meu passado.

— De onde vem? — perguntou o homem. Ele segurava uma lança comprida, de ponta enferrujada.

— Cumbraland — respondi.

Diante disso todos deram um riso de zombaria.

— De Cumbraland, é? — disse o primeiro homem. — Bem, vocês não podem pagar com bosta de ovelha aqui. — Ele riu da própria piada.

— A quem vocês servem? — perguntei.

— Ao jarl Cnut Ranulfson — respondeu o segundo homem —, e até mesmo em Cumbraland vocês devem ter ouvido falar dele.

— Ele é famoso — eu disse, fingindo estar pasmo, depois paguei a eles com as lascas de prata de um bracelete retalhado.

Primeiro pechinchei, mas não com muita ênfase porque desejava visitar a cidade sem levantar suspeitas, por isso paguei com a prata que me faria falta e tivemos permissão para entrar nas ruas lamacentas. Encontramos abrigo numa fazenda espaçosa no leste. A dona era uma viúva que havia muito tempo abandonara a criação de ovelhas e ganhava a vida com viajantes em busca das fontes quentes que supostamente possuíam poderes de cura. Mas agora, pelo que nos disse, elas eram guardadas por monges que exigiam prata antes que alguém pudesse entrar na velha casa de banhos romana.

— Monges? — perguntei. — Achei que essas terras eram de Cnut Ranulfson.

— E por que ele se importaria? — disse ela. — Desde que receba sua prata ele não se incomoda com o deus que eles adorem. — Ela era saxã, assim como a maioria das pessoas na cidadezinha, mas falava de Cnut com respeito evidente. Não era de espantar. Cnut era rico, perigoso e supostamente o melhor lutador com espada em toda a Britânia. Sua espada era considerada a mais longa e mortal de toda a terra, o que lhe deu o nome de Cnut Espada Longa, mas ele também era um aliado fervoroso de Sigurd. Se Cnut Ranulfson soubesse que eu estava em suas terras, Buchestanes estaria apinhada de dinamarqueses querendo minha vida. — Então o senhor está aqui por causa das fontes quentes? — perguntou a viúva.

— Procuro a feiticeira.

Ela fez o sinal da cruz.

— Que Deus nos proteja.

— E para vê-la o que faço?

— Pague aos monges, claro.

Os cristãos são estranhos demais. Dizem que os deuses pagãos não têm poder e que a magia antiga é tão fraudulenta quanto os saquinhos com ferro vendidos por Ludda, mas quando estão doentes, ou quando sua colheita fracassa, ou quando querem filhos, vão à galdricge, a feiticeira, e todo distrito tem uma. O padre fará sermões contra essas mulheres, declarando que são hereges e malignas, mas um dia depois pagará prata a uma galdricge para saber seu futuro ou fazer com que as verrugas sejam removidas de seu rosto. Os monges de Buchestanes não eram diferentes. Guardavam a casa de banhos romana, cantavam em sua capela e recebiam prata e ouro para arranjar um encontrou com a aglæcwif. Uma aglæcwif é uma mulher monstro, e era assim que eu pensava em Ælfadell. Tinha medo dela e queria ouvi-la, por isso mandei Ludda e Rypere para fazer os arranjos e eles retornaram dizendo que a feiticeira exigia ouro. Não prata, mas ouro.

Eu havia trazido dinheiro nessa jornada, quase todo o dinheiro que me restava no mundo. Fora obrigado a tirar as correntes de ouro de Sigunn e usei duas delas para pagar aos monges, jurando que um dia retornaria para recuperar os elos preciosos. Então, no alvorecer do nosso segundo dia em Buchestanes, andei para o sul e o oeste até um morro que ficava acima da cidade e era dominado por uma sepultura do povo antigo, um pequeno monte verde sobre uma colina encharcada. Essas sepulturas abrigam fantasmas vingativos e, enquanto eu seguia o caminho até um bosque de freixos, bétulas e olmos, senti um arrepio. Fora instruído a ir sozinho e disseram que, se eu desobedecesse, a feiticeira não apareceria para mim, mas agora eu desejava fervorosamente ter um companheiro para vigiar minhas costas. Parei, não ouvindo nada além do sussurro do vento nas folhas, os pingos d'água e o borbulhar de um riacho próximo. A viúva me dissera que alguns homens eram obrigados a esperar dias para se consultar com Ælfadell, e outros, segundo ela, pagavam com sua prata ou seu ouro, iam até a floresta e não encontravam nada.

— Ela pode sumir no ar — disse a viúva, fazendo o sinal da cruz. Uma vez, disse ela, o próprio Cnut fora lá e Ælfadell se recusou a aparecer.

— E o jarl Sigurd? — perguntei. — Também foi lá?

— Veio no ano passado e foi generoso. Havia um senhor saxão com ele.

— Quem?

— Como eu vou saber? Eles não fizeram uma parada na minha casa. Ficaram com os monges.

— Diga o que a senhora lembra — pedi.

— Ele era novo, tinha cabelo comprido como o senhor, mas mesmo assim era saxão. — A maioria dos saxões corta o cabelo, enquanto os dinamarqueses preferem deixá-lo comprido. — Os monges o chamavam de saxão, senhor, mas quem ele era? Não sei.

— E era um senhor?

— Vestia-se como um.

Eu estava vestido com malha e couro. Não ouvi nada perigoso na floresta, por isso fui em frente, parando entre folhas molhadas até ver que o caminho terminava num penhasco de calcário cortado por uma fenda enorme. A água pingava da face do penhasco e o riacho brotava da base da fenda, borbulhando branco em pedras caídas antes de escorrer para a floresta. Olhei ao redor e não vi ninguém, nem ouvi ninguém. Parecia que nenhum pássaro cantava, mas certamente isso era devido à minha apreensão. O barulho do riacho era alto. Eu podia ver pegadas no cascalho e nas pedras junto ao riacho, mas nenhuma parecia recente, por isso respirei fundo, passei por cima das pedras caídas e entrei na boca da caverna ladeada por samambaias.

Lembro-me do medo daquela caverna, um medo maior do que eu havia sentido em Cynuit quando os homens de Ubba fizeram a parede de escudos e vieram nos matar. Toquei o martelo de Tor que pendia no pescoço e fiz uma oração a Hoder, o filho de Odin e deus cego da noite, então avancei tateando, abaixando-me sob um arco de pedra atrás do qual a luz cinzenta da tarde se esvaía depressa. Deixei os olhos se acostumarem à semiescuridão e fui em frente, tentando ficar acima do riacho que corria entre as margens cobertas de pedrinhas e areia que faziam barulho sob minhas botas. Avancei lentamente através de uma passagem estreita e baixa. Foi ficando mais frio. Eu usava um elmo e ele tocou nas pedras mais de uma vez. Segurei o martelo pendurado no pescoço. Essa caverna era certamente uma das entradas para o outro mundo, onde Yggdrasil tinha suas raízes e as três senhoras do destino decidem nosso futuro. Era um lugar para anões e elfos, para as criaturas das trevas que assombram nossa vida e zombam das nossas esperanças. Eu estava apavorado.

Escorreguei na areia, cambaleei para a frente e senti que a passagem havia terminado e que agora eu estava num grande espaço cheio de ecos. Vi um brilho de luz e me perguntei se meus olhos estariam me enganando. Toquei o martelo de novo, então pus a mão no punho de Bafo de Serpente. Fiquei parado, ouvindo os pingos d'água e o borbulhar do riacho, enquanto tentava escutar algum som de uma pessoa. Agora apertava com força o punho da espada, rezando ao cego Hoder para me guiar na escuridão cega.

E então houve luz.

Luz súbita. Era apenas um punhado de velas de junco, mas tinham sido escondidas por trás de cortinas que foram levantadas abruptamente, e suas pequenas chamas enfumaçadas pareceram ofuscantes naquela escuridão absoluta.

As velas ficavam numa pedra que tinha a superfície lisa como uma mesa. Uma faca, uma taça e uma tigela estavam ao lado das velas, que iluminavam uma câmara tão alta quanto um salão. O teto da caverna era cheio de pedras claras que pendiam como se tivessem congelado no meio do fluxo. Pedra líquida, tocada de azul e cinza. Tudo isso eu vi num instante, e então olhei para a criatura que me observava de trás da mesa de pedra. Ela era uma capa escura na escuridão, uma forma nas sombras, uma coisa encurvada, a aglæcwif, mas à medida que meus olhos se acostumavam à luz vi que ela era pequenina, frágil como um pássaro, velha como o tempo e com o rosto tão escuro e enrugado que parecia couro. Sua capa de lã preta era imunda e o capuz cobria um pouco o cabelo preto com mechas grisalhas. Era a feiura com disfarce humano, a galdricge, a aglæcwif, Ælfadell.

Não me mexi e ela não falou. Ficou apenas me olhando, sem piscar, e eu senti o medo se arrastar sobre mim. Então ela me chamou com a mão parecida com uma garra e tocou a tigela vazia.

— Encha — disse. Sua voz era como vento no cascalho.

— Encher?

— Ouro — disse ela. — Ou prata. Mas encha.

— A senhora quer mais? — perguntei com raiva.

— Você quer tudo, Kjartan de Cumbraland. — E ela havia parado durante o tempo de um piscar de olhos antes de pronunciar esse nome, como se suspeitasse que fosse falso. — Portanto, sim. Quero mais.

Quase recusei, mas confesso que estava amedrontado com seu poder, por isso tirei toda a prata da minha bolsa, 15 moedas, e coloquei na tigela de madeira. Ela deu um risinho quando as moedas tilintaram.

— O que você quer saber?

— Tudo.

— Haverá uma colheita — disse ela sem dar importância. — Depois o inverno, e depois do inverno o tempo de plantar, depois outra colheita e

A feiticeira

depois outro inverno até que o tempo acabe, os homens nascerão e morrerão e isso é tudo.

— Então diga o que eu quero saber.

Ela hesitou, depois balançou a cabeça quase imperceptivelmente.

— Ponha a mão na pedra — disse, mas quando pus minha mão esquerda na pedra fria ela balançou a cabeça. — Sua mão da espada — falou, e obedientemente pus a mão direita ali. — Vire-a — rosnou ela, e eu virei a palma da mão para cima. Ela pegou a faca, olhando meus olhos. Estava sorrindo levemente, desafiando-me a retirar a mão, e quando não me mexi ela passou de repente a faca sobre a palma. Cortou uma vez desde a almofada do polegar até a base do mindinho, depois cortou de novo, transversalmente. Olhei o sangue fresco brotar dos dois cortes e me lembrei da cicatriz em forma de cruz na mão de Sigurd.

— Agora — disse ela, pousando a faca — bata com força na pedra. — Ela apontou com um dedo para o centro liso da pedra. — Bata ali.

Bati com força na pedra e o golpe deixou uma mancha de gotas de sangue irradiando-se da forma grosseira de uma mão desfigurada pela cruz vermelha.

— Agora fique em silêncio — disse Ælfadell, e deixou a capa cair.

Estava nua. Magra, pálida, feia, velha, encolhida e nua. Seus seios eram abas de pele enrugada e cheia de manchas, e os braços eram magricelos. Levantou a mão e soltou o cabelo que estivera retorcido na nuca, de modo que os fios pretos e grisalhos caíram sobre os ombros como se ela fosse uma jovem solteira. Era uma paródia de mulher, era a galdricge, e eu estremeci olhando-a. Ela não parecia perceber meu olhar, em vez disso mirava o sangue, que brilhava sob as chamas. Tocou o sangue com um dedo torto como qualquer garra, espalhando-o na pedra lisa.

— Quem é você? — perguntou ela, e parecia haver curiosidade genuína em sua voz.

— Sou quem eu sou.

— Kjartan de Cumbraland. — Ela fez um ruído na garganta que poderia ser uma gargalhada, depois moveu a garra manchada de sangue para tocar a taça. — Beba isso, Kjartan de Cumbraland — disse ela, pronunciando o nome com zombaria ácida. — Beba tudo.

Levantei a taça e bebi. O gosto era horrível. Amargo e rançoso. Parecia coagular na garganta, e eu bebi tudo.

E Ælfadell gargalhou.

Lembro-me de pouca coisa daquela noite, e boa parte do que me lembro gostaria de esquecer.

Acordei nu, com frio e amarrado. Meus tornozelos e pulsos estavam presos com tiras de couro que haviam sido atadas juntas para prender as mãos aos tornozelos. Uma leve luz cinzenta brotava pela fenda e pelo túnel iluminando a grande caverna. O chão era claro com bosta de morcego e minha pele estava suja com meu próprio vômito. Ælfadell, torta e escura com sua capa preta, estava agachada sobre minha cota de malha, minhas duas espadas, meu elmo, meu martelo e minhas roupas.

— Você está acordado, Uhtred de Bebbanburg — disse. E remexeu nas minhas posses. — E está pensando em como seria fácil eu matá-lo.

— Estou pensando em como seria fácil matar você, mulher — respondi. Minha voz era um grasnido seco. Puxei as amarras de couro, mas só consegui machucar os pulsos.

— Eu sei dar nós, Uhtred de Bebbanburg. — Ela pegou o martelo de Tor e girou-o na tira de couro. — Um amuleto barato para um grande senhor. — Deu uma risada. Ela era encurvada, corcunda e nojenta. Sua mão parecida com garra puxou Bafo de Serpente da bainha e ela trouxe a espada para perto de mim. — Eu deveria matá-lo, Uhtred de Bebbanburg. — Ela mal tinha força para levantar a grande espada, que pousou num dos meus joelhos dobrados.

— Por que não mata?

Ela me espiou.

— Está mais sábio agora? — perguntou. Não falei nada. — Você veio atrás de sabedoria. Encontrou?

Em algum lugar distante, fora da caverna, um galo cantou. Fiz força contra as amarras de novo, novamente não pude soltá-las.

— Corte as amarras — eu disse.

Ela riu disso.

— Não sou idiota, Uhtred de Bebbanburg.

— Você não me matou, e isso pode ser uma idiotice.

— Certo — concordou ela. E deslizou a espada para a frente, de modo que a ponta tocasse meu peito. — Encontrou sabedoria na sua noite, Uhtred? — Em seguida ela sorriu com os dentes podres. — Sua noite de prazer? — Tentei afastar a espada rolando de lado, mas ela continuou apertando-a contra a minha pele, tirando sangue com a ponta. Achava aquilo divertido. Agora eu estava de lado e ela pousou a lâmina no meu quadril. — Você gemeu no escuro, Uhtred. Gemeu de prazer. Ou se esqueceu?

Lembrei-me da garota que veio para mim à noite. Uma garota morena, de cabelos pretos, magra e linda, esguia como um galho de salgueiro, uma garota que havia sorrido enquanto montava em mim, as mãos leves tocando meu rosto e meu peito, uma garota que tinha se encurvado para trás enquanto minhas mãos acariciavam seus seios. Lembrei-me de suas coxas apertando meus quadris, do toque de seus dedos nas minhas bochechas.

— Eu me lembro de um sonho — respondi azedamente.

Ælfadell se balançou nos calcanhares, para trás e para a frente, numa lembrança obscena do que a garota morena havia feito durante a noite. A parte chata da espada deslizou no osso do meu quadril.

— Não foi sonho — disse ela, zombando.

Então eu quis matá-la, e ela soube disso, e isso a fez rir.

— Outros tentaram me matar. Uma vez os padres vieram atrás de mim. Eram uns vinte, comandados pelo velho abade com uma tocha acesa. Estavam rezando em voz alta, me chamando de bruxa pagã, e seus ossos ainda estão apodrecendo no vale. Eu tenho filhos, veja bem. É bom uma mulher ter filhos, porque não existe amor como o de uma mãe pelos filhos. Já se esqueceu desse amor, Uhtred de Bebbanburg?

— Outro sonho — respondi.

— Não foi sonho — disse Ælfadell, e me lembrei de minha mãe me acalentando à noite, balançando-me, dando-me o seio para sugar, e podia me lembrar do prazer daquele momento e das lágrimas quando soube que tinha de ser um sonho, porque minha mãe morrera me dando à luz e eu jamais a havia conhecido.

Ælfadell sorriu.

— De agora em diante, Uhtred de Bebbanburg, vou pensar em você como um filho. — Eu quis matá-la de novo e ela percebeu isso, e zombou de mim com uma gargalhada. — Ontem à noite a deusa veio até você. Mostrou toda a sua vida, todo o seu futuro e todo o grande mundo de homens e o que acontecerá com ele. Já esqueceu?

— A deusa veio? — perguntei. Lembrava-me de ter falado incessantemente, me lembrava da tristeza quando minha mãe me deixou, me lembrava da garota morena subindo em mim, me lembrava de ter me sentido enjoado e bêbado e me lembrava de um sonho em que eu havia flutuado acima do mundo cavalgando os ventos como um navio de casco longo montando as ondas do mar, mas não me lembrava de nenhuma deusa. — Que deusa? — perguntei.

— Erce, claro — disse ela, como se a pergunta fosse idiota. — Você sabe sobre Erce? Ela conhece você.

Erce era uma das deusas antigas que viviam na Britânia quando nosso povo veio do outro lado do mar. Eu sabia que ela ainda era cultuada em locais distantes, uma mãe da terra, uma doadora da vida, uma deusa.

— Sei sobe Erce — respondi.

— Você sabe que existem deuses. Nesse sentido não é tão idiota. Os cristãos acham que um deus servirá para todos os homens e mulheres, mas como isso pode ser? Como um pastor pode proteger cada ovelha do mundo todo?

— O velho abade tentou matar você? — perguntei. Eu havia me torcido sobre o lado direito, para que as mãos amarradas ficassem escondidas dela, e estava raspando as tiras de couro contra uma aresta de pedra, esperando que elas se partissem. Não podia fazer grandes movimentos, para que ela não notasse, e precisava mantê-la falando. — O velho abade tentou matar você? — perguntei de novo. — Mas agora os monges a protegem?

— O abade novo não é idiota. Ele sabe que o jarl Cnut o esfolaria vivo se ele tocasse em mim, por isso ele me serve.

— Ele não se importa que você não seja cristã?

— Ele gosta do dinheiro que Erce lhe traz — zombou ela. — E sabe que Erce mora nesta caverna e me protege. E agora Erce espera sua resposta. Você está mais sábio?

De novo não respondi, perplexo com a pergunta, e isso a deixou com raiva.

— Estou murmurando? — rosnou ela. — A estupidez entupiu seus ouvidos e encheu seu cérebro de pus?

— Não me lembro de nada — respondi sem sinceridade.

Isso a fez rir. Ela se agachou nos calcanhares, com a espada ainda pousando no meu quadril, e começou a se balançar para trás e para a frente de novo.

— Sete reis morrerão, Uhtred de Bebbanburg, sete reis e as mulheres que você ama. Este é o seu destino. O filho de Alfredo não governará e Wessex morrerá, o saxão matará o que ele ama e os dinamarqueses ganharão tudo, e tudo mudará e tudo será o mesmo que sempre foi e sempre será. Pronto, veja bem, você está mais sábio.

— Quem é o saxão? — perguntei. Ainda estava raspando os pulsos amarrados contra a pedra, mas nada parecia estar se esgarçando ou se afrouxando.

— O saxão é o rei que destruirá o que ele governa. Erce sabe de tudo, Erce vê tudo.

Um som de pés se arrastando junto à entrada me deu um momento de esperança, mas, em vez dos meus homens, apareceram três monges que se abaixaram entrando na semiescuridão da caverna. Seu líder era um homem idoso com cabelos brancos revoltos e bochechas fundas, que me encarou, então olhou Ælfadell, e em seguida olhou de volta para mim.

— É ele mesmo? — perguntou o homem.

— É Uhtred de Bebbanburg, é meu filho — disse Ælfadell, e gargalhou.

— Santo Deus — disse o monge. Por um momento pareceu apavorado, e essa era a razão pela qual eu ainda vivia. Tanto Ælfadell quanto o monge sabiam que eu era inimigo de Cnut, mas não sabiam o que Cnut queria de mim e temiam que, se me matassem, pudessem ofender seu senhor. O monge de cabelos brancos veio na minha direção, cautelosamente, com medo do que eu poderia fazer. — Você é Uhtred? — perguntou.

— Sou Kjartan de Cumbraland.

Ælfadell gargalhou.

— Ele é Uhtred. A bebida de Erce não mente. Ele tagarelou como um bebê durante a noite.

O monge estava apavorado por minha causa porque minha vida e minha morte estavam além de sua compreensão.

— Por que o senhor veio aqui? — perguntou ele.

— Para descobrir o futuro. — Eu podia sentir o sangue em minhas mãos. Os movimentos esfregando haviam aberto as cascas dos cortes feitos por Ælfadell na palma.

— Ele ficou sabendo do futuro — disse Ælfadell. — O futuro dos reis mortos.

— O futuro revelou minha morte? — perguntei a ela, e pela primeira vez vi dúvida naquele rosto enrugado de bruxa.

— Devemos mandar chamar o jarl Cnut — disse o monge.

— Vamos matá-lo — falou um dos monges mais novos. Era um homem alto e forte, com rosto duro e comprido, nariz adunco e olhos cruéis e implacáveis. — O jarl vai querê-lo morto.

O monge mais velho estava inseguro.

— Não sabemos qual é a vontade do jarl, irmão Hearberht.

— Mate-o! Ele vai recompensar o senhor. Vai recompensar a todos nós. — O irmão Hearberht estava certo, mas os deuses haviam enchido os outros de dúvida.

— O jarl deve decidir — disse o monge mais velho.

— Vai demorar três dias para conseguirmos a resposta — disse Hearberht acidamente —, e o que vocês vão fazer com ele durante três dias? Ele tem homens na cidade. Homens demais.

— Vamos levá-lo ao jarl? — sugeriu o monge mais velho. Estava desesperado por uma resposta, tentando agarrar qualquer sugestão que pudesse poupá-lo de tomar uma decisão.

— Em nome de Deus — disse Hearberht rispidamente. Em seguida foi até a pilha das minhas posses, curvou-se e se empertigou segurando Ferrão de Vespa. A lâmina curta captou a luz fraca. — O que a gente faz com um lobo acuado? — perguntou, e veio na minha direção.

E eu usei toda a força que anos de treino com espada e escudo haviam posto nos meus ossos e músculos, os anos de guerra e preparação para ela. Empurrei as pernas dobradas e puxei os braços, senti as amarras se afrouxando e rolei para trás, tirando a espada de cima do quadril, e comecei a gritar,

A feiticeira

o grande grito de guerra de um guerreiro, e estendi a mão para o punho de Bafo de Serpente.

Ælfadell tentou afastar a espada, mas era velha e lenta, e eu berrei até encher a caverna de ecos. Agarrei o punho da arma e girei a lâmina empurrando-a para trás, e Hearberht se conteve quando fiquei de pé. Tropecei e cambaleei, com as amarras ainda enroladas nos tornozelos. Hearberht viu essa abertura e veio depressa, com a lâmina curta segura em posição baixa, pronto para cravá-la na minha barriga nua. Empurrei-a de lado e caí em cima dele. Ele foi para trás, eu me levantei de novo e ele tentou acertar minhas pernas nuas, mas eu aparei a lâmina e estoquei para baixo com Bafo de Serpente, minha espada, minha amante, minha lâmina, minha companheira de guerra, que estripou o monge como um peixe sob uma faca com gume de navalha. Seu sangue se espalhou pelo manto preto e enegreceu a bosta de morcego, e eu continuei rasgando, sem perceber que ainda gritava, enchendo a caverna de fúria.

Hearberht estava guinchando, tremendo enquanto morria, e os outros dois monges fugiram. Arranquei as amarras dos tornozelos e fui atrás. O punho de Bafo de Serpente estava escorregadio com meu sangue e ela estava faminta.

Peguei-os na floresta, a menos de cinquenta passos da boca da caverna. Derrubei o monge mais novo com um golpe na nuca, depois agarrei o mais velho pelo manto. Virei-o para me encarar e senti o cheiro de medo que sujava seu manto.

— Sou Uhtred de Bebbanburg — eu disse. — E quem é você?

— O abade Deorlaf, senhor — respondeu ele, caindo de joelhos e virando as mãos postas na minha direção. Eu o segurei pelo pescoço e enterrei Bafo de Serpente em sua barriga. Fiz um movimento de serra, abrindo-o, e ele miou como um animal, chorou como uma criança e invocou Jesus, o Redentor, enquanto morria no meio da própria bosta. Cortei a garganta do mais novo, então voltei à caverna onde lavei a lâmina de Bafo de Serpente no riacho.

— Erce não previu sua morte — disse Ælfadell. Ela havia gritado quando cortei as amarras dos pulsos e arrancado a espada de sua mão, mas agora estava estranhamente calma. Simplesmente me olhou e aparentemente não sentia medo.

— Foi por isso que não me matou?

— Ela não previu minha morte, também.

— Então talvez ela estivesse errada — eu disse, e tirei Ferrão de Vespa da mão morta de Hearberht.

E foi então que eu a vi.

De uma abertura mais profunda, de uma passagem que levava ao outro mundo, Erce veio. Era tamanha beleza que a respiração parou nos meus pulmões. A garota de cabelos escuros que havia montado em mim durante a noite, a garota de cabelos compridos, magra e pálida, tão linda e calma e tão nua quanto a espada na minha mão, e eu só podia olhá-la. Não conseguia me mexer, e ela me espiava de volta com olhos sérios, grandes, sem dizer uma palavra, e eu não disse nada até que a respiração me voltou.

— Quem é você? — perguntei.

— Vista-se — disse Ælfadell, mas não pude saber se era para mim ou para a garota.

— Quem é você? — perguntei à garota, mas ela estava imóvel e silenciosa.

— Vista-se, senhor Uhtred! — ordenou Ælfadell, e eu obedeci. Vesti a túnica, as botas, a malha e prendi a espada à cintura, e a garota continuava me espiando com seus olhos calmos, escuros. Era linda como o alvorecer de verão e silenciosa como a noite de inverno. Não sorria, seu rosto não mostrava nada. Fui em sua direção e senti uma coisa estranha. Os cristãos dizem que nós temos uma alma, o que quer que seja isso, e me pareceu que aquela garota não tinha alma. Havia um vazio em seus olhos escuros. Era amedrontador e fazia com que eu me aproximasse devagar.

— Não! — gritou Ælfadell. — Você não pode tocá-la! Você viu Erce à luz do dia. Nenhum outro homem viu.

— Erce?

— Vá — disse ela. — Vá. — E ousou ficar na minha frente. — Você sonhou ontem à noite e em seu sonho encontrou a verdade. Contente-se com isso e vá.

— Fale comigo — pedi à garota, mas ela estava imóvel, silenciosa e vazia, mas eu não podia afastar meus olhos. Ficaria olhando-a pelo resto da vida. Os cristãos falam em milagres, em homens que andam sobre a água e ressuscitam os mortos, e dizem que esses milagres são prova de sua religião, embora nenhum deles possa fazer milagre ou nos mostrar um milagre, mas ali, naquela caverna úmida sob a sepultura na colina, eu vi um milagre. Vi Erce.

— Vá — disse Ælfadell, e ainda que ela falasse comigo, foi a deusa que se virou e desapareceu no outro mundo.

Não matei a velha. Fui embora. Arrastei os monges mortos para um bosque de espinheiros onde talvez os animais selvagens se refestelassem com eles, depois me abaixei no riacho e bebi como um cão.

— O que a bruxa lhe contou? — perguntou Osferth quando voltei à fazenda da viúva.

— Não sei — respondi, e meu tom desencorajou mais perguntas, menos uma.

— Aonde vamos, senhor? — perguntou ele.

— Para o sul — respondi ainda atordoado.

E assim cavalgamos na direção das terras de Sigurd.

Quatro

Eu havia contado meu nome a Ælfadell, e o que mais? Teria contado a respeito da ideia de me vingar de Sigurd? E por que havia falado tanto? Ludda me deu uma resposta enquanto cavalgávamos para o sul.

— Há ervas e cogumelos, senhor, e há a ferrugem que a gente encontra nas espigas de centeio, todas essas coisas que dão sonhos aos homens. Minha mãe as usava.

— Ela era feiticeira?

Ele deu de ombros.

— Era pelo menos uma mulher sábia. Dizia a sorte e fazia poções.

— E a poção que Ælfadell me deu me fez dizer meu nome?

— Talvez fosse ferrugem de centeio. Se foi, o senhor tem sorte em estar vivo. Preparada de modo errado, pode matar o sonhador, mas se ela sabia fazer, o senhor deve ter matraqueado feito uma velha.

E quem sabe o que mais eu havia revelado à aglæcwif? Eu me sentia um idiota.

— Ela fala mesmo com os deuses? — Eu havia contado a Ludda sobre Ælfadell, mas não sobre Erce. Queria guardar esse segredo como uma lembrança para me assombrar.

— Algumas pessoas dizem que falam com os deuses — respondeu Ludda, inseguro.

— E veem o futuro?

Ele se remexeu na sela. Ludda não estava acostumado a cavalgar e a jornada deixara sua bunda machucada e as coxas doloridas.

— Se ela visse mesmo o futuro, senhor, por que estaria numa caverna? Teria um palácio. Os reis se arrastariam aos pés dela.

— Talvez os deuses só falem com ela na caverna — sugeri.

Ludda ouviu a ansiedade na minha voz.

— Senhor — disse ele sério —, se rolar os dados com a frequência necessária, sempre terá os números que quiser. Se eu lhe dizer que o sol vai brilhar amanhã, que vai chover, nevar, que as nuvens vão cobrir o céu, que o vento vai soprar, que será um dia calmo e que o trovão vai nos ensurdecer, uma dessas coisas será verdade e o senhor vai se esquecer do resto porque quer acreditar que eu posso mesmo prever o futuro. — Ele me deu um sorriso rápido. — As pessoas não compram ferro porque eu sou convincente, senhor, mas porque querem desesperadamente acreditar que ele vai virar prata.

E eu queria desesperadamente acreditar nas dúvidas dele com relação a Ælfadell. Ela havia dito que Wessex estava condenado e que sete reis morreriam, mas o que isso significava? Que reis? Alfredo de Wessex, Eduardo de Cent, Eohric da Ânglia Oriental? Quem mais? E quem era o saxão?

— Ela sabia quem eu era — disse a Ludda.

— Porque o senhor bebeu a poção dela. Era como se o senhor estivesse bêbado e dissesse qualquer coisa que lhe viesse à mente.

— E ela me amarrou, mas não me matou.

— Deus seja louvado — disse Ludda com respeito. Eu duvidava que ele fosse cristão, pelo menos que fosse um bom cristão, mas ele era inteligente demais para cair na desgraça dos padres. Franziu a testa perplexo. — Fico imaginando por que ela não o matou.

— Ela teve medo de fazer isso, e o abade também.

— Ela o amarrou, senhor, porque alguém havia dito que o senhor era inimigo do jarl Cnut. De modo que ela sabia pelo menos isso, mas não sabia o que o jarl Cnut queria que fosse feito com o senhor. Por isso mandou os monges descobrirem. E eles também ficaram com muito medo de ordenar sua morte. Matar um senhor não é coisa pequena, especialmente se os homens dele estiverem por perto.

— Um deles não ficou com medo.

— E está lamentando isso agora — disse Ludda, animado. — Mas é estranho, senhor, muito estranho.

— O quê?

— Ela consegue falar com os deuses. E os deuses não lhe disseram para matar o senhor.

— Ah — respondi, vendo o que ele queria dizer e não sabendo o que falar em seguida.

— Os deuses saberiam o que fazer com o senhor e teriam dito a ela como agir, mas não fizeram isso. O que me diz que ela não está recebendo ordens dos deuses, e sim do jarl Cnut. Ela está dizendo aos homens o que ele quer que eles ouçam. — Ludda se remexeu na sela de novo, tentando aliviar o desconforto. — Ali está a estrada, senhor — disse ele, apontando. Estava nos levando para o sudeste e estivera procurando uma estrada romana que atravessava os morros. — Ela vai até umas velhas minas de chumbo, mas depois de passar por elas não existe mais estrada. — Eu havia dito para Ludda nos levar a Cytringan, onde Sigurd tinha um salão de festas, mas não revelara o que planejava fazer lá.

Por que eu tinha ido procurar Ælfadell? Para encontrar uma estrada, claro. As três Nornas ficam sentadas nas raízes da árvore Yggdrasil, onde tecem nosso destino, e em algum momento vão pegar o podão e cortar nossos fios. Todos queremos saber onde esses fios irão terminar. Queremos saber o futuro. Queremos saber, como dissera Beornnoth, como a história acaba, e por isso eu tinha ido ver Ælfadell. Alfredo provavelmente morreria em breve, talvez já estivesse morto, e tudo mudaria, e eu não era idiota a ponto de achar que minha participação nessa mudança seria pequena. Sou Uhtred de Bebbanburg. Os homens me temiam. Naqueles tempos eu não era um grande senhor em termos de terras, riquezas ou homens, mas Alfredo sabia que, se quisesse a vitória, deveria me emprestar homens, e era assim que tínhamos enfraquecido Haesten em Beamfleot. Seu filho, Eduardo, parecia confiar em mim, e eu sabia que Alfredo queria que eu jurasse lealdade a Eduardo, mas eu havia ido a Ælfadell para ter um vislumbre do futuro. Por que me aliar a um homem destinado ao fracasso? Seria Eduardo o homem que Ælfadell chamara de saxão, e que estava condenado a destruir Wessex? Qual seria a estrada segura?

A irmã de Eduardo, Æthelflaed, jamais me perdoaria se eu traísse seu irmão, mas talvez ela também estivesse condenada. Todas as minhas mulheres morreriam. Não havia grande revelação nisso, todos nós morremos, mas por que Ælfadell dissera essas palavras? Estaria me alertando contra os filhos de Alfredo? Contra Æthelflaed e Eduardo? Vivemos num mundo que está caindo na escuridão, eu havia buscado uma luz para indicar uma estrada segura e não tinha encontrado nenhuma, a não ser uma visão de Erce, uma visão que não abandonava minha memória, uma visão destinada a me assombrar.

— Wyrd bið ful āræd — disse em voz alta.

O destino é inexorável.

E sob a influência da bebida amarga de Ælfadell eu havia falado meu nome, e o que mais? Não tinha contado a nenhum dos meus homens qual era o meu plano, mas teria contado a Ælfadell? E Ælfadell vivia nas terras de Cnut sob sua proteção. Ela havia me dito que Wessex seria destruído e que os dinamarqueses ganhariam tudo, e claro que diria isso, porque era o que Cnut Espada Longa queria que os homens ouvissem. O jarl Cnut queria que cada líder dinamarquês que a visitasse ouvisse dizer que a vitória seria deles, porque os homens inspirados para a batalha por um conhecimento prévio da vitória lutavam com uma paixão que lhes dava a vitória. Os homens de Sigurd, ao me atacarem na ponte, haviam acreditado mesmo que iriam vencer, e isso os encorajara a cair numa armadilha.

Agora eu comandava alguns homens na direção do que poderia ser nossa morte. Será que eu contara a Ælfadell que estava planejando atacar Cytringan? Porque, se tivesse deixado escapar essa ideia, ela certamente mandaria uma mensagem a Cnut, e Cnut agiria rápido para proteger seu amigo Sigurd. Eu planejara ir para casa passando por Cytringan, o salão de festas de Sigurd, e esperava encontrá-lo vazio e desprotegido. Havia pensado em queimá-lo todo, depois cavalgar depressa até Buccingahamm. Sigurd tentara me matar e eu queria que ele lamentasse esse ato, por isso fora a Ceaster com o objetivo de atraí-lo para longe de suas terras. E se meu ardil tivesse funcionado, Sigurd estaria indo para lá agora, pensando em preparar uma armadilha e me matar, enquanto eu planejava queimar seu salão. Mas seu amigo Cnut poderia mandar homens a Cytringan e transformar aquele salão de festa numa armadilha para mim.

Por isso eu precisava fazer algo diferente.

— Esqueça Cytringan — disse a Ludda. — Leve-me ao vale do Trente. A Snotengaham.

Assim cavalgamos para o sul, sob as nuvens que voavam enlouquecidas, e depois de dois dias e duas noites chegamos ao vale que trazia tantas lembranças. Na primeira vez que eu estivera num navio de guerra, tinha vindo a esse lugar, remando pelo Humbre e depois pelo Trente, e foi nesse vale que vi Alfredo pela primeira vez. Eu era um garoto e ele, um rapaz. Eu o havia espionado, ouvindo sua angústia com o pecado que trouxera Osferth ao mundo. Foi nas margens do Trente que encontrei pela primeira vez Ubba, que era conhecido como Ubba, o Horrível, e fiquei pasmo e aterrorizado com ele. Mais tarde, junto a um mar distante, eu iria matá-lo. Eu era um garoto quando estivera pela última vez nas margens desse rio, mas agora era um homem, e outros homens me temiam como eu havia temido Ubba. Uhtredærwe, era como alguns homens me chamavam. Uhtred, o Perverso. Chamavam-me assim porque eu não era cristão, mas eu gostava do nome, e pensava que um dia levaria a perversidade longe demais e homens morreriam porque eu era idiota.

Talvez ali, naquele momento, porque tinha abandonado a ideia de destruir o salão de festa em Cytringan e em vez disso tentaria uma coisa idiota, mas era uma coisa que faria meu nome ser falado por toda a Britânia. Reputação. Nós preferimos a reputação ao ouro, por isso deixei meus homens numa propriedade e cavalguei pela margem sul do rio, tendo apenas Osferth por companhia, e não disse nada até chegarmos à borda de uma floresta, de onde podíamos ver a cidade do outro lado dos redemoinhos do rio largo.

— Snotengaham — eu disse. — Foi aqui que conheci seu pai.

Ele grunhiu diante disso. A cidade ficava na margem norte do rio e tinha crescido desde que eu a vira pela última vez. Havia construções do lado de fora das fortificações e o ar acima dos telhados estava denso de fumaça das cozinhas.

— É posse de Sigurd? — perguntou Osferth.

Confirmei, lembrando-me do que Beornnoth havia me dito, que Sigurd deixara sua frota de guerra em Snotengaham. Também me lembrei das palavras de Ragnar, o Velho, dizendo que Snotengaham seria dinamarquesa para sempre, no entanto a maior parte das pessoas que moravam dentro dos muros era saxã. Essa era uma cidade mércia, bem na borda norte desse reino, mas durante quase toda a minha vida fora governada pelos dinamarqueses, e agora seus mercadores, seus homens da igreja, suas prostitutas e seus taverneiros pagavam prata a Sigurd. Ele havia construído um salão num grande afloramento de rocha no centro da cidade. Não era sua moradia principal, que ficava longe, ao sul, mas Snotengaham era uma das fortalezas de Sigurd, um lugar onde ele se sentia seguro.

Para alcançar Snotengaham a partir do mar, um barco precisava subir o grande Humbre, depois seguir pelo Trente. Essa era a viagem que eu havia feito na infância, no *Víbora do Vento*, e daquele bosque na margem sul eu podia ver que havia quarenta ou cinquenta barcos sobre a margem oposta. Eram os navios que Sigurd levara para Wessex, no sul, no ano anterior, mas no fim não tinha conseguido nada, a não ser a destruição de algumas fazendas perto de Exanceaster. Sua presença sugeria que ele não planejava outra invasão por mar. Seu próximo ataque seria por terra, um golpe contra a Mércia e depois contra Wessex, para tomar as terras dos saxões.

No entanto, o orgulho de um homem não está somente em suas terras. Nós medimos a importância de um senhor pelo número de tripulações que ele comanda, e aqueles navios me diziam que Sigurd comandava uma horda. Eu comandava apenas uma tripulação. Ouso dizer que eu era tão famoso quanto Sigurd, mas minha fama não se traduzira em riqueza. Deveria ser chamado de Uhtred, o Idiota, pensei. Eu havia servido a Alfredo durante todos aqueles anos, e como prova disso possuía uma propriedade emprestada, uma única tripulação de homens e uma reputação. Sigurd era dono de cidades, propriedades inteiras e comandava um exército.

Era hora de provocá-lo.

Falei com cada um dos meus homens. Disse que eles poderiam ficar ricos me traindo, que se ao menos um deles contasse a alguma prostituta na cidade que eu era Uhtred, eu provavelmente morreria, e a maioria deles morreria comigo. Não os lembrei do juramento que haviam feito a mim porque nenhum deles precisava ser lembrado, e eu não achava que algum deles fosse me trair. Tinha quatro dinamarqueses e três frísios, mas eram meus homens, amarrados a mim tanto pela amizade quanto pelo juramento.

— O que vamos fazer — perguntei — levará os homens a falarem por toda a Britânia. Não vai nos tornar ricos, mas prometo reputação a vocês.

Meu nome, eu disse a eles, era Kjartan. Era o nome que eu havia usado com Ælfadell, um nome do meu passado, um nome do qual eu não gostava, o nome do abominável pai de Sihtric, mas ele serviria para os próximos dias, e eu só sobreviveria àqueles dias se nenhum dos meus homens revelasse a verdade e se ninguém em Snotengaham me reconhecesse. Eu só me encontrara com Sigurd duas vezes, e ambas foram breves, mas alguns homens que o haviam acompanhado àquelas reuniões poderiam estar em Snotengaham, e esse era um risco que eu precisava correr. Havia deixado a barba crescer, estava usando uma cota de malha velha que tinha deixado enferrujar e parecia, como desejava, um homem à beira do fracasso.

Encontrei uma taverna fora da cidade. Ela não tinha nome. Era um lugar miserável com cerveja azeda, pão mofado e queijo infestado de vermes, mas tinha espaço suficiente para meus homens dormirem em sua palha imunda e o dono da taverna, um saxão mal-humorado, ficou satisfeito com a pequena quantidade de prata que lhe dei.

— Por que vocês estão aqui? — perguntou.

— Para comprar um navio — respondi, então contei que tínhamos feito parte do exército de Haesten e que havíamos nos cansado de passar fome em Ceaster e só queríamos ir para casa. — Vamos voltar à Frísia — eu disse, e essa foi a minha história, e ninguém em Snotengaham achou estranha. Os dinamarqueses seguem líderes que lhes trazem riquezas, e quando um líder fracassa suas tripulações se derretem como neve sob o sol. E ninguém achou estranho que um frísio liderasse saxões. As tripulações dos navios vikings são compostas de dinamarqueses, noruegueses, frísios e saxões. Qualquer homem sem senhor poderia ser viking, e um comandante de navio não se importava com a língua que o homem falava, desde que pudesse usar uma espada, atirar uma lança e puxar um remo.

Assim minha história não foi questionada e, no dia depois de chegarmos a Snotengaham, um dinamarquês barrigudo chamado Frithof veio me procurar. O braço esquerdo dele terminava no cotovelo.

— Algum desgraçado saxão o cortou — disse ele cheio de animação —, mas eu decepei a cabeça dele, de modo que foi uma troca justa. — Frithof era o que um saxão chamaria de *reeve* de Snotengaham, o homem responsável por manter a paz e servir aos interesses de seu senhor na cidade. — Eu cuido do jarl Sigurd — revelou Frithof — e ele cuida de mim.

— Ele é um bom senhor?

— O melhor — respondeu Frithof entusiasmado. — Generoso e leal. Por que você não presta juramento a ele?

— Quero ir para casa.

— Para a Frísia? Você fala como dinamarquês e não como frísio.

— Eu servi a Skirnir Thorson — expliquei. Skirnir havia sido um pirata do litoral da Frísia e eu o servira atraindo-o para a morte.

— Ele era um desgraçado — disse Frithof —, mas ouvi dizer que tinha uma mulher bonita. Como era mesmo o nome da ilha dele? — A pergunta não ocultava qualquer suspeita. Frithof era um homem afável, hospitaleiro.

— Zegge — respondi.

— Isso! Não tinha nada além de areia e bosta de peixe. Então você passou de Skirnir para Haesten, hein? — Ele riu, a pergunta sugerindo que eu havia escolhido mal os meus senhores. — Existe coisa muito pior do que servir ao jarl Sigurd — garantiu Frithof. — Ele cuida de seus homens e logo haverá terras e prata.

— Logo?

— Quando Alfredo morrer, Wessex vai se despedaçar. Só precisamos esperar e depois sair colhendo.

— Tenho terras na Frísia — eu disse. — E uma mulher.

Frithof riu.

— Há muitas mulheres por aqui, mas você quer mesmo ir para casa?

— Quero ir para casa.

— Por isso precisa de um navio. A não ser que planeje nadar. Então vamos dar uma volta.

Quarenta e sete navios tinham sido puxados do rio e agora estavam sustentados por suportes de carvalho numa campina perto de uma pequena enseada que tornava fácil lançá-los à água e recuperá-los. Seis outros navios estavam flutuando. Quatro desses eram barcos mercantes e dois eram embarcações de guerra, longas e esguias, com proas e popas altas.

— *Voador Luminoso*. — Frithof apontou para um dos dois navios de guerra que flutuavam no rio. — É a embarcação do jarl Sigurd.

O *Voador Luminoso* era uma beldade, com barriga chata e esguia e proa e popa altas. Havia um homem agachado no cais pintando uma linha comprida ao longo de sua fiada superior de tábuas, uma linha que acentuaria sua forma sinuosamente ameaçadora. Frithof me levou até o cais de madeira e subiu à baixa meia-nau do barco. Fui atrás dele, sentindo o pequeno tremor no *Voador Luminoso* quando ele reagiu ao nosso peso. Notei que o mastro não estava a bordo, que não tinha remos nem toletes e a presença de duas serras pequenas, um enxó e uma caixa de formões mostrava que havia homens trabalhando nele. Estava na água, mas não pronto para qualquer viagem.

— Eu o trouxe da Dinamarca para cá — disse Frithof, pensativo.

— Você é comandante?

— Fui, talvez seja de novo. Sinto falta do mar. — Ele passou a mão pela madeira lisa da fiada superior. — Não é bonito?

— É lindo — respondi.

— O jarl Sigurd mandou construí-lo. E, para ele, só o melhor! — Frithof bateu no casco. — Carvalho verde da Frísia. Mas é grande demais para você.

— Está à venda?

—Jamais! O jarl Sigurd preferiria vender o próprio filho como escravo! Além disso, quantos remos você quer? Vinte?

— Não mais que isso.

— Ele precisa de cinquenta remadores — disse Frithof, batendo de novo nas tábuas do *Voador Luminoso*. E suspirou, lembrando-se do navio no mar.

Olhei as ferramentas de carpintaria.

— Você está preparando-o para o mar?

— O jarl não deu instruções, mas odeio ver os navios fora da água por muito tempo. A madeira seca e encolhe. Depois quero pôr aquele ali na água. — Ele apontou para a ponta da enseada, onde havia outra beldade sustentada por grossas toras de carvalho. — O *Carniceiro do Mar*. O navio do jarl Cnut.

— Ele mantém seus navios aqui?

— Só os dois. O *Carniceiro do Mar* e o *Caçador de Nuvens*. — Havia homens calafetando o *Carniceiro do Mar,* enchendo as juntas das tábuas com uma mistura de lã e alcatrão de pinheiro. Meninos ajudavam ou então brincavam à beira do rio. Os braseiros de alcatrão soltavam fumaça, lançando o cheiro pungente por cima do rio vagaroso. Frithof voltou para o cais e deu um tapinha na cabeça do homem que estava pintando a linha branca nas tábuas. Frithof era obviamente popular. Os homens riam e gritavam cumprimentos respeitosos, e Frithof respondia com prazer e generosidade. Tinha uma bolsa na cintura cheia de pedaços de carne defumada que entregava às crianças, e ele sabia o nome de todas. — Este é Kjartan — apresentou-me aos homens que calafetavam o *Carniceiro do Mar*. — E ele quer tirar um barco das mãos de vocês. Vai voltar para a Frísia porque a mulher dele está lá.

— Traga a mulher para cá! — gritou um homem para mim.

— Ele tem tino e não vai deixar vocês ficarem de olho nela, seus vagabundos — retrucou Frithof, depois me levou mais adiante pela margem, passando por um grande monte de pedras de lastro. Frithof tinha autorização de Sigurd para comprar ou vender navios, mas somente meia dúzia estava à venda e, desses, apenas dois me serviriam. Um era um navio mercante, largo na boca extrema e bem-feito, mas era muito curto, com o comprimento apenas quatro vezes maior que a boca extrema, o que o tornaria lento. O outro navio era mais velho e muito usado, mas era pelo menos sete vezes mais comprido que a largura máxima, e as linhas esguias eram belas. — Pertenceu a um norueguês que foi morto em Wessex — explicou Frithof.

— É feito de pinho? — perguntei batendo no casco.

— É todo de espruce.

— Eu preferiria carvalho — falei de má vontade.

— Dê-me ouro e eu mandarei construir um navio do melhor carvalho frísio para você. Mas se quer atravessar o mar neste verão, pode fazer isso com pinho. Ele é bem-feito e tem mastro, vela e cordame.

— Remos?

— Temos muitos remos bons de freixo. — Ele passou a única mão pela viga vertical da proa. — Precisa de alguns reparos — admitiu —, mas foi uma doçura em outros tempos. *Filha de Tyr.*

— É o nome do barco?

Frithof sorriu.

— É. — Ele sorriu porque Tyr é o deus dos guerreiros que travam combate singular e, como Frithof, Tyr tem apenas uma das mãos, porque perdeu a direita para as presas afiadas de Fenrir, o lobo raivoso. — O dono dele gostava de Tyr — disse Frithof, ainda acariciando a trave.

— Ele tem cabeça de fera?

— Posso arranjar alguma coisa para você.

Nós regateamos, ainda que bem-humorados. Ofereci a pouca prata que me restava, com todos os nossos cavalos, selas e arreios, e a princípio Frithof exigiu uma quantia que era pelo menos o dobro do valor disso tudo, mas na verdade estava satisfeito por se livrar do *Filha de Tyr*. O navio podia ter sido bom um dia, mas estava velho e era pequeno. Um navio precisa de cinquenta ou sessenta homens para ficar em segurança, e o *Filha de Tyr* ficaria apinhado com trinta homens, mas era perfeito para o meu propósito. Se eu não o comprasse, suspeito que ele seria despedaçado para virar lenha, e na verdade eu o consegui por um bom preço.

— Ele vai levar você à Frísia — garantiu Frithof.

Cuspimos na palma da mão, apertamos as mãos e assim eu me tornei dono do *Filha de Tyr*. Precisava comprar alcatrão de pinheiro para calafetá-lo, e passamos dois dias na margem do rio forçando uma mistura grossa de alcatrão quente, crina de cavalo, musgo e lã de carneiro nas fendas das tábuas. O mastro, as velas e o cordame de cânhamo foram trazidos do depósito até a campina onde os barcos estavam encalhados, e eu insisti para que meus homens deixassem a taverna imunda e dormissem no navio. Armamos a vela como uma tenda por cima dele e dormíamos dentro ou embaixo do casco.

Frithof parecia gostar de nós, ou então simplesmente aprovava a ideia de que um de seus navios retornaria à água. Trazia cerveja à campina, que ficava a uns quatrocentos ou quinhentos passos da parte mais próxima dos muros de Snotengaham, bebia conosco e contava histórias de lutas antigas, e em troca eu lhe contava sobre as viagens que tinha feito.

— Sinto falta do mar — dizia ele, nostálgico.

— Venha conosco — convidei.

Ele balançou a cabeça, pesaroso.

— O jarl Sigurd é um bom senhor. Ele cuida de mim.

— Eu poderei vê-lo antes de ir embora?

— Duvido — respondeu Frithof. — Ele e o filho foram ajudar seu velho amigo.

— Haesten?

Frithof concordou.

— Você ficou com ele durante o inverno?

— Ele ficava prometendo que outros homens iriam ajudá-lo — inventei. — Dizia que eles viriam da Irlanda, mas ninguém veio.

— Ele se saiu bastante bem no inverno passado.

— Até que os saxões tomaram sua frota — comentei azedamente.

— Uhtred de Bebbanburg — disse Frithof com igual azedume, depois tocou o martelo que usava no pescoço. — Uhtred está sitiando Haesten agora. Foi por isso que você partiu?

— Não quero morrer na Britânia. De modo que, sim, foi por isso que nós partimos.

Frithof sorriu.

— Uhtred vai morrer na Britânia, amigo. O jarl Sigurd foi matar o desgraçado.

Toquei meu martelo.

— Que os deuses deem a vitória ao jarl — falei com devoção.

— Matando Uhtred a Mércia cai, e quando Alfredo morrer, Wessex cai. — Ele sorriu. — Por que um homem preferiria estar na Frísia enquanto tudo isso acontece?

— Sinto falta de casa.

— Faça sua casa aqui! — disse Frithof entusiasmado. — Junte-se ao jarl Sigurd e você poderá escolher uma propriedade em Wessex, tomar uma dúzia de esposas saxãs e viver como um rei!

— Mas primeiro preciso matar Uhtred? — perguntei em tom leve.

Frithof tocou o amuleto de novo.

— Ele vai morrer — disse, e sua voz não era nem um pouco leve.

— Muitos homens tentaram matá-lo. Ubba tentou!

— Uhtred nunca enfrentou o jarl Sigurd em batalha, nem o jarl Cnut, e a espada do jarl Cnut é rápida como a língua de uma serpente. Uhtred vai morrer.

— Todos os homens morrem.

— A morte dele foi profetizada — disse Frithof, e, quando viu meu interesse, tocou o martelo de novo. — Uma feiticeira previu a morte dele.

— Onde vai ser? Quando?

— Quem sabe? Ela sabe, acho, e foi isso que ela prometeu ao jarl.

Senti uma súbita e estranha pontada de ciúme. Será que Erce havia montado em Sigurd, como montara em mim? Então pensei que Ælfadell previra minha morte para Sigurd, mas a havia negado para mim, e isso significava que ela havia mentido para um de nós ou que Erce, apesar de linda, não era nenhuma deusa.

— O jarl Sigurd e o jarl Cnut estão destinados a lutar contra Uhtred — continuou Frithof —, e a profecia diz que os jarls vencerão. Uhtred morrerá e Wessex cairá. E isso significa que você está deixando de lado uma oportunidade, amigo.

— Talvez eu volte — eu disse, e pensei que talvez retornasse um dia a Snotengaham porque, se o sonho de Alfredo de unir todas as terras que falavam a língua inglesa se realizasse, os dinamarqueses deveriam ser expulsos dali e de todas as outras cidades entre Wessex e a selvagem fronteira com a Escócia.

À noite, quando a cantoria nas tavernas de Snotengaham acabava e os cães ficavam quietos, as sentinelas que vigiavam os navios vinham até nossas fogueiras e aceitavam nossa comida e nossa cerveja. Isso aconteceu durante três noites, e então, no amanhecer seguinte, meus homens cantaram enquanto empurravam o *Filha de Tyr* por uma rampa de troncos para dentro do Trente.

Ele flutuou. Demoramos um dia para colocar o lastro e mais meio dia para distribuir as pedras de modo que ele flutuasse direito, só um pouquinho inclinado na popa. Eu sabia que ele iria vazar, mas ao anoitecer do segundo dia não existia evidência de água acima das pedras de lastro recém-colocadas. Frithof mantivera a palavra e nos trouxe remos, e meus homens levaram o navio rio acima por alguns quilômetros, depois deram meia-volta e o trouxeram de volta. Acomodamos o mastro num par de suportes, prendemos a vela enrolada e guardamos as poucas posses que tínhamos sob o pequeno meio convés na popa. Gastei as poucas moedas de prata que me restavam comprando um barril de cerveja, dois de peixe seco, um pouco de pão duplamente assado, uma manta de toucinho e um grande queijo duro como pedra enrolado em um pano. No crepúsculo, Frithof nos trouxe uma cabeça de águia do mar, esculpida em carvalho, que se encaixaria na proa.

— É um presente — disse ele.

— Você é um bom homem — respondi, sincero.

Ele ficou olhando seus escravos carregarem a cabeça esculpida a bordo do meu navio.

— Que o *Filha de Tyr* sirva bem a você — disse ele, tocando o martelo no pescoço —, que o vento jamais lhe falte e que o mar o leve em segurança para casa.

Mandei os escravos guardarem a cabeça na proa.

— Você me ajudou muito — disse calorosamente a Frithof — e eu gostaria de poder agradecer direito. — Ofereci um bracelete de prata, mas ele balançou a cabeça.

— Não preciso — respondeu. — E talvez você precise de prata na Frísia. Vai partir de manhã?

— Antes do meio-dia.

— Eu virei me despedir — prometeu ele.

— Qual é a distância até o mar?

— Você vai chegar lá em dois dias. E assim que estiver fora do Humbre, vá um pouco para o norte. Evite o litoral da Ânglia Oriental.

— Problemas por lá?

Ele deu de ombros.

— Alguns navios procurando presa fácil. Eohric os encoraja. Vá direto para o mar e continue indo. — Ele inclinou a cabeça para o céu sem nuvens. — Se esse tempo bom durar, você vai estar em casa em quatro dias. Cinco, talvez.

— Alguma notícia de Ceaster? — perguntei. Eu estava preocupado com a hipótese de Sigurd ter percebido que fora enganado e que estivesse retornando ao seu território, mas Frithof não ficara sabendo de nada, e eu presumi que Finan ainda estivesse guiando o jarl numa dança pelas montanhas e florestas a sul da velha fortaleza romana.

Naquela noite havia lua cheia, e os vigias vieram de novo ao cais onde o *Filha de Tyr* estava amarrado ao *Voador Luminoso* com cordas de cânhamo. A lua fazia rebrilhar os redemoinhos do rio. Demos cerveja aos vigias, os regalamos com canções e histórias e esperamos. Uma coruja de celeiro voou baixo, asas brancas como fumaça, e eu considerei a passagem rápida do pássaro como um bom presságio.

Quando o coração da noite chegou e os cães se calaram mandei Osferth e uma dúzia de homens até um monte de feno que ficava a meio caminho da cidade.

— Tragam o máximo de feno que puderem carregar — eu disse.

— Feno? — perguntou um dos vigias.

— Para camas — expliquei, e disse a Ludda para encher o chifre de cerveja do sujeito.

Os vigias pareceram não notar que nenhum dos meus homens estava bebendo, nem sentiram a apreensão dos meus tripulantes. Beberam, e eu subi a bordo do *Voador Luminoso* e atravessei até o *Filha de Tyr*, onde passei a cota de malha pela cabeça e prendi Bafo de Serpente à cintura. Um a um meus homens foram ao barco e se vestiram para a guerra, enquanto Osferth retornava com grandes braçadas de feno. Só então um dos quatro vigias decidiu que nosso comportamento era estranho.

— O que vocês vão fazer? — perguntou.

— Queimar os navios de vocês — respondi animado.

Ele me olhou boquiaberto.

— O quê?

Desembainhei Bafo de Serpente e segurei a ponta logo abaixo de seu nariz.

— Meu nome é Uhtred de Bebbanburg — eu disse, e vi seus olhos se arregalarem. — Seu senhor tentou me matar, e estou lembrando-o de que ele fracassou.

Deixei três homens vigiando os prisioneiros no cais, enquanto o restante ia trabalhar nos navios encalhados. Usamos machados para partir os bancos dos remadores, depois empilhamos feno e gravetos nas amplas barrigas dos cascos. Fiz o monte maior no *Carniceiro do Mar*, o valioso navio de Cnut, porque ele estava no centro das embarcações encalhadas. Osferth e sua meia dúzia de homens vigiava a cidade, mas ninguém veio dos portões, que eu presumi que estivessem trancados. Mesmo quando usamos cordas para puxar os suportes de alguns dos navios da borda da frota para fazê-los tombar, o barulho não chegou a Snotengaham.

A cidade ficava no norte da terra de Sigurd, protegida pelo resto da Mércia por suas grandes propriedades, e ao norte ficava o território amigo controlado por Cnut. Talvez nenhuma cidade em toda a Britânia se sentisse mais longe de problemas, motivo pelo qual os barcos tinham sido trazidos para ali e Frithof só pusera quatro homens velhos e aleijados para vigiá-los. Os guardas não estavam ali para repelir um ataque, já que ninguém esperava que Snotengaham fosse atacada, e sim para impedir pequenos roubos de madeira ou do carvão usado nos braseiros. Agora esse carvão estava espalhado pelos navios encalhados e eu levei um dos braseiros ainda fumegantes à barriga do *Carniceiro do Mar*.

Pusemos fogo nos outros navios, depois voltamos ao cais.

As chamas brilharam, diminuíram, depois irromperam de novo. A fumaça se adensou rapidamente. Até agora era apenas a palha e o carvão queimando, já que o carvalho das tábuas dos navios demorava mais para pegar fogo, mas finalmente vi as chamas mais pesadas crescerem e se espalharem. O vento estava fraco e irregular, às vezes soprando a fumaça contra o fogo e fazendo-a redemoinhar baixa antes de libertá-la no ar noturno. As chamas pegaram e se espalharam, o calor era calcinante, o alcatrão derretido pingava, fagulhas voavam alto e o barulho do fogo crescia.

Osferth veio correndo, trazendo seus homens pela margem, entre o rio que refletia o fogo e as chamas. Um barco desmoronou, com as tábuas acesas se chocando no chão e espirrando fogo sob as barrigas das embarcações próximas.

— Homens vindo! — gritou Osferth.

— Quantos?

— Seis ou Sete.

Levei dez homens subindo pela margem enquanto Osferth punha fogo nos navios que ainda flutuavam. O incêndio produzia um rugido pontuado pelos estalos da madeira rachando. O *Carniceiro do Mar* era agora um navio feito de chamas, sua barriga parecia um caldeirão e a quilha comprida se partiu enquanto passávamos perto. Ele cedeu com um grande estrondo e as fagulhas voaram para fora, as chamas saltaram mais altas mostrando um grupo de homens correndo desorganizados, vindos da cidade. Não eram muitos, talvez oito ou nove, e não estavam vestidos, apenas haviam colocado capas por cima dos blusões. Nenhum estava armado e pararam ao me ver, o que não era de espantar, porque eu usava cota de malha e elmo, e estava com Bafo de Serpente na mão. O fogo se refletia na lâmina. Não falei. Estava de costas para o fogo que rugia na noite, de modo que tinha o rosto oculto pelas sombras. Os homens viram uma linha de guerreiros em silhueta diante do fogo, prontos para a guerra, e se viraram de volta para a cidade em busca de ajuda, que já estava chegando. Mais homens atravessavam a campina e, à luz forte do incêndio, vi o brilho de lâminas se refletindo.

— De volta ao cais — disse aos meus homens.

Recuamos para o cais, que estava sendo tocado pelas chamas mais próximas.

— Osferth! Estão todos queimando? — eu estava perguntando sobre os navios na água, todos menos o *Filha de Tyr* e o *Voador Luminoso*.

— Estão — gritou ele de volta.

— A bordo! — gritei.

Contei meus homens a bordo do *Filha de Tyr*. E então, enquanto os vigias corriam para longe do cais, usei um machado para cortar os cabos que prendiam o *Voador Luminoso* à terra. Os homens da cidade pensaram que eu estava roubando o barco de Sigurd, e os que tinham armas vieram salvá-lo. Saltei a bordo do *Voador Luminoso* e usei o machado para cortar o último cabo que prendia sua proa à margem. Ele girava para fora, preso por esse último cabo, e meu golpe só cortou pela metade a corda de cânhamo. Um homem deu um salto e se esparramou nos bancos. Girou a espada para mim, a lâmina acertou minha cota de malha e eu o chutei no rosto enquanto mais dois homens pulavam do cais. Um errou e caiu entre o navio e a margem, mas conseguiu pôr a mão na tábua da borda e se agarrou, enquanto o outro caía ao meu lado e tentava cravar uma espada curta na minha barriga. Osferth havia subido de volta no *Voador Luminoso* e veio me ajudar enquanto eu aparava a espada com o machado. O primeiro homem tentou me acertar de novo, girando a espada contra as minhas pernas, mas a lâmina foi contida pelas tiras de ferro costuradas no couro das minhas botas. O homem havia se machucado ao pular a bordo, talvez seu tornozelo estivesse quebrado porque ele parecia incapaz de se levantar. Girou para encarar Osferth, que empurrou a espada dele para o lado e o estocou com a sua. O segundo homem entrou em pânico, eu o empurrei e ele caiu na água. Golpeei de novo a corda grossa com o machado, ela se partiu e eu quase perdi o equilíbrio enquanto o *Voador Luminoso* saltava para fora da margem. O homem agarrado à borda se soltou. O oponente de Osferth estava morrendo, o sangue escorrendo nas pedras de lastro.

— Obrigado — disse a Osferth. A corrente do rio carregava o *Voador Luminoso* e o *Filha de Tyr* rio abaixo, para longe do fogo que estava mais brilhante e feroz do que nunca, com a fumaça enchendo o céu e obscurecendo as estrelas. Havíamos posto palha, carvão e o último braseiro no casco do *Voador Luminoso* e eu virei o braseiro, parei por tempo suficiente para ver o carvão em brasa irromper em chamas, depois fui para o *Filha de Tyr*. Soltamos o *Voador Luminoso*. Uma dúzia dos meus homens já estava com remos e afastaram o navio menor do maior. Coloquei o remo-leme na fenda da popa e me apoiei nele para guiar o *Filha de Tyr* para o centro do rio. Nesse momento, um machado, com a lâmina refletindo a luz do fogo, voou da margem e caiu na água, que espirrou inofensivamente atrás de nós.

— Ponham a cabeça de águia! — gritei aos meus homens.

— Kjartan! — Montado num alto garanhão preto, Frithof vinha pela margem, acompanhando-nos. Um dos seus homens é que havia lançado o machado, e em seguida outro atirou uma lança que mergulhou no rio.

— Kjartan!

— Meu nome é Uhtred — respondi. — Uhtred de Bebbanburg!

— O quê? — gritou ele de volta.

— Uhtred de Bebbanburg! Dê meus cumprimentos ao jarl Sigurd!

— Seu desgraçado!

— Diga àquele comedor de bosta que você chama de senhor para não tentar me matar de novo!

Frithof e seus homens tiveram de conter os cavalos porque um afluente atravessava seu caminho. Ele me xingou, mas sua voz ficou para trás enquanto remávamos.

O céu atrás de nós reluzia com o incêndio da frota de Sigurd. Nem todos os navios tinham pegado fogo, e não duvidei de que os homens de Frithof salvariam um ou dois, talvez mais, do inferno que iluminava a noite. Além disso eles iriam querer nos perseguir, motivo pelo qual o *Voador Luminoso* pegava fogo, à deriva, atrás de nós. Ele girou na corrente, com as chamas aninhadas em sua barriga linda e esguia. Acabaria afundando e o vapor substituiria a fumaça, e eu esperava que os destroços obstruíssem o canal. Acenei para Frithof e gargalhei. Sigurd ficaria furioso quando percebesse que havia sido enganado. Não somente enganado, mas feito de idiota. Sua preciosa frota tinha virado cinza.

O rio atrás de nós tremeluzia em vermelho e à nossa frente estava prateado sob a lua. A corrente nos levava rapidamente e eu só precisava de meia dúzia de remos para nos manter no rumo. Eu o guiava pela parte externa das curvas do rio, onde a água era mais funda, sempre alerta para o som agourento da quilha raspando na lona, mas os deuses estavam conosco e o *Filha de Tyr* deslizava rapidamente para longe do grande brilho de fogo que marcava Snotengaham. Estávamos viajando mais rápido que qualquer cavalo, motivo pelo qual eu havia comprado um barco para a fuga, e tínhamos uma enorme dianteira sobre qualquer navio que tentasse nos seguir. Durante algum tempo o *Voador Luminoso* veio logo atrás, à deriva, e depois de cerca de uma hora parou, mas a claridade de suas chamas ainda tremeluzia sobre as curvas do rio. Depois disso elas também sumiram e eu achei que o navio tinha afundado. E esperei que seus destroços obstruíssem o canal do rio. Fomos em frente.

— O que conseguimos, senhor? — perguntou Osferth. Ele viera para perto de mim, no pequeno convés na popa do *Filha de Tyr*.

— Fizemos Sigurd parecer idiota.

— Mas ele não é idiota.

Eu sabia que Osferth desaprovava. Ele não era covarde, mas achava, como o pai, que a guerra deveria dar lugar ao intelecto e que um homem podia argumentar para chegar à vitória. Mas a guerra, com frequência, tem a ver com emoção.

— Quero que os dinamarqueses nos temam — eu disse.

— Eles já temiam.

— Agora temem ainda mais. Nenhum dinamarquês pode atacar a Mércia ou Wessex achando que sua casa está em segurança. Nós mostramos que podemos penetrar fundo nas terras deles.

— Ou provocamos sua vingança — sugeriu ele.

— Vingança? Você acha que os dinamarqueses planejavam nos deixar em paz?

— Temo ataques contra a Mércia. Ataques de vingança.

— Buccingahamm será queimada, mas eu disse que todos deveriam deixar o salão e ir para Lundene.

— Disse? — Ele pareceu surpreso, depois franziu a testa. — Então o salão de Beornnoth será queimado também.

Ri disso, então toquei a corrente de prata que Osferth usava no pescoço.

— Quer apostar essa corrente?

— Por que Sigurd não incendiaria o salão de Beornnoth? — perguntou ele.

— Porque Beornnoth e seu filho são homens de Sigurd.

— Beornnoth e Beortsig?

Confirmei. Eu não tinha prova, apenas suspeitas, mas as terras de Beornoth, tão próximas da Mércia dinamarquesa, não tinham sido molestadas, o que sugeria um acordo. Beornnoth, eu suspeitava, era velho demais para os problemas da guerra contínua, por isso tinha feito sua paz, enquanto o filho era um homem amargo e cheio de ódio pelos saxões ocidentais que, em seu ponto de vista, haviam tirado a independência da Mércia.

— Não posso provar — eu disse —, mas vou.

— Mesmo assim, senhor — insistiu ele cautelosamente. — O que conseguimos? — Ele fez um gesto na direção da claridade fraca no céu.

— Além de chatear Sigurd? — Apoiei-me no remo-leme, levando o *Filha de Tyr* para a parte externa de uma curva longa no rio. Agora o céu a leste estava luminoso, com nuvens pequenas se esticando brilhantes diante do sol ainda oculto. Cabeças de gado nos olhavam passar. — Seu pai — eu disse, sabendo que essas palavras iriam irritá-lo — manteve os dinamarqueses à distância durante toda a minha vida. Wessex é uma fortaleza. Mas você sabe o que seu pai quer.

— Todas as terras dos ingleses.

— E você não consegue isso construindo uma fortaleza. Não derrota os dinamarqueses defendendo-se deles. É preciso atacar. E seu pai jamais atacou.

— Ele mandou navios à Ânglia Oriental — disse Osferth em tom de censura.

De fato, Alfredo mandara uma expedição à Ânglia Oriental para punir os dinamarqueses de Eohric que haviam atacado Wessex, mas os navios de Alfredo haviam feito pouca coisa. Os saxões ocidentais tinham construído navios grandes, e suas quilhas eram fundas demais para penetrar nos rios e os homens de Eohric simplesmente recuaram para águas mais rasas, de modo que a frota de Alfredo ameaçou e depois foi embora, mas a ameaça fora suficiente para convencer Eohric a manter o tratado entre Wessex e seu reino.

— Se quisermos unir os saxões — eu disse — não será com navios. Será com paredes de escudos, lanças, espadas e matança.

— E com a ajuda de Deus.

— Mesmo com isso, e seu irmão sabe, e sua irmã sabe, eles vão procurar alguém para comandar a parede de escudos.

— O senhor.

— Nós. Foi por isso que queimamos a frota de Sigurd, para mostrar a Wessex e à Mércia quem é capaz de comandá-los. — Dei um tapa no ombro de Osferth e ri para ele. — Estou cansado de ser chamado de escudo da Mércia. Quero ser a espada dos saxões.

Alfredo, se ainda vivia, estava morrendo. E eu tinha acabado de tornar minha a sua ambição.

Tiramos a cabeça de águia para não parecermos hostis e, usando o sol nascente, deslizamos pela Inglaterra.

Eu havia estado na terra dos dinamarqueses e tinha visto um lugar de areia e solo fino, e mesmo não duvidando que eles tenham terras melhores que qualquer uma que eu tenha visto, duvido que houvesse alguma melhor que aquelas por onde o *Filha de Tyr* fazia sua viagem silenciosa. O rio nos levava através de campos ricos e florestas densas. A corrente puxava os galhos de salgueiro rio abaixo. Lontras rodopiavam na água, fugindo sinuosas da sombra do nosso casco. Passarinhos cantavam alto nas margens onde as primeiras andorinhas-de-casa juntavam lama para os ninhos. Um cisne sibilou para nós, com as asas abertas, e todos os meus homens sibilaram de volta e acharam aquilo divertido. As árvores tinham um verde novo, espalhando-se em campinas amareladas pelas prímulas, enquanto campânulas criavam uma névoa azul nos bosques que passavam. Era isso que trazia os dinamarqueses para cá, não a prata, nem os escravos, nem mesmo a reputação, mas sim a terra; a terra profunda, rica, fértil onde as plantas cresciam e o homem podia criar uma família sem medo de passar fome. Crianças semeavam os campos e paravam para acenar. Vi salões, aldeias e rebanhos e soube que aquela era a verdadeira riqueza que atraía os homens do outro lado do mar.

Procuramos perseguidores, mas não vimos nenhum. Remamos, mas eu estava poupando a força dos meus homens, usando apenas meia dúzia de remos em cada lado para manter o navio descendo o rio sem problemas. As efemérides eram muitas, os peixes subiam para se alimentar e as algas compridas acenavam sob a água. O *Filha de Tyr* passou por Gegnesburh e eu me lembrei de Ragnar matando o monge ali. Esta era a cidade onde a esposa de Alfredo fora criada, muito antes de os dinamarqueses virem capturar o local. A cidade tinha muralha e paliçada, mas ambas estavam em más condições. Boa parte da paliçada fora derrubada, presumivelmente para que usassem as toras de carvalho em construções, e a muralha de terra havia se erodido dentro do fosso, para além do qual se viam novas casas. Os dinamarqueses não se importavam. Sentiam-se seguros. Nenhum inimigo viera durante o tempo de uma vida e, para eles, nenhum inimigo jamais viria. Os homens gritavam cumprimentando-nos. Todos os poucos navios no cais de Gegnesburh eram mercantes, de barriga ampla e lentos. Imaginei se a cidade teria um novo nome dinamarquês. Ali era a Mércia, mas estava se transformando num reino de dinamarqueses.

Remamos o dia inteiro até que, no fim da tarde, estávamos no Humbre alargado e o mar se abria à nossa frente, escurecendo à medida que o sol afundava atrás de nós. Levantamos o mastro, um serviço para o qual foi necessária toda a força dos nossos homens, retesamos o cordame nos flancos do barco e içamos a verga e a vela. A lã com linho embarrigou ao vento sudoeste, as cordas se esticaram e estalaram, o navio adernou e eu senti a pancada das primeiras ondas; percebi o *Filha de Tyr* estremecer com essa primeira carícia. Pusemos homens em todos os remos e puxamos com força, lutando contra a maré montante enquanto corríamos para o leste, penetrando na noite que se aproximava. Precisávamos de remos e vela para manter o barco em movimento contra a maré, mas gradualmente a força dela diminuiu e corremos para o mar amplo salpicado de branco no crepúsculo enquanto as ondas lutavam contra o rio. E continuamos. Não vi navios nos perseguindo enquanto passávamos pelos bancos de lama e sentíamos o casco se levantar com as fortes ondas do mar.

A maioria dos navios vai para o litoral ao anoitecer. O comandante encontra um riacho e fica ali durante as horas de escuridão, mas nós remamos para o leste, e assim que a noite caiu puxamos os remos para dentro e eu deixei a pequena embarcação ser impelida pelo vento. Ela corria bem. Virei-a para o sul em algum momento da escuridão, depois dormi quando o amanhecer chegou. Se estávamos sendo seguidos, não fiquei sabendo, e os navios da Ânglia Oriental não nos viram enquanto corríamos para o sul.

Eu conhecia aquelas águas. No novo dia, sob um sol forte e brilhante, aventuramo-nos mais perto do litoral até que reconheci um marco do território. Vimos dois outros navios, mas eles nos ignoraram e continuamos velejando, passando pelos grandes baixios lamacentos ao redor de Fughelness e em seguida entramos no Temes. Os deuses nos amavam, os dias e as noites de nossa viagem não tinham sido perturbados, e assim chegamos a Lundene.

Levei o *Filha de Tyr* para a doca ao lado da casa que eu havia usado em Lundene. Era uma casa que eu jamais pensara em ver de novo, porque fora ali que Gisela havia morrido. Pensei em Ælfadell e em sua profecia sinistra, de que todas as minhas mulheres morreriam, depois me consolei pensando que a feiticeira não previra que a frota de Sigurd iria ser incendiada, portanto como ela poderia saber o que aconteceria com minhas mulheres?

Eu havia alertado o meu pessoal em Buccingahamm a esperar um ataque e ordenei que viajassem para o sul, para a segurança das defesas de Lundene, e tinha pensado que seria recebido na casa por Sigunn ou mesmo por Finan que, depois de terminar seu trabalho de isca em Ceaster, também deveria me encontrar na cidade, mas a casa parecia vazia quando demos as últimas remadas e entramos na doca. Os homens saltaram em terra levando cabos de atracação. Os remos fizeram barulho ao serem largados sobre os bancos, e nesse momento a porta da casa se abriu e um padre veio para o terraço.

— Vocês não podem deixar esse barco aí! — gritou ele para mim.

— Quem é você? — perguntei.

— Esta é uma propriedade particular — disse ele, ignorando minha pergunta.

Era um homem magro, de meia-idade, com rosto sério marcado por cicatrizes de varíola. Seu manto preto e comprido era impecável, tecido com a mais fina lã. O cabelo era bem aparado. Ele não era um padre comum, suas roupas e sua postura indicavam privilégios.

— Há um ancoradouro rio abaixo — disse ele, apontando para o leste.

— Quem é você? — perguntei de novo.

— Sou o homem que está dizendo para você encontrar outro local para deixar esse barco — disse ele irritado, e manteve a pose enquanto eu subia ao cais e o confrontava. — Vou mandar remover o barco — ameaçou ele — e você terá de pagar para recuperá-lo.

— Estou cansado — eu disse — e não vou tirar o barco. — Senti o fedor familiar de Lundene, a mistura de fumaça e esgoto, e pensei em Gisela derramando lavanda nos pisos de ladrilhos. Pensar nela me causou a pontada de perda e desperdício usual. Ela passara a gostar dessa casa que fora construída pelos romanos, com os cômodos cercando um grande pátio e sua grande câmara voltada para o rio.

— Você não pode entrar aí! — disse o padre, sério, enquanto eu passava por ele. — A casa pertence a Plegmund.

— Plegmund? — perguntei. — Ele comanda a guarnição aqui? — A casa era dada a quem comandasse a guarnição de Lundene, um serviço que um saxão ocidental chamado Weohstan havia herdado de mim, mas Weohstan era meu amigo e eu sabia que me receberia bem sob seu teto.

— A casa foi concedida por Alfredo ao arcebispo — disse o padre.

— Ao arcebispo? — perguntei atônito. Plegmund era o novo arcebispo de Contwaraburg, um mércio de devoção conhecida, amigo de Alfredo e agora evidente possuidor de uma das melhores casas de Lundene. — Uma moça veio aqui? — perguntei. — Ou um irlandês? Um guerreiro?

Então o padre ficou pálido. Devia ter se lembrado da vinda de Sigunn ou Finan à casa, e essa lembrança lhe revelou quem eu era.

— Você é Uhtred? — perguntou ele.

— Sou Uhtred — respondi, e abri a porta da casa. A sala comprida, tão acolhedora na época que Gisela morava ali, era agora um lugar onde monges copiavam manuscritos. Havia seis mesas altas onde estavam potes de tinta, penas e pergaminhos. Duas mesas eram ocupadas por escribas. Um estava escrevendo, copiando um manuscrito, e o outro usava uma régua e uma agulha para furar linhas num pergaminho vazio. As linhas furadas eram um guia para manter a escrita reta. Os dois homens me olharam assustados, depois voltaram a copiar. — E então, uma moça veio aqui? — perguntei ao padre. — Uma garota dinamarquesa. Magra e bonita. Devia ter meia dúzia de guerreiros escoltando-a.

— Veio — respondeu ele, agora inseguro.

— E?

— Foi para uma taverna — disse ele rigidamente, querendo dizer que a havia expulsado grosseiramente porta afora.

— E Weohstan? Onde está?

— Ele tem um alojamento perto da igreja alta.

— Plegmund está aqui em Lundene?

— O arcebispo está em Contwaraburg.

— E quantos barcos ele tem?

— Nenhum — respondeu o padre.

— Então ele não precisa dessa porcaria de doca, não é? Portanto meu barco fica aqui até que eu o venda, e se você tocar nele, padre, se encostar um dedo sequer nele, se mandar removê-lo, se simplesmente pensar em removê-lo, vou levá-lo para o mar e ensiná-lo a ser parecido com Cristo.

— Ser parecido com Cristo?

— Ele andou sobre a água, não foi?

Esse confronto trivial me deixou desanimado porque era uma lembrança de como a igreja havia posto suas garras escorregadias no Wessex de Alfredo. Parecia que o rei concedera a Plegmund e a Werferth, que era o bispo de Wygraceaster, metade dos cais de Lundene. Alfredo queria que a igreja fosse rica e que seus bispos fossem homens poderosos porque contava com eles para divulgar e fazer valer suas leis. E se eu ajudasse a espalhar o domínio de Wessex para o norte, esses bispos, padres, monges e freiras iriam atrás, impondo suas regras sem alegria. Mas agora eu estava comprometido por causa de Æthelflaed, que se encontrava em Wintanceaster. Weohstan me disse isso.

— O rei pediu que a família se reunisse, preparando-se para sua morte — disse ele em tom soturno. Weohstan era um saxão ocidental impassível, careca, meio desdentado, que comandava a guarnição de Lundene supostamente mércia. Mas Alfredo providenciara para que cada homem de poder na cidade fosse aliado de Wessex, e Weohstan era um bom homem, sem imaginação, porém diligente. — Só que preciso de dinheiro para consertar as muralhas — resmungou comigo — e eles não dão. Mandam moedas para Roma para manter o papa com cerveja suficiente, mas não pagam minha muralha.

— Roube — sugeri.

— Não que tenhamos visto um dinamarquês em meses.

— A não ser Sigunn.

— Ela é uma coisa linda — disse ele, exibindo um dos seus sorrisos meio desdentados. Ele havia lhe oferecido abrigo enquanto esperasse por mim. Sigunn não tinha notícias de Buccingahamm, mas eu suspeitava que o salão de lá, com seus celeiros e depósitos, seria uma ruína fumegante assim que Sigurd retornasse de sua incursão a Ceaster.

Finan chegou dois dias depois, rindo feliz e cheio de novidades.

— Fizemos Sigurd dançar — disse ele — e fizemos com que ele dançasse direto em direção aos galeses.

— E Haesten?

— Só Deus sabe.

Finan contou que ele e Merewalh tinham recuado para o sul, penetrando nas florestas densas, e que Sigurd os seguiu.

— Meu Deus, ele estava ansioso. Mandou cavaleiros atrás de nós por uma dúzia de caminhos, e emboscamos um grupo. — Finan me deu uma sacola cheia de prata, espólio dos mortos que tinham sido derrubados sob os carvalhos.

Sigurd, em fúria, ficara menos cauteloso ainda e tentou cercar sua presa esquiva mandando homens para o oeste e o sul, mas tudo que conseguiu foi provocar os galeses, que nunca precisam de muita provocação. E um bando de loucos guerreiros galeses veio dos morros para matar os nórdicos. Sigurd conteve os atacantes com sua parede de escudos e subitamente recuou para o norte.

— Deve ter ouvido falar dos navios.

— Ele deve estar muito infeliz — disse Finan, felicíssimo.

E eu estou pobre.

— Buccingahamm estava provavelmente queimado e os arrendamentos não estavam sendo pagos. Todas as famílias dos meus homens estavam em Lundene, o *Filha de Tyr* foi vendido por uma ninharia e Æthelflaed não tinha condições de ajudar. Ela se encontrava em Wintanceaster, perto do pai doente, e seu marido também estava lá. Ela me mandou uma carta, mas era neutra, quase inamistosa, o que me fez supor que ela sabia que sua correspondência estava sendo lida, mas eu havia lhe contado sobre minha pobreza e a carta sugeria que eu fosse para uma de suas propriedades no vale do Temes. O administrador de lá era um homem que lutara comigo em Beamfleot, e ele, pelo menos, ficou satisfeito em me ver. Tinha ficado aleijado naquela luta, mas podia andar com uma muleta e cavalgar bastante bem. Ele me emprestou dinheiro. Ludda ficou comigo. Eu lhe disse que lhe pagaria por seus serviços quando ficasse rico de novo, e que estava livre para ir embora, mas ele preferiu ficar. Estava aprendendo a usar espada e escudo, e eu gostava de sua companhia. Dois de meus frísios foram embora, decidindo que poderiam se sair melhor com outro senhor, e eu deixei que fossem. Estava na mesma situação de Haesten, com meus homens imaginando se teriam feito o juramento ao homem errado.

Então, à medida que o verão ia embora, Sihtric retornou.

Cinco

Foi um verão de caçadas e patrulhas. Homens que não têm o que fazer ficam infelizes, por isso comprei cavalos com a prata que peguei emprestada e cavalgamos para o norte explorando as fronteiras das terras de Sigurd. Se ele soube que eu estava lá, não reagiu, talvez temendo outro truque como o que levara seus homens a uma luta sem sentido contra os violentos galeses, mas não estávamos atrás de luta. Eu não tinha homens suficientes para enfrentar Sigurd. Mostrava meu estandarte, mas isso era um blefe.

Haesten ainda estava em Ceaster, mas agora essa guarnição tinha cinco vezes o tamanho que tivera na primavera. Os recém-chegados não eram guerreiros de Haesten, e sim homens jurados a Sigurd e seu aliado Cnut Espada Longa, e tinham vindo em número suficiente para guardar todo o circuito das antigas muralhas da fortaleza. Haviam pendurado seus escudos na paliçada e posto os estandartes na guarita do sul. O distintivo de Sigurd, um corvo voando, estava à mostra ao lado da bandeira de Cnut, que mostrava um machado e uma cruz despedaçada. Não havia bandeira para Haesten, o que me disse que ele tinha se submetido a um dos dois senhores mais importantes.

Merewalh achava que agora haveria mil homens no forte.

— Eles tentam nos provocar — disse-me ele. — Querem uma luta.

— E você não vai lhes dar uma?

Ele balançou a cabeça. Tinha apenas 150 guerreiros, por isso recuava sempre que a guarnição de Ceaster fazia uma investida.

— Não sei bem quanto tempo podemos ficar aqui — admitiu.

— Você já pediu ajuda ao senhor Æthelred?

— Pedi — disse ele, desanimado.

— E?

— Ele disse que devemos apenas vigiá-los — respondeu Merewalh, parecendo enojado. Æthelred tinha homens suficientes para começar uma guerra, poderia ter tomado Ceaster quando quisesse, mas em vez disso não fazia nada.

Anunciei minha presença cavalgando perto da muralha com meu estandarte da cabeça de lobo e, como antes, Haesten não conseguiu resistir à isca. Desta vez trouxe uma dúzia de homens, mas se aproximou de mim sozinho, com os braços abertos. Ainda estava rindo.

— Aquilo foi inteligente, amigo — saudou ele.

— Inteligente?

— O jarl Sigurd não ficou satisfeito. Veio me resgatar e você incendiou a frota dele! Ele não está feliz.

— Eu não queria a felicidade dele.

— E jurou que você vai morrer.

— Acho que uma vez você jurou a mesma coisa.

— Eu cumpro meus juramentos.

— Você quebra seus juramentos como uma criança desajeitada quebra ovos — falei com escárnio. — Então, para quem você dobrou o joelho? Para Sigurd?

— Para Sigurd — admitiu ele —, e em troca ele me mandou seu filho e setecentos homens. — Haesten indicou os cavaleiros que o haviam acompanhado e eu vi o rosto jovem e carrancudo de Sigurd Sigurdson olhando para mim.

— E quem comanda aqui? Você ou o garoto?

— Eu. Minha tarefa é ensiná-lo a ter a cabeça no lugar.

— Sigurd espera que você faça isso? — perguntei, e Haesten teve a cortesia de rir. Estava olhando para além de mim, para a linha das árvores, tentando determinar quantos homens eu teria trazido para reforçar Merewalh. — O suficiente para destruir você — respondi à sua pergunta não dita.

— Duvido. Caso contrário você não estaria conversando, estaria lutando.

Era bem verdade.

— E o que Sigurd prometeu a você em troca de seu juramento?

— A Mércia — foi a resposta.

Foi minha vez de rir.

— Você recebe a Mércia? E quem governa Wessex?

— Quem Sigurd e Cnut decidirem — disse ele despreocupadamente, depois sorriu. — Talvez você, não é? Acho que se você se humilhar, senhor Uhtred, o jarl Sigurd irá perdoá-lo. Ele preferiria que você lutasse com ele do que contra ele.

— Diga a ele que eu prefiro matá-lo — respondi. Puxei as rédeas do meu garanhão. — Como está sua esposa?

— Brunna vai bem — disse ele, surpreso por eu ter perguntado.

— Ela ainda é cristã?

Brunna fora batizada, mas eu suspeitava que toda a cerimônia havia sido um exercício cínico da parte de Haesten para afastar as suspeitas de Alfredo.

— Ela acredita no deus cristão — respondeu Haesten, parecendo enojado. — Vive gemendo para ele.

— Rezo para que ela tenha uma viuvez confortável.

Virei-me, mas nesse momento um homem gritou e eu girei de volta, vendo Sigurd Sigurdson esporeando na minha direção.

— Uhtred! — gritou ele.

Contive o cavalo e esperei.

— Lute comigo — disse ele, descendo da sela e desembainhando a espada.

— Sigurd! — chamou Haesten, em tom de alerta.

— Sou Sigurd Sigurdson! — gritou o filhote. Ele estava me olhando furioso, a espada a postos.

— Agora não — disse Haesten.

— Escute sua ama de leite — avisei ao garoto, e isso o provocou a girar a espada contra mim. Aparei-a com o pé direito, de modo que a espada acertou o metal do estribo.

— Não! — gritou Haesten.

Sigurd cuspiu na minha direção.

— Você é velho e está com medo. — E cuspiu de novo, depois levantou a voz. — Que os homens digam que Uhtred fugiu de Sigurd Sigurdson!

Ele estava ansioso, era jovem, era um idiota. Era um rapaz bastante grande e sua espada era boa, mas sua ambição suplantava sua capacidade. Ele queria ganhar reputação e eu me lembrei de como desejava a mesma coisa na idade

A feiticeira

dele, e de como os deuses haviam me amado. Será que amavam Sigurd Sigurdson? Não falei nada, mas tirei os pés dos estribos e desci da sela. Desembainhei Bafo de Serpente devagar, sorrindo para o garoto e vendo a primeira sombra de dúvida em seu rosto beligerante.

— Por favor, não! — gritou Haesten. Seus homens haviam se aproximado, assim como os meus.

Abri os braços, convidando Sigurd a atacar. Ele hesitou, mas tinha lançado o desafio, e se não lutasse seria ele quem pareceria um covarde, e esse pensamento era insuportável, por isso saltou para mim, a espada rápida como uma cobra, e eu a aparei, surpreso com sua velocidade. Em seguida empurrei-o com a mão livre de modo que ele cambaleou para trás. Ele girou a espada de novo, um golpe louco que eu aparei. Estava deixando-o atacar, sem fazer nada além de me defender, e essa passividade o levou a uma fúria ainda maior. Fora ensinado a usar a espada, mas se esqueceu dos ensinamentos quando a raiva tomou conta dele. Atacava feito um louco, golpes fáceis de bloquear, e eu ouvi os homens de Haesten gritando conselhos:

— Use a ponta!

— Lute comigo! — gritou ele, e girou a espada de novo.

— Cachorrinho — eu disse, e ele estava quase chorando de frustração. Tentou acertar minha cabeça, a lâmina sibilando no ar de verão, e eu simplesmente me inclinei para trás e a ponta passou diante dos meus olhos. Dei um passo à frente e golpeei com a mão livre de novo, só que desta vez prendi uma bota atrás de seu tornozelo esquerdo e ele caiu como um bezerro estropiado, e eu encostei Bafo de Serpente no seu pescoço. — Cresça antes de lutar comigo — aconselhei. Ele se retorceu, depois ficou totalmente imóvel ao sentir a ponta da minha espada pressionando seu pescoço. — Hoje não é o seu dia de morrer, Sigurd Sigurdson. Agora solte a espada.

Ele miou.

— Solte a espada — rosnei, e desta vez ele obedeceu. — Foi presente do seu pai? — perguntei. Ele não disse nada. — Não é o seu dia de morrer — repeti —, mas é um dia que eu quero que você lembre. O dia em que desafiou Uhtred de Bebbanburg. — Sustentei seu olhar por alguns instantes, depois movi Bafo de Serpente com rapidez, usando mais o pulso do que o braço, de modo que a ponta da lâmina cortou a mão que segurava a espada. Ele se encolheu quando o sangue espirrou, em seguida dei um passo para trás, abaixei-me e peguei sua espada. — Conte ao pai dele que eu poupei a vida do cachorrinho — eu disse a Haesten. Limpei a ponta de Bafo de Serpente na bainha da minha capa, joguei a espada do garoto para Oswi, meu serviçal, depois montei de novo. Sigurd Sigurdson estava apertando a mão machucada. — Dê meus cumprimentos ao seu pai — falei, depois esporeei indo embora. Quase pude ouvir o suspiro de alívio de Haesten porque o garoto ainda vivia.

Por que eu o deixei viver? Porque não valia a pena matá-lo. Eu queria provocar o pai dele, e a morte do garoto certamente provocaria isso, mas eu não tinha homens para travar uma guerra contra Sigurd. Para isso precisava das tropas saxãs. Tinha de esperar até estar preparado, até que Wessex e a Mércia unissem forças, e por isso Sigurd Sigurdson viveu.

Não ficamos em Ceaster. Não tínhamos forças suficientes para capturar a velha fortaleza, e quanto mais tempo permanecêssemos, mais provável seria que Sigurd chegasse com números avassaladores, por isso deixamos Merewalh vigiando a fortaleza e voltamos à propriedade de Æthelflaed no vale do Temes, de onde mandei um mensageiro a Alfredo dizendo que Haesten havia jurado aliança a Sigurd e que agora Ceaster estava totalmente guarnecida. Sabia que Alfredo estaria doente demais para ter muita consciência da notícia, mas presumi que Eduardo, ou talvez o Witan, gostaria de saber. Não recebi resposta. O verão deslizou para o outono e o silêncio de Wintanceaster estava me preocupando. Ficamos sabendo com viajantes que o rei estava mais fraco do que nunca, que nos últimos tempos praticamente não saía da cama e que sua família se mantinha perto constantemente. Não tive absolutamente nenhuma notícia de Æthelflaed.

— Ele poderia ao menos ter agradecido ao senhor por atrapalhar Eohric — resmungou Finan uma noite. Estava falando de Alfredo, claro.

— Provavelmente ele ficou desapontado.

— Por o senhor estar vivo?
Sorri disso.

— Por o tratado não ter acontecido.

Finan ficou olhando o salão, mal-humorado. O fogo na lareira central estava apagado porque a noite estava quente. Meus homens se mostravam silenciosos às suas mesas, os cães esparramados nos juncos.

— Precisamos de prata — disse Finan, com desânimo.

— Eu sei.

Como eu havia ficado tão pobre? Tinha gastado a maior parte do meu dinheiro na viagem para o norte, até Ælfadell e Snotengaham. Ainda possuía um pouco de prata, mas nem de longe o suficiente para minha ambição, que era reconquistar Bebbanburg, a grande fortaleza junto ao mar, e para isso precisaria de homens, navios, armas, comida e tempo. Precisava de uma fortuna e estava vivendo de dinheiro emprestado num salão precário na borda sul da Mércia. Vivia da caridade de Æthelflaed, que parecia estar esfriando, uma vez que eu não recebia notícias dela. Supus que estivesse sob a influência maligna de sua família e dos padres sempre dispostos a nos dizer como nos comportar.

— Alfredo não merece o senhor — disse Finan.

— Ele tem outras coisas em mente, como a própria morte.

— Ele não estaria vivo se não fosse o senhor.

— Se não fôssemos nós.

— E o que ele fez por nós? — perguntou Finan. — Por Jesus e todos os santos, nós destruímos os inimigos de Alfredo e ele nos trata como bosta de cachorro.

Não falei nada. Um harpista estava tocando no canto do salão, mas sua música era suave e plangente, combinando com meu humor. A luz ia sumindo e duas serviçais trouxeram velas de junco para a mesa. Vi Ludda subir a mão por uma saia e imaginei por que ele teria permanecido comigo, mas quando questionara-o sobre isso ele disse que as fortunas vem e vão, e que sentia que a minha voltaria. Esperei que ele estivesse certo.

— O que aconteceu com aquela sua garota galesa? — gritei para Ludda. — Como era mesmo o nome dela?

— Teg, senhor. Virou morcego e voou para longe. — Ele riu, mas notei que muitos homens tinham feito o sinal da cruz.

— Talvez nós todos devêssemos virar morcegos — eu disse, desanimado.

Finan fez uma careta para o tampo da mesa.

— Se Alfredo não quer o senhor — disse incomodado —, o senhor deveria se juntar aos inimigos de Alfredo.

— Eu fiz um juramento a Æthelflaed.

— E ela fez um juramento ao marido — disse ele com selvageria.

— Não vou lutar contra ela.

— E eu não vou deixar o senhor — disse Finan, e eu soube que ele falava a sério. — Mas nem todo homem aqui permanecerá durante o inverno passando fome.

— Eu sei.

— Então vamos roubar um navio e ser vikings.

— É tarde, no ano, para isso.

— Deus sabe como vamos sobreviver ao inverno — resmungou ele. — Precisamos fazer alguma coisa. Matar algum rico.

E nesse momento os guardas na porta do salão interpelaram um visitante. O sujeito chegou usando cota de malha, elmo e com espada na bainha à cintura. Atrás dele, pouco visível na escuridão que se instalava, havia uma mulher e duas crianças.

— Exijo entrar! — gritou ele.

— Santo Deus — disse Finan, reconhecendo a voz de Sihtric.

Um dos guardas tentou tirar a espada de Sihtric, mas ele deu um tapa raivoso na mão do sujeito.

— Deixe o desgraçado ficar com a espada — eu disse, levantando-me — e permita que ele entre. — A mulher e os dois filhos de Sihtric estavam atrás, mas ficaram à porta enquanto ele andava pelo salão. Houve silêncio.

Finan se levantou para confrontá-lo, mas eu fiz o irlandês se sentar.

— O dever é meu — eu disse baixinho a Finan, depois rodeei a ponta da mesa elevada e pulei no chão coberto de junco. Sihtric parou ao me ver chegando perto. Eu não tinha espada. Não portávamos arma no salão porque as armas e a cerveja se misturam mal, e houve um som ofegante quando Sihtric desembainhou sua longa espada. Alguns dos meus homens se levantaram para intervir, mas eu sinalizei para ficarem sentados e continuei andando na direção do aço nu. Parei a apenas dois passos dele. — E então? — perguntei asperamente.

Sihtric riu e eu gargalhei. Abracei-o e ele retribuiu o abraço, depois virou o punho da espada para mim.

— É sua, senhor — disse ele. — Como sempre.

— Cerveja! — gritei para o administrador. — Cerveja e comida!

Finan estava boquiaberto enquanto eu levava Sihtric até a mesa elevada, com o braço em volta de seu ombro. Homens comemoravam. Eles gostavam de Sihtric e tinham ficado perplexos com seu comportamento, mas tudo fora combinado entre nós. Até os insultos haviam sido ensaiados. Eu queria que Beortsig o recrutasse, e Beortsig tomara Sihtric como um lúcio atacando um patinho. Eu havia ordenado que Sihtric ficasse com Beortsig até descobrir o que eu queria saber, e agora ele tinha retornado.

— Eu não sabia onde encontrá-lo, senhor — disse ele —, por isso fui primeiro a Lundene e Weohstan me disse para vir até aqui.

Ele me contou que Beornnoth estava morto. O velho havia morrido no início do verão, logo antes de os homens de Sigurd atravessarem suas propriedades para incendiar Buccingahamm.

— Eles passaram a noite no salão, senhor.

— Os homens de Sigurd?

— E o próprio Sigurd, senhor. Beortsig os alimentou.

— Ele recebe pagamento de Sigurd?

— Sim, senhor — respondeu Sihtric, e isso não era surpresa. — E não somente Beortsig, senhor. Havia um saxão com Sigurd, um homem que Sigurd tratava com honra. Um homem de cabelos compridos chamado Sigebriht.

— Sigebriht? — O nome era familiar, espreitava-se no fundo da minha memória, mas eu não conseguia situá-lo, porém me lembrei da viúva em Buchestanes dizendo que um saxão de cabelo comprido havia visitado Ælfadell.

— Sigebriht de Cent, senhor — disse Sihtric.

— Ah! — Servi cerveja a Sihtric. — O pai de Sigebriht é o ealdorman de Cent, não é?

— O ealdorman Sigelf, sim, senhor.

— Então Sigebriht está infeliz porque Eduardo foi nomeado rei de Cent? — perguntei.

Morte dos reis

— Sigebriht odeia Eduardo, senhor. — Sihtric estava rindo, satisfeito consigo mesmo. Eu o havia plantado como espião na casa de Beortsig e ele sabia que tinha feito um bom trabalho. — E não só porque Eduardo é rei de Cent, senhor, é por causa de uma garota. A senhora Ecgwynn.

— Ele lhe contou tudo isso? — perguntei atônito.

— Ele contou a uma escrava, senhor. Ele fornicou com ela e tem língua solta quando está fornicando. Contou isso a ela e ela contou a Ealhswith. — Ealhswith era a mulher de Sihtric. Agora estava sentada no salão, comendo com os dois filhos. Havia sido prostituta e eu tinha aconselhado Sihtric a não se casar com ela, mas estava errado. Ealhswith tinha se mostrado uma boa esposa.

— E quem é a senhora Ecgwynn? — perguntei.

— A filha do bispo Swithwulf, senhor. — Swithwulf era bispo de Hrofeceastre, em Cent, disso eu sabia, mas não conhecia o sujeito, nem sua filha. — E ela preferiu Eduardo a Sigebriht — continuou Sihtric.

Então a filha do bispo era a garota com quem Eduardo queria se casar? A garota que ele recebera ordem de abandonar porque seu pai desaprovava?

— Ouvi dizer que Eduardo foi obrigado a abrir mão da garota — eu disse.

— Mas ela fugiu com ele — explicou Sihtric. — Foi o que Sigebriht disse.

— Fugiu! — Eu ri. — E onde está agora?

— Ninguém sabe.

— E Eduardo está noivo de Ælflaed. — Palavras muito ásperas deviam ter sido trocadas entre pai e filho, pensei. Eduardo sempre fora apresentado como o herdeiro ideal de Alfredo, o filho sem pecado, o príncipe educado e preparado para ser o próximo rei de Wessex, mas um sorriso da filha de um bispo evidentemente desfizera toda uma vida de pregações por parte dos sacerdotes de seu pai. — Então Sigebriht odeia Eduardo.

— Odeia, senhor.

— Porque ele tirou a filha do bispo. Mas isso seria suficiente para fazê-lo jurar aliança a Sigurd?

— Não, senhor. — Sihtric estava rindo. Ele havia guardado a melhor notícia para o final. — Ele não prestou juramento a Sigurd, senhor, e sim a Æthelwold.

Então era por isso que Sihtric havia retornado para mim, porque descobrira quem era o saxão, o saxão que Ælfadell me dissera que destruiria Wessex, e eu me perguntei por que não havia pensado nisso antes. Eu tinha considerado Beortsig porque ele queria ser rei da Mércia, mas ele era insignificante, e Sigebriht provavelmente queria ser rei de Cent um dia, mas eu não podia imaginar Sigebriht tendo poder para arruinar Wessex. No entanto, a resposta era óbvia. Estivera ali o tempo todo e eu nunca havia pensado nela porque Æthelwold era um idiota fraco. Mas os idiotas fracos têm ambição, esperteza e decisão.

— Æthelwold! — repeti.

— Sigebriht é jurado a ele, senhor, e Sigebriht é o mensageiro de Æthelwold a Sigurd. Há outra coisa, senhor. O padre de Beortsig tem um olho só, é magro como palha e careca.

Eu estava pensando em Æthelwold, por isso demorei um instante para me lembrar daquele dia distante em que aqueles idiotas haviam tentado me matar e o pastor me salvara com sua funda e seu rebanho.

— Beortsig me queria morto — eu disse.

— Ou o pai dele — sugeriu Sihtric.

— Porque Sigurd ordenou — supus. — Ou talvez Æthelwold. — E de repente pareceu óbvio demais. E eu sabia o que precisava fazer. Não queria isso. Tinha jurado que jamais voltaria à corte de Alfredo, mas no dia seguinte cavalguei para Wintanceaster.

Para ver o rei.

Æthelwold. Eu deveria ter adivinhado. Conheci Æthelwold durante toda minha vida e o desprezei durante todo esse tempo. Ele era sobrinho de Alfredo e era um ressentido. Alfredo, claro, deveria ter matado Æthelwold anos antes, mas algum sentimento, talvez afeto pelo filho do irmão ou, mais provavelmente, a culpa que os cristãos sérios amam sentir, havia contido sua mão.

O pai de Æthelwold era irmão de Alfredo, o rei Æthelred. Æthelwold, como filho mais velho de Ætehlred, esperava ser rei de Wessex, mas ainda era criança quando seu pai morreu, e o Witan, o conselho dos principais homens do rei, havia posto seu tio, Alfredo, no trono. Alfredo queria isso e trabalhara para isso, mas havia homens que ainda sussurravam que ele era um usurpador.

Æthelwold se ressentiu da usurpação desde o início, mas Alfredo, em vez de assassinar o sobrinho como eu recomendara frequentemente, cedia a ele. Deixou-o manter algumas das propriedades de seu pai, perdoava suas traições constantes e sem dúvida rezava por ele. Æthelwold precisava de muitas orações. Era infeliz, vivia frequentemente bêbado e talvez por isso Alfredo o tolerasse. Era difícil ver um idiota bêbado como um perigo para o reino.

Mas agora Æthelwold estava falando com Sigurd. Æthelwold queria ser rei no lugar de Eduardo, e para se tornar rei obviamente havia buscado a aliança de Sigurd. E Sigurd, claro, adoraria um saxão subserviente cuja reivindicação ao trono de Wessex fosse tão boa quanto a de Eduardo, na verdade até melhor, o que significava que a invasão de Sigurd a Wessex teria o brilho espúrio da legitimidade.

Éramos seis, cavalgando para o sul através de Wessex. Levei Osferth, Sihtric, Rypere, Eadric e Ludda. Deixei Finan no comando do restante dos meus homens com uma promessa:

— Se não houver gratidão em Wintanceaster, vamos para o norte.

— Precisamos fazer alguma coisa — disse Finan.

— Prometo — respondi. — Vamos virar vikings. Vamos prosperar. Mas preciso dar uma última chance a Alfredo.

Finan não se importava muito com que lado nos aliávamos, desde que estivéssemos lucrando com isso, e eu entendia seu sentimento. Se minha ambição era um dia retomar Bebbanburg, a dele era retornar à Irlanda para se vingar do homem que destruíra sua riqueza e sua família, e para isso precisava de prata tanto quanto eu. Finan, claro, era cristão, mas jamais permitiu que isso interferisse em seus prazeres, e usaria feliz sua espada para atacar Wessex se, no fim da luta, houvesse dinheiro suficiente para equipar uma expedição de volta à Irlanda. Eu sabia que ele acreditava que minha viagem a Wintanceaster era uma perda de tempo. Alfredo não gostava de mim, Æthelflaed parecia ter se distanciado e Finan acreditava que eu imploraria a pessoas que deveriam ter demonstrado gratidão desde o início.

E nessa viagem houve ocasiões em que pensei que Finan estava certo. Eu havia lutado para ajudar Wessex a sobreviver durante muitos anos e pusera muitos de seus inimigos debaixo da terra, e para provar isso não tinha nada além de uma bolsa vazia. Mas também tinha uma aliança relutante. Quebrei juramentos, mudei de lado, passei atabalhoadamente pelos espinheiros da lealdade, mas falei sério ao dizer a Osferth que queria ser a espada dos saxões em vez de o escudo da Mércia, e por isso faria uma última visita ao coração da Britânia saxã para descobrir se eles queriam minha espada ou não. E se não quisessem? Eu tinha amigos no norte. Havia Ragnar, mais do que amigo, um homem que eu amava como irmão, e ele me ajudaria, e se o preço que eu tivesse de pagar fosse a inimizade eterna de Wessex, que fosse. Viajei, não como o pedinte que Finan enxergava, mas vingativamente.

Chovia quando nos aproximamos de Wintanceaster, uma chuva branda numa região branda, de campos ricos de terra boa, com povoados que mostravam prosperidade, igrejas novas e palha densa, e não esqueletos magros de casas queimadas. Os salões eram maiores, porque os homens gostam de ter suas terras perto do poder.

Havia dois poderes em Wessex, o rei e a igreja, e as igrejas, como os salões, ficaram maiores à medida que nos aproximávamos da cidade. Não era de espantar que os nórdicos quisessem essa terra. Quem não quereria? O gado era gordo, os celeiros estavam cheios e as garotas eram bonitas.

— É tempo de você se casar — eu disse a Osferth, enquanto passávamos por um celeiro aberto onde duas garotas de cabelos claros debulhavam grãos numa eira.

— Já pensei nisso — disse ele, soturno.

— Só pensou?

Ele sorriu levemente.

— O senhor acredita em destino?

— E você não? — Osferth e eu estávamos cavalgando alguns passos à frente dos outros. — E o que o destino tem a ver com uma garota na sua cama?

— *Non ingredietur mamzer hoc est de scorto natus in ecclesiam Domini* — disse ele, me dirigindo um olhar muito sombrio — *usque ad decimam generationem*.

— O padre Beocca e o padre Willibald tentaram me ensinar latim — eu disse. — E ambos fracassaram.

— É das escrituras, senhor, do livro do Deuteronômio, e significa que um bastardo não tem permissão de entrar na igreja, e alerta que a maldição durará dez gerações.

Encarei-o incrédulo.

— Você estava estudando para ser padre quando o conheci!

— E abandonei os estudos. Tive de fazer isso. Como poderia ser padre quando Deus me bane de sua congregação?

— Então você não pode ser padre. Mas pode se casar!

— *Usque ad decimam generationem* — disse ele. — Meus filhos seriam amaldiçoados, e os filhos deles também, e todos os filhos por dez gerações.

— Então todos os bastardos estão condenados?

— Deus nos diz isso, senhor.

— Então é um deus de ideias sangrentas — eu disse com selvageria, depois vi que a perturbação dele era real. — Não foi sua culpa Alfredo ter trepado com uma serviçal.

— Verdade, senhor.

— Então como esse pecado pode afetar você?

— Deus nem sempre é justo, senhor, mas é justo dentro de suas regras.

— Justo? Então se eu não posso pegar um ladrão e chicoteio os filhos dele, você me chamaria de justo?

— Deus abomina o pecado, senhor, e que modo melhor de evitar o pecado do que ameaçar com o pior castigo possível? — Ele guiou o cavalo para o lado esquerdo da estrada para permitir que uma fila de animais de carga passasse. Eles viajavam para o norte, levando peles de ovelhas. — Se Deus não nos castigasse com severidade, o que impediria o pecado de se espalhar?

— Eu gosto do pecado — eu disse, e apontei para o cavaleiro cujos serviçais guiavam os animais de carga. — Alfredo ainda vive? — perguntei a ele.

— Por pouco — respondeu o homem. Em seguida fez o sinal da cruz e agradeceu quando lhe desejei boa viagem.

Osferth franziu a testa.

— Por que me trouxe, senhor? — perguntou.

— Por que não?

— O senhor poderia ter trazido Finan, mas me escolheu.

— Você não quer ver seu pai?

Durante um tempo ele não respondeu, depois se virou para mim e eu vi que havia lágrimas em seus olhos.

145

A feiticeira

— Sim, senhor.

— Foi por isso que eu o trouxe — disse, e nesse momento viramos uma curva na estrada e Wintanceaster estava abaixo de nós, com sua igreja nova erguendo-se acima do amontoado de tetos.

Wintanceaster, claro, era o principal buhr de Alfredo, aquelas cidades fortificadas contra os dinamarqueses. Era cercada por um fosso profundo, inundado em alguns lugares, para além do qual havia um alto barranco de terra encimado por uma paliçada de troncos de carvalho. Havia poucas coisas piores do que atacar um lugar assim. Os defensores, como os homens de Haesten em Beamfleot, tinham toda a vantagem e podiam fazer chover disparos e pedras sobre os atacantes, que precisariam lutar através de obstáculos e tentar subir escadas que estariam sendo despedaçadas por machados. Eram os buhrs de Alfredo que haviam tornado Wessex seguro. Os dinamarqueses ainda podiam devastar o campo, mas tudo de valor seria levado para dentro dos muros do buhr e os dinamarqueses só podiam cavalgar ao redor das muralhas e fazer ameaças vazias. O modo mais seguro de capturar um buhr era fazer sua guarnição passar fome e se submeter, mas isso poderia levar semanas ou meses, e durante todo esse tempo os sitiadores estariam vulneráveis a tropas que viessem de outras fortalezas. A alternativa era lançar homens contra os muros e olhá-los morrer no fosso, e os dinamarqueses nunca foram pródigos com homens. Os buhrs eram fortalezas, fortes demais para os dinamarqueses, e eu achava que Bebbanburg era mais forte que qualquer buhr.

A passagem norte para Wintanceaster era feita de pedra e guardada por uma dúzia de homens que barravam o arco aberto. Seu líder era um homenzinho grisalho com olhos ferozes que sinalizou afastando as tropas quando me viu.

— Sou Grimric, senhor — disse ele, obviamente esperando ser reconhecido.

— Você esteve em Beamfleot — supus.

— Estive, senhor! — disse ele, satisfeito por eu me lembrar.

— Onde causou uma grande matança — completei, esperando ser verdade.

— Nós mostramos aos desgraçados como os saxões lutam, não foi, senhor? — disse ele, rindo. — Vivo dizendo a esses molengas que o senhor sabe dar uma luta de verdade aos homens! — Ele apontou um polegar para seus homens, todos jovens tirados de fazendas ou oficinas para servir seu período de algumas semanas na guarnição do buhr. — Ainda estão molhados com o leite da mamãe, senhor — disse Grimric.

Entreguei-lhe uma moeda que eu não podia me dar ao luxo de gastar, mas essas coisas são esperadas de um senhor.

— Compre cerveja para eles — disse a Grimric.

— Farei isso, senhor — respondeu ele. — E eu sabia que o senhor viria! Preciso dizer a eles que o senhor está aqui, claro, mas sabia que ficaria tudo bem.

— Bem? — perguntei, perplexo com suas palavras.

— Eu sabia que ficaria, senhor! — Ele riu, depois acenou para entrarmos. Fui até a Dois Grous, onde o dono me conhecia. Ele gritou para seus serviçais cuidarem de nossos cavalos, trouxe cerveja e nos deu um aposento grande no fundo da taverna, onde a palha estava limpa.

O senhorio era um homem de um braço só, com barba tão comprida que ele enfiava a ponta num cinto largo de couro. Chamava-se Cynric, tinha perdido a parte de baixo do braço esquerdo lutando por Alfredo e era dono da Dois Grous havia vinte anos. Não acontecia muita coisa em Wintanceaster que ele não soubesse.

— Os homens da igreja governam — disse ele.

— E não Alfredo?

— O pobre coitado está doente como um cão bêbado. É um milagre ainda viver.

— E Eduardo está sob o domínio do clero?

— Do clero, da mãe e do Witan. Mas nem de longe é tão devoto quanto eles acham. Ouviu falar da senhora Ecgwynn?

— A filha do bispo?

— A própria, e era uma coisinha linda, só Deus sabe. Era só uma menina, mas linda demais.

— Ela morreu?

— Morreu dando à luz.

Encarei-o, com as implicações rolando na cabeça.

— Tem certeza?

— Pelos dentes de Deus, conheço a mulher que serviu de parteira! Ecgwynn pariu gêmeos, um menino chamado Æthelstan e uma menina chamada Eadgyth, mas a pobre mãe morreu na mesma noite.

— Eduardo era o pai? — perguntei, e Cynric confirmou. — Bastardos reais gêmeos — eu disse, baixinho.

Cynric balançou a cabeça.

— Serão bastardos mesmo? — Ele manteve a voz baixa. — Eduardo afirma que se casou com ela, o pai diz que o casamento não foi legal e venceu a discussão. E eles mantiveram a coisa toda em segredo! Deus sabe que pagaram bastante bem à parteira.

— As crianças sobreviveram?

— Estão no convento de Santa Hedda, com a senhora Æthelflaed.

Olhei para o fogo. Então o herdeiro perfeito havia se mostrado tão pecador quanto qualquer homem. E Alfredo estava mantendo longe os frutos desse pecado, enfiando-os num convento com a esperança de que ninguém os descobrisse.

— Pobre Eduardo — eu disse.

— Agora ele vai se casar com Ælflaed, que agrada a Alfredo.

— E já tem dois filhos — observei, pasmo. — Isso é uma confusão régia. Você disse que Æthelflaed está no convento de Santa Hedda?

— Trancada. — Cynric sabia de minha ligação com Æthelflaed e seu tom sugeria que ela fora trancada para me manter longe.

— O marido dela está aqui?

— No palácio de Alfredo. Toda a família está lá, até Æthelwold.

— Æthelwold!

— Chegou há duas semanas, chorando e gemendo pelo tio.

Æthelwold era mais corajoso do que eu pensava. Tinha feito sua aliança com os dinamarqueses mas era suficientemente ousado para vir à corte do tio agonizante.

— Ele continua bêbado?

— Não que eu saiba. Ele não esteve aqui. Dizem que passa o tempo todo rezando. — Cynric falou com desprezo e eu ri. — Todos estamos rezando — terminou ele, soturno, querendo dizer que todos estavam preocupados com o que aconteceria quando Alfredo morresse.

— E o convento de Santa Hedda? A abadessa ainda é Hildegyth?

— Ela própria é uma santa, senhor. Sim, ela ainda está lá.

Levei Osferth até o convento. A chuva caía fraca, tornando as ruas escorregadias. O convento ficava na borda norte da cidade, perto da muralha de terra com sua alta paliçada. A única porta ficava no fim de um beco longo e lamacento que, como na última vez que eu havia visitado, estava apinhado de mendigos que esperavam as esmolas e a comida que as freiras distribuíam de manhã e à tarde. Os mendigos abriram passagem para nós. Estavam nervosos porque Osferth e eu usávamos cota de malha e ambos tínhamos espadas. Alguns estendiam as mãos ou tigelas de madeira, mas eu os ignorei, perplexo com a presença de três soldados à porta do convento. Todos usavam elmos e tinham lanças, espadas e escudos, e quando nos aproximamos eles se afastaram da porta para barrar o caminho.

— O senhor não pode entrar — disse um deles.

— Você sabe quem eu sou?

— É o senhor Uhtred — respondeu o homem respeitosamente. — E não pode entrar.

— A abadessa é uma velha amiga — eu disse, e era verdade. Hild era uma amiga, uma santa e uma mulher que eu havia amado, mas aparentemente eu não tinha permissão de visitá-la. O líder dos três soldados era forte, não tão jovem, mas com ombros largos e rosto confiante. Sua espada estava na bainha e eu não duvidei que ele iria retirá-la se eu tentasse forçar a passagem, mas também não duvidava de que poderia derrubá-lo na lama. Mas eles eram três, e eu sabia que Osferth não lutaria contra soldados de Wessex que vigiavam um convento. Dei de ombros. — Pode dar um recado à abadessa?

— Posso fazer isso, senhor.

— Diga que Uhtred veio visitá-la.

Ele concordou e eu ouvi os mendigos ofegarem atrás de mim e me virei, vendo mais soldados preenchendo o beco. Reconheci seu comandante, um homem chamado Godric, que havia servido sob o comando de Weohstan. Ele liderava sete homens com elmos que, como os que guardavam o convento, tinham escudos e lanças. Estavam prontos para a batalha.

— Pediram-me que o levasse ao palácio, senhor — disse Godric.

— Você precisa de lanças para isso?

Godric ignorou a pergunta, em vez disso sinalizou para a entrada do beco.

— O senhor virá?

— Com prazer. — E o acompanhei de volta pela cidade. As pessoas nas ruas nos olhavam passar, em silêncio. Osferth e eu tínhamos mantido nossas espadas, mas ainda assim parecíamos prisioneiros sob escolta e, quando chegamos ao portão do palácio, um administrador insistiu para que deixássemos as armas. Isso era normal. Somente os guarda-costas do rei tinham permissão de portar armas dentro da área do palácio, por isso entreguei Bafo de Serpente aos administradores, depois segui Godric, passando pela capela particular de Alfredo, até uma construção pequena e baixa, com teto de palha.

— Pediram que o senhor esperasse aí dentro — disse ele, indicando a porta.

Esperamos numa sala sem janelas, mobiliada com dois bancos, uma mesa de leitura e um crucifixo. Os homens de Godric ficaram do lado de fora e, quando tentei sair, lanças barraram meu caminho.

— Queremos comida e cerveja — eu disse. — E um balde para mijar.

— Estamos presos? — perguntou-me Osferth quando a comida e o balde foram trazidos.

— É o que parece.

— Por quê?

— Não sei.

Comi o pão e o queijo duro. Depois, ainda que o piso de terra do cômodo estivesse úmido, deitei-me e tentei dormir.

O crepúsculo chegou antes que Godric voltasse. Ele continuava cortês.

— O senhor me acompanhará — disse, e Osferth e eu o seguimos por pátios familiares até um dos salões menores onde um fogo ardia na lareira central.

Havia peças de couro pintadas na parede, cada uma mostrando um diferente santo saxão ocidental, e na extremidade alta do salão, em volta de uma mesa coberta por um pano tingido de azul, estavam sentados cinco homens da igreja. Três me eram estranhos, mas reconheci os outros dois e nenhum era amigo. O bispo Asser, o venenoso sacerdote galês que era o confidente mais íntimo de Alfredo era um deles, e o bispo Erkenwald era o outro. Eles flanqueavam um homem de ombros magros cujo cabelo tonsurado era branco sobre um rosto fino como uma fuinha esfomeada. Tinha uma lâmina como nariz, olhos inteligentes e apertados, lábios finos que não conseguiam esconder os dentes tortos. Os dois padres nas extremidades da mesa eram muito mais novos e cada um tinha uma pena, um pote de tinta e um pedaço de pergaminho. Pareciam que estavam ali para tomar notas.

— Bispo Erkenwald — cumprimentei, depois olhei para Asser. — Não creio que eu o conheça.

— Tire esse martelo do pescoço dele — ordenou Asser a Godric.

— Se tocar nesse martelo eu jogo sua bunda no fogo — disse eu a Godric.

— Chega! — A fuinha faminta bateu na mesa. Os potes de tinta pularam. Os dois padres escribas rabiscavam algo. — Sou Plegmund — disse o homem.

— O sumo feiticeiro de Contwaraburg? — perguntei.

Ele me encarou com aversão óbvia, depois puxou um pedaço de pergaminho.

— Você tem explicações a dar — disse ele.

— E desta vez sem mentiras! — cuspiu Asser. Anos antes, neste mesmo salão, eu fora julgado pelo Witan por ofensas das quais, na verdade, não era totalmente culpado. A principal testemunha dos meus crimes fora Asser, mas eu havia mentido para me livrar, ele sabia disso e desde então me desprezava.

Franzi a testa para ele.

— Qual é mesmo o seu nome? — perguntei. — O senhor me lembra alguém. Era um *earsling* galês, uma merdinha parecida com um rato, mas eu o matei, de modo que não pode ser o mesmo homem.

— Senhor Uhtred — disse cansado o bispo Erkenwald. — Por favor, não nos insulte.

Eu e Erkenwald não gostávamos um do outro, mas em seu tempo como bispo de Lundene ele havia se mostrado um governante eficiente e não ficara no meu caminho antes de Beamfleot. Na verdade sua capacidade como organizador colaborara imensamente para aquela vitória.

— O que querem que seja explicado? — perguntei.

O arcebispo Plegmund moveu uma vela sobre a mesa para iluminar o pergaminho.

— Fomos informados a respeito de suas atividades neste verão — disse ele.

Os olhos frios e afiados me encararam. Plegmund tinha ficado famoso como um homem que negava qualquer prazer a si mesmo, fosse ele comida, mulheres ou luxos. Servia ao seu deus por meio do desconforto, rezando em locais solitários e sendo um padre eremita. Não sei por que as pessoas acham isso admirável, mas os cristãos tinham um espanto reverente por ele, e todos ficaram deliciados quando ele abandonou seu desconforto de eremita para virar arcebispo.

— Na primavera — disse ele numa voz fina e precisa — o senhor teve um encontro com o homem que se intitula de jarl Haesten, e depois disso cavalgou para o norte penetrando no território de posse de Cnut Ranulfson, onde consultou a bruxa Ælfadell. De lá foi a Snotengaham, atualmente ocupada por Sigurd Thorrson, e de lá voltou para se reencontrar com o jarl Haesten.

— Tudo isso é verdade — eu disse tranquilamente —, só que você deixou algumas coisas de fora.

— Aí vêm as mentiras — sibilou Asser.

Franzi a testa para ele.

— Sua mãe estava fazendo força num penico quando você nasceu?

Plegmund bateu na mesa de novo.

— O que deixamos de fora?

— A pequena verdade de que eu incendiei a frota de Sigurd.

Osferth parecia cada vez mais alarmado com a hostilidade no salão e agora, sem dizer uma palavra a mim, e sem qualquer questionamento dos clérigos à mesa forrada de linho, esgueirou-se para a porta. Eles o deixaram ir. Era eu que eles queriam.

— A frota foi queimada, sabemos — disse Plegmund. — E sabemos o motivo.

— Diga.

— Era um sinal para os dinamarqueses de que não pode haver recuo pela água. Sigurd Thorrson está dizendo aos seus seguidores que o destino deles é capturar Wessex, e como prova desse destino ele incendiou os próprios navios para demonstrar que não pode haver recuo.

— Vocês acreditam nisso? — perguntei.

— É a verdade — disse Asser rispidamente.

— Você não conheceria a verdade nem se ela fosse enfiada pela sua garganta com um cabo de machado. E nenhum senhor nórdico queimaria seus navios. Eles custam ouro. Eu os queimei, e os homens de Sigurd tentaram me matar quando fiz isso.

— Ah, ninguém duvida que você estava lá quando eles foram incendiados — disse Erkenwald.

— E você não nega que consultou a bruxa Ælfadell? — perguntou Plegmund.

— Não, nem nego que destruí os exércitos dinamarqueses em Fearnhamme e em Beamfleot ano passado.

— Ninguém nega que você prestou serviços no passado — disse Plegmund.

— Quando isso lhe era favorável — acrescentou Asser acidamente.

— E você nega que matou o abade Deorlaf de Buchestanes? — perguntou Plegmund.

— Eu o estripei como se ele fosse um peixe gordo — respondi.

— Não nega? — Asser pareceu atônito.

— Sinto orgulho disso, e dos outros dois monges que matei.

— Anotem isso! — sibilou Asser para os padres escribas, que nem precisavam do encorajamento. Estavam escrevendo tudo.

— No ano passado — disse o bispo Erkenwald — você se recusou a fazer um juramento de lealdade ao ætheling Eduardo.

— Certo.

— Por quê?

— Porque estou cansado de Wessex — respondi. — Cansado de padres, cansado de eles me dizerem qual é a vontade de Deus, cansado de dizerem que sou um pecador, cansado de seus absurdos intermináveis, cansado daquele tirano pregado que vocês chamam de deus, mas que só quer que a gente sofra. E me recusei a prestar juramento porque minha ambição é voltar para o norte, para Bebbanburg, e matar os homens que estão lá, e não posso fazer isso se tiver jurado a Eduardo e ele quiser algo diferente de mim.

Podia não ser o discurso mais diplomático, mas eu não estava me sentindo diplomático. Alguém, presumi que Æthelred, fizera o máximo para me destruir e usara o poder da igreja para isso, e eu estava decidido a lutar contra aqueles desgraçados miseráveis. Parecia que estava tendo sucesso, pelo menos em deixá-los mais miseráveis ainda. Plegmund fazia uma careta, Asser o sinal da cruz, e os olhos de Erkenwald estavam fechados. Os dois padres jovens escreviam mais depressa do que nunca.

— Tirano pregado — repetiu um deles lentamente enquanto sua pena raspava o pergaminho.

— E quem teve a ideia brilhante de me mandar à Ânglia Oriental para que Sigurd pudesse me matar? — perguntei.

— O rei Eohric garante que Sigurd foi sem o convite dele, e que se ele soubesse teria lançado um ataque contra aquelas forças — disse Plegmund.

— Eohric é um earsling — retruquei. — E para o caso de o senhor não saber, arcebispo, earsling é uma coisa igual ao bispo Asser, algo que é espremido para fora de um cu.

— Você vai demonstrar respeito! — rosnou Plegmund, me olhando com fúria.

— Por quê?

Diante disso ele piscou. Asser estava sussurrando em seu ouvido, um sibilo urgente e exigente, enquanto o bispo Erkenwald tentava descobrir algo útil para mim.

— O que a bruxa Ælfadell lhe disse? — perguntou ele.

— Que um saxão destruiria Wessex. E que os dinamarqueses venceriam e que Wessex não existiria mais.

Com isso todos os três paralisaram. Podiam ser cristãos, e cristãos importantes, mas não estavam imunes aos deuses verdadeiros e à sua magia. Sentiam medo, mas nenhum fez o sinal da cruz porque seria uma admissão de que a profetisa pagã poderia ter acesso à verdade, uma coisa que eles preferiam negar um ao outro.

— E quem é o saxão?

— É isso que vim a Wintanceaster dizer ao rei.

— Então nos diga — exigiu Plegmund.

— Direi ao rei.

— Sua cobra — disse Asser. — Seu ladrão noturno! O saxão que destruirá Wessex é você!

Cuspi para mostrar meu desprezo, mas o cuspe não chegou à mesa.

— Você veio aqui — observou Erkenwald cauteloso — por causa de uma mulher.

— Adúltero! — disse Asser rispidamente.

— Esta é a única explicação para sua presença — disse Erkenwald, depois olhou para o arcebispo. — *Sicut canis qui revertitur ad vomitum suum.*

— *Sic inprudens qui iterat stultitiam suam* — entoou o arcebispo.

Por um momento achei que estavam me xingando, mas o pequeno bispo Asser não pôde resistir a demonstrar seu conhecimento fornecendo a tradução.

— Assim como o cão retorna ao seu vômito, o tolo retorna à sua imundície.

— Palavras de Deus — disse Erkenwald.

— E devemos decidir o que fazer com você — disse Plegmund, e ao ouvir essas palavras os homens de Godric chegaram mais perto. Eu tinha consciência de suas lanças atrás de mim. Um pedaço de lenha estalou no fogo, lançando fagulhas para os juncos que começaram a soltar fumaça. Normalmente um serviçal ou um dos soldados teria corrido para pisotear a chama minúscula, mas ninguém se mexeu. Eles me queriam morto.

— Foi-nos demonstrado — Plegmund rompeu o silêncio — que você fez conluio com os inimigos do rei, que conspirou com eles, que comeu o pão deles e tomou seu sal. Pior, você admitiu ter matado o santo abade Deorlaf e dois de seus irmãos e...

— O santo abade Deorlaf — interrompi — estava de conluio com a bruxa Ælfadell, e o santo abade Deorlaf quis me matar. O que eu deveria fazer? Dar a outra face?

— Você ficará em silêncio! — disse Plegmund.

Dei dois passos e apaguei os juncos acesos com minha bota. Um dos soldados de Godric, achando que eu iria atacar os clérigos, havia recuado sua lança e eu me virei para olhá-lo. Só para olhar. Ele ficou vermelho e, muito lentamente, sua lança baixou.

— Eu lutei contra os inimigos do seu rei — eu disse, ainda olhando o lanceiro, mas depois me virando para Plegmund —, como o bispo Erkenwald sabe muito bem. Enquanto outros homens se encolhiam atrás dos muros dos burhs eu estava comandando o exército do seu rei. Eu estive na parede de escudos. Matei inimigos, tingi o solo de vermelho com o sangue dos seus inimigos, queimei navios, tomei a fortaleza em Beamfleot.

— E usa o martelo! — A voz de Asser saiu aguda. Estava apontando para o meu amuleto com um dedo trêmulo. — É o símbolo dos nossos inimigos, o sinal daqueles que torturariam Cristo de novo, e você o usa até mesmo na corte do nosso rei!

— O que sua mãe fez? — perguntei. — Peidou feito uma égua e você saiu?

— Chega — disse Plegmund, cansado.

Não era difícil adivinhar quem havia pingado veneno em seus ouvidos: meu primo Æthelred. Ele era o senhor titular da Mércia, a coisa mais próxima de um rei que o país tivera, no entanto todo mundo sabia que ele era um cachorrinho preso numa coleira de Wessex. Ele queria cortar essa coleira e, quando Alfredo morresse, sem dúvida buscaria a coroa. E uma nova esposa, já que a antiga era Æthelflaed, que acrescentara chifres a ele, além da coleira. Um cachorrinho com coleira e chifres que desejava vingança, e me queria morto porque sabia que havia homens demais na Mércia que prefeririam me seguir a segui-lo.

— É nosso dever decidir seu destino — disse Plegmund.

— As Nornas fazem isso nas raízes da Yggdrasil — respondi.

— Pagão — sibilou Asser.

— O reino precisa ser protegido — continuou o arcebispo, ignorando nós dois. — Ele deve ter o escudo da fé e a espada da retidão, e não existe lugar no reino de Deus para um homem sem fé, um homem que poderia se virar contra nós a qualquer momento. Uhtred de Bebbanburg, devo lhe dizer...

Mas o que quer que ele fosse dizer ficou no ar porque a porta na extremidade do salão se entreabriu.

— O rei quer vê-lo — disse uma voz familiar.

Virei-me e vi Steapa ali parado. O bom Steapa, comandante da guarda pessoal de Alfredo, um escravo camponês que fora criado para se tornar um grande guerreiro, um homem burro como uma porta e forte como um boi, um amigo, o sujeito mais sincero que já conheci.

— O rei — disse ele em sua voz obstinada.

— Mas... — começou Plegmund.

— O rei quer me ver, seu filho da mãe com dentes tortos — eu disse, depois olhei para o lanceiro que havia me ameaçado. — Se algum dia apontar uma arma para mim de novo, vou rasgar sua barriga e dar suas entranhas aos meus cães — prometi.

As Nornas provavelmente estavam rindo, e fui ver o rei.

Segunda Parte

A morte de um rei

Seis

Alfredo estava deitado, envolto em cobertores de lã e apoiado numa grande almofada. Osferth estava sentado na cama, segurando a mão do pai. A outra mão do rei pousava num livro cravejado de joias, que presumi que fosse dos evangelhos. Do lado de fora do quarto, num longo corredor, o irmão John e quatro membros de seu coro entoavam um canto tristonho. O quarto fedia, apesar das ervas espalhadas no chão e das grandes velas que ardiam em altos suportes de madeira. Algumas eram as valiosas velas-relógios de Alfredo, com as faixas marcando as horas enquanto a vida do rei se esvaía. Os sacerdotes estavam encostados numa parede do aposento de Alfredo, e do outro lado havia um grande painel de couro no qual estava pintada a crucificação.

Steapa me empurrou para dentro do quarto e fechou a porta.

Alfredo já parecia morto. De fato eu poderia julgar que ele era um cadáver, se não tivesse soltado a mão de Osferth, que estava em lágrimas. O rosto comprido do rei se mostrava pálido como uma pele de carneiro, com olhos fundos, bochechas encovadas e sombras escuras. O cabelo ficara ralo e branco. As gengivas haviam recuado sobre os dentes que restavam, o queixo barbado estava manchado de cuspe e a mão no livro era um mero conjunto de ossos cobertos de pele sobre os quais brilhava um grande rubi, com o anel agora grande demais para o dedo esquelético. A respiração era rasa, mas a voz permanecia notavelmente forte.

— Eis a espada dos saxões — cumprimentou ele.

— Vejo que seu filho tem a língua solta, rei — eu disse. E me abaixei sobre um dos joelhos até que, debilmente, ele indicou que eu me levantasse.

Olhou-me de seu travesseiro e eu o olhei; os monges cantavam do outro lado da porta e uma vela estalou, soltando um denso fio de fumaça.

— Estou morrendo, senhor Uhtred — disse Alfredo.

— Sim, senhor.

— E você parece saudável como um bezerro — respondeu ele com uma careta que pretendia ser um sorriso. — Você sempre teve a capacidade de me irritar, não é? Não é de bom tom parecer saudável diante de um rei agonizante, mas eu me regozijo por você. — Sua mão esquerda acariciou o livro dos evangelhos. — Diga o que acontecerá quando eu estiver morto — ordenou.

— Seu filho Eduardo governará, senhor.

Ele me olhou e eu vi inteligência naqueles olhos fundos.

— Não diga o que acha que eu quero ouvir — disse ele com um toque da antiga aspereza —, e sim aquilo em que você acredita.

— Seu filho Eduardo governará, senhor — repeti.

Ele balançou a cabeça lentamente, acreditando.

— Ele é um bom filho — disse Alfredo, quase como se estivesse tentando se convencer.

— Ele lutou bem em Beamfleot. O senhor teria orgulho.

Alfredo concordou cansado.

— É o que se espera de um rei. Deve ser corajoso nas batalhas, sábio nos conselhos, justo nos julgamentos.

— O senhor tem sido tudo isso — eu disse, não lisonjeando-o, mas dizendo a verdade.

— Tentei. Deus sabe que tentei. — Ele fechou os olhos e ficou quieto por tanto tempo que me perguntei se teria caído no sono e se eu deveria sair, mas então seus olhos se abriram e ele olhou o teto escurecido pela fumaça. Em algum lugar no interior do palácio um cão latiu alto e parou de repente. Alfredo franziu a testa, pensativo, depois virou a cabeça para me olhar. — Você passou algum tempo com Eduardo no verão passado.

— Passei, senhor.

— Ele é sábio?

— É inteligente, senhor.

— Muitas pessoas são inteligentes, senhor Uhtred, mas pouquíssimas são sábias.

— Os homens desenvolvem a sabedoria com a experiência, senhor.

— Alguns — disse Alfredo, irritado. — Mas Eduardo a desenvolverá? — Dei de ombros pois não era uma pergunta à qual eu pudesse responder. — Eu me preocupo pensando que as paixões dele possam dominá-lo.

Olhei para Osferth.

— Assim como as suas o dominaram, senhor, um dia.

— *Omnes enim peccaveunt* — disse Alfredo baixinho.

— Todos já pecaram — traduziu Osferth, e recebeu um sorriso do pai.

— Eu me preocupo por ele ser cabeça-dura — disse Alfredo, falando de novo de Eduardo. Fiquei surpreso por ele falar tão abertamente sobre o herdeiro, mas claro, esta era uma coisa que atormentava sua mente nos últimos dias. Alfredo havia dedicado a vida à preservação de Wessex e queria desesperadamente confirmar que seus feitos não seriam jogados fora pelo sucessor, e essa preocupação era tão profunda que ele não conseguia abandonar o assunto. Queria demais essa confirmação.

— O senhor o deixa com um bom conselho, senhor — eu disse, não porque acreditasse, mas porque ele queria ouvir isso. Muitos homens do Witan eram de fato bons conselheiros, mas havia vários homens da igreja, como Plegmund, em cuja orientação eu jamais confiaria.

— E um rei pode rejeitar qualquer conselho — disse Alfredo — porque, no fim, a decisão é sempre do rei, a responsabilidade é do rei, é o rei que é sábio ou tolo. E se o rei for tolo, o que acontecerá com o reino?

— O senhor se preocupa porque Eduardo fez o que todos os homens jovens fazem.

— Ele não é como os outros jovens — disse Alfredo, sério. — Nasceu do privilégio e do dever.

— E o sorriso de uma garota pode corroer o dever mais rapidamente do que a chama derrete o gelo.

Ele me encarou.

— Então você sabe? — perguntou ele depois de um longo tempo.

— Sim, senhor. Eu sei.

Alfredo suspirou.

— Ele disse que foi paixão, que foi amor. Os reis não se casam por amor, senhor Uhtred, eles se casam para garantir a segurança do reino. E ela não era correta — disse ele com firmeza. — Era atrevida! Era desavergonhada!

— Então eu gostaria de tê-la conhecido, senhor — eu disse, e Alfredo riu, embora o esforço tenha causado dor e o riso se transformou num gemido. Osferth não fazia ideia do que estávamos conversando e eu balancei a cabeça levemente, mostrando que ele não deveria perguntar, depois pensei nas palavras que dariam a Alfredo a confirmação que ele desejava. — Em Beamfleot, senhor, fiquei ao lado de Eduardo numa parede de escudos, e um homem não consegue esconder seu caráter numa parede de escudos, e então fiquei sabendo que seu filho é um homem bom. Garanto: ele é um homem do qual pode se orgulhar. — Hesitei, depois apontei para Osferth. — Assim como todos os seus filhos.

Vi a mão do rei apertar os dedos de Osferth.

— Osferth é um bom homem — disse Alfredo — e sinto orgulho dele. — Alfredo deu um tapinha na mão do filho bastardo e olhou de novo para mim. — E o que mais vai acontecer?

— Æthelwold tentará tomar o trono.

— Ele jura que não.

— Ele jura com facilidade, senhor. O senhor deveria ter cortado a garganta dele há vinte anos.

— As pessoas dizem o mesmo a seu respeito, senhor Uhtred.

— Talvez o senhor devesse ter seguido o conselho delas, não?

Sua boca mostrou o fantasma de um sorriso.

— Æthelwold é uma criatura lamentável — disse ele —, sem disciplina nem pensamento. Ele não é um perigo, é apenas uma lembrança de nossa falibilidade.

— Ele conversou com Sigurd e tem aliados insatisfeitos em Cent e na Mércia. Foi por isso que vim a Wintanceaster, senhor, para alertá-lo sobre isso.

Alfredo me olhou por um longo tempo, depois suspirou.

— Ele sempre sonhou em ser rei.

— É hora de matar a ele e ao seu sonho, senhor — eu disse com firmeza. — Dê-me a ordem e eu o livro dele.

Alfredo balançou a cabeça.

— Ele é filho do meu irmão e é um homem fraco. Não quero ter o sangue da minha família nas minhas mãos quando ficar diante de Deus na cadeira do julgamento.

— Então o senhor vai deixá-lo viver?

— Ele é fraco demais para ser perigoso. Ninguém em Wessex vai apoiá-lo.

— Muito poucos irão, senhor, por isso ele voltará a Sigurd e Cnut. Eles invadirão a Mércia e em seguida Wessex. Haverá batalhas. — Hesitei. — E nessas batalhas, senhor, Cnut, Sigurd e Æthelwold morrerão, mas Eduardo e Wessex estarão em segurança.

Ele pensou por um momento nessa declaração ousada, depois suspirou.

— E a Mércia? Nem todo mundo na Mércia ama Wessex.

— Os senhores mércios devem escolher de que lado ficam, senhor. Os que apoiaram Wessex estarão do lado vitorioso, os outros estarão mortos. A Mércia será governada por Eduardo.

Eu havia dito o que ele queria ouvir, mas também aquilo em que eu acreditava, o que era estranho. Eu ficara confuso com as previsões de Ælfadell, mas quando ele me pediu para prever o futuro, não hesitei.

— Como você pode ter tanta certeza? — perguntou Alfredo. — A bruxa Ælfadell disse isso?

— Não, senhor. Ela disse exatamente o oposto, mas só estava falando o que o jarl Cnut queria que ela dissesse.

— O dom da profecia não seria dado a uma pagã — disse Alfredo, sério.

— No entanto o senhor pede que eu preveja o futuro? — perguntei malicioso, e fui recompensado com outra careta que pretendia ser um sorriso.

— Então como você pode ter tanta certeza?

— Nós aprendemos a lutar contra os nórdicos, senhor, mas eles não aprenderam a lutar contra nós. Quando existem burhs, o defensor tem todas as vantagens. Eles atacarão, nós nos defenderemos, eles perderão, nós venceremos.

— Você faz com que pareça simples.

— A batalha é simples, senhor, talvez por isso eu seja bom nelas.

— Eu estive errado com relação a você, senhor Uhtred.

— Não, senhor.

— Não?

— Eu amo os dinamarqueses, senhor.

— Mas é a espada dos saxões?

— Wyrd bið ful ãræd, senhor — eu disse.

Alfredo fechou os olhos momentaneamente. Ficou imóvel e, por alguns instantes, temi que estivesse morrendo, mas então abriu os olhos de novo e franziu a testa na direção dos caibros enegrecidos de fumaça. Tentou conter um gemido, que escapou de qualquer modo, e eu vi a dor passar por seu rosto.

— Isso é difícil demais — disse ele.

— Há poções que ajudam com a dor, senhor — respondi inutilmente.

Ele balançou a cabeça devagar.

— Não é a dor, senhor Uhtred. Nós nascemos para a dor. Não; o destino é difícil. Será que tudo está predeterminado? O conhecimento antecipado não é destino, e podemos escolher nossos caminhos, no entanto o destino diz que podemos não escolhê-los. Portanto, se o destino é real, nós temos alguma opção? — Não falei nada. Deixei-o pensar sozinho nessa pergunta impossível de ser respondida. Ele me olhou. — Qual seria o seu destino? — perguntou.

— Eu recapturaria Bebbanburg, senhor, e quando estiver no meu leito de morte quero que seja no alto salão de Bebbanburg, com o som do mar enchendo os ouvidos.

— E eu tenho o irmão John enchendo meus ouvidos — disse Alfredo, brincando. — Ele diz que eles devem abrir a boca como passarinhos famintos, e eles abrem. — Alfredo pôs a mão direita de volta sobre a de Osferth. — Eles querem que eu seja um passarinho faminto. Alimentam-me com mingau fino, senhor Uhtred, e eu insisto que posso comer, mas não quero. — Ele suspirou.

— Meu filho — disse, referindo-se a Osferth — diz que você é um homem pobre. Por quê? Não conquistou uma fortuna em Dunholm?

— Conquistei, senhor.

— E a esbanjou?

— Esbanjei a seu serviço, senhor, com homens, malhas e armas. Guardando a fronteira da Mércia. Equipando um exército para derrotar Haesten.

— *Nervi bellorum pecuniae* — disse Alfredo.

— É das suas escrituras, senhor?

— De um sábio romano, senhor Uhtred, que disse que o dinheiro é os tendões da guerra.

— Ele sabia do que estava falando, senhor.

Alfredo fechou os olhos e eu pude ver a dor atravessar seu rosto de novo. Sua boca se apertou enquanto ele suprimia um gemido. O cheiro no quarto ficou mais rançoso.

— Há um calombo na minha barriga, parecido com uma pedra — disse ele. Em seguida parou e tentou novamente conter um gemido. Uma única lágrima escapou. — Eu olho os relógios de vela e imagino quantas faixas vão se queimar antes — ele hesitou. — Eu meço minha vida por polegadas. Você voltará amanhã, senhor Uhtred.

— Sim, senhor.

— Eu dei ao meu... — ele parou, depois deu um tapinha na mão de Osferth — ao meu filho uma tarefa. — Ele abriu os olhos e me olhou. — Meu filho está encarregado de converter você à fé verdadeira.

— Sim, senhor — eu disse, sem saber o que dizer. Vi as lágrimas no rosto de Osferth.

Alfredo olhou para o grande painel de couro que mostrava a crucificação.

— Você nota alguma coisa estranha nessa pintura? — perguntou.

Olhei-a. Jesus pendia na cruz, cheio de sangue, com os tendões dos braços se esticando contra o céu escuro atrás.

— Não, senhor.

— Ele está morrendo — disse Alfredo. Isso parecia óbvio, portanto não falei nada. — Em todas as outras representações que já vi da morte de Nosso Senhor — continuou o rei — ele está sorrindo na cruz, mas não nesta. A cabeça dele está pendendo e ele sente dor.

— Sim, senhor.

— O arcebispo Plegmund reprovou a pintura porque acredita que Nosso Senhor dominou a dor, de forma que deve ter sorrido no final, mas gosto da pintura. Ela me faz lembrar que minha dor não é nada comparada com a dele.

— Eu preferiria que o senhor não tivesse dor — falei sem jeito.

Ele ignorou isso. Ainda olhava para o Cristo agonizante, depois fez uma careta.

A morte de um rei

— Os homens querem ser reis — continuou —, mas toda coroa tem espinhos. Eu disse a Eduardo que é difícil usar a coroa, difícil demais. Uma última coisa. — Ele virou a cabeça para longe da pintura e levantou a mão direita, e eu vi que era um esforço erguer aquela mão patética de cima do livro dos evangelhos. — Eu gostaria que você jurasse lealdade a Eduardo. Desse modo posso morrer sabendo que você lutará por nós.

— Eu lutarei por Wessex — respondi.

— O juramento — disse ele, sério.

— E farei um juramento.

Seus olhos astutos me encararam.

— À minha filha? — perguntou ele, e vi Osferth se enrijecer.

— À sua filha, senhor — concordei.

Ele pareceu estremecer.

— Nas minhas leis, senhor Uhtred, o adultério não é somente um pecado, mas também um crime.

— O senhor tornaria toda a humanidade criminosa, senhor.

Alfredo sorriu levemente disso.

— Eu amo Æthelflaed — disse ele. — Ela sempre foi a mais cheia de vida, dentre meus filhos, mas não a mais obediente. — Sua mão tombou de novo no livro do evangelho. — Deixe-me agora, senhor Uhtred. Volte amanhã.

Se ele estiver vivo, pensei. Ajoelhei-me diante dele, depois Osferth e eu saímos. Andamos em silêncio até um pátio enclausurado onde as últimas rosas do verão haviam deixado cair suas pétalas na grama úmida. Sentamo-nos num banco de pedra e ouvimos os cânticos de lamento ecoando no corredor.

— O arcebispo queria que eu fosse morto — eu disse.

— Eu sei, por isso fui procurar meu pai.

— Estou surpreso por terem deixado que você o visse.

— Tive de discutir com os padres que o guardam — disse ele com um meio sorriso —, mas ele ouviu a discussão.

— E chamou você?

— Mandou um padre me chamar.

— E você contou o que estava acontecendo comigo?

— Sim, senhor.

— Obrigado. E você fez as pazes com Alfredo?

Osferth olhou para o escuro, sem focar em nada.

— Ele disse que lamentava por eu ser o que sou, senhor, e que foi culpa dele, e que interviria a meu favor no céu.

— Fico feliz — eu disse, sem saber como responder a esse absurdo.

— E eu lhe disse que, se Eduardo for governar, precisará do senhor.

— Eduardo governará — eu disse, depois contei sobre a senhora Ecgwynn e os bebês gêmeos escondidos no convento. — Eduardo só estava fazendo o que o pai dele fez, mas isso causará problemas.

— Problemas?

— Os bebês são legítimos? — perguntei. — Alfredo diz que não, mas quando Alfredo morrer, Eduardo pode declarar o contrário.

— Ah, meu Deus — disse Osferth, vendo os problemas distantes no futuro.

— O que eles deveriam fazer, claro — eu disse —, é estrangular os bastardozinhos.

— Senhor! — reagiu Osferth, chocado.

— Mas não farão isso. Sua família nunca foi suficientemente implacável.

Tinha começado a chover mais forte, as gotas batendo nos ladrilhos e na palha dos tetos do palácio. Não havia lua, nem estrelas, apenas nuvens na escuridão, a chuva forte caindo e o vento suspirando ao redor da torre da grande igreja nova de Alfredo, cheia de andaimes. Fui até o convento de santa Hedda. Os guardas tinham ido embora, o beco estava escuro e eu bati na porta do convento até que alguém atendeu.

No dia seguinte o rei e sua cama tinham sido transportados para o salão maior onde Plegmund e seus colegas haviam pensado em me condenar. A coroa estava na cama, com suas esmeraldas brilhantes refletindo o fogo que preenchia o alto aposento com fumaça e calor. O lugar parecia apinhado, fedia a homens e à podridão do rei. O bispo Asser estava ali, assim como Erkenwald, mas o arcebispo evidentemente encontrara outro serviço para mantê-lo longe da presença do rei. Uns vinte senhores saxões ocidentais se encontravam ali. Um deles era Æthelhelm, cuja filha se casaria com Eduardo. Eu gostava de Æthelhelm, que agora estava logo atrás de Ælswith, a mulher de Alfredo, que não sabia do que se ressentia mais, da minha existência ou da estranha verdade de que Wessex não reconhecia o posto de rainha. Ela me olhava com expressão sinistra. Seus filhos a flanqueavam. Æthelflaed, aos 29 anos, era a mais velha, depois vinha seu irmão, Eduardo, em seguida Æthelgifu e por fim Æthelweard, que tinha apenas 16 anos. Ælfthryth, a terceira filha de Alfredo, não estava ali porque havia se casado com um rei na Frankia, do outro lado do mar. Steapa estava presente, erguendo-se acima do meu velho e querido amigo, o padre Beocca, agora encurvado e de cabelos brancos. O irmão John e seus monges cantavam baixinho. Nem todos do coro eram monges; alguns eram meninos vestidos com linho claro e, com um choque, reconheci meu filho Uhtred entre eles.

Confesso que tenho sido mau pai. Eu amava meus dois filhos mais novos, porém o mais velho, que pela tradição da minha família havia tomado meu nome, era um mistério. Em vez de querer aprender a arte da espada e da lança, havia se tornado cristão. Cristão! E agora, com os outros garotos do coro da catedral, cantava como um passarinho. Olhei-o fixamente, mas ele evitou com determinação meu olhar.

Juntei-me aos ealdormen que estavam de pé num dos lados do salão. Eles, com os clérigos mais importantes, formavam o conselho do rei, o Witan, e tinham negócios a discutir, mas nenhum deles fazia isso com algum entusiasmo. Uma concessão de terras foi dada a um mosteiro, e o pagamento aos pedreiros que estavam trabalhando na nova igreja de Alfredo foi autorizado. Um homem que havia deixado de pagar a multa pelo crime de assassinato foi perdoado porque tinha prestado bons serviços com as forças de Weohstan em Beamfleot. Alguns homens me olharam quando essa vitória foi mencionada, mas ninguém perguntou se eu me lembrava do homem. O rei participou pouco, a não ser para levantar a mão, cansado, indicando consentimento.

Durante todo esse tempo um escriba estava de pé atrás de uma mesa na qual redigia um manuscrito. A princípio achei que ele estaria registrando os procedimentos, mas dois outros escribas faziam exatamente isso, enquanto o homem à mesa estava principalmente copiando outro documento. Ele parecia muito cônscio do olhar de todos e tinha o rosto vermelho, mas talvez fosse devido ao calor da grande lareira. O bispo Asser estava fazendo um muxoxo, Ælswith parecia pronta para me matar, de tanta raiva, mas o padre Beocca sorria. Ele balançou a cabeça para mim e eu pisquei para ele. Æthelflaed atraiu meu olhar e deu um sorriso tão malicioso que eu esperei que seu pai não tivesse visto. Seu marido estava de pé, não muito longe dela e, como o meu filho, evitava explicitamente meu olhar. Então, para minha perplexidade, vi Æthelwold de pé no fundo do salão. Ele me olhou desafiadoramente, mas não pôde sustentar meu olhar e em vez disso se curvou para falar com um companheiro que não reconheci.

Um homem reclamou que seu vizinho, o ealdorman Æthelnoth, havia tomado campos que não lhe pertenciam. Alfredo interrompeu a reclamação e sussurrou para o bispo Asser, que deu o julgamento do rei.

— Você aceitará a arbitração do abade Osburh? — perguntou ele ao homem.
— Aceitarei.
— E o senhor, senhor Æthelnoth?
— Com prazer.
— Então o abade está encarregado de descobrir as fronteiras segundo os documentos apropriados — disse Asser, e os escribas rabiscaram suas palavras. O conselho passou a discutir outras questões e eu vi Alfredo olhar cansado na direção do homem que copiava os documentos à mesa. O homem havia terminado, porque salpicou areia no pergaminho, esperou alguns instantes e em seguida soprou a areia no fogo. Dobrou o pergaminho e escreveu algo no lado dobrado, depois salpicou areia e soprou de novo. Um segundo escriba trouxe uma vela, cera e um lacre. Em seguida o documento terminado foi levado à cama do rei e Alfredo, com grande esforço, assinou seu nome e mandou que o bispo Erkenwald e o padre Beocca acrescentassem suas assinaturas como testemunhas do que ele havia assinado.

O conselho ficou em silêncio enquanto tudo isso era feito. Presumi que o documento fosse o testamento do rei, mas assim que a cera foi impressa com o grande selo, Alfredo me chamou.

Fui até sua cama e me ajoelhei.

— Venho concedendo pequenos presentes como lembranças — disse ele.

A morte de um rei

— O senhor sempre foi generoso, senhor rei — menti, mas o que mais se pode dizer a um agonizante?

— Isso é para você — disse ele, e ouvi Ælswith sugar o ar com força enquanto eu pegava o pergaminho recém-escrito da mão frágil de seu marido. — Leia-o — disse ele. — Você ainda sabe ler?

— O padre Beocca me ensinou bem.

— O padre Beocca faz todas as coisas bem-feitas — disse o rei, depois gemeu de dor, o que fez um monge ir até o seu lado e lhe oferecer uma taça.

O rei bebericou e eu li. Era um decreto. O escrivão havia copiado boa parte, já que um decreto é muito parecido com outro, mas esse tirou meu fôlego. Ele me concedia terras, e não era uma concessão condicional, como a que Alfredo usara para me dar uma propriedade em Fifhiden. Em vez disso, concedia a terra livremente a mim, aos meus herdeiros ou a quem eu optasse por conceder essa terra, e o tamanho da descrição me dizia que a propriedade era larga e funda. Havia um rio, pomares, campinas e aldeias, e um salão num lugar chamado Fagranforda, e tudo isso ficava na Mércia.

— A terra pertenceu ao meu pai — disse Alfredo.

Eu não soube o que dizer, a não ser murmurar um agradecimento.

A mão frágil se estendeu na minha direção e eu a segurei. Beijei o rubi.

— Você sabe o que eu quero — disse Alfredo. Mantive a cabeça baixa sobre sua mão. — A terra é dada livremente, e ela lhe trará riqueza, muita riqueza.

— Senhor rei... — respondi, e minha voz falhou.

Seus dedos frágeis apertaram minha mão.

— Dê-me algo em retorno, Uhtred — disse ele. — Dê-me a paz antes de eu morrer.

E assim eu fiz o que ele queria, o que eu não queria fazer, mas ele estava morrendo e fora generoso no fim. Como a gente pode dar um tapa num homem em seus últimos dias de vida? Então fui até Eduardo e me ajoelhei diante dele, pus as mãos entre as dele e fiz o juramento de lealdade. E alguns no salão aplaudiram enquanto outros permaneciam em silêncio resoluto. Æthelhelm, o principal conselheiro do Witan, sorriu, porque sabia que agora eu lutaria por Wessex. Meu primo Æthelred estremeceu, porque soube que jamais iria ser chamado de rei da Mércia enquanto eu cumprisse a vontade de

Eduardo, enquanto Æthelwold deve ter pensado se algum dia tomaria o trono de Alfredo caso tivesse de abrir caminho lutando contra Bafo de Serpente. Eduardo me ergueu e me abraçou.

— Obrigado — sussurrou ele. Isso foi numa quarta-feira. O dia de Woden, em outubro, o oitavo mês do ano, que era 899.

O dia seguinte pertencia a Tor. A chuva não parou, vindo em enormes faixas que varreram Wintanceaster.

— O próprio céu está chorando — disse Beocca. Ele também chorava. — O rei pediu que eu lhe desse a extrema-unção, e eu lhe dei, mas minhas mãos estavam tremendo. — Parecia que Alfredo recebera a unção em intervalos durante o dia, tão decidido estava a ter um bom fim, e os padres e bispos disputavam pela honra de ungir o rei e pôr um pedaço de pão seco entre seus lábios. — O bispo Asser estava pronto para dar o *viaticum*, mas Alfredo perguntou por mim.

— Ele ama você — eu disse. — E você o serviu bem.

— Eu servi a Deus e ao rei — respondeu Beocca, depois deixou que eu o guiasse até um assento ao lado do fogo no grande salão da estalagem Dois Grous. — Ele tomou um pouco de coalhada hoje de manhã — disse Beocca, sério —, mas não muito. Duas colheradas.

— Ele não quer comer.

— Mas deveria — disse Beocca.

Pobre e querido Beocca. Tinha sido padre e escriba do meu pai, e meu tutor na infância, mas abandonou Bebbanburg quando meu tio usurpou o lugar. Beocca era malnascido, em condição baixa, tinha um olho vesgo e patético, nariz torto, a mão esquerda paralisada e um pé torto. Foi meu avô que enxergou a inteligência do garoto e mandou que fosse educado pelos monges em Lindisfarena. Beocca virou padre e, depois da traição do meu tio, exilou-se. Sua inteligência e sua devoção atraíram Alfredo, a quem Beocca serviu desde então. Agora estava velho, quase tanto quanto o rei, e seu cabelo ruivo e desgrenhado havia embranquecido, as costas estavam encurvadas, no entanto ele ainda mantinha a mente afiada e a vontade forte. Além disso tinha uma esposa dinamarquesa, uma verdadeira beldade, irmã de meu amigo mais querido, Ragnar.

— Como vai Thyra? — perguntei.

— Está bem, graças a Deus, e os meninos também! Somos abençoados.

— Você estará abençoado e morto se insistir em andar pela rua nessa chuva — eu disse. — Não existe idiota como um velho idiota.

Ele riu disso, depois fez um pequeno gesto impotente quando insisti em tirar sua capa encharcada e pôr outra seca sobre seus ombros.

— O rei pediu que eu viesse lhe ver — disse ele.

— O rei deveria ter dito a mim para eu procurar você.

— Que tempo molhado! Não vejo chuva assim desde que o arcebispo Æthelred morreu. O rei não sabe que está chovendo. Coitado. Ele luta contra a dor. Agora não vai durar muito.

— E mandou você — lembrei-lhe.

— Ele lhe pede um favor — disse Beocca, com um toque de sua antiga seriedade.

— Continue.

— Fagranforda é uma ótima propriedade. O rei foi generoso.

— Eu fui generoso com ele.

Beocca balançou a mão esquerda aleijada, como se quisesse descartar minha observação.

— No momento há quatro igrejas e um mosteiro na propriedade — continuou ele enfaticamente. — O rei pediu para você garantir que irá mantê-las como devem ser mantidas, como os decretos delas exigem e como é seu dever.

Sorri ao ouvir isso.

— E se eu recusar?

— Ah, por favor, Uhtred — disse ele, cansado. — Eu lutei com você durante toda a vida!

— Direi ao administrador para fazer tudo que for necessário — prometi.

Ele me olhou com seu olho bom, como se avaliasse minha sinceridade, mas pareceu satisfeito com o que viu.

— O rei ficará grato.

— Achei que você ia me pedir para abandonar Æthelflaed — falei malicioso. Havia poucas pessoas com quem eu falava sobre Æthelflaed, mas Beocca, que me conhecia desde que eu era um pirralho, era uma delas.

Ele estremeceu diante das minhas palavras.

— O adultério é um pecado enorme — disse, mas sem muita paixão.

— E também é crime — respondi, achando graça. — Você disse isso a Eduardo?

Ele deu de ombros.

— Aquilo foi uma tolice de jovem, e Deus castigou a garota. Ela morreu.

— O seu deus é tão bom! — observei causticamente. — Mas por que ele não pensou em matar também os bastardos?

— Eles foram levados para longe.

— Com Æthelflaed.

Ele confirmou.

— Eles a mantêm longe de você, sabia?

— Sei.

— Ela foi trancada no convento de santa Hedda.

— Eu encontrei a chave.

— Deus nos proteja do mal — disse Beocca, fazendo o sinal da cruz.

— Æthelflaed é amada na Mércia. O marido dela não é.

— Isso é fato conhecido — respondeu ele em tom distante.

— Quando Eduardo virar rei, vai olhar para a Mércia.

— Vai olhar para a Mércia?

— Os dinamarqueses virão, padre, e vão começar pela Mércia. Você quer os senhores mércios lutando por Wessex? Quer o fyrd mércio lutando por Weesex? A única pessoa que pode inspirá-los é Æthelflaed.

— Você também pode — disse ele com lealdade.

Dei o escárnio que essa declaração merecia.

— Você e eu somos nortumbrianos, padre. Eles acham que somos bárbaros que comemos nossos filhos no café da manhã. Mas eles amam Æthelflaed.

— Eu sei.

— Então permita que ela seja uma pecadora, padre, se é isso que deixa Wessex em segurança.

— E devo dizer isso ao rei?

Dei uma gargalhada.

— Você deveria dizer isso a Eduardo. E mais: deve dizer a ele para matar Æthelwold. Sem misericórdia, sem sentimentalismo familiar, sem culpa cristã. Que simplesmente me dê a ordem e ele estará morto.

Beocca balançou a cabeça.

— Æthelwold é um tolo — disse com firmeza — e na maior parte do tempo é um tolo bêbado. Ele flertou com os dinamarqueses, não podemos negar, mas confessou todos os pecados ao rei e foi perdoado.

— Perdoado?

— Ontem à noite — disse Beocca — ele derramou lágrimas junto ao leito do rei e jurou aliança ao herdeiro do trono.

Tive de rir. A reação de Alfredo ao meu aviso fora chamar Æthelwold e acreditar nas mentiras do idiota.

— Æthelwold tentará tomar o trono — eu disse.

— Ele jurou o contrário — respondeu Beocca, sério. — Jurou sobre a pena de Noé e a luva de são Cedd.

Essa pena supostamente pertencera a uma pomba que Noé soltou da arca nos dias em que chovia tanto quanto o aguaceiro que agora batucava no teto da Dois Grous. A pena e a luva do santo eram duas das relíquias mais preciosas de Alfredo, e sem dúvida ele acreditaria em qualquer coisa que fosse jurada na presença delas.

— Não acredite — eu disse. — Mate-o. Caso contrário ele criará problemas.

— Ele jurou lealdade e o rei acredita.

— Æthelwold é um earsling traiçoeiro.

— É só um tolo — disse Beocca, sem dar importância.

— Mas é um tolo ambicioso, um tolo com uma reivindicação legítima ao trono, e homens usarão essa reivindicação.

— Ele cedeu, confessou, foi absolvido e está em penitência.

Que idiotas somos todos nós! Vejo os mesmos erros sendo cometidos, repetidamente, geração após geração, mas continuamos acreditando no que queremos acreditar. Naquela noite, na escuridão molhada, eu repeti as palavras de Beocca:

— Ele cedeu, confessou, foi absolvido e está em penitência.
— E eles acreditam nisso? — perguntou Æthelflaed, desanimada.
— Os cristãos são idiotas. Estão prontos para acreditar em qualquer coisa.

Ela me cutucou com força nas costelas e eu ri. A chuva caía sobre o teto do mosteiro de santa Hedda. Eu não deveria estar ali, claro, mas a abadessa, a querida Hilda, fingia não saber. Eu não estava na parte do mosteiro onde as freiras viviam reclusas, e sim numa área de construções em volta do pátio externo, onde os leigos eram permitidos. Havia cozinhas onde era preparada a comida dos pobres, um hospital onde os indigentes podiam morrer, e esse quarto no sótão, que servia como prisão a Æthelflaed. Não era desconfortável, apesar de pequeno. Ela era servida por criadas, mas esta noite elas receberam ordem de fazer suas camas nos depósitos embaixo.

— Disseram que você estava negociando com os dinamarqueses — disse Æthelflaed.
— E estava. Usando Bafo de Serpente.
— E também negociou com Sigunn?
— Sim, e ela está bem.
— Deus sabe por que eu amo você.
— Deus sabe tudo.

Ela não respondeu, simplesmente se remexeu ao meu lado e puxou a pele de ovelha mais para cima, sobre a cabeça e os ombros. A chuva continuava caindo. Seu cabelo era dourado contra meu rosto. Ela era a filha mais velha de Alfredo e eu a vira crescer até virar uma mulher, tinha visto o júbilo em seu rosto se transformar em amargura quando ela foi dada como esposa ao meu primo, e vira o júbilo retornar. Seus olhos azuis tinham pintas castanhas, o nariz era pequeno e arrebitado. Era um rosto que eu amava, mas agora tinha rugas de preocupação.

— Você deveria falar com seu filho — disse ela, a voz abafada pela colcha de pele de ovelha.
— Uhtred fica me dizendo absurdos religiosos, de modo que prefiro falar com minha filha.
— Ela está segura em Cippanhamm, e seu outro filho também.
— Por que Uhtred está aqui?

— O rei o queria aqui.

— Eles estão transformando-o num padre — falei com raiva.

— E querem me transformar em freira — disse ela com raiva igual.

— Querem?

— O bispo Erkenwald me administrou o juramento. Eu cuspi nele.

Tirei a cabeça dela de baixo da colcha.

— Eles tentaram mesmo?

— O bispo Erkenwald e minha mãe.

— O que aconteceu?

— Eles vieram aqui — contou ela com voz muito casual — e insistiram para que eu fosse à capela, e o bispo Erkenwald falou um bocado de latim, depois segurou um livro à minha frente e disse para eu pôr a mão nele e jurar que cumpriria o juramento que ele tinha acabado de pronunciar.

— E você jurou?

— Já disse o que eu fiz. Cuspi nele.

Fiquei em silêncio um tempo.

— Æthelred deve tê-los convencido — eu disse.

— Bem, tenho certeza de que ele gostaria de me manter longe, mas mamãe disse que era a vontade de papai que eu fizesse os votos.

— Duvido.

— E então eles voltaram ao palácio e anunciaram que eu havia feito os votos.

— E colocaram guardas no portão — eu disse.

— Acho que isso era para manter você do lado de fora, mas você disse que os guardas se foram?

— Eles se foram.

— Então eu posso sair?

— Você saiu ontem.

— Os homens de Steapa me escoltaram até o palácio, depois me trouxeram de volta.

— Agora não há mais guardas.

Ela franziu a testa, pensando.

— Eu deveria ter nascido homem.

— Fico feliz porque não nasceu.

— Eu seria rei.

— Eduardo será um bom rei.

— Será — concordou ela —, mas ele pode ser indeciso. Eu seria um rei melhor.

— Sim, seria.

— Pobre Eduardo.

— Pobre? Ele vai ser rei em pouco tempo.

— Ele perdeu o amor — disse ela.

— Os bebês estão vivos.

— Os bebês estão vivos — concordou ela.

Acho que amei Gisela mais do que todas as mulheres da minha vida. Ainda sinto luto por ela. Mas, de todas as mulheres, Æthelflaed sempre foi a mais próxima. Ela pensava como eu. Às vezes eu começava a dizer alguma coisa e ela terminava a frase. Com o tempo simplesmente nos olhávamos e sabíamos o que o outro estava pensando. De todos os amigos que fiz na vida, quem mais amei foi Æthelflaed.

Em algum momento na escuridão úmida, o dia de Thor virou o dia de Freya. Ela era a mulher de Woden, a deusa do amor, e durante todo o seu dia a chuva continuou a cair. Um vento começou a soprar à tarde, um vento alto que arrancava a palha dos telhados em Wintanceaster e empurrava a chuva num despeito malévolo, e naquela mesma noite o rei Alfredo, que governara Wessex por 28 anos e estava no quinquagésimo ano de vida, morreu.

Não chovia na manhã seguinte e o vento era fraco. Wintanceaster estava silenciosa, a não ser pelos porcos chafurdando nas ruas, os galos cantando, os cães uivando ou latindo e o som das botas das sentinelas nas tábuas encharcadas das fortificações. As pessoas pareciam atordoadas. Um sino começou a tocar no meio da manhã, apenas um sino, tocando de novo e de novo, e o som se esvaiu no vale do rio, onde a enchente cobria as campinas, e depois voltou com força brutal. O rei está morto, vida longa ao rei.

Æthelflaed quis rezar na capela das freiras e eu a deixei no convento. Fui andando pelas ruas silenciosas até o palácio onde entreguei a espada na guarita e vi Steapa sentado sozinho no pátio externo. Seu rosto sério e de pele esticada, que havia aterrorizado tantos inimigos de Alfredo, estava molhado de lágrimas. Sentei-me no banco ao seu lado, mas não disse nada. Uma mulher passou correndo carregando uma pilha de lençóis dobrados. O rei morreu, no entanto os lençóis devem ser lavados, os aposentos varridos, as cinzas jogadas fora, a lenha empilhada, o grão moído. Uns vinte cavalos tinham sido selados e esperavam na outra extremidade do pátio. Supus que fossem para os mensageiros que levariam a notícia da morte do rei a todos os cantos de seu reino, mas em vez disso uma tropa de homens, todos com cotas de malha e elmos, saiu por uma porta e recebeu ajuda para montar.

— Homens seus? — perguntei a Steapa.

Ele lhes deu um olhar azedo.

— Não.

Eram homens de Æthelwold. O próprio Æthelwold foi o último a aparecer e, como seus seguidores, estava vestido para a guerra, com elmo e cota de malha. Três serviçais haviam trazido da guarita as espadas da tropa e os homens se reuniram procurando a arma de cada um, depois prenderam as espadas e os cintos à cintura. Æthelwold pegou sua espada longa, deixou um serviçal prender a fivela do cinto e em seguida foi ajudado a montar num grande garanhão preto. Então ele me viu. Instigou o cavalo na minha direção e tirou a espada da bainha. Não me mexi e ele fez o garanhão se afastar alguns passos. O cavalo raspou um casco nas pedras do chão, criando uma fagulha.

— É um dia triste, senhor Uhtred — disse Æthelwold. A espada nua estava ao seu lado, apontada para baixo. Ele queria usá-la e não ousava. Tinha uma ambição e era fraco.

Olhei seu rosto comprido, que já fora tão bonito, agora devastado pela bebida, pela raiva e pelo desapontamento. Havia traços grisalhos em suas têmporas.

— É um dia triste, meu príncipe — concordei.

Ele estava me avaliando, calculando a distância que sua espada necessitava viajar, a chance que teria de escapar pelo arco do portão depois de me dar o golpe. Olhou o pátio ao redor para ver quantos homens da guarda real estavam à vista. Eram apenas dois. Ele poderia ter me golpeado, deixado seus seguidores cuidarem daqueles homens, tudo isso num momento, mas mesmo assim hesitou. Um dos seus seguidores trouxe o cavalo para perto. O sujeito usava um elmo com as placas faciais fechadas, de modo que eu só podia ver os olhos. Havia um escudo pendurado às suas costas e nele estava pintada a figura de um touro com chifres sangrentos. Seu cavalo estava nervoso e ele bateu com força no pescoço do animal. Vi as cicatrizes nos flancos do bicho, nos pontos onde ele usava as esporas com força. O homem se inclinou perto de Æthelwold e disse algo baixinho, mas foi interrompido por Steapa, que simplesmente se levantou. Ele era um homem gigantesco, de uma altura e uma largura apavorantes e, como comandante da guarda real, tinha permissão de usar sua espada em todo o palácio. Ele segurou o punho da arma e Æthelwold enfiou imediatamente sua espada na bainha, até a metade.

— Fiquei preocupado pensando que o tempo úmido poderia ter enferrujado a espada — disse Æthelwold. — Parece que não.

— Colocou gordura de cordeiro na lâmina? — perguntei.

— Meu serviçal deve ter feito isso — disse ele distraidamente. E empurrou a lâmina até o final. O homem com os chifres de boi ensanguentados no escudo me encarou das sombras de seu elmo.

— Vai voltar para o enterro? — perguntei a Æthelwold.

— E também para a coroação — disse ele com astúcia —, mas até lá tenho o que fazer em Tweoxnam. — Em seguida me deu um sorriso desafiador. — Minha propriedade lá não é tão grande quanto a sua em Fagranforda, senhor Uhtred, mas tem tamanho suficiente para precisar de minha atenção nestes dias tristes. — Ele arrebanhou as rédeas e bateu com as esporas, fazendo o garanhão saltar adiante. Seus homens foram atrás, com os sons dos cascos ressoando alto na pedra.

— Quem exibe uma cabeça de touro no escudo? — perguntei a Steapa.

— Sigebriht de Cent — disse Steapa, olhando os homens desaparecerem pelo arco. — Um jovem idiota rico.

— Os homens eram seguidores dele ou de Æthelwold?

— Æthelwold tem homens. Ele pode se dar ao luxo. É dono das propriedades do pai em Tweoxnam e Wimburnan, e isso o torna rico.

— Ele deveria estar morto.

— Isso é negócio de família — disse Steapa. — Não tem nada a ver com você ou comigo.

— Você e eu é que faremos a matança para a família.

— Estou ficando velho demais para isso — resmungou ele.

— Quantos anos você tem?

— Não faço ideia. Quarenta?

Ele me levou por um pequeno portão na muralha do palácio, depois atravessamos um trecho de grama encharcada em direção à velha igreja de Alfredo, que ficava ao lado da catedral nova. Os andaimes subiam como teias de aranha até o céu, onde a grande torre de pedra estava inacabada. Havia pessoas da cidade paradas junto à porta da velha igreja. Não falavam, apenas permaneciam imóveis e desoladas, arrastando os pés para sair da frente enquanto Steapa e eu nos aproximávamos. Algumas fizeram reverência. A porta era guardada por seis homens de Steapa, que puxaram as lanças de lado ao nos ver.

Steapa fez o sinal da cruz quando entramos na velha igreja. Fazia frio ali dentro. As paredes de pedra eram pintadas com cenas das escrituras cristãs e ouro, prata e cristal brilhavam nos altares. Era o próprio sonho de um dinamarquês, pensei, porque ali havia tesouros suficientes para comprar uma frota e enchê-la de espadas.

— Ele achou que essa igreja era pequena demais — disse Steapa, perplexo, enquanto olhava as altas traves do teto. Pássaros voavam nas alturas. — Um falcão fez ninho lá em cima no ano passado.

O rei já fora trazido à igreja e posto na frente do altar principal. Um harpista tocava e o coro do irmão John cantava nas sombras. Imaginei se meu filho estaria entre eles, mas não olhei. Padres murmuravam em frente aos altares laterais ou se ajoelhavam diante do caixão do rei. Os olhos de Alfredo estavam fechados e seu rosto fora envolvido por um pano branco que comprimia os lábios, entre os quais dava para entrever uma crosta, presumivelmente porque um padre havia posto um pedaço do pão santo cristão na boca do morto. Ele vestia um manto branco de penitente, como o que um dia me obrigara a usar. Isso havia sido anos antes, quando Æthelwold e eu fomos ordenados a nos humilhar diante de um altar, e eu não tive opção além de me submeter, mas Æthelwold transformou toda aquela cerimônia desgraçada numa farsa. Tinha fingido estar cheio de remorso e gritou isso para o céu. "Chega de peitos, Deus! Chega de peitos! Mantenha-me longe dos peitos!", e eu me lembrei de como Alfredo dera as costas, num nojo frustrado.

— Exanceaster — disse Steapa.

— Você se lembrou do mesmo dia.

— Estava chovendo e você teve de se arrastar até o altar no campo. Eu me lembro.

Tinha sido a primeira vez em que vi Steapa, tão maléfico e apavorante, e mais tarde lutamos e depois viramos amigos, e tudo isso acontecera muito tempo antes. Fiquei parado junto ao caixão de Alfredo e pensei em como a vida passava e como, durante quase toda a minha vida, Alfredo estivera presente como um grande marco na paisagem. Eu não gostava dele. Havia lutado contra ele e por ele, tinha-o amaldiçoado e agradecido a ele, desprezado-o e admirado-o. Odiava sua religião e o olhar frio e desaprovador da Igreja, sua malevolência envolta em gentileza dissimulada e sua aliança com um deus que tirava a alegria do mundo chamando-a de pecado, mas a religião de Alfredo o tornara um bom homem e um bom rei.

E a alma sem júbilo de Alfredo havia se mostrado uma rocha contra a qual os dinamarqueses se partiram. Repetidamente eles tinham atacado e repetidamente Alfredo fora mais inteligente, e Wessex ficou cada vez mais forte e mais rico, e tudo isso por causa de Alfredo. Nós pensamos nos reis como homens privilegiados que nos governam e têm a liberdade de criar, violar e alardear a lei, mas Alfredo jamais ficava acima da lei que ele adorava fazer. Via sua vida como um dever para com seu deus e com o povo de Wessex. Nunca vi um rei melhor, e duvido que meus filhos, netos e os filhos de seus filhos vejam um rei melhor. Jamais gostei dele, mas nunca parei de admirá-lo. Ele era o meu rei, e tudo que tenho agora devo a ele. A comida que como, o salão onde moro e as espadas dos meus homens, tudo começou com Alfredo, que às vezes me odiava, às vezes me amava e era generoso comigo. Era um doador de ouro.

Steapa estava com lágrimas nas bochechas. Alguns padres ajoelhados ao redor do caixão choravam abertamente.

— Eles farão uma sepultura para ele esta noite — disse Steapa, apontando para o altar principal atulhado dos relicários reluzentes que Alfredo havia amado.

— Vão enterrá-lo aqui?

— Há uma câmara — disse ele —, mas precisa ser aberta. Assim que a igreja nova for terminada ele será levado para lá.

— E o enterro é amanhã?

— Talvez daqui a uma semana. Eles precisam de tempo para que o povo viaje até aqui.

Ficamos um longo tempo na igreja, cumprimentando homens que vinham prestar homenagens, e ao meio-dia o novo rei chegou com um grupo de nobres. Eduardo era alto, de rosto comprido, lábios finos e cabelo muito preto que ele usava penteado para trás. Parecia jovem demais para mim. Usava um manto azul preso com um cinto de couro com placas de ouro, e por cima uma capa preta que ia até o chão. Não usava coroa, porque ainda não fora coroado, mas tinha um aro de bronze ao redor da cabeça.

Reconheci a maioria dos ealdormen que o acompanhavam. Æthelnoth, Wilfrith e, claro, o futuro sogro de Eduardo, Æthelhelm, que andava ao lado do padre Coenwulf, confessor e guardião de Eduardo. Havia meia dúzia de homens mais novos que eu não conhecia, e então vi meu primo, Æthelred, que me viu no mesmo instante e parou. Eduardo, andando na direção do caixão do pai, disse seu nome. Steapa e eu nos abaixamos sobre um dos joelhos e ficamos ali enquanto Eduardo se ajoelhava ao pé do caixão do pai e juntava as mãos em oração. Toda a sua guarda se ajoelhou. Ninguém falou. O coro cantava interminavelmente enquanto o incenso subia no ar cheio de riscas de sol.

Os olhos de Æthelred estavam fechados numa simulação de oração. Sua expressão era amarga e estranhamente envelhecida, talvez porque tivesse estado doente e, como acontecera com Alfredo, seu sogro, ele era dado a crises de doença. Observei-o, pensando. Ele devia ter esperado que a morte de Alfredo afrouxasse a correia que atava a Mércia a Wessex. Devia estar esperando que houvesse duas coroações, uma em Wessex e a outra na Mércia, e devia saber que Eduardo sabia de tudo isso. O que ficava em seu caminho era sua esposa, que era amada na Mércia e que ele tentara tornar impotente trancando-a no convento de santa Hedda. O outro obstáculo era o amante de sua esposa.

— Senhor Uhtred. — Eduardo havia aberto os olhos, mas suas mãos continuavam postas, em oração.

— Senhor? — perguntei.

— Você ficará para o enterro?

— Se o senhor desejar.

— Eu desejo — disse ele. — Depois você deve ir à sua propriedade em Fagranforda. Tenho certeza de que tem muito o que fazer lá.

— Sim, senhor.

— O senhor Æthelred ficará para me aconselhar durante algumas semanas — disse Eduardo com firmeza e em voz alta. — Preciso de conselhos sábios e não consigo pensar em ninguém melhor para dá-los.

Isso era mentira. Um idiota manco poderia dar conselhos melhores do que Æthelred, mas, claro, Eduardo não queria o conselho do meu primo. Queria ter Æthelred onde pudesse vê-lo, onde seria difícil Æthelred fomentar a inquietação, e estava me mandando para a Mércia porque confiava em mim para mantê-la presa à correia de Wessex. E porque sabia que, se eu fosse para a Mércia, sua irmã também iria. Mantive o rosto completamente impassível.

Um pardal voou no teto alto da igreja e seu cocô, molhado e branco, caiu no rosto morto de Alfredo, espirrando sujeira do pescoço para a bochecha esquerda.

Era um presságio tão ruim, tão terrível que todos os homens ao redor do caixão prenderam o fôlego.

E nesse momento um dos guardas de Steapa entrou na igreja e veio rapidamente pela nave comprida, mas não se ajoelhou. Em vez disso olhou de Eduardo para Æthelred, e de Æthelred para mim, e parecia não saber o que dizer até que Steapa resmungou para ele falar.

— A senhora Æthelflaed — disse o homem.

— O que foi? — perguntou Eduardo.

— O senhor Æthelwold tirou-a à força do convento, senhor. Levou-a, senhor. E foram embora.

Então a luta por Wessex havia começado.

Sete

Æthelred gargalhou. Talvez fosse uma reação nervosa, mas naquela igreja antiga o som ecoou como um zombaria na parte inferior das paredes, que era feita de pedra. Quando o som morreu, tudo que pude ouvir foi a água pingando do teto de palha encharcada.

Eduardo me olhou, depois para Æthelred, e finalmente para Æthelhelm. Parecia confuso.

— Para onde o senhor Æthelwold foi? — perguntou Steapa, sempre prático.

— As freiras disseram que ele ia para Tweoxnam — disse o mensageiro.

— Mas ele me deu seu juramento! — protestou Eduardo.

— Ele sempre foi um desgraçado mentiroso — eu disse. E olhei para o homem que trouxera a notícia. — Ele disse às freiras que ia para Tweoxnam?

— Sim, senhor.

— Ele disse o mesmo para mim — observei.

Eduardo se decidiu.

— Quero que cada homem esteja armado, montado e pronto para cavalgar até Tweoxnam — disse a Steapa.

— Essa é a única propriedade dele, senhor rei? — perguntei.

— Ele é dono de Wimburnam. Por quê?

— O pai dele não está enterrado em Wimburnan?

— Está.

— Então é para lá que ele foi. Ele nos disse que iria para Tweoxnam porque deseja nos confundir. Se alguém sequestra uma pessoa, ele não vai dizer aos perseguidores para onde a está levando.

— Por que sequestrar Æthelflaed? — Eduardo estava parecendo perdido de novo.

— Porque deseja ter a Mércia a seu lado — eu disse. — Ela é amigável com ele?

— Amigável? Todos nós tentamos ser — respondeu Eduardo. — Ele é nosso primo.

— Ele acha que pode convencê-la a atrair a Mércia para a sua causa — sugeri, e não acrescentei que não seria apenas a Mércia. Caso Æthelflaed se declarasse a favor do primo, muitos em Wessex decidiriam apoiá-lo.

— Vamos a Tweoxnam? — perguntou Steapa, incerto.

Eduardo hesitou, depois balançou a cabeça e olhou para mim.

— Os dois lugares são muito próximos — disse, ainda hesitante, mas então se lembrou de que era o rei e tomou a decisão. — Vamos a Wimburnan.

— E eu irei com o senhor — eu disse.

— Por quê? — Æthelred fez a pergunta antes de ter o bom-senso ou tempo de pensar no que estava perguntando. O rei e os ealdormen pareceram sem graça.

Deixei a pergunta pairar até que o eco sumisse, depois sorri.

— Para proteger a honra da irmã do rei, claro — respondi, e ainda estava sorrindo quando partimos.

Demorou. Sempre demora. Cavalos precisavam ser arreados, cotas de malha vestidas e estandartes apanhados, e enquanto os membros da guarda pessoal se preparavam, fui com Osferth ao convento de santa Hedda, onde a abadessa Hildegyth estava em lágrimas.

— Ele disse que ela estava sendo chamada na igreja — explicou-me. — Que a família estava rezando unida pela alma do pai.

— Você não fez nada de errado — eu disse.

— Mas ele a levou!

— Ele não vai machucá-la — garanti.

— Mas... — Sua voz ficou no ar e eu soube que ela estava se lembrando da vergonha de ter sido estuprada pelos dinamarqueses, tantos anos antes.

— Ela é filha de Alfredo — eu disse. — E ele quer a ajuda dela, não a inimizade. O apoio dela lhe dá legitimidade.

— Mesmo assim ela é refém — disse Hild.

— Sim, mas vamos pegá-la de volta.

— Como?

Toquei o punho de Bafo de Serpente, mostrando a Hild a cruz de prata encravada no botão, uma cruz que ela me dera tanto tempo antes.

— Com isso — falei, querendo dizer a espada, e não a cruz.

— Você não deveria usar a espada num convento — disse ela com seriedade fingida.

— Há muitas coisas que eu não deveria fazer num convento, mas mesmo assim fiz a maioria delas.

Ela suspirou.

— O que Æthelwold espera ganhar?

Osferth respondeu:

— Espera convencê-la de que ele deveria ser o rei. E espera que ela convença o senhor Uhtred a apoiá-lo. — Ele me olhou e, nesse momento, pareceu-se espantosamente com o pai. — Não tenho dúvida — continuou secamente — de que ele vai se oferecer para tornar possível o casamento do senhor Uhtred com a senhora Æthelflaed, e provavelmente estenderá o trono da Mércia como isca. Ele não quer apenas o apoio da senhora Æthelflaed, quer também o do senhor Uhtred.

Eu não tinha pensado assim, e isso me pegou de surpresa. Houvera um tempo em que Æthelwold e eu éramos amigos, mas isso fora muito antes, quando éramos ambos jovens e o ressentimento compartilhado contra Alfredo nos havia unido. O ressentimento de Æthelwold azedara em ódio, enquanto o meu se tornara admiração relutante, por isso não éramos mais amigos.

— Ele é um idiota e sempre foi — eu disse.

— É um idiota desesperado — acrescentou Osferth —, mas é um idiota que sabe que esta é sua última chance de ganhar o trono.

— Ele não terá minha ajuda — prometi a Hild.

— Traga-a de volta — disse Hild, e nós cavalgamos exatamente para isso.

Um pequeno exército foi para o oeste. Em seu coração estava Steapa e a guarda pessoal do rei, e cada guerreiro em Wintanceaster que possuía um cavalo se juntou ao grupo. Era um dia claro, o céu se livrando das nuvens que haviam trazido tanta chuva. Nossa rota nos levou pelas terras ermas do sul de Wessex, onde os cervos e pôneis selvagens corriam por florestas e charnecas e onde as pegadas do bando de Æthelwold eram fáceis de ser seguidas porque o terreno estava bastante úmido. Eduardo cavalgava um pouco atrás da vanguarda e com ele havia um porta-estandarte com a bandeira do dragão branco. O sacerdote de Eduardo, o padre Coenwulf, com as saias pretas caídas sobre as ancas do cavalo, acompanhava o rei, assim como dois ealdormen, Æthelnoth e Æthelhelm. Æthelred também ia; não podia evitar uma expedição destinada a salvar sua esposa, mas ele e seus seguidores ficaram com a retaguarda, bem longe de onde Eduardo e eu cavalgávamos, e me lembro de ter pensado que estávamos em número exagerado, que meia dúzia de homens bastaria para enfrentar um idiota feito Æthelwold.

Outros homens se juntaram a nós, deixando seus salões para seguir o estandarte do rei, e quando deixamos a charneca devíamos estar em mais de trezentos cavaleiros. Steapa tinha enviado batedores adiante, mas eles não mandaram notícias de volta, o que sugeria que Æthelwold esperava atrás da paliçada de seu salão. Num determinado ponto esporeei meu cavalo para fora da estrada e subi um morro baixo para olhar adiante. Eduardo se juntou a mim, deixando sua guarda atrás.

— Meu pai disse que posso confiar em você — disse ele.

— O senhor duvida da palavra dele, senhor rei?

— Já minha mãe disse que o senhor não é de confiança.

Ri disso. Ælswith, a mulher de Alfredo, sempre havia me odiado, e esse era um sentimento mútuo.

— Sua mãe nunca me aprovou — respondi em tom ameno.

— E Beocca diz que você quer matar meus filhos — observou ele, ressentido.

— Esta decisão não é minha, senhor rei — eu disse, e ele pareceu surpreso. — Seu pai deveria ter cortado a garganta de Æthelwold há vinte anos, mas não o fez. Seus piores inimigos, senhor rei, não são os dinamarqueses. São os homens mais próximos, que cobiçam sua coroa. Seus filhos ilegítimos serão um impasse para seus filhos legítimos, mas esse problema não é meu. É seu.

Ele balançou a cabeça. Era o nosso primeiro momento a sós, juntos, desde a morte de seu pai. Eu sabia que ele gostava de mim, mas também ficava nervoso comigo. Só me conhecera como guerreiro e, diferentemente da irmã, nunca estivera comigo quando era criança. Durante um tempo não disse nada, apenas observou o pequeno exército indo para o oeste, abaixo de nós, com os estandartes claros ao sol. A terra reluzia depois de toda a chuva.

— Eles não são ilegítimos — disse finalmente, baixinho. — Eu me casei com Ecgwynn. Casei numa igreja, diante de Deus.

— Seu pai discordava disso.

Eduardo estremeceu.

— Ele ficou com raiva. Minha mãe também.

— E o ealdorman Æthelhelm, senhor rei? Não pode estar feliz sabendo que os filhos da filha dele não serão os mais velhos.

O queixo de Eduardo se apertou.

— Garantiram a ele que eu não me casei — disse em voz distante.

Então Eduardo havia se rendido à raiva dos pais. Tinha concordado com a ficção de que seus filhos com a senhora Ecgwynn eram bastardos, mas era aparente que se sentia infeliz com essa rendição.

— Senhor — eu disse. — Agora o senhor é o rei. Pode criar os gêmeos como filhos legítimos. O senhor é o rei.

— Se eu ofender Æthelhelm — perguntou lamentoso —, quanto tempo permanecerei como rei? — Æthelhelm era o nobre mais rico de Wessex, a voz mais poderosa no Witan e um homem muito querido no reino. — Meu pai sempre insistiu que o Witan podia fazer ou desfazer um rei. E minha mãe insiste para que eu ouça o conselho deles.

— O senhor é o filho mais velho, por isso é o rei.

— Não se Æthelhelm e Plegmund se recusarem a me apoiar.

— Verdade — concordei relutante.

— Portanto os gêmeos devem ser tratados como se fossem ilegítimos — disse ele, ainda infeliz — e permanecer como bastardos até que eu tenha o poder de decretar o contrário. E até lá eles devem permanecer em segurança, por isso ficarão sob os cuidados de minha irmã.

— Aos meus cuidados — eu disse, em voz chapada.

— Sim. — Ele me examinou. — Desde que você prometa não matá-los.
Gargalhei.
— Eu não mato bebês, senhor rei. Vou esperar até que eles cresçam.
— Eles devem crescer. — Eduardo franziu a testa. — Você não me condena por pecado, condena?
— Eu! Sou o seu pagão, senhor, o que me importa o pecado?
— Então cuide dos meus filhos.
— Farei isso, senhor rei.
— E diga o que devo fazer com Æthelred.

Olhei as tropas do meu primo, que cavalgavam juntas formando a retaguarda.

— Ele quer ser rei da Mércia, mas sabe que precisa do apoio de Wessex para sobreviver, por isso não tomará o trono sem sua permissão, e o senhor não lhe dará isso.

— Não. Mas minha mãe insiste que preciso do apoio dele também.

Aquela mulher desgraçada, pensei. Sempre havia gostado de Æthelred e desaprovado a própria filha. No entanto, o que ela dizia era parcialmente verdadeiro. Æthelred podia trazer pelo menos mil homens ao campo de batalha, e se Wessex quisesse atacar os poderosos senhores dinamarqueses no norte esses homens seriam valiosíssimos. Mas, como eu dissera a Alfredo uma centena de vezes, era sempre melhor pensar que Æthelred arranjaria mil desculpas para manter seus guerreiros em casa.

— O que Æthelred está pedindo ao senhor?

Eduardo não respondeu diretamente. Em vez disso olhou o céu, depois olhou de novo para o oeste.

— Ele odeia você.

— E a sua irmã — eu disse, peremptoriamente.

Ele concordou.

— Ele quer que Æthelflaed seja levada de volta... — começou Eduardo, mas parou de falar porque uma trombeta soou.

— Ele quer Æthelflaed em seu salão ou então trancada num convento — eu disse.

— É, é isso que ele quer. — Eduardo olhou para a estrada, onde a trombeta havia soado pela segunda vez. — Mas eles me querem — disse, olhando para onde o padre Coenwulf acenava para nós. Pude ver dois homens de Steapa galopando na direção da vanguarda. Eduardo bateu com as esporas e nós fomos a meio galope até a frente da coluna, onde descobrimos que dois batedores haviam trazido um padre que tombou ligeiramente da sela para se ajoelhar diante do rei.

— Senhor, senhor rei! — ofegou o padre. Estava sem fôlego.

— Quem é você? — perguntou Eduardo.

— O padre Edmund, senhor.

Ele tinha vindo de Wimburnan, onde era o sacerdote, e contou que Æthelwold havia erguido seu estandarte na cidade e se declarado rei de Wessex.

— Ele fez o quê?

— Obrigou-me a ler uma proclamação, senhor, do lado de fora da igreja de santa Cuthberga.

— Ele está se proclamando rei?

— Diz que é rei de Wessex, senhor. Está exigindo que os homens venham lhe jurar aliança.

— Quantos homens havia quando você saiu? — perguntei.

— Não sei, senhor — respondeu o padre Edmund.

— Você viu alguma mulher? — perguntou Eduardo. — Minha irmã?

— A senhora Æthelflaed? Sim, senhor, ela estava com ele.

— Ele tem vinte homens? — perguntei. — Ou duzentos?

— Não sei, senhor. Muitos.

— Ele mandou mensageiros a outros senhores? — perguntei.

— Aos seus thegns, senhor. Ele me mandou. Eu deveria lhe trazer mais homens.

— E em vez disso você me encontrou — completou Eduardo calorosamente.

— Ele está preparando um exército — eu disse.

— O fyrd — observou Steapa com escárnio.

Æthelwold estava fazendo o que achava sábio, mas não tinha sabedoria. Herdara grandes propriedades de seu pai, Alfredo fora tolo a ponto de deixar essas propriedades intocadas, e agora Æthelwold exigia que os moradores de suas terras viessem com armas para montar um exército que ele presumivelmente acreditava que marcharia contra Wintanceaster. Mas o exército seria um fyrd, o exército de cidadãos, de trabalhadores, carpinteiros, fazedores de telhados e plantadores, enquanto Eduardo tinha sua guarda real, todos guerreiros treinados. O fyrd era bom para defender um buhr ou para impressionar um inimigo com números, mas para lutar, para enfrentar um dinamarquês de espada ou um escandinavo furioso era necessário um guerreiro. O que Æthelwold deveria ter feito era ficar em Wintanceaster, assassinar todos os filhos de Alfredo e depois levantar seu estandarte, mas, como um idiota, fora para sua casa e agora nós cavalgávamos para lá com guerreiros.

O dia estava morrendo quando chegamos a Wimburnan. O sol ia baixo no oeste, as sombras eram longas nas encostas luxuriantes onde as ovelhas e o gado de Æthelwold pastavam. Chegamos do leste e ninguém tentou nos impedir de alcançar a cidadezinha que se aninhava entre dois rios, até onde uma igreja de pedra se erguia sobre a palha sombreada dos telhados. O rei Æthelred, irmão de Alfredo e pai de Æthelwold, estava enterrado naquela igreja e atrás dela, cercado por uma grande paliçada, ficava o salão de Æthelwold, onde uma grande bandeira tremulava. Ela mostrava um cervo branco empinado, com olhos ferozes e duas cruzes cristãs no lugar das galhadas. O sol baixo batia no tecido desfraldado por um vento fraco e o campo vermelho-escuro da bandeira parecia fumegar como sangue fervente à luz do fim do dia.

Cavalgamos para o norte ao redor da cidade, atravessando o rio menor e depois subindo uma pequena encosta que levava a uma daquelas fortalezas que o povo antigo havia construído por toda a Britânia. Esse forte fora escavado numa colina de calcário, e o padre Edmund me disse que se chamava Baddan Byrig, e também que o povo do local acreditava que o diabo dançava ali nas noites de inverno. Tinha três muralhas de calcário empilhado, uma área com capim alto e duas entradas intricadas onde ovelhas pastavam, e ficava acima da estrada que Æthelwold precisaria tomar caso quisesse ir para o norte procurar seus amigos dinamarqueses. O primeiro instinto de Eduardo fora bloquear a estrada para Wintanceaster, mas aquela cidade estava protegida por suas muralhas e sua guarnição, e eu o convenci de que o maior perigo era que Æthelwold escapasse completamente de Wessex.

Nosso exército se espalhou no horizonte, sob os estandartes reais. Wimburnan ficava a apenas uns 3 quilômetros a sudeste, e devíamos parecer formidáveis para qualquer um que olhasse da cidade. Estávamos iluminados pelos raios baixos de sol que se refletiam no brilho das cotas de malha e das armas e que fazia os trechos de calcário nu nas muralhas de Baddan Byrig reluzirem em branco. Esse sol baixo tornava difícil ver o que acontecia na cidadezinha, mas vislumbrei homens e cavalos junto ao salão de Æthelwold e pude ver pessoas reunidas nas ruas. No entanto, não havia nenhuma parede de escudos defendendo a estrada que levava àquele grande salão.

— Quantos homens ele tem? — perguntou Eduardo. Ele havia feito essa pergunta dezenas de vezes desde que encontramos o padre Edmund e uma dúzia de vezes tinha ouvido que não sabíamos, que ninguém sabia, e que poderiam ser quarenta ou quatrocentos homens.

— Não tem homens suficientes, senhor — eu disse, agora.

— O que... — começou ele, e parou abruptamente. Quase havia perguntado o que deveríamos fazer, e então se lembrou de que era o rei e deveria ele mesmo dar a resposta.

— O senhor o quer vivo ou morto? — perguntei.

Ele me olhou. Sabia que deveria tomar decisões, mas não sabia qual tomar. O padre Coenwulf, que fora seu tutor, começou a aconselhar, mas Eduardo o interrompeu com um gesto.

— Quero que ele seja julgado — respondeu.

— Lembre-se do que eu lhe disse — observei. — Seu pai poderia ter nos economizado muitos problemas simplesmente matando Æthelwold, então por que não me deixa trucidar o desgraçado?

— Ou eu, senhor — ofereceu Steapa.

— Ele deve ser julgado pelo Witan — decidiu Eduardo. — Não quero começar meu reino com uma matança.

— Amém e Deus seja louvado — disse o padre Coenwulf.

Olhei para o vale. Se Æthelwold havia montado algum tipo de exército, isso não era evidente. Tudo que eu podia ver era um punhado de cavalos e uma ralé indisciplinada.

A morte de um rei

— Deixe-me matá-lo, senhor — eu disse. — E o problema estará solucionado ao pôr do sol.

— Deixe-me falar com ele — insistiu o padre Coenwulf.

— Argumente com ele — respondeu Eduardo ao padre.

— O senhor argumenta com um rato acuado? — perguntei.

Eduardo ignorou isso.

— Diga que ele deve ser render à nossa misericórdia — disse ao padre Coenwulf.

— E se, em vez disso, ele decidir matar o padre Coenwulf, senhor rei? — perguntei.

— Estou nas mãos de Deus — disse Coenwulf.

— Estaria melhor nas mãos do senhor Uhtred — resmungou Steapa.

Agora o sol estava logo acima do horizonte, um globo vermelho e ofuscante suspenso no céu de outono. Eduardo parecia confuso, mas ainda queria demonstrar decisão.

— Vocês três irão — anunciou com firmeza — e o padre Coenwulf falará.

O padre Coenwulf me fez um sermão enquanto cavalgávamos morro abaixo. Eu não deveria ameaçar ninguém, não deveria falar a não ser que se dirigissem a mim, não deveria tocar minha espada e insistiu que a senhora Æthelflaed seria escoltada de volta à proteção do marido. O padre Coenwulf era pálido e sério, um daqueles homens rígidos que Alfredo adorava nomear como tutores e conselheiros. Era inteligente, claro, já que todos os padres favoritos de Alfredo tinham a mente afiada, mas eram rápidos demais em condenar o pecado ou, na verdade, em defini-lo, o que significava que me reprovava e reprovava Æthelflaed.

— Entendeu? — perguntou enquanto chegávamos à estrada, que era pouco mais do que uma trilha esburacada entre cercas vivas crescidas além da conta. Lavandiscas se juntavam em bandos nos campos, e longe, para além da cidade, uma grande nuvem de estorninhos girou e sumiu no céu.

— Não devo ameaçar ninguém — eu disse, animado —, não devo falar com ninguém nem tocar minha espada. Não seria mais fácil se eu simplesmente parasse de respirar?

— E devemos devolver a senhora Æthelflaed ao seu lugar de direito — disse Coenwulf com firmeza.

— E qual é o lugar de direito dela?

— O marido dela decidirá.

— Mas ele quer trancá-la num convento — observei.

— Se essa for a decisão do marido, senhor Uhtred, será o destino dela.

— Acho que você descobrirá que a senhora tem ideias próprias — eu disse, em tom ameno. — Talvez ela não queira o que qualquer homem quer.

— Ela obedecerá ao marido — insistiu Coenwulf, e eu simplesmente ri dele, o que o irritou. O pobre Steapa parecia confuso.

Havia meia dúzia de homens armados nos arredores da cidade, mas não fizeram qualquer tentativa de nos impedir. Não havia muralha, pois aquilo não era um buhr, e mergulhamos direto numa rua que cheirava a esterco e fumaça. As pessoas na cidade estavam preocupadas e silenciosas. Observavam-nos e algumas faziam o sinal da cruz enquanto passávamos. O sol havia se posto, era o crepúsculo. Rodeamos uma taverna de aparência confortável e um homem sentado com um chifre de cerveja levantou-o para nós enquanto passávamos. Notei que poucos homens tinham armas. Se Æthelwold não conseguia juntar um fyrd em sua cidade natal, como teria esperança de levantar um país contra Eduardo? O portão do convento de santa Cuthberga se entreabriu quando chegamos perto e vi uma mulher espiando para fora, e depois o portão se fechou com estrondo. Havia mais guardas à porta da igreja, mas de novo eles não fizeram esforço para nos impedir. Apenas nos olharam passar, com os rostos carrancudos.

— Ele já perdeu — observei.

— É verdade — concordou Steapa.

— Perdeu? — perguntou o padre Coenwulf.

— Esta é a fortaleza dele — eu disse — e ninguém quer nos desafiar.

Pelo menos ninguém quis nos desafiar até que chegamos à entrada do salão de Æthelwold. O portão estava enfeitado com sua bandeira, guardado por sete lanceiros e bloqueado por uma patética barricada de barris sobre os quais foram postos dois troncos. Um dos lanceiros veio na nossa direção e apontou sua arma.

— Não avancem mais — anunciou.

— Tire os barris e abra o portão — ordenei.

— Digam seus nomes. — Era um homem de meia-idade, de compleição sólida, barba grisalha e obediente.

— Este é Mateus — eu disse, apontando para o padre Coenwulf. — Eu sou Marcos, ele é Lucas e o outro cara se embebedou e ficou para trás. Você sabe muitíssimo bem quem somos nós, portanto abra o portão.

— Deixe-nos entrar — anunciou sério o padre Coenwulf, depois de me lançar um olhar maligno.

— Sem armas — disse o homem.

Olhei para Steapa. Ele estava com sua espada longa no lado esquerdo, a espada curta do lado direito e um machado de guerra pendurado às costas.

— Steapa — perguntei a ele —, quantos homens você matou em batalha?

Ele ficou perplexo com a pergunta, mas pensou na resposta. No fim teve de balançar a cabeça.

— Perdi a conta.

— Eu também — comentei, e olhei de volta para o homem que nos encarava. — Você pode tirar as armas de nós ou pode viver e deixar que passemos pelo portão.

Ele decidiu que queria viver, por isso ordenou que seus homens tirassem os barris e os troncos e escancarassem o portão, e então entramos cavalgando no pátio onde tochas tinham acabado de ser acesas e suas chamas loucas ficavam lançando sombras dos cavalos arreados que esperavam cavaleiros. Contei uns trinta homens, alguns com malha e todos armados, esperando com os cavalos, mas ninguém nos questionou. Em vez disso pareceram nervosos.

— Ele está se preparando para fugir — eu disse.

— Você não vai falar aqui — reagiu irritado o padre Coenwulf.

— Fique quieto, seu padre chato — respondi.

Serviçais vieram pegar nossos cavalos e, como eu esperava, um administrador exigiu que Steapa e eu entregássemos as espadas antes de entrarmos no grande salão.

— Não — reagi.

— Minha espada fica comigo — completou Steapa em voz ameaçadora.

O administrador ficou sem graça, mas o padre Coenwulf simplesmente passou pelo sujeito e nós o acompanhamos para dentro do grande salão iluminado por um fogo alto e velas dispostas em duas mesas, entre as quais havia um trono. Não existia outra palavra que fizesse justiça àquela grande cadeira, que se erguia acima das velas e onde Æthelwold estava sentado. Porém, no momento em que aparecemos ele ficou de pé com um pulo e foi até a beira do tablado onde o trono tinha lugar de honra. Havia uma segunda cadeira no tablado, muito menor e posta de lado. Æthelflaed estava sentada nela, flanqueada por dois homens com lanças. Ela me viu, deu um sorriso maroto e levantou a mão indicando que não tinha sido machucada.

Havia mais de cinquenta homens no salão. A maioria estava armada, apesar dos esforços do administrador, mas de novo ninguém nos ameaçou. Nosso surgimento parecia ter causado um silêncio súbito. Aqueles homens, como os do pátio, estavam nervosos. Eu conhecia alguns e senti que o salão estava indeciso. Os mais jovens e mais perto do tablado eram os que apoiavam Æthelwold, enquanto os mais velhos eram seus thegns, e eram os que se mostravam obviamente infelizes com o que se desdobrava. Até os cães no salão pareciam encolhidos. Um deles ganiu quando entramos, depois andou frouxamente até a beira do salão, onde se deitou tremendo. Æthelwold estava de pé na borda do tablado, de braços cruzados, tentando parecer régio, mas para mim parecia tão nervoso quanto os cães, ainda que um rapaz de cabelos claros ao lado dele se mostrasse cheio de energia.

— Aprisione-os, senhor — disse o rapaz, instigando Æthelwold.

Não existe causa tão sem esperança, credo tão louco, ideia tão ridícula que não atraia alguns seguidores, e o jovem de cabelos claros havia obviamente adotado a causa de Æthelwold. Era um bruto bonito, de olhos brilhantes, queixo e corpo fortes. Usava o cabelo comprido amarrado na nuca com uma fita de couro. Uma segunda faixa estava ao redor do pescoço como um cachecol fino, e parecia estranhamente feminina porque era cor-de-rosa e feita com a seda preciosa e delicada que é trazida à Britânia por comerciantes de alguma terra distante. As pontas da faixa de seda pendiam sobre sua cota de malha, que era muito bem trançada, provavelmente feita pelos caros ferreiros da Frankia. O cinto tinha placas quadradas de ouro e o punho da espada era decorado por um botão de cristal. Ele era rico, confiante e nos encarava com beligerância.

— Quem é você? — perguntou o padre Coenwulf ao jovem.

— Meu nome é Sigebriht — respondeu o rapaz com orgulho. — Senhor Sigebriht para você, padre. — Então esse era o rapaz que havia transportado mensagens entre Æthelwold e os dinamarqueses. Sigebriht de Cent, que amara a senhora Ecgwynn e a perdera para Eduardo. — Não deixe que eles falem — insistiu Sigebriht com seu patrono. — Mate-os.

Æthelwold não sabia o que fazer.

— Senhor Uhtred — saudou ele, por falta do que dizer. Ele deveria ter ordenado que seus homens nos despedaçassem, depois comandado suas forças para atacar Eduardo, mas não era homem o bastante, e provavelmente sabia que apenas um punhado de homens no salão iria segui-lo.

— Senhor Æthelwold — disse com firmeza o padre Coenwulf —, estamos aqui para convocá-lo à corte do rei Eduardo.

— Não existe tal rei — rugiu Sigebriht.

— O senhor será tratado segundo a dignidade de seu título. — O padre Coenwulf ignorou Sigebriht e falou diretamente com Æthelwold. — Mas o senhor perturbou a paz do rei e por isso deve responder a ele e ao seu witan.

— Eu sou rei aqui — disse Æthelwold. Em seguida se empertigou numa tentativa de parecer régio. — Sou rei e viverei ou morrerei aqui no meu reino!

Por um momento quase senti pena dele. Æthelwold fora mesmo enganado com relação ao trono de Wessex, empurrado de lado pelo tio Alfredo e forçado a ficar olhando enquanto Alfredo tornava Wessex o reino mais poderoso na Britânia. Æthelwold encontrara consolo na cerveja, no hidromel e no vinho, e junto com suas taças ele podia ser boa companhia, mas sempre houvera aquela ambição de consertar o que considerava o grande mal que lhe fora feito na infância. Agora tentava demais parecer um rei, mas nem mesmo seus seguidores estavam preparados para segui-lo, a não ser um punhado de idiotas como Sigebriht.

— O senhor não é rei — disse simplesmente o padre Coenwulf.

— Ele é rei! — insistiu Sigebriht, e avançou na direção do padre Coenwulf como se fosse bater nele, mas Steapa deu um passo adiante.

Já vi muitos homens formidáveis na vida e Steapa era o mais amedrontador. Na verdade era uma alma afável, gentil e infinitamente atenciosa, mas media uma cabeça a mais do que a maioria dos homens e fora abençoado com um rosto ossudo em que a pele parecia esticada numa expressão permanentemente vazia, sugerindo uma ferocidade sem misericórdia. Houvera um tempo em que os homens o chamavam de Steapa Snotor, que significava Steapa, o Estúpido, mas fazia anos que eu não ouvia mais essa zombaria. Steapa nascera escravo, mas subira na vida tornando-se chefe da guarda pessoal do rei, e mesmo não sendo rápido no pensamento, era absoluta e meticulosamente leal. Além disso, era o guerreiro mais temido de toda Wessex, e agora, enquanto punha uma das mãos no punho de sua espada enorme, Sigebriht simplesmente parou e eu vi um medo súbito naquele rosto jovem e arrogante.

Também vi Æthelflaed sorrir.

Æthelwold sabia que tinha perdido, mas ainda tentou agarrar-se à dignidade.

— Padre Coenwulf, não é? — perguntou ele.

— Sim, senhor.

— Seu conselho será sábio, tenho certeza. Será que poderia oferecê-lo a mim?

— É por isso que estou aqui — disse Coenwulf.

— E para fazer uma oração na minha capela? — Æthelwold indicou uma porta atrás dele.

— Seria um privilégio — respondeu Coenwulf.

— Você também, minha cara — disse Æthelwold a Æthelflaed. Ele parecia resignado. Chamou meia dúzia de outros, seus companheiros mais próximos, dentre os quais o amedrontado Sigebriht, e todos passaram pela porta pequena no fundo do tablado. Æthelflaed olhou interrogativamente para mim e eu balancei a cabeça porque tinha toda a intenção de acompanhá-la à capela, por isso ela acompanhou Sigebriht, mas assim que fomos na direção do tablado Æthelwold levantou a mão. — Só o padre Coenwulf — disse ele.

— Aonde ele for, nós vamos — eu disse.

— Vocês querem rezar? — perguntou o padre Coenwulf sarcasticamente.

— Quero que o senhor fique em segurança, mas só o seu deus sabe por quê.

Coenwulf olhou para Æthelwold.

— Tenho a sua palavra de que estarei seguro em sua capela, senhor?

— O senhor é a minha segurança, padre — disse Æthelwold com humildade surpreendente —, e quero seu conselho, suas orações e, sim, o senhor tem a minha palavra de que está em segurança.

— Então esperem aqui — disse Coenwulf rispidamente a mim. — Vocês dois.

— Você confia nesse filho da mãe? — perguntei, suficientemente alto para Æthelwold escutar.

— Confio no Deus Todo-poderoso — respondeu Coenwulf em tom grandioso, subindo agilmente o tablado e seguindo Æthelwold para fora do salão.

Steapa colocou a mão no meu braço.

— Deixe-o ir — disse, por isso nós dois esperamos.

Dois dos homens mais velhos vieram até nós e disseram que aquilo não era ideia deles, que haviam acreditado em Æthelwold quando ele disse que o Witan de Wessex concordara com sua reivindicação ao trono, e eu lhes disse que não tinham nada a temer, uma vez que não levantaram uma arma contra seu rei de direito. Esse rei, pelo que eu sabia, ainda estava esperando na velha fortaleza com muralhas de calcário ao norte da cidade, à medida que a longa noite caía e as estrelas apareciam. E nós esperamos também.

— Quanto tempo demora uma oração? — perguntei.

— Já vi algumas que demoraram duas horas — respondeu Steapa, soturno. — E os sermões podem demorar mais ainda.

Virei-me para o administrador que havia tentado tirar nossas espadas.

— Onde fica a capela? — perguntei.

O homem pareceu aterrorizado, então gaguejou:

— Não existe capela, senhor.

Xinguei, corri até a porta no fundo do salão e a empurrei, vendo um aposento de dormir. Havia tapetes de pele, cobertores de lã, um balde de madeira e uma alta vela apagada num castiçal de prata, atrás da qual ficava uma segunda porta que levava a um pátio menor. Era um pátio vazio com um portão aberto guardado por um único lanceiro.

— Para onde eles foram? — gritei para o guarda, que respondeu apontando para a rua do lado de fora, que seguia rumo ao oeste.

Corremos de volta ao pátio maior, onde nossos cavalos esperavam.

— Vá a Eduardo — sugeri a Steapa. — Diga que os desgraçados estão fugindo.

— E você? — perguntou ele, montando.

— Vou para o oeste.

— Não sozinho — censurou ele.

— Vá logo — respondi.

Steapa estava certo, claro. Na verdade não fazia muito sentido cavalgar sozinho no caos da noite, mas eu não queria retornar às encostas de calcário de Baddan Byrig onde, inevitavelmente, as próximas horas seriam passadas discutindo o que fazer. Imaginei o que teria acontecido com o padre Coenwulf e esperava que ele estivesse vivo, depois passei pelo portão, abrindo caminho pelas pessoas na rua iluminada por tochas, e esporeei o cavalo por uma estrada que ia para o leste.

Æthelwold havia perdido sua tentativa lamentável de ser reconhecido como rei de Wessex, mas não tinha desistido. O povo de seu distrito deixara de apoiá-lo e ele possuía apenas um bando minúsculo de seguidores, por isso estava fugindo para onde poderia encontrar espadas, escudos e lanças. Queria ir para o norte, para os dinamarqueses, e tinha apenas duas chances que eu pudesse ver. Poderia cavalgar por terra, esperando passar ao redor do pequeno exército que Eduardo trouxera a Wimburnan ou poderia ir para o sul, para onde um barco talvez estivesse esperando-o. Descartei esse pensamento. Os dinamarqueses não sabiam quando Alfredo morreria e nenhum barco dinamarquês ousaria se demorar nas águas de Wessex, o que tornava mais do que improvável que algum navio estivesse esperando para resgatar Æthelwold. Por enquanto ele estava sozinho, e isso significava que tentaria cruzar por terra.

E eu o persegui, ou melhor, tateei procurando o caminho na escuridão. Naquela noite havia lua, mas as sombras que ela lançava eram negras na estrada, e nem eu nem o cavalo podíamos ver bem, por isso íamos devagar. Em alguns lugares pensei detectar pegadas frescas, mas não podia ter certeza. A estrada era de lama e capim, larga entre cercas vivas e árvores altas, uma estrada de tropeiros que seguia o vale do rio curvando-se para o norte. Em algum ponto da noite cheguei a uma aldeia onde havia luz na cabana de um ferreiro. Um menino alimentava a fornalha. Esse era o seu trabalho, manter o fogo aceso durante as horas de escuridão, e ele se encolheu ao me ver em meu esplendor de guerra, com o elmo, a malha e a bainha iluminados pelas chamas que clareavam a rua lamacenta.

Parei o cavalo e olhei o menino.

— Quando tinha a sua idade — falei por trás das placas faciais do elmo —, eu vigiava um fogo de carvão. Meu trabalho era tapar os buracos com musgo e terra molhada se alguma fumaça escapasse. Vigiava a noite toda. É um trabalho muito solitário.

Ele concordou, ainda aterrorizado demais para dizer qualquer coisa.

— Mas eu tinha uma garota que costumava vigiar comigo — eu disse, lembrando-me de Brida na escuridão. — Você não tem uma garota?

— Não, senhor — respondeu ele, agora de joelhos.

— As garotas são a melhor companhia nas noites de solidão, mesmo que falem demais. Olhe para mim, garoto. — Ele havia baixado a cabeça, talvez em um espanto reverente. — Agora diga uma coisa. Alguns cavaleiros passaram por aqui? Deviam estar levando uma mulher. — O menino não disse nada, apenas ficou me encarando. Meu cavalo não gostou do calor da fornalha, ou talvez o cheiro pungente o incomodasse, por isso dei um tapinha em seu pescoço para acalmá-lo. — Os homens disseram para você ficar quieto — eu disse ao garoto. — Disseram que você deveria guardar segredo. Eles o ameaçaram?

— Ele disse que era o rei, senhor. — O menino quase sussurrou as palavras.

— O verdadeiro rei está aqui perto. Qual é o nome deste lugar?

— Blaneford, senhor.

— Parece um bom lugar para viver. Então eles cavalgaram para o norte?

— Sim, senhor.

— Há quanto tempo?

— Não muito, senhor.

— E essa estrada vai até Sceaftesburi? — perguntei, tentando me lembrar daquela região no interior do rico Wessex.

— Sim, senhor.

— Quantos homens eram?

— Dick e mimp, senhor — disse ele, e eu percebi que esse era o seu modo de contar, diferente daqueles que eu conhecia. O menino foi inteligente o bastante para perceber isso também e levantou todos os dedos uma vez, depois apenas uma das mãos. Quinze.

— Havia um padre?

— Não, senhor.

— Você é um bom garoto — eu disse, e era mesmo, porque tivera a inteligência de contar. Joguei-lhe uma lasca de prata. — De manhã diga ao seu pai que você conheceu Uhtred de Bebbanburg e que cumpriu seu dever para com o novo rei.

Ele me espiou com os olhos muito arregalados enquanto eu me virava e cavalgava até o vau onde deixei o cavalo beber um pouco, depois esporeei morro acima.

Lembro-me de pensar que poderia ter morrido naquela noite. Æthelwold tinha 14 companheiros, sem contar Æthelflaed, e devia saber que seria perseguido. Presumo que tenha pensado que todo o exército de Eduardo viajaria durante a noite, mas se soubesse que eu estava sozinho certamente teria armado uma emboscada e eu seria derrubado pelas espadas e trucidado ao luar. Uma morte melhor que a de Alfredo, pensei. Melhor que ficar deitado num cômodo fedorento com a dor dominando o corpo, com um caroço na barriga parecido com uma pedra, com baba, lágrimas, bosta e fedor. Mas depois vem o alívio da outra vida, o nascimento para a alegria. Os cristãos chamam isso de céu e tentam nos induzir pelo medo a entrar em seus salões de mármore, com histórias de um inferno mais quente que a fornalha do ferreiro de Blaneford, mas eu partirei num jorro de luz, viajando nos braços de uma valquíria até o grande salão do Valhalla, onde meus amigos estarão me esperando, e não somente os amigos, mas também meus inimigos, os homens que matei em batalha, e haverá festejos, bebida, lutas e mulheres. Esse é o nosso destino, a não ser que morramos de um jeito ruim; nesse caso, vivemos para sempre nos salões frígidos da deusa Hel.

Pensei que isso era estranho enquanto seguia Æthelwold pela noite. Os cristãos dizem que nosso castigo é o inferno e os dinamarqueses dizem que os que morrem de um jeito ruim vão para Hel, onde a deusa de mesmo nome governa. O inferno e Hel podem parecer a mesma coisa, mas não são. Hel não é o inferno. As pessoas não queimam em Hel, elas simplesmente vivem no sofrimento. Se você morrer com uma espada na mão, jamais verá o corpo apodrecido de Hel nem sentirá fome em suas vastas cavernas frias, mas não existe castigo no reino de Hel. É simplesmente a mesma vida comum para sempre. Os cristãos prometem castigo ou recompensa como se fôssemos criancinhas, mas na verdade o que vem depois é somente o que aconteceu antes. Tudo mudará, como me havia dito Ælfadell, e tudo será o mesmo que sempre foi e sempre será. E a lembrança de Ælfadell me fez pensar em Erce, naquele corpo esguio ondulando sobre o meu, nos sons guturais que ela fez, na lembrança do júbilo.

O alvorecer trouxe o som de cervos rugindo. Era a temporada do cio, quando os estorninhos escurecem o céu e as folhas começam a cair. Parei meu cavalo cansado na estrada e olhei ao redor, mas não vi ninguém. Parecia estar sozinho num alvorecer nevoento, suspenso num mundo dourado e amarelo que estava silencioso a não ser pelo rugido dos cervos, e até mesmo esse som desapareceu quando olhei para o leste e para o sul buscando algum sinal dos homens de Eduardo e não vi nada. Instiguei o cavalo para o norte, em direção à mancha de fumaça no céu que traía a cidade de Sceaftesburi, além dos montes.

Sceaftesburi era um dos burhs de Alfredo, uma cidade fortificada que protegia uma oficina de cunhagem real e um convento que fora amado por Alfredo. Æthelwold jamais ousaria exigir a entrada numa cidade assim, nem se arriscaria a esperar que seus portões abrissem para poder cavalgar pelas ruas. O comandante do burh, quem quer que fosse, ficaria curioso demais, o que significava que Æthelwold devia ter passado longe de Sceaftesburi. Mas por onde? Procurei rastros e não vi nada de óbvio. Fiquei tentado a abandonar a perseguição, que fora uma ideia idiota desde o início. Queria encontrar uma taverna no burh, comer, arranjar uma cama e pagar uma prostituta para esquentá-la, mas então uma lebre atravessou meu caminho, de leste para o oeste, e isso era certamente um sinal dos deuses. Virei para o oeste da estrada.

E instantes depois a névoa se dissipou e eu vi os cavalos num morro de calcário. Entre mim e o morro havia um vale amplo, densamente coberto de floresta, e eu esporeei para lá ao mesmo tempo em que via que os cavaleiros tinham me notado. Estavam em grupo, olhando na minha direção, e eu vi um deles apontar para mim, depois se viraram e foram para o norte. Contei somente nove homens, mas certamente devia ser Æthelwold. Porém, assim que entrei nas árvores não pude procurar o resto dos cavaleiros, porque os galhos eram baixos e eu precisava me curvar. As samambaias eram densas. Um riacho borbulhava atravessando meu caminho. Uma árvore morta estava coberta de cogumelos e musgo. Espinheiros, hera e azevinho se misturavam densos dos dois lados da trilha, que estava marcada por pegadas recentes. Estava silencioso no meio das árvores, e no silêncio senti o medo, o arrepio, o conhecimento que vinha da experiência de que o perigo estava por perto.

Apeei e amarrei as rédeas do cavalo num carvalho. O que deveria fazer, pensei, era montar de novo e cavalgar direto até Sceaftesburi e dar o alarme. Deveria requisitar um cavalo descansado e comandar os homens da guarnição perseguindo Æthelwold, mas fazer isso seria dar as costas ao que quer que me ameaçava. Desembainhei Bafo de Serpente. Havia conforto na sensação de seu punho familiar.

Fui andando lentamente.

Será que os cavaleiros no morro teriam me visto antes de eu os ver? Parecia provável. Eu estivera perdido em pensamentos enquanto seguia pela estrada, meio sonhando, meio pensando. E se tivessem me visto? Sabiam que eu estava sozinho, provavelmente sabiam quem eu era e eu tinha visto apenas nove homens, o que sugeria que os outros haviam sido deixados no mato para uma emboscada. Portanto volte, disse a mim mesmo, volte e alerte a guarnição do buhr, e justo quando eu havia decidido que esse era o meu dever e a coisa mais prudente a fazer, dois cavaleiros saíram rapidamente de um esconderijo a cinquenta passos de distância e vieram pelo caminho para me atacar. Um carregava uma lança, o outro, uma espada. Ambos tinham elmos com placas faciais, usavam malha, tinham escudos e eram idiotas.

Um homem não pode lutar montado a cavalo numa floresta profunda e antiga. Há obstáculos demais. Os dois não podiam cavalgar lado a lado porque o caminho era muito estreito e o mato baixo era denso demais dos dois lados, por isso o lanceiro vinha à frente e, como seu companheiro, ele era destro, o que significava que a lança estava do lado direito de seu cavalo cansado e à minha esquerda. Deixei que viessem, imaginando por que apenas dois estariam atacando, mas deixei esse mistério de lado quando eles chegaram perto e eu pude ver os olhos do homem na fenda do elmo. Simplesmente dei um passo à direita, entrando no meio dos espinheiros e atrás do tronco de um carvalho, e o lanceiro passou galopando impotente. Em seguida voltei para fora e girei Bafo de Serpente com toda a força, de modo que ela acertou a boca do segundo cavalo, despedaçando dentes e espalhando sangue. O animal gritou e girou, e o cavaleiro começou a cair, embolado nas rédeas e nos estribos enquanto o primeiro tentava dar meia-volta.

— Não! — gritou uma voz do meio das árvores. — Não!

Estaria falando comigo? Não que isso importasse. Agora o homem com a espada estava caído de costas, lutando para se levantar, enquanto o lanceiro se esforçava para virar o cavalo no caminho estreito. O escudo do homem com a espada estava preso no braço esquerdo, de modo que eu simplesmente subi em cima das tábuas de salgueiro, prendendo-o, e mergulhei Bafo de Serpente. Com força, para baixo. Uma vez.

Então houve sangue nas folhas mortas no chão, um som sufocado, um corpo se sacudindo embaixo de mim e o braço com a espada de um homem agonizante ficando frouxo enquanto o lanceiro instigava o cavalo de volta na minha direção. Ele estocou com a lança, mas foi simples evitar o golpe apenas oscilando de lado. Agarrei o cabo de freixo e puxei com força. O sujeito teve de soltar a lança para não ser arrancado da sela, e seu cavalo estava indo para longe enquanto o cavaleiro tentava desembainhar a espada. E ele continuava tentando quando deslizei Bafo de Serpente pela sua coxa direita, subindo por baixo da cota de malha, abrindo a pele e o músculo com a ponta e o gume e encontrando o osso do quadril e empurrando com mais força, gritando com todo o fôlego para apavorá-lo e dar ímpeto ao golpe. A espada estava em seu corpo e eu cutucava com ela, torcendo e empurrando quando a voz no fundo do mato gritou de novo:

— Não!

Mas sim. O homem havia desembainhado sua espada pela metade, mas o sangue pingava da bota e do estribo. Simplesmente agarrei seu cotovelo direito com minha mão direita e puxei, de modo que ele caiu do cavalo.

— Idiota — rosnei, e o matei como tinha matado seu companheiro, depois me virei rapidamente para o lugar onde a voz havia soado.

Nada.

Em algum lugar distante uma trompa soou e foi respondida por outra. Os sons vinham do sul e me diziam que as forças de Eduardo estavam chegando. Um sino começou a tocar, presumivelmente no convento ou na igreja de Sceaftesburi. O cavalo ferido relinchou. O segundo homem morreu e eu puxei a ponta de Bafo de Serpente de sua garganta. Minha botas estavam escuras com sangue fresco. Eu estava cansado. Queria aquela comida, a cama e a prostituta, mas em vez disso andei pelo caminho na direção do lugar de onde os dois idiotas haviam saído.

O caminho fazia uma curva num ponto em que a folhagem densa escondia a vista, depois se abria numa clareira ao redor de um riacho largo. A primeira luz do dia tremulava através das folhas deixando a grama muito verde. Havia margaridas no capim e Sigebriht estava ali, com três homens e Æthelflaed, todos montados. Um daqueles homens havia gritado para os dois companheiros, mas qual deles, e o porquê, eu não sabia.

Saí das sombras. As placas faciais do elmo estavam fechadas, minha malha e as botas estavam sujas de sangue, Bafo de Serpente ainda vermelha.

— Quem é o próximo? — perguntei.

Æthelflaed gargalhou. Um martim-pescador, todo vermelho, azul e brilhante, voou sobre o riacho atrás dela e sumiu nas sombras.

— Senhor Uhtred — disse ela, e bateu com os calcanhares, de modo que seu cavalo veio na minha direção.

— Você não foi ferida? — perguntei.

— Eles foram muito educados — disse ela, olhando para Sigebriht com expressão de zombaria.

— São só quatro — eu disse. — Qual você quer que eu mate primeiro?

Sigebriht desembainhou sua espada com botão de cristal. Eu estava pronto para voltar para o meio das árvores, onde os troncos me dariam vantagem contra um homem montado, mas para minha surpresa ele jogou a espada, deixando-a cair pesadamente no capim orvalhado a alguns passos de mim.

— Entrego-me à sua misericórdia — disse Sigebriht. Os três homens seguiram o exemplo e jogaram as espadas no chão.

— Desçam dos cavalos — respondi. — Todos vocês. — Olhei-os apear. — Agora se ajoelhem. — Eles se ajoelharam. — Deem-me um motivo para não matá-los — falei enquanto seguia em sua direção.

— Nós nos entregamos ao senhor — disse Sigebriht, de cabeça baixa.

— Vocês se entregaram porque aqueles dois idiotas não conseguiram me matar.

— Eles não eram idiotas, senhor — disse Sigebritht com humildade. — Eram homens de Æthelwold. Estes três são meus.

— Ele ordenou que aqueles dois idiotas me atacassem? — gritei de volta para Æthelflaed.

— Não — respondeu ela.

— Eles queriam a glória, senhor — disse Sigebriht. — Queriam ser conhecidos como os assassinos de Uhtred.

Encostei a ponta ensanguentada de Bafo de Serpente na bochecha dele.

— E o que você quer, Sigebriht de Cent?

— Fazer a paz com o novo rei, senhor.

— Que rei?

— Só existe um rei em Wessex, senhor. O rei Eduardo.

Deixei a ponta de Bafo de Serpente levantar o comprido rabo de cavalo louro preso com couro. Pensei que a lâmina cortaria seu pescoço com muita facilidade.

— Por que você busca a paz com Eduardo?

— Eu estava errado, senhor — respondeu Sigebriht, humildemente.

— Senhora? — chamei, sem afastar o olhar dele.

— Eles o viram seguindo — explicou Æthelflaed. — E esse homem — ela apontou para Sigebriht — se ofereceu para me levar de volta a você. Ele disse a Æthelwold que eu o convenceria a se juntar a ele.

— Ele acreditou?

— Eu disse que tentaria convencê-lo e ele acreditou em mim — disse ela.

— Ele é um idiota.

— E em vez disso eu sugeri a Sigebriht para fazer as pazes — continuou Æthelflaed. — E que sua melhor esperança de viver depois do crepúsculo de hoje era abandonar Æthelwold e jurar aliança a Eduardo.

Pus a espada sob o queixo barbeado de Sigebriht e levantei seu rosto na minha direção. Ele era muito bonito, tinha olhos muito brilhantes, e naqueles olhos não pude ver malícia; eram apenas os olhos de um homem apavorado. Mas eu sabia que deveria matá-lo. Encostei a lâmina da espada na faixa de seda ao redor de seu pescoço.

— Diga por que não devo cortar seu pescoço miserável — ordenei.

— Eu me entreguei, senhor. Imploro por piedade.

— Por que essa faixa? — perguntei, tirando a seda cor-de-rosa com a ponta de Bafo de Serpente e deixando uma mancha de sangue.

— Foi presente de uma moça.

— A senhora Ecgwynn?

Ele me olhou.

— Ela era linda — disse pensativo. — Como um anjo, e levava os homens à loucura.

— E preferiu Eduardo.

— E está morta, senhor. E acho que o rei Eduardo lamenta isso tanto quanto eu.

— Lute por alguém vivo — disse Æthelflaed — e não pelos mortos.

— Eu estava errado, senhor — repetiu Sigebriht, e não tive certeza se acreditava, por isso apertei a espada contra seu pescoço e vi medo em seus olhos azuis.

— A decisão é do meu irmão — disse Æthelflaed gentilmente, sabendo o que eu pensava.

Deixei-o viver.

Naquela noite, pelo que soubemos mais tarde, Æthelwold atravessou a fronteira com a Mércia e continuou cavalgando para o norte até chegar à segurança do salão de Sigurd. Tinha conseguido escapar.

Oito

ALFREDO FOI SEPULTADO.

O enterro demorou cinco horas de orações, cantos, choros e pregações. O velho rei fora posto num caixão de olmo pintado com cenas da vida dos santos, e a tampa representava um Cristo de aparência surpresa subindo ao céu. Uma lasca verdadeira da cruz foi posta nas mãos do rei morto e sua cabeça foi apoiada num livro dos evangelhos. O caixão de olmo foi colocado numa caixa de chumbo, que por sua vez foi posto num terceiro caixão, feito de cedro e esculpido com imagens de santos desafiando a morte. Uma santa estava sendo queimada, mas as chamas não conseguiam feri-la, uma segunda estava sendo torturada, mas sorria perdoando seus atormentadores desafortunados, e uma terceira era furada por lanças e continuava pregando. O caixão desajeitado foi carregado para a cripta da velha igreja e ali foi lacrado numa câmara de pedra onde Alfredo descansou até que a igreja nova fosse terminada, e então foi transladado até a câmara onde ainda se encontra. Lembro-me de que Steapa chorou feito uma criança. Beocca estava em lágrimas. Até Plegmund, aquele arcebispo sério, chorava enquanto pregava. Falou sobre a escada de Jacó, que apareceu num sonho descrito nas escrituras cristãs, e Jacó, deitado em seu travesseiro de pedra embaixo da escada, escutou a voz de Deus.

— A terra em que você está será dada aos seus filhos e aos filhos dos seus filhos. — A voz de Plegmund falhou enquanto ele lia as palavras. — E seus filhos serão como o pó da terra e vão se espalhar para o leste e o oeste, para o norte e para o sul, e por você e por seus filhos as famílias do mundo serão abençoadas.

"O sonho de Jacó era o sonho de Alfredo. — A voz de Plegmund estava rouca nesse ponto do longo sermão. — E agora Alfredo jaz aqui, neste local, e esta terra será dada aos filhos dele e aos filhos de seus filhos até o dia do juízo final! E não somente esta terra! Alfredo sonhava que nós, saxões, deveríamos espalhar a luz do evangelho por toda a Britânia e em todas as terras, até que toda voz na terra se erga em louvor a Deus Todo-poderoso."

Lembro que sorri sozinho. Eu estava no fundo da velha igreja, olhando a fumaça dos incensórios subir em um redemoinho até os caibros dourados, e achei divertido que Plegmund acreditasse que nós, saxões, deveríamos nos espalhar como o pó da terra até o norte, o sul, o leste e o oeste. Teríamos sorte se mantivéssemos a terra que tínhamos, quanto mais se nos espalhássemos, mas a congregação ficou comovida com as palavras de Plegmund.

— Os pagãos nos pressionam — declarou ele. — Eles nos perseguem! No entanto pregaremos para eles e rezaremos por eles, e iremos vê-los se curvar diante de Deus Todo-poderoso, e então o sonho de Alfredo irá se realizar e haverá júbilo no céu! Deus nos protegerá!

Eu deveria ter ouvido mais atentamente aquele sermão, mas estava pensando em Æthelflaed e em Fagranforda. Eu havia pedido a Eduardo permissão para ir à Mércia, e sua resposta foi mandar Beocca à Dois Grous. Meu velho amigo sentou-se perto da lareira e me censurou por ignorar meu filho mais velho.

— Eu não o ignoro — respondi. — Gostaria que ele fosse comigo para Fagranforda.

— E o que ele faria lá?

— O que deveria fazer, treinar para ser guerreiro.

— Ele quer ser sacerdote.

— Então não é meu filho.

Beocca suspirou.

— Ele é um bom garoto! Um garoto muito bom.

— Diga para ele trocar de nome. Caso se torne padre não será digno de se chamar Uhtred.

— Você é parecido demais com seu pai — disse ele, o que me surpreendeu, porque eu sentia medo do meu pai quando era mais novo. — E Uhtred é tão parecido com você! E tem sua teimosia. — Beocca riu. — Você era uma criança extremamente teimosa.

Frequentemente sou acusado de ser Uhtredærwe, o maligno inimigo da cristandade, mas muitas pessoas que amei e admirei eram cristãs, e Beocca era a principal delas. Beocca, sua esposa Thyra, Hild, Æthelflaed, o querido padre Pyrlig, Osferth, Willibald, até Alfredo. A lista é interminável, e acho que todos eram pessoas boas porque sua religião insiste que se comportem de um determinado modo, coisa que a minha não faz. Tor e Woden não exigem nada de mim, a não ser respeito e algum sacrifício, mas nunca seriam tolos a ponto de exigir que eu ame meu inimigo ou dê a outra face. Mas os melhores cristãos, como Beocca, lutam diariamente para ser bons. Nunca tentei ser bom, mas não creio que seja mau. Sou apenas eu, Uhtred de Bebbanburg.

— Uhtred — eu disse a Beocca, falando do meu filho mais velho — será senhor de Bebbanburg depois de mim. Ele não pode sustentar aquela fortaleza com orações. Precisa aprender a lutar.

Beocca olhou para o fogo.

— Sempre tive esperança de ver Bebbanburg de novo — disse ele, pensativo —, mas agora duvido que isso vá acontecer. O rei diz que você deve ir para Fagranforda.

— Bom.

— Alfredo foi generoso com você — disse Beocca, sério.

— Não nego.

— E eu tive alguma influência nisso — continuou Beocca, com um pouquinho de orgulho.

— Obrigado.

— Sabe por que ele concordou?

— Porque Alfredo estava em dívida comigo, porque sem Bafo de Serpente ele não permaneceria rei durante 28 anos.

— Porque Wessex precisa de um homem forte na Mércia — respondeu Beocca, ignorando minha gabação.

— Æthelred? — sugeri malicioso.

— Ele é um bom homem e você é injusto com ele — disse Beocca, ferozmente.

— Talvez — respondi, evitando a discussão.

— Æthelred é senhor da Mércia e é o homem que tem melhores condições de reivindicar o trono daquela terra, no entanto não tentou tomar a coroa.

— Porque tem medo de Wessex.

— Ele tem sido leal a Wessex — corrigiu Beocca —, mas não pode parecer subserviente demais, caso contrário os senhores mércios que desejam dominar o país irão se voltar contra ele.

— Æthelred governa a Mércia porque é o homem mais rico do país e sempre que um senhor perde gado, escravos ou um salão para os dinamarqueses, sabe que Æthelred irá reembolsá-lo. Ele paga para continuar sendo o senhor, mas o que deveria fazer era esmagar os dinamarqueses.

— Ele vigia a fronteira galesa — disse Beocca, como se cuidar dos galeses fosse uma desculpa adequada para ser sonolento com relação aos dinamarqueses. — Mas isso é apreciado — ele hesitou com a palavra, como se ela tivesse sido escolhida cuidadosamente. — Ele é apreciado por não ser um guerreiro natural. Ele é um governante soberbo — Beocca se apressou depois dessas palavras para conter qualquer riso que ele suspeitava que eu daria — e sua administração é admirável, mas não tem talento para a guerra.

— E eu tenho.

Beocca sorriu.

— Sim, Uhtred, tem, mas não tem talento para o respeito. O rei espera que você trate o senhor Æthelred com respeito.

— Com todo o respeito que ele merece — prometi.

— E a esposa dele terá permissão de retornar à Mércia desde que ela dote, ou melhor, que construa um convento.

— Ela terá de virar freira? — perguntei com raiva.

— Que ela dote e construa! — disse Beocca. — E ela terá liberdade para escolher onde deseja dotar e construir o convento.

Tive de rir.

— Eu devo morar ao lado de um convento?

Beocca franziu a testa.

— Não podemos saber que lugar ela escolherá.

— Não — eu disse —, claro que não.

Então os cristãos haviam engolido o pecado. Eu presumi que Eduardo tivesse aprendido a ter uma nova tolerância ao pecado, o que não era uma coisa ruim e significava que Æthelflaed estava livre para viver mais ou menos como quisesse, ainda que o convento fosse servir como desculpa para Æthelred afirmar que sua esposa escolhera uma vida de santa contemplação. Na verdade, Eduardo e seu conselho sabiam que precisavam de Æthelflaed na Mércia, e de mim também. Nós éramos o escudo de Wessex, mas parecia que não seríamos a espada dos saxões porque Beocca me deu um aviso sério antes de sair da taverna.

— O rei deseja expressamente que os dinamarqueses sejam deixados em paz. Eles não devem ser provocados! Isso é uma ordem.

— E se nos atacarem? — perguntei com irritação.

— Claro que você pode se defender, mas o rei não quer começar uma guerra. Pelo menos não antes de ser coroado.

Resmunguei aceitando essa política. Imaginava que fazia sentido Eduardo querer ser deixado em paz enquanto estabelecia sua autoridade no novo reino, mas duvidei que os dinamarqueses fossem aceitar isso. Tinha certeza de que eles desejavam a guerra, e que iriam desejá-la antes da coroação de Eduardo.

Essa cerimônia só aconteceria no ano novo, dando tempo para os convidados de honra organizarem a viagem. E assim, enquanto as névoas do outono ficavam mais frias e os dias encolhiam, fui finalmente para Fagranforda.

Era um local abençoado, de morros baixos e doces, rios lentos e terra fértil. De fato Alfredo fora generoso. O administrador era um mércio taciturno chamado Fulk que não recebeu bem um novo senhor, o que não era de espantar, já que vivera bem com os rendimentos da propriedade, ajudado nisso por um padre que fazia a contabilidade. Esse sacerdote, o padre Cynric, tentou me convencer de que ultimamente as colheitas haviam sido fracas e que os cotocos na mata estavam lá porque as árvores tinham morrido por doenças, e não sido derrubadas pelo valor da madeira. Apresentou documentos que combinavam com os recibos que eu trouxera do tesouro em Wintanceaster, e o padre Cynric sorriu animado com essa coincidência.

— Como eu lhe disse, senhor, nós mantivemos a propriedade em confiança sagrada para o rei Alfredo. — Ele sorriu para mim. Era um homem gorducho, de rosto redondo e sorriso fácil.

— E ninguém jamais veio de Wessex para examinar suas contas?

— Que necessidade havia? — perguntou ele, parecendo surpreso e achando divertido esse pensamento. — A igreja nos ensina a sermos trabalhadores honestos na vindima do Senhor.

Peguei todos os documentos e pus na lareira do salão. O padre Cynric e Fulk ficaram olhando com espanto mudo enquanto os pergaminhos chamuscavam, se enrolavam, estalavam e queimavam.

— Vocês estiveram fraudando — eu disse. — E agora isso acaba. — O padre Cynric abriu a boca para protestar, mas pensou melhor. — Ou será que terei de enforcar um de vocês? Talvez os dois?

Finan revistou a casa de Fulk e a do padre Cynric e encontrou parte da prata escondida, que eu usei para comprar madeira e pagar o administrador que havia me emprestado dinheiro. Sempre amei construir e Fagranforda precisava de um novo salão, novos depósitos e uma paliçada, o que instituí como projetos para o inverno. Mandei Finan para o norte, para patrulhar as terras entre os saxões e os dinamarqueses, e ele levou novos homens, que vieram a mim porque ouviram dizer que eu era rico e dava prata. Finan mandava mensagens a intervalos de alguns dias, e todas diziam que os dinamarqueses estavam surpreendentemente quietos. Eu tivera certeza de que a morte de Alfredo provocaria um ataque, mas nada aconteceu. Parecia que Sigurd estava doente e Cnut não tinha desejo de atacar o sul sem o amigo. Achei que era uma oportunidade para nós atacarmos no norte e disse isso numa mensagem a Eduardo, mas a sugestão ficou sem resposta. Ouvimos boatos de que Æthelwold tinha ido para Eoferwic.

O irmão de Gisela havia morrido e fora sucedido como rei na Nortúmbria por um dinamarquês que só governava porque Cnut permitia. Cnut, por algum motivo, não tinha desejo de ser rei, mas seu homem ocupava o trono e Æthelwold foi mandado a Eoferwic presumivelmente porque ficava longe de Wessex, muito no interior das terras dinamarquesas, e portanto era um local seguro. Cnut devia acreditar que Eduardo poderia mandar uma força para destruir Æthelwold, por isso escondeu sua presa atrás das formidáveis muralhas romanas de Eoferwic.

Assim, Æthelwold se escondia com medo, Cnut esperava e eu construía. Fiz um salão alto como uma igreja, com traves fortes e uma paliçada alta.

Preguei crânios de lobo na empena, que ficava virada para o sol nascente, e contratei homens para fazer mesas e bancos. Tinha um novo administrador, um homem chamado Herric, que fora ferido no quadril em Beamfleot e não podia mais lutar, mas era enérgico e bastante honesto. Sugeriu construirmos um moinho no riacho, o que foi uma boa sugestão.

Foi enquanto eu procurava um bom local para o moinho que o padre chegou. Era um dia frio como aquele em que o padre Willibald havia me encontrado em Buccingahamm, e as bordas do riacho estavam estalando com o gelo fino. Um vento gélido vinha das terras altas no norte, e do sul vinha um padre. Montava uma mula, mas desceu atabalhoadamente da sela ao me ver. Era jovem e ainda mais alto que eu. Era esquelético, o manto preto estava imundo, com a bainha cheia de lama seca. O rosto era longo, o nariz parecido com um bico, os olhos brilhantes e muito verdes, o cabelo desgrenhado e o queixo inexistente. Tinha uma barba rala, patética, que pendia até a metade de um pescoço comprido e fino onde estava pendurada uma grande cruz de prata sem um dos braços.

— O senhor é o grande senhor Uhtred? — perguntou sério.

— Sou.

— Eu sou o padre Cuthbert — apresentou-se ele — e tenho um prazer enorme em conhecê-lo. Devo fazer reverência?

— Prostre-se, se quiser.

Para minha surpresa ele se ajoelhou. Baixou a cabeça quase até o capim branco de geada, depois se endireitou e ficou de pé.

— Pronto, me prostrei. Meus cumprimentos, senhor, sou seu novo capelão.

— Meu o quê?

— Seu capelão, seu próprio sacerdote — disse ele todo animado. — É o meu castigo.

— Não preciso de capelão.

— Tenho certeza que não, senhor. Sou desnecessário, eu sei. Não precisam de mim, sou um mero pulgão na igreja eterna. Cuthbert, o Desnecessário. — Ele sorriu de repente quando lhe veio uma ideia. — Se algum dia eu virar santo, serei são Cuthbert, o Desnecessário! Isso me distinguiria do outro são Cuthbert, não é? É mesmo! — Ele cabriolou alguns passos de uma dança desengonçada. — São Cuthbert, o Desnecessário! — entoou. — Patrono das coisas inúteis. Mesmo assim, senhor — ele recompôs o rosto numa expressão séria —, sou seu capelão, um fardo em sua bolsa, e requisito comida, prata, cerveja e especialmente queijo. Gosto muito de queijo. O senhor diz que não precisa de mim, mas mesmo assim estou aqui, ao seu humilde serviço. — Ele fez outra reverência. — Gostaria de se confessar? Quer que eu o receba de volta no seio da santa madre igreja?

— Quem disse que você é meu capelão?

— O rei Eduardo. Sou o presente dele para o senhor. — O padre deu um sorriso beatífico, depois fez o sinal da cruz na minha direção. — Deus o abençoe, senhor.

— Por que Eduardo mandou você?

— Suspeito, senhor, que foi porque ele tem senso de humor. Ou — ele franziu a testa, pensando — talvez porque não goste de mim. Só que não creio que ele não goste, na verdade acho que ele não desgosta de mim nem um pouco, ele gosta muito de mim, mas acredita que preciso aprender a ser discreto.

— Você é indiscreto?

— Ah, meu senhor, sou tantas coisas! Erudito, sacerdote, comedor de queijo e agora capelão do senhor Uhtred, o pagão que trucida padres. É o que me dizem. Serei eternamente grato se o senhor se contiver e não me trucidar. Posso ter uma serviçal, por favor?

— Uma serviçal?

— Para lavar minhas coisas? Para fazer coisas? Para cuidar de mim? Uma criada seria uma bênção. Alguma coisa novinha e com belos seios?

Nesse ponto eu estava rindo. Era impossível não gostar de são Cuthbert, o Desnecessário.

— Belos seios? — perguntei sério.

— Se isso lhe agradar, senhor. Fui alertado que o senhor provavelmente me mataria para me tornar mártir, mas eu prefiro seios.

— Você é mesmo padre?

— Ah, de fato, senhor, sou. Pode perguntar ao bispo Swithwulf! Ele me tornou padre! Pôs as mãos em mim e disse todas as orações adequadas.

— Swithwulf de Hrofeceastre?
— O próprio. Ele é meu pai e me odeia!
— É seu pai?
— Meu pai espiritual, não o verdadeiro. Meu pai verdadeiro era pedreiro, Deus abençoe seu martelinho, mas o bispo Swithwulf me educou e me criou, que Deus o abençoe, e me odeia.
— Por quê? — perguntei, já suspeitando da resposta.
— Não tenho permissão de dizer, senhor.
— Diga assim mesmo, você é indiscreto.
— Eu casei o rei Eduardo com a filha do bispo Swithwulf, senhor.

Então os gêmeos que estavam aos cuidados de Æthelflaed eram legítimos, um fato que perturbaria o ealdorman Æthelhelm. Eduardo estava fingindo que não, para o caso de o Witan de Wessex decidir oferecer o trono a outra pessoa, e a prova de seu primeiro casamento fora mandada aos meus cuidados.

— Meu Deus, você é um idiota.
— É o que o bispo me diz. São Cuthbert, o Idiota? Mas eu era amigo de Eduardo e ele me implorou, e ela era uma coisinha deliciosa. Tão linda! — suspirou ele.
— Tinha seios bonitos? — perguntei sarcástico.
— Eram como duas corças novas, senhor — respondeu ele, sério.

Tenho certeza de que fiquei boquiaberto.

— Duas corças novas?
— As sagradas escrituras descrevem os seios perfeitos como duas corças novas, senhor. Devo dizer que pesquisei o assunto meticulosamente. — Ele parou para pensar no que havia dito e balançou a cabeça, aprovando. — Muito meticulosamente! Mesmo assim as semelhanças me escapam, e quem sou eu para questionar as sagradas escrituras?
— E agora todo mundo está dizendo que o casamento não aconteceu.
— Por isso não posso lhe dizer que aconteceu — disse Cuthbert.
— Mas aconteceu — retruquei, e ele concordou. — Portanto os bebês gêmeos são legítimos — prossegui, e ele concordou de novo. — Você não sabia que Alfredo iria desaprovar?

— Eduardo queria o casamento — respondeu ele com simplicidade e seriedade.

— E você jurou segredo?

— Eles ameaçaram me mandar para um mosteiro na Frankia, mas o rei Eduardo preferiu que eu viesse para o senhor.

— Na esperança de que eu o matasse?

— Na esperança, senhor, de que me protegesse.

— Então, pelo amor de Deus, não ande por aí dizendo que Eduardo se casou.

— Manterei silêncio — prometeu ele. — Serei são Cuthbert, o Calado.

Os gêmeos estavam com Æthelflaed, que construía seu convento em Cirrenceastre, uma cidade que não ficava longe da minha nova propriedade. Cirrenceastre havia sido um lugar fantástico quando os romanos governaram a Britânia, e Æthelflaed morava numa das casas deles, uma bela construção com aposentos grandes ao redor de um pátio com colunas. A casa pertencera ao velho Æthelred, ealdorman da Mércia e marido da irmã do meu pai, e eu a conhecera na infância quando fugi para o sul, após meu outro tio usurpar Bebbanburg. O velho Æthelred a havia expandido, de modo que a palha saxã se juntava às telhas romanas, mas era uma casa confortável e bem protegida pelas muralhas de Cirrenceastre. Æthelflaed mandara os homens derrubarem algumas casas romanas arruinadas e estava usando as pedras para fazer seu convento.

— Por que se incomodar com isso? — perguntei.

— Porque era a vontade do meu pai e porque eu prometi fazer. Será dedicado a santa Werburgh.

— A mulher que espantou os gansos?

— Sim.

A casa de Æthelflaed estava cheia de ruídos de crianças. Havia sua filha, Ælfwynn, e meus dois mais novos, Stiorra e Osbert. O mais velho, Uhtred, continuava na escola em Wintanceaster, de onde me escrevia cartas obedientes que eu não me incomodava em ler porque sabia que eram cheias de devoções tediosas. As crianças mais novas em Cirrenceastre eram os gêmeos de Eduardo, que eram apenas bebês. Lembro-me de olhar para Æthelstan em seus cueiros e pensar que muitos problemas poderiam ser resolvidos com um golpe de Bafo de Serpente. Estava certo quanto a isso, mas também estava errado, e o pequeno Æthelstan cresceria e viraria um homem que eu amei.

— Sabia que ele é legítimo? — perguntei a Æthelflaed.

— Não segundo Eduardo — respondeu ela, tensa.

— O padre que os casou está na minha casa.

— Então diga para ele manter a boca fechada, caso contrário será enterrado com ela aberta.

Estávamos em Cirrenceastre, que não ficava longe de Gleawecestre, onde Æthelred tinha seu castelo. Ele odiava Æthelflaed, e eu estava preocupado com a hipótese de ele mandar homens para capturá-la e depois simplesmente matá-la ou emparedá-la num convento. Ela não tinha mais a proteção do pai, e eu duvidava que Eduardo amedrontasse Æthelred tanto quanto Alfredo, mas Æthelflaed descartou meus temores.

— Talvez ele não esteja preocupado com Eduardo — disse ela —, mas morre de medo de você.

— Ele se declarará rei da Mércia?

Ela olhou um pedreiro lascar uma estátua romana que representava uma águia. O coitado tentava fazer com que ela se parecesse com um ganso, e até agora só conseguira fazer com que lembrasse uma galinha indignada.

— Ele não fará isso — disse Æthelflaed.

— Por quê?

— Um número grande demais de homens no sul da Mércia deseja a proteção de Wessex, e na verdade Æthelred não está interessado no poder.

— Não?

— Agora, não. Antes estava. Mas ele fica doente a intervalos de alguns meses e tem medo da morte. Quer preencher o tempo que lhe resta com mulheres. — Ela me lançou um olhar muito irritado. — Em alguns sentidos ele é parecido com você.

— Bobagem, mulher. Sigunn é minha governanta.

— Governanta — disse Æthelflaed com sarcasmo.

— E morre de medo de você.

Ela gostou disso e gargalhou, depois suspirou quando um golpe em falso da marreta do pedreiro arrancou o bico da galinha triste.

— Eu só pedi uma estátua de Werburgh e um ganso.

— Você quer demais — provoquei.

— Quero o que meu pai queria — disse ela baixinho. — A Inglaterra.

Naqueles dias eu sempre ficava surpreso ao ouvir esse nome. Conhecia a Mércia e Wessex, estivera na Ânglia Oriental e reconhecia a Nortúmbria como minha terra natal, mas Inglaterra? Naquela época isso era um sonho, um sonho de Alfredo, e então, depois de sua morte, o sonho permanecia vago e distante como sempre. Parecia provável que, se algum dia os quatro reinos se juntassem, iriam se chamar Dinamarca e não Inglaterra, mas Æthelflaed e eu compartilhávamos o sonho de Alfredo.

— Nós somos ingleses? — perguntei.

— O que mais seríamos?

— Sou nortumbriano.

— Você é inglês — disse ela com firmeza — e tem uma dinamarquesa para esquentar a cama.

Ela cutucou minhas costelas com força.

— Diga a Sigunn que lhe desejo um bom Natal.

Comemorei o Yule com um festim em Fagranforda. Fizemos uma grande roda de madeira, com mais de dez passos de largura, a enrolamos com palha e a montamos horizontalmente num pilar de carvalho. Lubrificamos o eixo com óleo de pele de cordeiro de modo que a roda girasse. Então, depois do escurecer, pusemos fogo nela. Os homens usavam ancinhos ou lanças para girar a roda, que soltava fagulhas. Meus dois filhos mais novos estavam comigo, e Stiorra segurou minha mão com os olhos arregalados e grudados na enorme roda pegando fogo.

— Por que pôs fogo nela? — perguntou.

— É um sinal para os deuses — eu disse. — Ela diz que nós nos lembramos deles e pede que tragam vida nova no ano.

— É um sinal para Jesus? — perguntou ela, sem compreender direito.

— É — respondi. — E para os outros deuses.

Houve gritos de comemoração quando a roda desmoronou, e então homens e mulheres competiram para saltar por cima das chamas. Segurei meus dois filhos no colo e pulei com eles, passando pela fumaça e pelas fagulhas. Vi as fagulhas voarem na noite fria e imaginei quantas outras rodas estariam queimando no norte, onde os dinamarqueses sonhavam com Wessex.

Mas, se sonhavam, não fizeram nada com relação aos sonhos. Isso era surpreendente. Parecia-me que a morte de Alfredo seria um sinal para o ataque, mas os dinamarqueses não tinham um líder para uni-los. Sigurd continuava doente, ouvimos dizer que Cnut estava ocupado submetendo os escoceses e Eohric não sabia se suas lealdades eram com o sul cristão ou com o norte dinamarquês, por isso não fez nada. Haesten continuava espreitando em Ceaster, mas não podia atacar Wessex enquanto Cnut não permitisse, por isso fomos deixados em paz; mas eu tinha certeza que isso não iria durar.

Sentia-me tentado, tentado demais, a ir para o norte consultar Ælfadell outra vez, mas sabia que era idiotice, e sabia que não era Ælfadell que eu desejava ver, mas sim Erce, aquela beldade estranha e silenciosa. Não fui, mas tive notícias quando Offa chegou a Fagranforda e eu o fiz sentar-se no meu novo salão e aumentei o fogo para esquentar seus ossos velhos.

Offa era um mércio que fora padre, mas cuja fé havia enfraquecido. Abandonou o sacerdócio e percorria a Britânia com um bando de terriers treinados que divertiam as pessoas nas feiras andando nas patas traseiras e dançando. As poucas moedas que os cães recolhiam jamais teriam pago a bela casa de Offa em Liccelfeld, mas seu verdadeiro talento, a habilidade que o enriquecera, era a capacidade de saber sobre as esperanças, os sonhos e as intenções dos homens. Seus cães ridículos eram bem-vindos em todos os grandes salões, fossem dinamarqueses ou saxões, e Offa tinha ouvidos e mente afiados e ouvia, perguntava e depois vendia o que ficara sabendo. Alfredo o havia usado, assim como Sigurd e Cnut. Foi Offa quem me contou o que acontecia no norte.

— A doença de Sigurd não parece fatal — disse ele. — Só o enfraquece. Ele tem febre, recupera-se, depois ela volta.

— Cnut?

— Não atacará o sul até ter certeza que Sigurd se juntará a ele.

A morte de um rei

— Eohric?

— Vive se mijando de preocupação.

— Æthelwold?

— Bebe e fornica com as serviçais.

— Haesten?

— Odeia o senhor, sorri e sonha com vingança.

— Ælfadell?

— Ah — disse ele, e sorriu. Offa era um homem lúgubre que raramente sorria. Seu rosto comprido e enrugado era reservado e astuto. Cortou uma fatia do queijo produzido na minha propriedade. — Ouvi dizer que o senhor está construindo um moinho.

— Estou.

— É sensato, senhor. Este é um bom lugar para um moinho. Por que pagar a um moleiro quando pode moer seu próprio trigo?

— Ælfadell? — perguntei de novo, pondo uma moeda de prata na mesa.

— Ouvi dizer que o senhor a visitou. É verdade?

— Você ouve demais.

— O senhor me lisonjeia — disse Offa, pegando a moeda. — Então o senhor conheceu a neta dela?

— Erce.

— É como Ælfadell a chama, e eu invejo o senhor.

— Achei que tinha uma esposa nova.

— Tenho, mas os velhos não deveriam ter esposas novas.

Gargalhei.

— Você está cansado?

— Estou ficando velho demais para andar pelas estradas da Britânia.

— Então fique em casa em Liccelfeld, você não precisa da prata.

— Tenho uma esposa jovem — disse ele, em tom de brincadeira —, por isso preciso da paz da viagem constante.

— Ælfadell? — perguntei de novo.

— Anos atrás era prostituta em Eoferwic. Foi onde Cnut a encontrou. Ela dizia a sorte, além de se prostituir, e deve ter dito a Cnut alguma coisa que acabou se revelando verdade, porque ele a colocou sob seu escudo.

— Ele lhe deu a caverna em Buchestanes?

— A terra é dele, portanto sim.

— E ela diz às pessoas o que ele quer que elas ouçam?

Offa hesitou, o que sempre era sinal de que a resposta exigia um pouquinho mais de dinheiro. Suspirei e pus outra moeda na mesa.

— Ela diz as palavras dele — confirmou Offa.

— E o que ela está dizendo agora? — perguntei, e ele hesitou de novo. — Escute aqui, seu pedaço de cartilagem velha de bode, já paguei o bastante. Portanto diga.

— Ela está dizendo que um novo rei do sul vai se erguer no norte.

— Æthelwold?

— Eles vão usá-lo — disse Offa em tom chapado. — Afinal de contas ele é rei de Wessex por direito.

— Ele é um idiota bêbado.

— Quando foi que isso tornou um homem inadequado para ser rei?

— Então os dinamarqueses vão usá-lo para aplacar os saxões e depois vão matá-lo.

— É claro.

— Então por que esperar?

— Porque Sigurd está doente, porque os escoceses estão ameaçando as terras de Cnut, porque as estrelas não estão alinhadas de modo propício.

— Então Ælfdadell só pode dizer aos homens para esperarem pelas estrelas?

— Ela está dizendo que Eohric será rei do mar, que Æthelwold será rei de Wessex e que todas as grandes terras ao sul serão dadas aos dinamarqueses.

— Rei do mar?

— É só um modo elaborado de dizer que Sigurd e Cnut não tomarão o trono de Eohric. Eles se preocupam com a possibilidade de ele se aliar com Wessex.

— E Erce?

— Ela é linda como os homens dizem?

— Você não a viu?

— Não na caverna.

— Onde ela fica nua — eu disse, e Offa suspirou. — Ela é mais do que linda — afirmei.

A morte de um rei

— Foi o que ouvi dizer. Mas ela é muda. Não fala. Sua mente foi tocada. Não sei se é louca, mas é como uma criança. Uma criança linda, idiota, meio louca e que deixa os homens totalmente loucos.

Pensei nisso. Dava para ouvir o som de lâminas contra lâmina do lado de fora do salão, o som de aço golpeando escudos de madeira de tília. Meus homens estavam treinando. O dia todo, todo dia, os homens ensaiam a guerra, usando espada e escudo, machado e escudo, lança e escudo, preparando-se para o dia em que deveriam enfrentar dinamarqueses que treinam tanto quanto eles. Pelo jeito, esse dia estava sendo adiado pela saúde ruim de Sigurd. Em vez disso deveríamos atacar, pensei, mas para invadir o norte da Mércia eu precisava de tropas de Wessex, e Eduardo fora aconselhado pelo Witan a manter a paz frágil da Britânia.

— Ælfadell é perigosa — disse Offa interrompendo meus pensamentos.

— Uma velha falando as palavras de seu senhor?

— Os homens acreditam nela, e homens que acreditam conhecer o destino não temem o perigo.

Pensei no ataque idiota de Sigurd na ponte em Eanulfsbirig e sabia que Offa estava certo. Os dinamarqueses podiam estar esperando para atacar, mas o tempo todo ouviam profecias mágicas dizendo que eles iriam vencer. E os boatos dessas profecias estavam se espalhando pelas terras dos saxões. Wyrd bið ful āræd. Tive uma ideia e abri a boca para falar, mas então pensei melhor e fiquei quieto. Se alguém quisesse guardar um segredo, Offa seria o último homem a quem contá-lo, porque ele ganhava a vida entregando os segredos dos outros.

— O senhor ia falar algo? — perguntou ele.

— O que você ouviu dizer sobre a senhora Ecgwynn?

Ele pareceu surpreso.

— Achei que o senhor sabia mais sobre ela do que eu.

— Sei que ela morreu — respondi.

— Ela era frívola — disse Offa, desaprovando —, mas muito linda. Uma beleza sobrenatural.

— E casada?

Ele deu de ombros.

— Ouvi dizer que um padre realizou a cerimônia, mas não houve contrato entre Eduardo e o pai dela. O bispo Swithwulf não é idiota! Ele se recusou a dar permissão. E então, o casamento foi legal?

— Só se um padre o realizou.

— O casamento exige um contrato — disse Offa, sério. — Eles não eram dois camponeses fornicando como porcos numa cabana com chão de terra, e sim um rei e a filha de um bispo. Claro que deve haver um contrato e um preço pela noiva! Sem isso não passa de uma fornicação real.

— Então os filhos são ilegítimos?

— É o que diz o Witan de Wessex, portanto deve ser verdade.

Eu sorri.

— São crianças doentes — menti — e com muito pouca probabilidade de viver.

Offa não pôde esconder o interesse.

— Verdade?

— Æthelflaed não consegue convencer o menino a mamar na ama de leite — menti de novo — e a menina é frágil. Não que faça diferença se eles morrerem, os dois são ilegítimos.

— A morte deles resolveria muitos problemas — disse Offa.

Assim eu tinha prestado um pequeno serviço a Eduardo espalhando um boato que agradaria a Æthelhelm, seu sogro. Na verdade os gêmeos eram saudáveis, bebês que viviam berrando e seriam problemas para o futuro, mas eram problemas que poderiam esperar, assim como Cnut decidira que sua invasão ao sul da Mércia e a Wessex deveria esperar.

Há épocas em nossa vida em que nada parece estar acontecendo, quando nenhuma fumaça revela uma cidade ou uma propriedade incendiada e poucas lágrimas são derramadas para os mortos recentes. Aprendi a não confiar nesses tempos, porque se o mundo está em paz significa que alguém está planejando uma guerra.

A primavera chegou, e com ela a coroação de Eduardo em Cyninges Tun, ou "cidade do rei", que ficava logo a oeste de Lundene. Achei uma escolha estranha. Wintanceaster era a principal cidade de Wessex, onde Alfredo havia construído sua grande igreja nova e onde ficava o maior palácio real, mas Eduardo escolhera Cyninges Tun. Certo, era uma grande propriedade real, mas ultimamente fora ignorada porque ficava muito perto de Lundene e, antes de eu capturar essa cidade das mãos dos dinamarqueses, Cyninges Tun havia sido saqueada repetidamente.

— O arcebispo diz que é onde alguns dos antigos monarcas foram coroados — explicou-me Eduardo. — E há uma pedra lá.

— Uma pedra, senhor?

Ele confirmou.

— É uma pedra real. Os reis antigos ficavam em cima dela ou sentavam-se nela, não sei bem por quê. — Ele deu de ombros, evidentemente confuso com o objetivo da pedra. — Plegmund acha isso importante.

Eu fora convocado à propriedade real uma semana antes das cerimônias e recebera a ordem de trazer o máximo possível de guerreiros domésticos. Tinha 74 homens, todos montados e bem equipados. Eduardo acrescentou uma centena de seus homens e pediu que protegêssemos Cyninges Tun durante a coroação. Ele temia que os dinamarqueses atacassem, e eu concordei de boa vontade em montar a guarda. Preferiria estar a cavalo sob os céus abertos do que me sentando e ficando de pé durante horas de cerimônias cristãs, assim cavalguei para o campo vazio enquanto Eduardo sentava-se ou ficava de pé na pedra real e tinha a cabeça ungida com óleo santo e depois era coroado com a coroa de seu pai, cravejada de esmeraldas.

Nenhum dinamarquês atacou. Eu tivera toda a certeza de que a morte de Alfredo significaria guerra, mas ela trouxe um daqueles estranhos períodos em que as espadas repousavam nas bainhas, e Eduardo foi coroado em paz, depois seguiu para Lundene e me convocou para um grande conselho. As ruas da velha cidade romana estavam cheias de estandartes, todos em comemoração à coroação de Eduardo, e as muralhas formidáveis pareciam abarrotadas por tropas. Nada disso era surpreendente, mas o espantoso foi encontrar Eohric lá.

O rei Eohric, da Ânglia Oriental, que havia conspirado para me matar, encontrava-se em Lundene a convite do arcebispo Plegmund, que mandara dois de seus próprios sobrinhos como reféns para garantir a segurança do rei. Eohric e seus seguidores tinham subido o Temes em três barcos com leões na proa e agora estavam aquartelados no grande palácio mércio que coroava o morro no centro da velha cidade romana. Eohric era um homem grande, gordo como uma porca grávida, forte como um boi, com o rosto cheio de suspeita e olhos pequenos. Vi-o pela primeira vez sobre a muralha, onde ele andava com um grupo de seus homens ao longo das antigas defesas romanas. Tinha três cães presos em correias e sua presença nas fortificações estava provocando os cães na cidade abaixo, fazendo-os uivar. Weohstan, o comandante da guarnição, era o guia de Eohric, presumivelmente porque Eduardo ordenara que ele mostrasse ao rei da Ânglia Oriental tudo que ele quisesse ver.

Eu estava com Finan. Subimos ao topo da muralha por uma escada romana construída numa torre do portão que os homens chamavam de Porta do Bispo. Era manhã e o sol esquentava as pedras antigas. O lugar fedia porque o fosso do lado de fora da muralha estava cheio de dejetos e restos de entranhas. Havia crianças ali procurando coisas.

Uma dúzia de soldados saxões ocidentais estavam abrindo caminho para os homens de Eohric, mas me deixaram em paz com Finan e eu só esperei enquanto os homens da Ânglia Oriental se aproximavam. Weohstan pareceu alarmado, talvez porque Finan e eu estivéssemos usando espadas, mas nenhum de nós tinha malha, elmo ou escudo. Fiz uma reverência ao rei.

— Já conhece o senhor Uhtred? — perguntou Weohstan a Eohric.

Os olhos pequenos me encararam. Um dos cães rosnou e foi aquietado.

— O que incendeia barcos — disse Eohric, claramente achando graça.

— Ele queima cidades também — retrucou Finan, sem resistir, lembrando a Eohric que eu incendiara seu belo porto em Dumnoc.

A boca de Eohric se retesou, mas ele não mordeu a isca. Em vez disso olhou para a cidade ao sul.

— É um belo lugar, senhor Uhtred.

— Posso perguntar o que o traz aqui, senhor rei? — perguntei respeitosamente.

— Sou cristão — respondeu Eohric. Sua voz trovejava, impressionante e profunda. — E o Santo Padre em Roma me diz que Plegmund é meu pai espiritual. O arcebispo me convidou, eu vim.

— Estamos honrados — eu disse. O que mais se diz a um rei?

— Weohstan disse que você capturou esta cidade — observou Eohric. Parecia entediado, como alguém que sabe que deve conversar sobre amenidades, mas não está interessado no que é dito.

— Capturei, senhor.

— Por aquele portão lá? — Ele fez um gesto na direção do Portão Ludd.

— Sim, senhor rei.

— Você deve me contar essa história — disse ele, mas só estava sendo educado. Nós dois estávamos sendo educados. Esse era um homem que tentara me matar e nenhum de nós reconhecia o fato; em vez disso mantínhamos uma conversa entrecortada. Eu sabia o que ele estava pensando. Estava pensando que a muralha ao lado da Porta do Bispo era o local mais vulnerável nos 5 quilômetros de fortificações romanas. Oferecia a abordagem mais fácil, porém o fosso fedendo a lixo era um obstáculo formidável. Mas a leste do portão as pedras da muralha haviam caído em alguns lugares e foram substituídas por uma paliçada de troncos de carvalho. Todo um trecho de muralha entre a Porta do Bispo e a Porta Velha estava em péssimas condições. Quando eu comandava a guarnição, fiz a paliçada, mas ela precisava de reparos. Se Lundene pudesse ser capturada, este era o local mais fácil para atacar, e Eohric estava pensando a mesma coisa. Ele indicou o homem ao seu lado. — Este é o jarl Oscytel.

Oscytel era o comandante da guarda pessoal de Eohric. Era como eu esperava: grande e brutal. Acenei para ele e ele assentiu de volta.

— Veio rezar também? — perguntei.

— Vim porque meu rei ordenou — disse Oscytel.

E por que, pensei irritado, Eduardo havia admitido esse absurdo? Eohric e Oscytel podiam muito bem se tornar inimigos de Wessex, no entanto estavam sendo recebidos em Lundene e tratados como convidados de honra. Naquela noite houve uma grande festa e um dos harpistas de Eduardo cantou um grande poema em homenagem a Eohric, celebrando seu heroísmo, embora na verdade Eohric jamais obtivera grande reputação em batalha. Era um homem astuto, inteligente, que governava pela força, evitava a batalha e sobrevivia porque seu reino ficava na borda da Britânia, de modo que nenhum exército precisava atravessar suas terras para chegar aos inimigos.

Mas Eohric não era insignificante. Podia comandar pelo menos 2 mil guerreiros bem equipados, e se os dinamarqueses algum dia fizessem um ataque sério contra Wessex, os homens de Eohric seriam um acréscimo valioso. Do mesmo modo, se os cristãos quisessem fazer um ataque contra os pagãos do norte, receberiam bem esses 2 mil guerreiros. Os dois lados tentavam seduzir Eohric, e Eohric recebia os presentes, prometia e não fazia nada.

Eohric não fazia nada, mas era a chave para o plano grandioso de Plegmund de unir toda a Britânia. O arcebispo afirmava que ela lhe viera num sonho depois do enterro de Alfredo, e havia convencido Eduardo de que o sonho vinha de Deus. A Britânia seria unida por Cristo e não pela espada, e havia algo propício no ano 900. Plegmund acreditava, e convenceu Eduardo, de que Cristo retornaria no ano 1000, e que era a vontade divina que os últimos cem anos do milênio cristão fossem passados convertendo os dinamarqueses na preparação para o segundo advento.

— A guerra fracassou — trovejava Plegmund de seu púlpito —, então devemos pôr nossa fé na paz! — Ele acreditava que chegara a hora de converter os pagãos e queria que os dinamarqueses cristãos de Eohric fossem seus missionários junto de Sigurd e Cnut.

— Ele quer o quê? — perguntei a Eduardo. Eu fora chamado à presença do rei na manhã depois da grande festa e ouvira Eduardo explicar as esperanças do arcebispo.

— Ele quer a conversão dos pagãos — disse Eduardo rigidamente.

— E eles querem Wessex, senhor.

— Cristãos não lutarão contra cristãos.

— Diga isso aos galeses, senhor rei.

— Eles mantêm a paz — disse ele — na maior parte do tempo.

Nessa época Eduardo estava casado. Sua mulher, Ælflaed, era pouco mais do que uma criança, teria 13 ou 14 anos, e já estava grávida. Ela estava brincando com suas companheiras e um gatinho no pequeno jardim onde eu havia me encontrado frequentemente com Æthelflaed. A janela da câmara do rei dava para aquele pequeno jardim e Eduardo viu para onde eu olhava. Suspirou.

— O Witan acredita que Eohric será um aliado.

A morte de um rei

— Seu sogro acredita?

Eduardo confirmou.

— Tivemos guerra durante três gerações — respondeu sério — e ela ainda não trouxe a paz. Plegmund diz que devemos tentar a oração e a pregação. Minha mãe concorda.

Ri disso. Então deveríamos derrotar os inimigos com orações? Cnut e Sigurd adorariam essa tática, pensei.

— E o que Eohric deseja de nós?

— Nada! — Eduardo pareceu surpreso com a pergunta.

— Ele não quer nada, senhor?

— Quer a bênção do arcebispo.

Naqueles primeiros anos de seu reinado Eduardo estava sob a influência de sua mãe, do sogro e do arcebispo, e os três se ressentiam dos custos da guerra. Construir os buhrs e equipar o fyrd exigira enormes quantidades de prata, e colocar um exército no campo custava mais ainda, e esse dinheiro vinha da igreja e dos ealdormen. Eles queriam ficar com sua prata. A guerra é cara, mas a oração é grátis. Zombei da ideia, e Eduardo me interrompeu com um gesto abrupto.

— Fale dos gêmeos — disse ele.

— Prosperam.

— Minha irmã diz a mesma coisa, mas ouvi dizer que Æthelstan não consegue mamar. — Ele pareceu angustiado.

— Æthelstan mama como um bezerro. Eu espalhei um boato dizendo que ele é fraco. É o que sua mãe e seu sogro querem ouvir.

— Ah — disse Eduardo, e sorriu. — Sou obrigado a negar a legitimidade deles, mas eles me são muito queridos.

— Eles estão seguros e bem de saúde, senhor — garanti.

Ele tocou meu antebraço.

— Mantenha-os assim! E, senhor Uhtred — sua mão apertou meu antebraço para enfatizar as palavras seguintes —, não quero que os dinamarqueses sejam provocados, entendeu?

— Sim, senhor rei.

De repente ele percebeu que estava apertando meu braço e afastou a mão. Eduardo se mostrava sem jeito comigo e presumi que se sentia embaraçado porque me tornara babá de seus bastardos, ou talvez porque eu fosse amante de sua irmã, ou talvez porque tinha ordenado que eu mantivesse a paz quando sabia que eu acreditava que a paz era fraudulenta. Mas os dinamarqueses não deveriam ser provocados e eu tinha jurado obedecer a Eduardo.

Assim, parti para provocar os dinamarqueses.

Terceira Parte
Anjos

NOVE

— EDUARDO ESTÁ DOMINADO PELOS PADRES — resmunguei para Ludda — e a maldita da mãe dele é pior ainda. Vaca idiota. — Tínhamos retornado a Fagranforda e eu o levara para o norte até a borda dos morros, de onde era possível olhar por cima do largo Sæfern, até os morros de Gales. Estava chovendo naquele oeste distante, mas um sol aquoso se refletia como prata batida no rio do vale abaixo de nós. — Eles pensam que podem evitar a guerra rezando, e tudo por causa daquele idiota do Plegmund. Ele acha que Deus vai castrar os dinamarqueses.

— Talvez a oração funcione, senhor — disse Ludda, animado.

— Claro que não vai funcionar — rosnei. — Se o seu deus quisesse que funcionasse, não teria feito isso há vinte anos?

Ludda era sensato demais para responder. Éramos só nós dois ali. Eu estava procurando uma coisa e não queria que as pessoas soubessem o que eu buscava, por isso Ludda e eu cavalgávamos sozinhos sobre os morros. Estávamos procurando, falando com escravos nos campos e com thegns em seus salões, e no terceiro dia encontrei o que buscava. Não era perfeito. Ficava próximo demais de Fagranforda para o meu gosto e não era suficientemente perto das terras dinamarquesas.

— Mas não existe nada assim ao norte — disse Ludda —, não que eu saiba. Há muitas pedras esquisitas no norte, mas nenhuma enterrada.

Pedras estranhas são círculos com grandes pedregulhos postos pelo povo antigo, presumivelmente em homenagem aos seus deuses. Em geral, quando encontramos um lugar assim, cavamos na base das pedras e eu já encontrei um tesouro uma ou duas vezes. As pedras enterradas ficam em morros de terra, alguns que são como cômoros redondos e alguns como cristas longas, e os dois tipos são sepulturas do povo antigo. Nós cavamos neles também, embora algumas pessoas achem que os esqueletos ali dentro são protegidos por espíritos ou mesmo dragões de hálito feroz, mas uma vez descobri uma jarra cheia de azeviche, âmbar e ornamentos de ouro dentro de uma sepultura assim. O monte que descobrimos naquele dia ficava num morro alto com a vista se estendendo em todas as direções. Olhando para o norte víamos a distante terra dinamarquesa, mas ela ficava muito longe. Porém, mesmo assim achei que essa tumba antiga nos serviria.

O lugar se chamava Natangrafum e pertencia a um thegn mércio chamado Ælwold, que ficou satisfeito por eu cavar em seu morro.

— Eu lhe empresto escravos para o serviço — disse ele. — Os desgraçados não têm o que fazer até a colheita.

— Vou usar os meus — respondi.

Ælwold suspeitou imediatamente, mas eu era Uhtred e ele não queria me antagonizar.

— O senhor vai dividir o que achar? — perguntou ele, ansioso.

— Vou — respondi, e em seguida pus ouro na mesa. — Esse ouro é pelo seu silêncio. Ninguém sabe que estou aqui e você não dirá isso a ninguém. Se eu descobrir que você violou esse segredo vou voltar e enterrá-lo naquele monte.

— Não direi nada, senhor — prometeu ele. Ælwold era mais velho que eu, com papadas pendulares e cabelo comprido e grisalho. — Deus sabe que não quero encrenca — continuou ele. — A colheita do ano passado foi ruim, os dinamarqueses não estão muito longe e eu só rezo por uma vida tranquila. — Ele pegou o ouro. — Mas o senhor não vai encontrar nada naquele monte, senhor. Meu pai o escavou há anos e não há nada além de esqueletos. Nem mesmo uma conta.

Havia duas sepulturas no topo do morro, uma construída em cima da outra. Um monte circular ficava no centro, e transversalmente e embaixo, indo de leste a oeste, ficava um longo monte com cerca de 3 metros de altura e mais de sessenta passos de comprimento. Boa parte desse monte comprido era só isso, um monte de terra e calcário, mas na extremidade leste havia cavernas feitas pelo homem, onde se entrava através de uma passagem protegida por uma pedra, voltada para o sol nascente.

Mandei Ludda buscar uma dúzia de escravos em Fagranforda. Eles removeram a pedra e limparam a terra da entrada, de modo que pudemos entrar encurvados na comprida passagem ladeada de pedras. Quatro câmaras, duas de cada lado, partiam desse túnel. Iluminamos a tumba com tochas encharcadas em piche, tiramos as pedras pesadas que bloqueavam as câmaras e, como dissera Ælwold, não encontramos nada além de esqueletos.

— Vai servir? — perguntei a Ludda.

A princípio ele não respondeu. Estava olhando os esqueletos e havia medo em seu rosto.

— Eles voltarão para nos assombrar, senhor — disse baixinho.

— Não — retruquei, embora tenha sentido um tremor frio no sangue. — Não — repeti, sem acreditar.

— Não toque neles, senhor — implorou ele.

— Ælwold disse que o pai dele os perturbou — respondi, tentando me convencer. — Portanto devemos estar em segurança.

— Ele os perturbou, senhor, e isso significa que os acordou. Agora estão esperando para se vingar. — Os esqueletos estavam em montes desarrumados, adultos e crianças juntos. Os crânios sorriam para nós. Uma cabeça ossuda tinha um grande talho no lado esquerdo e havia vestígios de cabelo em outro. Uma criança estava enrolada no colo de um esqueleto. Outro cadáver estendia um braço ossudo para nós, os ossos dos dedos espalhados no chão de pedras.

— Os espíritos deles estão aqui — sussurrou Ludda. — Posso sentir, senhor.

Senti o arrepio gelado de novo.

— Volte a Fagranforda — eu disse — e traga o padre Cuthbert e meu melhor cão de caça.

— Seu melhor cão de caça?

— Relâmpago. Traga-o. Espero vocês amanhã.

Esgueiramo-nos de volta pela passagem e os escravos recolocaram a pedra grande que lacrava os mortos longe dos vivos, e naquela noite o céu foi iluminado com grandes cortinas de um azul-claro e branco reluzente, que estremeciam altas para esconder as estrelas. Já vi essas luzes antes, geralmente

Anjos

no auge do inverno e sempre no céu do norte, mas certamente não era coincidência elas terem tremeluzido no céu no dia em que deixei a luz cair sobre os mortos embaixo da terra.

Eu havia alugado uma casa com Ælwold. Era uma casa romana, quase totalmente em ruínas, que ficava a pouca distância de uma aldeia chamada Turcandene, logo ao sul da tumba. Espinheiros sufocavam a maior parte da casa e a hera se retorcia nas paredes quebradas, mas os dois cômodos maiores, de onde os romanos dominavam antigamente o campo ao redor, tinham sido usados como abrigo para o gado e eram protegidos por caibros grosseiros e palha fedorenta. Limpamos esses cômodos e naquela noite eu dormi sob a palha, e na manhã seguinte voltei à tumba. Uma névoa pairava sobre o monte comprido. Esperei, com os escravos agachados a alguns passos de distância. Ludda retornou por volta do meio-dia, mas a névoa continuava ali. Estava com Relâmpago, meu bom cão veadeiro, numa correia, e com ele vinha o padre Cuthbert. Peguei a correia de Relâmpago com Ludda. O cão ganiu e eu cocei suas orelhas.

— O que você deve fazer agora — perguntei a Cuthbert — é garantir que os espíritos desta sepultura não interfiram conosco.

— Posso perguntar o que faz aqui, senhor?

— O que Ludda lhe disse?

— Só que o senhor precisava de mim e que eu devia trazer o cachorrinho.

— Então é só isso que você precisa saber. E certifique-se de mandar embora esses espíritos.

Tiramos a grande pedra da entrada e Cuthbert penetrou na sepultura onde entoou orações, borrifou água e plantou uma cruz que fez com galhos.

— Devemos esperar até o coração da noite para garantir que as orações funcionaram, senhor — disse ele. Parecia perturbado e balançava a mão em gestos que sugeriam desamparo. Tinha mãos enormes e jamais parecia saber o que fazer com elas. — Será que os espíritos irão me obedecer? Não sei! Eles dormem durante o dia e devem acordar e se ver acorrentados e impotentes, mas talvez sejam mais fortes do que imaginamos, não é? Vamos descobrir esta noite.

— Por que esta noite? Por que não agora?

— Eles dormem durante o dia, senhor, e vão acordar esta noite e gritar feito almas atormentadas. Se partirem as correntes...? — Ele estremeceu. — Mas ficarei aqui durante a noite e invocarei os anjos.

— Anjos?

Ele confirmou, sério.

— Sim, senhor, anjos. — Ele viu minha perplexidade e sorriu. — Ah, eu não penso nos anjos como garotas bonitas, senhor. O povo simples acredita que os anjos são coisas lindas e luminosas que têm... — Ele parou, com as mãos enormes adejando diante do peito — ... corças maravilhosas — disse finalmente. — Mas na verdade são guerreiros de Deus. Criaturas ferozmente formidáveis! — Ele balançou as mãos sugerindo asas, depois ficou imóvel enquanto percebia meu olhar. Encarei-o por tanto tempo que ele ficou nervoso. — Senhor? — perguntou trêmulo.

— Você é inteligente, Cuthbert.

Ele pareceu satisfeito e humilde.

— Sou mesmo, senhor.

— São Cuthbert, o Inteligente — eu disse com admiração. — É um idiota — continuei —, mas um idiota muito inteligente!

— Obrigado, senhor, o senhor é muito gentil.

Naquela noite Cuthbert e eu permanecemos na entrada do túmulo e vimos as estrelas ficarem brilhantes. Relâmpago estava deitado com a cabeça no meu colo enquanto eu o acariciava. Era um cão fantástico, cheio de energia, feroz como um guerreiro e destemido. Um quarto de lua subiu acima dos morros. A noite estava cheia de ruídos, o farfalhar das criaturas na floresta próxima, o chamado assombroso de uma coruja caçadora, o grito de uma raposa à distância. Quando a lua havia subido ao ponto máximo o padre Cuthbert ficou de frente para a tumba, ajoelhou-se e começou a rezar em silêncio, os lábios se movendo e as mãos envolvendo a cruz quebrada. Se os anjos vieram, eu não vi, mas talvez estivessem ali; os lindos guerreiros de asas luminosas do deus cristão.

Deixei Cuthbert rezar enquanto levava Relâmpago ao topo do monte de terra, onde me ajoelhei e acariciei o cão. Disse como ele era bom, leal e corajoso. Acariciei-o e enterrei minha cabeça no pelo áspero, dizendo que ele era o melhor cão que eu já havia conhecido. Ainda abraçava-o quando cortei sua garganta com um movimento firme de uma faca que havia afiado naquela tarde. Senti seu corpo enorme lutar e estremecer, o uivo súbito sumindo depressa, o sangue encharcando minha cota de malha e os joelhos, e eu estava chorando sua morte. Abracei seu corpo trêmulo e disse a Tor que fizera o sacrifício. Não queria fazê-lo, mas é o sacrifício das coisas que nos são queridas que desperta a atenção dos deuses, e segurei Relâmpago até ele morrer. Foi misericordiosamente rápido. Implorei que Tor aceitasse o sacrifício e que em troca mantivesse os mortos silenciosos em sua sepultura.

Levei o corpo de Relâmpago até algumas árvores próximas e usei a faca e uma lasca de pedra para fazer uma sepultura. Coloquei o cão dentro, pus a faca ao lado dele e desejei boa caçada no outro mundo. Enchi a cova e amontoei pedras em cima para preservar seu corpo dos comedores de carniça. Era quase de manhã quando terminei e eu estava sujo, encharcado de sangue e arrasado.

— Santo Deus, o que aconteceu? — O padre Cuthbert me olhava pasmo.

— Rezei a Tor — respondi rapidamente.

— O cão? — sussurrou ele.

— Está caçando no outro mundo.

Ele estremeceu. Alguns padres teriam me censurado por fazer sacrifícios a deuses pagãos, mas Cuthbert apenas fez o sinal da cruz.

— Os espíritos estiveram quietos — disse ele.

— Então uma das nossas orações deu certo. A sua ou a minha.

— Ou as duas, senhor.

Quando o sol nasceu, os escravos vieram e eu mandei que abrissem o túmulo e depois tirassem os mortos de uma das duas câmaras mais fundas. Eles empilharam os ossos na câmara oposta, depois lacramos aquele espaço apinhado de cadáveres com uma laje de pedra. Colocamos crânios nas duas cavidades mais próximas da entrada, de modo que qualquer visitante, ao entrar na passagem, seria recebido pelos mortos sorridentes. O trabalho mais difícil era disfarçar a entrada da câmara mais ao norte, de onde havíamos tirado os ossos, porque Ludda precisava conseguir entrar e sair daquela caverna artificial. O padre Cuthbert encontrou a solução. Seu pai lhe havia ensinado o ofício de pedreiro, e Cuthbert lascou desajeitadamente uma laje de calcário até que parecesse um escudo fino. Demorou dois dias, mas conseguiu, em seguida equilibramos a laje fina numa pedra chata e Ludda descobriu que podia incliná-la com facilidade. Podia puxá-la para fora, passar por ela arrastando-se e entrar na câmara, e então outro homem podia colocá-la de pé outra vez, de modo que Ludda estivesse escondido atrás da laje que lembrava um escudo. Quando ele falou de trás da laje sua voz soou abafada, mas audível.

Lacramos a sepultura de novo, empilhando terra por cima da pedra da entrada, e depois voltamos a Fagranforda.

— Agora vamos a Lundene — eu disse a Ludda. — Você, eu e Finan.

— Lundene! — Ele gostou disso. — Por que vamos, senhor?

— Encontrar duas prostitutas, claro.

— Claro — disse ele.

— Eu posso ajudar! — anunciou ansioso o padre Cuthbert.

— Pensei em deixá-lo responsável por coletar as penas de ganso — eu disse a Cuthbert.

— Penas de ganso? — Ele me encarou, pasmo. — Ah, senhor, por favor!

Prostitutas e penas de ganso. Plegmund estava rezando pela paz e eu estava planejando a guerra.

Levei trinta homens a Lundene, não porque precisasse deles, mas porque um senhor deve viajar com estilo. Encontramos alojamento para os homens e os cavalos na fortaleza romana que guardava o canto noroeste da velha cidade, depois caminhei com Finan e Weohstan ao longo dos restos da muralha romana.

— Quando o senhor comandava aqui — perguntou Weohstan —, eles o deixavam totalmente sem dinheiro?

— Não.

— Eu preciso implorar cada moeda — resmungou ele. — Estão construindo igrejas, mas não consigo convencê-los a consertar a muralha.

E a muralha precisava de consertos mais do que nunca. Um grande trecho das fortificações romanas entre a Porta do Bispo e a Porta Velha havia caído no fosso fétido. Não era um problema novo. Quando eu era comandante da guarnição tinha preenchido a abertura com uma forte paliçada de carvalho, mas agora aqueles troncos estavam escuros e alguns apodreciam. O rei Eohric vira esse trecho decadente e eu não duvidei de que o tivesse notado, e depois de sua visita a Lundene eu havia sugerido que os reparos deveriam ser feitos com urgência, mas nada acontecera.

— Olhe só — disse Weohstan, e desceu desajeitadamente a encosta de entulho que marcava o fim da muralha arruinada. Empurrou um tronco de carvalho e eu o vi se mexer como um dente morto. — Eles não querem pagar para substituí-los — comentou Weohstan, soturno. Em seguida chutou a base do tronco, e pedaços moles e escuros de madeira infestada de cogumelos saltaram para longe de sua bota.

— Estamos em paz — eu disse com sarcasmo. — Você não ouviu dizer?

— Diga isso a Eohric — respondeu Weohstan, subindo de volta para perto de mim. Toda a terra a nordeste era terra de Eohric, e Weohstan falou sobre patrulhas dinamarquesas chegando perto da cidade. — Eles estão nos vigiando. E tudo que tenho permissão de fazer é acenar para eles.

— Eles não precisam chegar perto. Os comerciantes contam tudo que eles precisam saber. — Lundene sempre foi movimentada com mercadores dinamarqueses, saxões, francos e frísios, que levavam as notícias de volta às suas terras. Eu tinha certeza de que Eohric sabia exatamente como as defesas de Lundene eram vulneráveis, na verdade ele mesmo as vira. — Mas Eohric é um desgraçado cauteloso.

— Sigurd não é.

— Ele ainda está doente.

— Deus permita que ele morra — disse Weohstan com selvageria.

Fiquei sabendo de mais notícias nas tavernas da cidade. Havia comandantes de barcos de todo o litoral da Britânia que, pelo preço de uma cerveja, ofereciam boatos, alguns verdadeiros. Nenhum boato falava de guerra. Æthelwold ainda estava abrigado em Eoferwic e ainda afirmava ser rei de Wessex, mas não teria poder até que os dinamarqueses lhe dessem um exército. Por que estavam tão silenciosos? Isso me deixava perplexo. Eu tinha certeza de que eles atacariam assim que chegasse a notícia da morte de Alfredo, mas em vez disso não fizeram nada. O bispo Erkenwald sabia a resposta.

— É a vontade de Deus — disse-me ele. Tínhamos nos encontrado por acaso numa rua. — Deus ordenou que amássemos nossos inimigos — explicou — e pelo amor nós os tornaremos cristãos e pacíficos.

Lembro-me de tê-lo encarado.

— O senhor acredita mesmo nisso?

— Devemos ter fé — respondeu ele ferozmente. Em seguida fez o sinal da cruz na direção de uma mulher que havia baixado a cabeça para ele. — Então, o que o traz a Lundene?

— Estamos procurando prostitutas — respondi. Ele piscou. — Tem alguma para recomendar, bispo?

— Ah, santo Deus — sibilou ele, e foi andando.

Na verdade eu havia decidido que não procuraria prostitutas nas tavernas de Lundene porque sempre havia a chance de as garotas serem reconhecidas, por isso levei Finan, Ludda e o padre Cuthbert até a doca dos escravos, que ficava acima da velha ponte romana. Lundene nunca possuíra um mercado de escravos próspero, mas sempre havia um pequeno comércio de jovens capturados na Irlanda, em Gales ou na Escócia. Os dinamarqueses mantinham mais escravos do que os saxões, e os que tínhamos geralmente eram trabalhadores nas fazendas. Um homem que não tivesse condições de possuir um boi poderia arrear dois escravos num arado, mas o sulco jamais seria tão fundo quanto o feito por uma lâmina puxada por boi. Além disso, os bois davam menos problema, ainda que nos velhos tempos fosse possível matar um escravo que criasse confusão e não enfrentar penalidade. As leis de Alfredo tinham mudado isso. E muitos homens gostavam de libertar seus escravos, acreditando que isso lhes garantia a aprovação de Deus, de modo que não havia grande demanda em Lundene, embora geralmente houvesse alguns escravos à venda na doca junto ao Temes. Os mercadores vinham de Ratumacos, uma cidade da Frankia, e quase todos eram nórdicos, porque as tripulações vikings haviam conquistado toda a região em volta da cidade. Eles vinham comprar os jovens capturados nas nossas escaramuças de fronteira, e alguns também traziam escravos para vender, sabendo que os ricos de Wessex e da Mércia apreciavam garotas exóticas. A igreja não gostava desse comércio, mas ele prosperava mesmo assim.

O cais não ficava longe da muralha do rio e os escravos eram mantidos em cabanas úmidas, de madeira, dentro da muralha. Havia quatro mercadores em Lundene naquele dia. Seus guardas nos viram chegando e alertaram seus senhores de que homens ricos se aproximavam. Os mercadores vieram para a rua e fizeram reverências profundas.

— Vinho, senhores? — perguntou um deles. — Cerveja, talvez? Ou o que os senhores desejarem.

— Mulheres — disse o padre Cuthbert.

— Fique quieto — rosnei para ele.

— Jesus, Maria e José — disse Finan baixinho, e eu soube que ele estava se lembrando dos longos meses que nós dois havíamos passado como escravos, acorrentados aos remos de Sverri, os braços marcados com o S da escravidão. Sverri havia morrido, assim como seu capataz, Hakka, ambos trucidados por Finan, mas o irlandês jamais perdera seu ódio contra mercadores de escravos.

— Estão procurando mulheres? — perguntou um dos mercadores. — Ou garotas? Alguma coisinha jovem e tenra? Tenho exatamente o que precisam. Mercadoria intacta! Suculenta e preciosa! Senhores? — Ele fez uma reverência, sinalizando em direção a uma porta grosseira presa num arco romano.

Olhei para o padre Cuthbert.

— Tire esse sorriso da cara — rosnei para ele, depois baixei a voz — e vá encontrar Weohstan. Diga para trazer dez ou 12 homens. Depressa.

— Mas, senhor... — começou ele, querendo ficar.

— Vá! — gritei.

Ele saiu correndo.

— É sempre sensato afastar os padres, senhor — disse o mercador, presumindo que eu havia mandado Cuthbert embora porque a igreja não gostava de seu negócio. Tentei dar uma resposta amigável, mas a mesma raiva que borbulhava em Finan estava agora coalhando no meu estômago. Lembrei-me da humilhação de ser escravo, do sofrimento. Finan e eu tínhamos sido acorrentados numa construção úmida exatamente como esta. A cicatriz na parte superior do meu braço pareceu coçar enquanto eu seguia o mercador passando pela porta baixa.

— Eu trouxe meia dúzia de garotas do outro lado do mar — disse ele — e presumo que o senhor não esteja querendo criaturas sem graça para trabalhar na cozinha ou para fazer queijo.

— Queremos anjos — disse Finan, tenso.

— É isso que forneço! — respondeu o homem, animado.

— Qual é o seu nome? — perguntei.

— Halfdan — disse ele. Tinha trinta e poucos anos, supus, era corpulento e alto, com a cabeça careca feito um ovo e uma barba que chegava à cintura, onde uma espada de cabo de prata estava presa. O cômodo em que entramos tinha quatro guardas, dois armados com porretes e dois com espadas. Vigiavam uns vinte escravos sentados e presos com correntes na sujeira do chão fedendo a esgoto. A parede dos fundos da cabana era o lado da fortificação do rio junto à cidade, com as pedras verdes e pretas à luz fraca que vinha pelas frestas do teto de palha apodrecida. Os escravos nos olhavam carrancudos. — A maioria deles são galeses — disse Halfdan, despreocupado —, mas há uns dois da Irlanda.

— Você vai levá-los à Frankia? — perguntou Finan.

— A não ser que os senhores os queiram — disse Halfdan. Em seguida destrancou outra porta, bateu na madeira escura e eu ouvi uma segunda tranca sendo puxada do outro lado. A porta foi aberta revelando outro homem que esperava ali, este com uma espada. Ele guardava a mercadoria mais valiosa de Halfdan, as garotas. O homem riu dando boas-vindas enquanto nos curvávamos para passar pela porta.

Era difícil ver como eram as garotas, no escuro. Estavam encolhidas num canto, e uma parecia doente. Pude ver que uma delas tinha pele muito escura e as outras eram claras.

— Seis — eu disse.

— O senhor sabe contar — observou Halfdan, brincando. Em seguida trancou a porta que levava de volta ao cômodo maior, onde os escravos homens eram mantidos.

Finan entendeu o que eu quis dizer. Dois de nós e seis mercadores de escravos. Estávamos com raiva e inquietos.

— Seis é o mesmo que nada — disse Finan. Ludda sentiu algo não dito no ar e ficou nervoso.

Anjos

— Os senhores querem mais de seis? — perguntou Halfdan. Em seguida bateu numa janela recalcitrante para deixar entrar um pouco de luz da rua, e as garotas piscaram ofuscadas pela luz. — Seis beldades — disse Halfdan com orgulho.

As seis beldades eram magras, estavam esfarrapadas e aterrorizadas. A menina de pele escura virou o rosto para o outro lado, mas não antes que eu visse que era mesmo linda. Duas das outras tinham cabelos muito claros.

— De onde elas são?

— A maioria do norte da Frankia — disse Halfdan. — Mas aquela — ele apontou para a garota que se encolhia — é dos confins da terra. Só os deuses sabem de onde ela brotou. Pelo que sei pode ter caído da lua. Eu a comprei de um mercador do sul. Ela fala uma língua estranha, mas é uma coisinha bem bonita se o senhor gosta de carne escura.

— Quem não gosta? — perguntou Finan.

— Eu ia ficar com ela — disse Halfdan —, mas a cadela não para de chorar e não suporto uma cadela chorona.

— Elas eram prostitutas? — perguntei.

— Não são virgens — disse Halfdan, achando graça naquilo. — Não vou mentir, senhor. Se é isso que o senhor quer, posso encontrar algumas, mas poderia demorar um mês ou dois. Mas não essas garotas. A escura e a frísia foram postas para trabalhar numa taverna durante algum tempo, mas não foram usadas demais, só iniciadas. Ainda são bonitas. Deixe-me mostrar. — Ele baixou a mão enorme e puxou a garota escura do meio das outras. Ela gritou ao ser puxada e ele lhe deu um tapa com força na cabeça. — Pare de chorar, sua cadela idiota — gritou ele. Em seguida virou o rosto dela para mim. — O que acha, senhor? A cor é esquisita, mas é uma garota linda.

— É mesmo — concordei.

— Tem a mesma cor no corpo todo — disse ele, rindo, e para provar puxou o vestido para baixo, revelando os seios. — Pare de gemer, sua cadela — disse ele, dando outro tapa. Em seguida levantou um dos seios dela. — Está vendo, senhor? Peitos marrons.

— Deixe comigo — eu disse. Eu havia sacado minha faca e Halfdan presumiu que eu iria cortar o resto do vestido da garota, por isso se afastou.

— Dê uma boa olhada, senhor — disse ele.

— Darei — prometi, e a garota ainda gemia quando eu me virei e cravei a faca na barriga de Halfdan, mas havia metal por baixo de sua túnica e a lâmina foi parada. Pude ouvir o sussurro da espada de Ludda deslizando para fora da bainha enquanto Halfdan tentava me dar uma cabeçada, mas eu já havia segurado sua barba com a mão esquerda e puxei-o para baixo com força. Tinha virado a faca para cima e puxei a cabeça de Halfdan na direção da ponta. As garotas estavam gritando e um dos guardas no outro cômodo começou a bater na porta trancada. Halfdan berrava, mas o berro se transformou num gorgolejo quando a lâmina se cravou em seu maxilar inferior e na garganta. Havia sangue rebrilhando no cômodo. O oponente de Finan já estava morto, acertado pela velocidade de raio do irlandês, e então Finan passou a lâmina pela parte de trás das pernas de Halfdan, cortando os tendões, o grandalhão tombou de joelhos e eu terminei o serviço cortando-lhe a garganta. Sua barba grande absorveu a maior parte do sangue.

— O senhor demorou — observou Finan, descontraído.

— Estou sem prática. Ludda, diga às garotas para ficarem quietas.

— Mais quatro — disse Finan.

Embainhei a faca, limpei o sangue da mão na túnica de Halfdan e desembainhei Bafo de Serpente. Finan destrancou a porta e ela se escancarou rapidamente. Um guarda entrou abaixado, viu a lâmina esperando e tentou recuar, mas Finan puxou-o para dentro e eu cravei a espada em sua barriga, depois dei uma joelhada em sua cara enquanto ele se dobrava. Ele caiu no chão encharcado de sangue.

— Acabe com ele, Ludda — ordenei.

— Jesus — murmurou ele.

Os outros três guardas foram mais cautelosos. Esperaram na outra ponta do cômodo maior e já haviam pedido ajuda dos outros mercadores de escravos. Era do interesse dos mercadores se protegerem mutuamente, e seu apelo trouxe mais homens ainda para dentro do cômodo. Mais quatro, depois cinco, todos armados e ansiosos por uma luta.

— Osferth sempre diz que não pensamos o suficiente antes de começar uma briga — disse Finan.

— Ele está certo, não é? — respondi, mas então houve um grito forte na rua. Weohstan havia chegado com parte de sua guarnição. Os soldados entraram à força na cabana e arrebanharam os mercadores para a rua, onde dois deles estavam reclamando com Weohstan que éramos assassinos. Weohstan berrou ordenando silêncio, depois explorou a cabana. Franziu o nariz diante do fedor no cômodo maior, depois entrou no menor e olhou os dois cadáveres.

— O que aconteceu?

— Esses dois tiveram uma discussão — eu disse, apontando para Halfdan e o guarda que Finan havia matado rapidamente — e se mataram.

— E aquele? — Weohstan apontou para o terceiro homem que estava agachado no chão, gemendo.

— Eu mandei você acabar com ele — eu disse a Ludda, e depois fiz o serviço eu mesmo. — Ele estava arrasado de sofrimento com a morte dos outros — expliquei a Weohstan —, por isso tentou se matar.

Dois dos outros mercadores de escravos tinham nos seguido para dentro da cabana e protestaram ferozmente dizendo que éramos mentirosos e assassinos. Explicaram que seu comércio era legal e que tinham recebido a promessa de proteção das leis. Exigiram que eu fosse julgado por assassinato e que pagasse um preço gigantesco em prata pelas vidas que havia tirado. Weohstan ouviu-os com paciência.

— Vocês deporiam em juramento no julgamento dele? — perguntou aos dois homens.

— Faremos isso! — disse um dos mercadores.

— Vão dizer o que aconteceu e jurar que foi verdade?

— Ele deve nos recompensar!

— Senhor Uhtred. — Weohstan se virou para mim. — O senhor trará testemunhas que jurarão para contestar a prova?

— Trarei — eu disse, mas a menção ao meu nome havia bastado para tirar a beligerância dos dois homens. Eles me encararam durante o tempo de um piscar de olhos, depois um deles murmurou que Halfdan sempre fora um idiota brigão.

— Então vocês não vão depor sob juramento no tribunal? — perguntou Weohstan, mas os dois já estavam recuando. Fugiram.

Weohstan riu, dizendo:

— O que devo fazer é prender vocês por assassinato.

— Eu não fiz nada — respondi.

Ele olhou a lâmina vermelha de Bafo de Serpente.

— Dá para ver, senhor.

Abaixei-me sobre o corpo de Halfdan e cortei sua túnica, encontrando uma cota de malha, mas também, como esperava, uma bolsa à cintura. Foi a bolsa que havia aparado meu primeiro golpe de faca e estava cheia de moedas, muitas de ouro.

— O que faremos com os escravos? — perguntou Weohstan em voz alta.

— Eles são meus — respondi. — Acabei de comprá-los. — Entreguei-lhe a bolsa depois de pegar algumas moedas. — Isso deve ser o bastante para comprar carvalho para a paliçada.

Ele contou as moedas e ficou deliciado.

— O senhor é uma resposta às minhas preces.

Levamos os escravos para uma taverna na cidade nova, o povoado saxão que ficava a oeste da Lundene romana. As moedas que eu havia tirado da bolsa de Halfdan pagaram por comida, cerveja e roupas para eles. Finan conversou com os homens e achou que meia dúzia deles seriam bons guerreiros.

— Se algum dia precisarmos de guerreiros de novo — resmungou ele.

— Odeio a paz — eu disse, e Finan riu.

— O que faremos com os outros? — perguntou ele.

— Deixe os homens irem embora. Eles são jovens, vão sobreviver.

Ludda e eu falamos com as garotas enquanto o padre Cuthbert simplesmente as espiava com olhos arregalados. Estava fascinado pela garota de pele escura, cujo nome parecia ser Mehrasa. Ela aparentava ser a mais velha das seis, devia ter uns 16 ou 17 anos, enquanto as outras todas eram três ou quatro anos mais novas. Assim que perceberam que estavam em segurança, ou que pelo menos não corriam perigo imediato, começaram a sorrir. Duas eram saxãs, tiradas do litoral de Cent por piratas da Frankia, e duas eram da Frankia. E havia a misteriosa Mehrasa e a garota doente, que era Frísia.

— As garotas de Cent podem ir para casa — eu disse. — Mas levem as outras para Fagranforda. — Eu estava falando com Ludda e o padre Cuthbert.

— Escolham duas. Ensinem o que elas precisam saber. As outras duas podem trabalhar na queijaria ou na cozinha.

— Será um prazer, senhor — disse o padre Cuthbert.

Olhei-o.

— Se as tratar mal — avisei — vou machucar você.

— Sim, senhor — respondeu ele, humildemente.

— Agora vão.

Mandei Rypere e uma dúzia de homens para proteger as garotas na viagem, mas Finan e eu ficamos em Lundene. Sempre gostei dessa cidade e não havia lugar melhor para descobrir o que acontecia no resto da Britânia. Conversei com mercadores e viajantes, e até ouvi um dos sermões intermináveis de Erkenwald, não porque precisasse de conselho, mas para saber o que a igreja estava dizendo ao seu povo. O bispo pregava bem e sua mensagem era exatamente a que o arcebispo Plegmund desejava. Era um pedido de paz, para dar à igreja tempo para esclarecer os pagãos.

— Nós fomos oprimidos pela guerra — disse Erkenwald — e fomos encharcados pelas lágrimas de mães e viúvas. Todo homem que mata outro homem parte o coração de uma mãe. — Ele sabia que eu estava na igreja e olhava para as sombras onde eu me encontrava. Depois, apontou para uma nova pintura na parede, mostrando Maria, a mãe de Cristo, chorando ao pé da cruz. — Que culpa aqueles romanos tiveram de suportar, e que culpa suportamos quando matamos! Somos filhos de Deus, e não cordeiros para sermos abatidos.

Houvera um tempo em que Erkenwald pregava a matança, instigando-nos a trucidar os pagãos dinamarqueses, mas a chegada do ano 900 persuadira a igreja, de algum modo, a nos incutir a paz, e parecia que suas preces estavam sendo atendidas. Havia ataques para roubo de gado nas terras de fronteira, mas nenhum exército dinamarquês veio para conquistar. Mais tarde, naquele verão, Finan e eu subimos a bordo de um dos navios de Weohstan e remamos rio abaixo até o amplo estuário onde eu tinha passado um longo tempo. Chegamos perto de Beamfleot e eu vi que nenhum dinamarquês tentara reconstruir as fortalezas queimadas e que não havia navios no riacho Hothlege, mas pudemos ver as costelas enegrecidas das embarcações que havíamos queimado lá. Fomos mais para o leste, até onde o Temes se alargava juntando-se ao grande mar, e levamos o barco pelos baixios de Sceobyrig, outro lugar onde tripulações dinamarquesas gostavam de esperar para emboscar os navios mercantes que iam para Lundene e voltavam de lá, mas o ancoradouro estava vazio. O mesmo acontecia na margem sul do estuário. Nada além de aves selvagens e lama.

Remamos pelo sinuoso rio Medwæg até o buhr de Hrofeceastre, onde vi que a paliçada de madeira em cima do enorme barranco de terra estava apodrecendo como a de Lundene, mas um grande monte de troncos de carvalho recém-derrubados sugeria que alguém ali estava pronto para consertar as defesas. Finan e eu desembarcamos no cais perto da ponte romana e subimos até a casa do bispo ao lado da grande igreja. O administrador fez uma reverência diante de nós e, quando ouviu meu nome, não ousou pedir minha espada. Em vez disso nos levou a uma sala confortável e mandou que serviçais trouxessem cerveja e comida.

O bispo Swithwulf e sua esposa chegaram uma hora mais tarde. O bispo era um homem de aparência preocupada, grisalho, com rosto comprido e mãos trêmulas, enquanto sua esposa era pequena e nervosa. Deve ter feito umas dez reverências a mim antes de se sentar.

— O que o traz aqui, senhor? — perguntou Swithwulf.

— Curiosidade.

— Curiosidade?

— Estou pensando por que os dinamarqueses estão tão quietos.

— É a vontade de Deus — respondeu timidamente a mulher do bispo.

— É porque estão planejando alguma coisa — disse Swithwulf. — Jamais confie num dinamarquês quando ele está em silêncio. — Ele olhou para a esposa. — As cozinheiras não precisam de seus conselhos?

— As cozinheiras? Ah! — Ela se levantou, agitou-se por um momento e saiu correndo.

— Por que os dinamarqueses estão quietos? — perguntou-me Swithwulf.

— Sigurd está doente — respondi. — Cnut está ocupado em sua fronteira norte.

— E Æthelwold?

— Embebedando-se em Eoferwic.

— Alfredo deveria tê-lo estrangulado — resmungou Swithwulf.

Eu estava começando a gostar do bispo.

— O senhor não está pregando a paz, como os outros?

— Ah, eu prego o que me mandam pregar, mas também estou aprofundando o fosso e reconstruindo a paliçada.

— E o ealdorman Sigelf? — perguntei. Sigelf era o ealdorman de Cent, o líder militar do condado e seu nobre mais proeminente.

O bispo me olhou desconfiado.

— O que tem ele?

— Ouvi dizer que ele quer ser rei de Cent.

Swithwulf ficou pasmo com essa declaração. Franziu a testa.

— O filho dele tinha essa ideia — comentei com cautela. — Não sei se Sigelf pensa o mesmo.

— E Sigebriht estava conversando com os dinamarqueses — eu disse. Sigebriht, que havia se rendido a mim perto de Sceaftesburi, era filho de Sigelf.

— O senhor sabe disso?

— Sei — respondi. O bispo ficou sentado em silêncio. — O que está acontecendo em Cent? — perguntei, e ele continuou calado. — O senhor é o bispo, ouve coisas de seus padres. Então me diga.

Ele continuou hesitando, mas então, como uma represa de moinho estourando, contou sobre a infelicidade em Cent.

— Nós já fomos um reino autônomo — disse. — Agora Wessex nos trata como os filhotes mais fracos da ninhada. Veja o que aconteceu quando Haesten e Harald desembarcaram! Nós fomos protegidos? Não!

Haesten havia desembarcado no litoral norte de Cent enquanto o jarl Harald Cabelo de Sangue trazia mais de duzentos navios ao litoral sul, onde atacou um burh inacabado e trucidou os homens dentro, para depois se espalhar pelo condado numa orgia de incêndios, matança, escravidão e roubo. Wessex mandou um exército comandado por Æthelred e Eduardo para enfrentar os invasores, mas o exército não fez nada. Æthelred e Eduardo puseram seus homens na grande encosta coberta de floresta no centro de Cent e depois ficaram discutindo se deveriam atacar Haesten no norte ou Harald no sul, e durante esse tempo todo Harald queimava e matava.

— Eu matei Harald — eu disse.

— Matou — admitiu o bispo —, mas só depois de ele devastar a região!

— Então os homens querem que Cent seja um reino autônomo de novo?

Ele hesitou por um longo tempo antes de responder, e mesmo então foi evasivo.

— Ninguém queria isso enquanto Alfredo vivia, mas e agora?

Levantei-me e fui até uma janela, de onde podia olhar o cais. Gaivotas gritavam e giravam no céu de verão. Havia duas gruas no cais, levantando cavalos para um navio mercante de barriga larga. O casco do navio fora dividido em baias onde os animais apavorados estavam sendo amarrados.

— Para onde vão aqueles cavalos? — perguntei.

— Cavalos? — perguntou Swithwulf, perplexo, mas então percebeu por que eu fizera aquela pergunta inesperada. — São mandados a um mercado na Frankia. Nós criamos bons cavalos aqui.

— É mesmo?

— O ealdorman Sigelf cria.

— E Sigelf governa aqui, e seu filho fala com os dinamarqueses.

O bispo estremeceu.

— É o que o senhor diz — respondeu cauteloso.

Virei-me para ele.

— E o filho dele estava apaixonado por sua filha — eu disse — e por esse motivo odeia Eduardo.

— Santo Deus — sussurrou Swithwulf e fez o sinal da cruz. Havia lágrimas em seus olhos. — Ela era uma menina tola, uma menina idiota, mas muito alegre.

— Sinto muito.

Ele piscou para afastar as lágrimas.

— E você cuida dos meus netos?

— Eles estão sob meus cuidados, sim.

— Ouvi dizer que o menino é doente. — Ele pareceu ansioso.

— Isso não passa de um boato — garanti. — Os dois são saudáveis, mas é melhor para a saúde deles que o ealdorman Æthelhelm acredite o contrário.

— Æthelhelm não é um homem mau — disse o bispo, de má vontade.

— Mas mesmo assim cortaria a garganta dos seus netos se tivesse chance.
Swithwulf concordou.

— De que cor eles são?

— O menino é moreno como o pai, a menina é clara.

— Como a minha filha — disse ele num sussurro.

— Que se casou com o ætheling de Wessex — eu disse —, que agora nega isso. E Sigebriht, o amante rejeitado, foi procurar os dinamarqueses por odiar Eduardo.

— Sim — disse o bispo, baixinho.

— Mas depois jurou lealdade a Eduardo quando Æthelwold fugiu para o norte.

Swithwulf confirmou.

— Ouvi dizer.

— Ele é confiável?

A pergunta extremamente direta perturbou Swithwulf. Ele franziu a testa e se remexeu desconfortável, depois olhou por uma janela, para onde os corvos faziam barulho no capim.

— Eu não confiaria nele — disse baixinho.

— Mas o pai dele é ealdorman aqui, e não Sigebriht.

— Sigelf é um homem difícil — disse o bispo, com a voz baixa de novo. — Mas não é idiota. — Ele me olhou com uma súplica infeliz. — Eu negarei esta conversa.

— Você ouviu nós termos alguma conversa? — perguntei a Finan.

— Nenhuma palavra — respondeu ele.

Ficamos aquela noite em Hrofeceastre e no dia seguinte voltamos a Lundene na maré montante. Havia um frio sobre a água, o primeiro gosto da chegada do outono. Eu tirei meus homens das tavernas da cidade nova e selamos os cavalos. Estava permanecendo deliberadamente longe de Fagranforda porque o lugar ficava perto demais de Natangrafum, por isso levei minha pequena tropa para o sudoeste, por estradas familiares até chegarmos a Wintanceaster.

Eduardo ficou surpreso e satisfeito em me ver. Sabia que eu não estivera em Fagranforda durante a maior parte do verão, por isso não me perguntou sobre os gêmeos. Em vez disso, contou que sua irmã havia mandado notícias deles.

— Eles estão bem — disse. E me convidou para uma festa. — Não servimos a mesma comida que meu pai — garantiu.

— Isso é uma bênção, senhor. — Alfredo sempre servia refeições insípidas com caldos fracos e legumes moles, enquanto Eduardo, pelo menos, conhecia as virtudes da carne. Sua nova esposa estava lá, gorducha e grávida, e o pai dela, o ealdorman Æthelhelm, era obviamente o conselheiro de maior confiança de Eduardo. Havia menos padres do que nos tempos de Alfredo, mas pelo menos uma dúzia participava da festa, inclusive meu velho amigo Willibald.

Æthelhelm me cumprimentou jovialmente.

— Temíamos que você estivesse provocando os dinamarqueses — disse ele.

— Quem? Eu?

— Eles estão quietos — disse Æthelhelm. — É melhor não acordá-los.

Eduardo me olhou.

— Você os acordaria? — perguntou.

— O que eu faria, senhor, seria mandar uma centena de seus melhores guerreiros a Cent. Depois mandaria mais duzentos ou trezentos à Mércia e construiria burhs lá.

— Cent? — perguntou Æthelhelm.

— Cent está inquieto.

— Eles sempre foram encrenqueiros — disse Æthelhelm, sem dar importância —, mas odeiam os dinamarqueses tanto quanto todos nós.

— O fyrd de Cent deve proteger Cent — observou Eduardo.

— E o senhor Æthelred pode construir burhs — declarou Æthelhelm. — Se os dinamarqueses vierem, estaremos preparados para eles, mas não há sentido em cutucá-los com uma vara. Padre Willibald!

— Senhor? — Willibald se levantou junto a uma das mesas de baixo.

— Tivemos notícias de nossos missionários?

— Teremos, senhor! Tenho certeza de que teremos.

— Missionários? — perguntei.

— Entre os dinamarqueses — respondeu Eduardo. — Vamos convertê-los.

— Vamos transformar as espadas dinamarquesas em arados — disse Willibald, e logo depois dessas palavras úteis um mensageiro chegou. Era um padre sujo de lama que viera da Mércia e fora mandado a Wessex por Werferth, que era o bispo de Wygraceaster. O sujeito obviamente tinha cavalgado muito e houve um silêncio no salão enquanto esperávamos suas notícias. Eduardo levantou uma das mãos e o harpista afastou os dedos das cordas.

— Senhor. — O padre se ajoelhou diante do tablado no qual a mesa elevada estava iluminada por uma grande quantidade de velas. — Ótimas notícias, senhor rei.

— Æthelwold morreu? — perguntou Eduardo.

— Deus é grande! — disse o padre. — A era dos milagres não terminou!

— Milagres? — perguntei.

— Parece que existe um túmulo antigo, senhor — explicou o padre, olhando para Eduardo. — Um túmulo na Mércia onde anjos apareceram, predizendo o futuro. A Britânia será cristã! O senhor governará de um mar ao outro, senhor! Existem anjos! E eles trouxeram essa profecia do céu!

Houve um súbito jorro de perguntas que Eduardo silenciou. Em vez disso ele e Æthelhelm interrogaram o sujeito e ficaram sabendo que o bispo Werferth mandara sacerdotes de confiança ao túmulo antigo e que eles confirmaram a visitação celestial. O mensageiro não conseguia conter o júbilo.

— Os anjos dizem que os dinamarqueses irão se voltar para Cristo, senhor, e que o senhor governará o reino de todos os angelcynn!

— Estão vendo? — O padre Coenwulf, que sobrevivera após ser trancado num estábulo na noite em que fora rezar com Æthelwold, não pôde resistir à tentação de ser triunfante. Estava me olhando. — Veja só, senhor Uhtred! A era dos milagres não terminou!

— Glória a Deus! — disse Eduardo.

Penas de ganso e prostitutas de tavernas. Glória a Deus.

Natangrafum se tornou local de peregrinação. Centenas de pessoas iam lá, e a maioria ficava desapontada porque os anjos não apareciam toda noite. Na verdade, passavam-se semanas sem que nenhuma luz surgisse no túmulo e nenhum canto estranho soasse das suas profundezas de pedra, mas então os anjos apareciam de novo e o vale abaixo do sepulcro de Natangrafum ecoava com as orações das pessoas que buscavam ajuda.

Apenas uns poucos escolhidos pelo padre Cuthbert tinham permissão de entrar na tumba. O padre os guiava passando pelos homens armados que protegiam o monte antigo. Esses homens eram meus, comandados por Rypere, mas o estandarte plantado no topo do morro, perto da entrada do túmulo, era a bandeira de Æthelflaed, no qual estava estampado um ganso bastante feio que, de algum modo, segurava uma cruz num dos pés palmados e uma espada no outro. Æthelflaed estava convencida de que santa Werburgh a protegia, assim como um dia havia protegido um campo de trigo expulsando um bando de gansos famintos. Isso deveria ser um milagre, e nesse caso eu da mesma forma era milagreiro, mas também era sensato demais para contar isso a Æthelflaed. O estandarte do ganso sugeria que os guardas pertenciam a Æthelflaed, e qualquer um que fosse convidado ao túmulo presumia que o local estava sob a proteção dela. E isso era presumível porque ninguém atribuiria a Uhtred, o Maligno, a guarda de um local de peregrinação cristã. Depois de passar pelos guardas, o visitante chegava à entrada do túmulo que, à noite, era iluminado por fracas velas de junco revelando dois montes de crânios, um de cada lado da baixa abertura em forma de caverna. Cuthbert se ajoelhava com eles, rezava com eles, depois ordenava que tirassem as armas e as cotas de malha.

— Ninguém pode estar na presença angelical com equipamento de guerra — dizia sério, e assim que eles tivessem obedecido lhes oferecia uma poção numa taça de prata. — Bebam tudo — ordenava.

Nunca experimentei esse líquido, que era preparado por Ludda. Minha lembrança da bebida de Ælfadell era mais do que suficiente.

— Ela dá sonhos a eles, senhor — explicou Ludda quando fiz uma das minhas raras visitas a Turcandene.

Æthelflaed viera comigo e insistiu em cheirar a poção.

— Sonhos? — perguntou ela.

— Um ou dois também vomitam, senhora — disse Ludda. — Mas sim, sonhos.

Não que eles precisassem de sonhos porque, assim que bebiam, e quando Cuthbert percebia a expressão vaga em seus olhos, ele os deixava se arrastar pela comprida passagem da tumba. Dentro os visitantes viam as paredes, o piso e o teto de pedra, e dos dois lados as câmaras cheias de ossos, tudo iluminado por velas de junco, e mais adiante estavam os anjos. Três anjos, e não dois, amontoados no fim do corredor, onde eram rodeados pelas penas gloriosas de suas asas.

— Escolhi três porque o três é um número sagrado, senhor — explicou Cuthbert. — Um anjo para cada membro da Trindade.

As penas de ganso eram coladas na pedra. Formavam leques que, à luz fraca, poderiam ser facilmente confundidos com asas. Ludda havia levado um dia inteiro para colocar as penas, e então as três garotas tiveram de ser treinadas para sua missão, o que havia demorado quase um mês. Cantavam suavemente quando um visitante chegava. Cuthbert ensinara a música, que era suave e onírica, não muito acima de um murmúrio sem palavras, apenas sons que ecoavam naquele pequeno espaço de pedra.

Mehrasa era o anjo central. Sua pele escura, o cabelo preto e os olhos cor de ônix tornavam-na misteriosa, e Ludda fizera aumentar o mistério grudando algumas penas de corvo no meio das brancas. As três meninas usavam mantos simples de linho, e a escura Mehrasa tinha uma corrente de ouro no pescoço. Os homens olhavam aquilo num assombro reverente, o que não era de espantar, porque as três meninas eram lindas. As duas da Frankia eram muito louras, com grandes olhos azuis. Formavam visões naquela tumba escura, mas ambas, segundo Ludda, costumavam ter ataques de riso quando deveriam estar mais solenes.

O visitante provavelmente jamais notava os risinhos. Uma voz estranha, de Ludda, parecia vir da rocha sólida. Ludda cantava dizendo que o visitante chegara diante do anjo da morte e dos dois anjos da vida, e que deveria fazer suas perguntas aos três e esperar a resposta.

Todas essas perguntas eram importantes, porque nos diziam o que os homens queriam saber, e a maioria delas, claro, era trivial. Iriam herdar de algum parente? Qual era a perspectiva da colheita? Alguns tinham pedidos de cortar o coração, pela vida de uma criança ou uma esposa, outros oravam pedindo ajuda num processo legal ou numa disputa com um vizinho, e a todos Ludda respondia do melhor modo possível enquanto as três meninas cantarolavam sua melodia lenta e plangente. Então vieram perguntas mais interessantes. Quem governaria a Mércia? Haveria guerra? Os dinamarqueses viriam para o sul e tomariam a terra dos saxões? As prostitutas, as penas e o túmulo eram uma rede, e nós pegamos alguns peixes interessantes. Beortsig, cujo pai pagara dinheiro a Sigurd, veio ao túmulo e quis saber se os dinamarqueses dominariam a Mércia e colocariam um mércio domesticado no trono. E então, mais interessante ainda, Sigebriht de Cent se arrastou pela escura passagem de pedras que estava pungente com o cheiro de incenso queimando e perguntou sobre o destino de Æthelwold.

— E o que você disse a ele? — perguntei a Ludda.

— O que o senhor ordenou que dissesse, que todas as esperanças e sonhos deles iriam se realizar.

— E eles se realizaram naquela noite?

— Seffa cumpriu com seu dever — disse Ludda, com rosto impassível. Seffa era uma das duas garotas da Frankia.

Æthelflaed olhou para a garota. Ludda, o padre Cuthbert e os três anjos estavam morando na casa romana em Turcandene.

— Gosto desta casa — dissera o padre Cuthbert, recebendo-me. — Acho que eu deveria morar numa casa grande.

— São Cuthbert, o Confortável?

— São Cuthbert, o Contente.

— E Mehrasa?

Cuthbert lançou um olhar de adoração para a garota.

— Ela é mesmo um anjo, senhor.

— Ela parece feliz — comentei, e parecia mesmo. Duvidei que a garota entendesse totalmente as coisas estranhas que lhe pediam para fazer, mas estava aprendendo inglês depressa e era inteligente. — Eu poderia lhe encontrar um marido rico — provoquei Cuthbert.

— Senhor! — Ele pareceu magoado, depois franziu a testa. — Se eu tiver sua permissão, senhor, gostaria de desposá-la.

— É isso que ela quer?

Ele deu um risinho, deu um risinho mesmo, depois confirmou.

— Sim, senhor.

— Então não é tão inteligente quanto parece — reagi com azedume. — Mas primeiro precisa terminar seu trabalho aqui. E se ela engravidar eu lacro você com os outros ossos.

A tumba estava fazendo exatamente o que eu desejava. As perguntas dos homens nos diziam o que se passava na mente deles, assim as indagações ansiosas de Sigebriht sobre Æthelwold confirmavam que ele não havia abandonado as esperanças de se tornar rei de Cent caso Æthelwold destronasse Eduardo. A segunda tarefa dos anjos era lutar contra os boatos das profecias de Ælfadell que vinham para o sul, dizendo que os dinamarqueses dominariam toda a Britânia. Esses boatos haviam desanimado homens tanto na Mércia quanto em Wessex, mas agora eles ouviam uma profecia diferente, que os saxões seriam vitoriosos, e eu sabia que essa mensagem encorajaria os saxões, assim como intrigaria e irritaria os dinamarqueses. Eu queria provocá-los. Queria derrotá-los.

Suponho que um dia, muito depois de eu estar morto, os dinamarqueses encontrarão um líder que possa uni-los, e então o mundo será consumido pelas chamas e os salões do Valhalla irão se encher com os mortos festejando, mas desde que conheço os dinamarqueses, desde que os amo e luto contra eles, são briguentos e vivem divididos. O padre da minha mulher atual, um idiota, diz que é porque Deus semeou a discórdia entre eles, mas sempre achei que era porque os dinamarqueses são um povo teimoso, orgulhoso e independente, que não gosta de dobrar os joelhos para um homem simplesmente porque ele usa uma coroa. Eles seguirão um homem com uma espada, mas assim que ele fracassar eles partirão para encontrar outro líder, e desse modo seus exércitos se unem, separam-se e depois se formam de novo. Conheci dinamarqueses que quase conseguiram manter um exército poderoso unido e levá-lo ao triunfo completo. Houve Ubba, Guthrum, até mesmo Haesten; todos tentaram, mas no fim todos fracassaram. Os dinamarqueses não lutavam por uma causa ou mesmo por um país, e certamente não por um credo, somente por si mesmos, e quando sofriam uma derrota seus exércitos desapareciam enquanto os homens iam procurar outro senhor que pudesse levá-los à prata, às mulheres e à terra.

E meus anjos eram uma isca para convencê-los de que havia uma reputação a ganhar na guerra.

— Algum dinamarquês visitou o túmulo? — perguntei a Ludda.

— Dois, senhor. Ambos mercadores.

— E o que você disse a eles?

Ludda hesitou, olhou para Æthelflaed, depois de novo para mim.

— Disse o que o senhor ordenou que eu dissesse, senhor.

— Disse?

Ele confirmou, depois fez o sinal da cruz.

— Disse que o senhor morreria e que um dinamarquês obteria grande fama por matar Uhtred de Bebbanburg.

Æthelflaed inspirou fundo e depois, como Ludda, fez o sinal da cruz.

— Você disse o quê? — perguntou ela.

— O que o senhor Uhtred me mandou dizer, senhora — respondeu Ludda, nervoso.

— Você está brincando com o destino — disse-me Æthelflaed.

— Quero que os dinamarqueses venham — respondi — e preciso oferecer uma isca.

Porque Plegmund estava errado, e Æthelhelm estava errado, e Eduardo estava errado. A paz é uma coisa ótima, mas só temos paz quando nossos inimigos têm medo demais para fazer guerra. Os dinamarqueses não estavam quietos porque o deus cristão os havia silenciado, e sim porque se distraíam com outras coisas. Eduardo queria acreditar que eles haviam abandonado o sonho de conquistar Wessex, mas eu sabia que eles viriam. Æthelwold também não abandonara seu sonho. Ele viria, e com ele viria uma horda selvagem de dinamarqueses de espada e dinamarqueses de lança, e eu queria que eles viessem. Queria acabar de uma vez com aquilo. Queria ser a espada dos saxões.

E ainda assim eles não vieram.

Nunca entendi por que os dinamarqueses demoraram tanto para se aproveitar da morte de Alfredo. Imagino que, se Æthelwold fosse um líder mais inspirador, em vez de um homem fraco, eles poderiam ter vindo mais cedo, mas esperaram tanto que todo Wessex se convenceu de que seu deus havia atendido às suas preces e tornado os dinamarqueses pacíficos. E o tempo todo meus anjos cantavam suas duas canções, uma para os saxões e uma para os dinamarqueses, e talvez tenham feito alguma diferença. Havia muitos dinamarqueses que queriam prender meu crânio na empena de seus salões, mas a música na tumba era um convite.

No entanto, eles hesitavam.

O arcebispo Plegmund estava triunfante. Dois anos depois da coroação de Eduardo fui convocado a Wintanceaster e tive de suportar um sermão na grande igreja nova. Plegmund, sério e feroz, afirmou que Deus havia vencido quando as espadas dos homens fracassaram.

— Estamos nos últimos dias — disse ele — e veremos o surgimento do reino de Cristo.

Lembro-me dessa visita porque foi a última vez que vi Ælswith, a viúva de Alfredo. Ela ia se retirar para um convento, impelida para lá, pelo que ouvi dizer, pela insistência de Plegmund. Foi Offa quem me contou.

— Ela suporta o arcebispo — disse Offa —, mas ele não a aguenta! Ela é irritante.

— Sinto pena das freiras — respondi.

— Ah, santo Deus, ela vai fazê-las passar um sufoco — afirmou Offa com um sorriso. Ele estava velho. Ainda tinha seus cães, mas não treinava outros novos. — Agora são companheiros — disse, acariciando as orelhas de um terrier — e estamos envelhecendo juntos. — Sentou-se comigo na taverna Dois Grous. — Sinto dor, senhor.

— Lamento muito.

— Deus vai me levar logo — disse ele, e nisso estava certo.

— Você viajou neste verão?

— Foi difícil, mas sim, fui para o norte e para o leste. Agora vou para casa. Coloquei dinheiro na mesa.

— Diga o que está acontecendo.

— Eles vão atacar.

— Sei disso.

— O jarl Sigurd se recuperou — disse Offa — e barcos estão vindo pelo mar.

— Os barcos estão sempre atravessando o mar.

— Sigurd avisou que haverá terra a ser conquistada.

— Wessex.

Ele fez que sim.

— E com isso as tripulações estão vindo, senhor.

— Onde?

— Estão se reunindo em Eoferwic — respondeu Offa. Eu já ouvira essa notícia de mercadores que tinham estado na Nortúmbria. Novos navios haviam chegado, cheios de guerreiros ambiciosos e famintos, mas todos os mercadores diziam que o exército estava sendo montado para atacar os escoceses. — É o que eles querem que o senhor pense — disse Offa, e tocou uma das moedas de prata que estavam sobre a mesa, passando o dedo sobre a efígie de Alfredo. — É uma coisa inteligente o que o senhor está fazendo em Natangrafum — disse em tom maroto.

Por um momento não falei nada. Um bando de gansos foi levado pela frente da taverna e houve gritos furiosos quando um cão latiu para eles.

— Não sei do que você está falando — respondi. Era uma resposta tola.

— Não contei a ninguém — disse Offa.

— Você está sonhando, Offa.

Ele me olhou e fez o sinal da cruz no peito magro.

— Juro, senhor, não contei a ninguém. Mas foi inteligente, devo admitir. Irritou o jarl Sigurd! — Ele deu um risada, depois usou o cabo de osso de uma faca para abrir uma avelã. — O que foi que um dos seus anjos disse? Que Sigurd era um homem pequeno, mal dotado. — Ele riu de novo e balançou a cabeça. — Isso o irritou bastante, senhor. E talvez por isso Sigurd esteja dando dinheiro a Eohric, muito dinheiro. Eohric vai se juntar aos outros dinamarqueses.

— Eduardo diz que tem a promessa de paz de Eohric — observei.

— E o senhor sabe o quanto valem as promessas de Eohric. Eles farão o que deveriam ter feito há vinte anos, senhor. Vão se unir contra Wessex. Todos os dinamarqueses, e todos os saxões que odeiam Eduardo, todos eles.

— Ragnar? — perguntei. Ragnar era meu velho e querido amigo, um homem que eu considerava meu irmão, um homem que eu não encontrava havia anos.

— Ele não está bem — disse Offa gentilmente. — Não está suficientemente bom para marchar.

Isso me entristeceu. Servi cerveja e uma das garotas da taverna veio correndo ver se a jarra estava vazia, mas eu a afastei com um gesto.

— E Cent? — perguntei a Offa.

— O que é que tem, senhor?

— Sigebriht odeia Eduardo e quer seu próprio reino.

Offa balançou a cabeça.

— Sigebriht é um jovem idiota, senhor, mas o pai dele o mantém sob rédeas curtas. O chicote foi usado e Cent permanecerá leal. — Ele pareceu ter muita certeza.

— Sigebriht não está falando com os dinamarqueses?

— Se está, não ouvi nem um sussurro. Não, senhor, Cent é leal. Sigelf sabe que não pode sustentar Cent sozinho e Wessex é um aliado melhor para ele do que os dinamarqueses.

— Você contou tudo isso a Eduardo?

— Contei ao padre Coenwulf — respondeu ele. Agora Coenwulf era o conselheiro mais próximo de Eduardo e seu companheiro constante. — Contei inclusive de onde virá o ataque.

— E de onde é?

Ele olhou para minhas moedas e não disse nada. Suspirei e acrescentei mais duas. Offa puxou as moedas para seu lado da mesa e enfileirou-as.

— Eles querem que o senhor acredite que o ataque virá da Ânglia Ocidental, mas não virá. O ataque verdadeiro será a partir de Ceaster.

— Como você pode saber disso?

— Brunna — disse ele.

— A mulher de Haesten?

— Ela é uma cristã devota.

— Verdade? — perguntei. Eu sempre havia acreditado que o batismo da mulher de Haesten era um ardil traiçoeiro para enganar Alfredo.

— Ela viu a luz — disse Offa em tom de zombaria. — Sim, senhor, verdade, e ela me fez confidências. — Ele me espiou com seus olhos tristes. — Eu já fui padre, e talvez nunca deixe de ser, e ela quis se confessar e receber os sacramentos. Assim, que Deus me ajude, eu lhe dei o que ela queria. E agora, que Deus me ajude, eu traí os segredos que ela me contou.

— Os dinamarqueses vão montar um exército na Ânglia Oriental?

— O senhor verá isso acontecendo, tenho certeza, mas não verá o exército se reunindo atrás de Ceaster, e esse é o exército que marchará para o sul.

— Quando?

— Depois da colheita — disse Offa cheio de confiança, a voz tão baixa que só eu conseguia ouvir. — Sigurd e Cnut querem o maior exército já visto na Britânia. Dizem que é tempo de acabar com a guerra de uma vez por todas. Virão quando tiverem a colheita para alimentar a horda. Querem formar o maior exército que jamais invadiu Wessex.

— Você acredita em Brunna?

— Ela se ressente do marido, de modo que sim, acredito.

— O que Ælfadell está dizendo ultimamente?

— Está dizendo o que Cnut manda dizer, que o ataque virá do leste e que Wessex cairá. — Ele suspirou. — Eu gostaria de viver o suficiente para ver o fim disso tudo, senhor.

— Você vai durar mais dez anos, Offa.

Ele balançou a cabeça.

— Sinto o anjo da morte bem atrás de mim, senhor. — Offa hesitou. — O senhor sempre foi bom comigo. — Ele baixou a cabeça. — Eu lhe devo por sua gentileza.

— Você não me deve nada.

— Devo, senhor. — Ele me olhou e, para minha surpresa, havia lágrimas em seus olhos. — Nem todo mundo foi gentil comigo, senhor, mas o senhor sempre foi generoso.

Fiquei sem graça.

— Você tem sido muito útil — murmurei.

— Assim, em respeito pelo senhor, e em agradecimento, dou meu último conselho. — Ele fez uma pausa e, para minha surpresa, empurrou as moedas de volta para mim.

— Não — eu disse.

— Dê-me esse prazer, senhor. Quero agradecer. — Ele empurrou as moedas para ainda mais perto de mim. Uma lágrima rolou por sua bochecha e ele a enxugou com o punho. — Não confie em ninguém, senhor — disse baixinho.

Anjos

— E tenha cuidado com Haesten, tenha cuidado com o exército do oeste. — Ele me olhou e ousou tocar minha mão com um dedo comprido. — Cuidado com o exército de Caester e não deixe os pagãos nos destruírem, senhor.

Offa morreu naquele verão.

Então veio a colheita, e ela foi boa.

E depois disso vieram os pagãos.

Dez

Mais tarde deduzi tudo, porém o conhecimento foi um consolo pequeno. Um bando de guerreiros cavalgou até Natangrafum, e como muitos guerreiros eram saxões, ninguém achou estranha sua presença. Chegaram numa tarde em que a tumba estava vazia, porque nesse ponto o local havia funcionado por tanto tempo que os anjos raramente apareciam, mas os atacantes sabiam exatamente aonde ir. Cavalgaram direto para a casa perto de Turcandene, onde pegaram de surpresa o punhado de guardas e os mataram com rapidez e eficiência. Quando cheguei no dia seguinte vi sangue, muito sangue.

Ludda estava morto. Presumi que ele havia tentado defender a casa, e seu corpo eviscerado estava caído atravessado no portal. O rosto era uma careta de dor. Outros oito homens meus estavam mortos, os corpos despidos das cotas de malha e sem braceletes ou qualquer outra coisa de valor. Numa das paredes, onde o reboco romano ainda se agarrava aos tijolos, um homem havia usado sangue para fazer um desenho grosseiro de um corvo em pleno voo. Os respingos haviam escorrido pela parede e dava para ver a impressão da mão de um homem embaixo do bico selvagem e adunco do corvo.

— Sigurd — eu disse, com amargura.

— O símbolo é dele, senhor? — perguntou Sihtric.

— É.

Nenhuma das três garotas estava ali. Supus que os atacantes as tivessem levado, mas eles não tinham conseguido encontrar Mehrasa, a garota escura. Ela e o padre Cuthbert haviam se escondido numa floresta próxima e só saíram de lá quando tiveram certeza de que eram meus homens que agora cercavam aquele matadouro. Cuthbert estava chorando.

— Senhor, senhor — foi tudo que pôde dizer a princípio. Caiu de joelhos diante de mim e torceu as mãos enormes. Mehrasa estava mais firme, porém se recusou a atravessar o portal que fedia a sangue, onde as moscas zumbiam ao redor da barriga aberta de Ludda.

— O que aconteceu? — perguntei a Cuhtbert.

— Ah, meu Deus, senhor — disse ele com voz trêmula.

Dei-lhe um tapa no rosto, com força.

— O que aconteceu?

— Eles chegaram no crepúsculo, senhor — disse ele com as mãos tremendo enquanto tentava cruzá-las. — Eram muitos! Contei 24 homens. — Cuthbert precisou fazer uma pausa, de tanto que estava tremendo, e quando tentou falar de novo apenas soltou um gemido. Então viu a raiva no meu rosto e respirou fundo. — Eles nos caçaram, senhor.

— Como assim?

— Eles procuraram em volta da casa, senhor. No velho pomar, perto do lago.

— Vocês estavam escondidos.

— Sim, senhor. — Ele chorava e sua voz era pouco mais do que um sussurro. — São Cuthbert, o Covarde, senhor.

— Não seja idiota — rosnei. — O que você poderia fazer contra tantos homens?

— Eles levaram as garotas, senhor, e mataram todos os outros. Eu gostava de Ludda.

— Eu também gostava de Ludda, mas agora vamos enterrá-lo. — Eu realmente gostava de Ludda. Ele era um patife inteligente e havia me servido bem, e pior, confiara em mim e agora estava cortado da virilha até as costelas, e as moscas se amontoavam em suas entranhas. — E o que vocês estavam fazendo enquanto ele morria? — perguntei a Cuthbert.

— Estávamos olhando o pôr do sol no morro, senhor.

Ri sem alegria.

— Olhando o pôr do sol!

— Estávamos, senhor! — disse Cuthbert, magoado.

— E desde então estão escondidos?

Ele olhou a sujeira vermelha ao redor e seu corpo tremeu com um espasmo súbito. Vomitou.

Nesse ponto, pensei, os dois anjos já teriam confessado toda a tramoia e os dinamarqueses estariam rindo de nós. Olhei para o norte e o leste procurando fumaça no céu, sinal seguro de que uma guerra havia começado, mas não vi nada. A tentação era de presumir que os assassinos fossem um pequeno grupo de ataque que, depois de se vingar, tivesse retornado a terras mais seguras, mas seria apenas isso? Uma vingança pelos navios de Snotengaham? E se fosse uma vingança, como os atacantes sabiam que os anjos eram ideia minha? Ou será que a paz de Plegmund estaria se estilhaçando em mil pedaços sangrentos? Os atacantes não haviam incendiado a construção romana, e isso sugeria que não desejavam atrair atenção.

— Você disse que havia saxões em meio aos guerreiros? — perguntei a Cuthbert.

— Eu os ouvi falando, senhor. Sim, havia saxões.

Seriam homens de Æthelwold? Se eram os seguidores de Æthelwold, certamente isso era guerra, e significava um ataque vindo de Ceaster, se Offa estava certo.

— Cavem sepulturas — ordenei aos meus homens. Começaríamos por enterrar nossos mortos, mas mandei Sihtric e três homens de volta a Fagranforda. Levavam ordens de que todos deveriam se retirar para Cirrenceastre e levar os animais. — Diga à senhora Æthelflaed que deve ir para o sul, para Wessex, e que deve dar a notícia a Æthelred e ao seu irmão. Certifique-se de que o rei Eduardo saiba! Diga a ela que preciso de homens e que fui para o norte, em direção a Ceaster. Mande Finan trazer todos os homens para cá.

Demorei um dia juntando meus homens. Enterramos Ludda e os outros no pátio da igreja em Turcandene e Cuthbert rezou junto aos túmulos recentes. Eu ainda olhava o céu e não via grandes nuvens de fumaça. Era o auge do verão, com o céu de um azul-claro onde pairavam nuvens preguiçosas, e enquanto cavalgávamos para o norte eu não sabia se estávamos a caminho da guerra ou não.

Eu comandava apenas 143 homens, e se os dinamarqueses estivessem vindo poderia esperar milhares deles. Primeiro fomos a Wygraceaster, o burh mais ao norte na Mércia saxã, e o administrador do bispo ficou surpreso com nossa chegada.

— Não ouvi nada sobre um ataque dinamarquês, senhor — disse ele. A rua do lado de fora da grande casa do bispo estava movimentada por uma feira, embora o próprio bispo estivesse em Wessex.

— Certifique-se de que seus depósitos estejam cheios — eu disse ao administrador, que fez uma reverência, mas dava para ver que não havia se convencido. — Quem comanda a guarnição aqui?

Era um homem chamado Wlenca, um dos seguidores de Æthelred, e ele se eriçou quando eu disse para presumir que a guerra havia começado. Ele olhou para o norte, de cima das fortificações do burh, e não viu fumaça.

— Teríamos ouvido dizer se houvesse guerra — disse em tom azedo, e eu notei que ele não me chamou de "senhor".

— Não sei se ela começou ou não — confessei —, mas presumo que sim.

— O senhor Æthelred me mandaria notícias se os dinamarqueses atacassem — insistiu ele com ar altivo.

— Æthelred está coçando a bunda em Gleawcestre — respondi com raiva. — Foi isso que vocês fizeram quando Haesten invadiu da última vez? — Ele me olhou com raiva, mas não disse nada. — Como chego a Ceaster a partir daqui?

— Siga a estrada romana — respondeu ele, apontando.

— Siga a estrada romana, *senhor* — emendei.

Ele hesitou, obviamente desejando me desafiar, mas o bom-senso prevaleceu.

— Sim, senhor.

— E me fale de um bom local defensivo a um dia de cavalgada daqui.

Ele deu de ombros.

— O senhor pode tentar Scrobbesburh.

— Convoque o fyrd — eu disse — e certifique-se de que as muralhas estejam guarnecidas.

— Conheço o meu serviço, senhor — respondeu ele, mas estava claro, por sua truculência, que não tinha intenção de reforçar os homens que apareciam preguiçosamente nas fortificações. Aquele céu vazio e inocente o convencia de que não havia perigo e, sem dúvida, no momento em que fui embora ele mandou um mensageiro a Æthelred dizendo que eu estava entrando em pânico desnecessariamente.

E talvez estivesse. A única evidência da guerra era a matança em Turcandene e meu sexto sentido de guerreiro. A guerra tinha de vir, ela estivera se escondendo por tempo demais, e eu estava convencido de que o ataque que matara Ludda era a primeira fagulha de um grande incêndio.

Cavalgamos para o norte, seguindo a estrada romana que passava pelo vale do Sæfern. Eu sentia falta de Ludda e seu espantoso conhecimento dos caminhos da Britânia. Precisávamos perguntar, e a maioria das pessoas a quem pedíamos orientação só era capaz de informar o caminho até a próxima aldeia ou cidade. Scrobbesburh ficava a oeste do que parecia ser o caminho mais rápido para o norte, portanto não fui para lá. Em vez disso passamos uma noite em meio a altíssimas ruínas romanas num lugar chamado Rochestre, um povoado que me deixou perplexo. Tinha sido uma enorme cidade romana, quase tão grande quanto Lundene, mas agora era uma ruína assombrada, paredes desmoronando, pavimentos partidos, colunas caídas e mármore despedaçado. Algumas pessoas moravam ali, com as cabanas de barro e palha encostadas na pedra romana e as ovelhas e cabras pastando em meio à glória desmoronada. Um padre magricelo era o único homem que dizia algo que fazia sentido, e balançou a cabeça idiotamente quando lhe disse que temia a chegada dos dinamarqueses.

— Aonde o senhor iria se eles viessem? — perguntei.

— Para Scrobbesburh, senhor.

— Então vá para lá agora — ordenei — e diga ao restante da aldeia para ir também. Existe uma guarnição por lá?

— Só quem mora lá, senhor. Não há thegn. Os galeses mataram o último.

— E se eu quiser ir de lá até Ceaster? Que estrada pego?

— Não sei, senhor.

Lugares como Rochestre me enchem de desânimo. Adoro construir, mas vejo o que os romanos fizeram e sei que não podemos construir nada que tenha ao menos metade daquela beleza. Construímos fortes salões de carvalho, fazemos muros de pedra, trazemos pedreiros da Frankia que erguem igrejas ou salões de festa com colunas grosseiras de pedra mal-acabada, mas os romanos construíam como deuses. Por toda a Britânia suas casas, pontes, palácios e templos ainda estão de pé, e foram feitos há centenas de anos! Os telhados caíram e o reboco está se soltando, mas continuam de pé, e eu imagino como pessoas capazes de fazer essas maravilhas puderam ser derrotadas. Os cristãos nos dizem que seguimos inexoravelmente na direção de tempos melhores, na direção do reino de seu deus na terra, mas meus deuses só prometem o caos do fim do mundo, e basta olhar ao redor para ver que tudo está desmoronando, apodrecendo, prova de que o caos se aproxima. Não estamos subindo a escada de Jacó até uma perfeição celestial, e sim despencando morro abaixo na direção do Ragnarok.

O dia seguinte trouxe nuvens mais pesadas que sombrearam a terra enquanto subíamos os morros baixos e deixávamos o vale do Sæfern para trás. Se havia fumaça, não víamos, a não ser os fiapos que subiam dos fogos das cozinhas em povoados pequenos. A oeste os picos dos morros galeses sumiam nas nuvens. Se tivesse havido um ataque, pensei, certamente já teríamos ouvido sobre ele. Teríamos encontrado mensageiros cavalgando para longe da carnificina ou refugiados fugindo dos invasores. Em vez disso passávamos por aldeias pacíficas, por campos onde os primeiros encarregados da colheita usavam suas foices, sempre seguindo a estrada romana com suas pedras que marcavam as milhas. Agora a terra descia para o norte, em direção ao Dee. Começou a chover à medida que o dia terminava e naquela noite encontramos abrigo num salão perto da estrada. Era um lugar pobre, com as paredes de carvalho chamuscadas por um fogo que evidentemente não conseguira incendiar o local.

— Eles tentaram — disse a dona, uma viúva cujo marido fora morto pelos homens de Haesten. — Mas Deus mandou chuva e eles fracassaram. Porém não deixaram de me fazer mal. — Ela disse que os dinamarqueses nunca estavam muito longe. — E se não são os dinamarqueses, são os galeses — disse com amargura.

— Então por que fica aqui? — perguntou Finan.

— E para onde eu iria? Morei aqui por mais de quarenta anos, então onde vou recomeçar? O senhor quer comprar esta terra?

A chuva pingou através da palha a noite toda, mas o amanhecer trouxe um vento frio que poderia clarear o tempo. Estávamos com fome porque a viúva não podia oferecer comida para todos os meus homens, a não ser que matasse os galos que cantavam e os porcos que eram levados para a floresta de bétulas próxima enquanto jogávamos as selas nos cavalos. Oswi, meu serviçal, estava apertando a barrigueira do meu garanhão enquanto eu ia até o fosso no lado norte do salão. Olhei para a frente enquanto mijava. As nuvens estavam baixas e escuras, mas haveria uma mancha mais escura lá adiante?

— Finan — gritei. — Aquilo é fumaça?

— Deus sabe, senhor. Esperemos que sim.

Gargalhei.

— Esperemos?

— Se a paz durar muito mais tempo eu vou ficar louco.

— Se durar até o outono iremos à Irlanda quebrar a cabeça de alguns inimigos seus — prometi.

— Não a Bebbanburg?

— Preciso de pelo menos mais mil homens para isso, e para conseguir mil homens preciso dos lucros de uma guerra.

— Todos sofremos com sonhos — disse ele, pensativo. E olhou para o norte. — Acho que é fumaça, senhor. — Ele franziu a testa. — Ou talvez seja só uma nuvem de tempestade.

E então chegaram os cavaleiros.

Eram três, cavalgando rapidamente do norte, e quando nos viram saíram da estrada e esporearam os animais enlameados e cansados na direção do salão. Eram homens de Merewalh, mandados para o sul para alertar Æthelred de que os dinamarqueses haviam atacado.

— São milhares, senhor — disse um deles, agitado.

— Milhares?

— Não conseguimos contar, senhor.

— Onde estão?

— Westune, senhor.

O nome não significava nada para mim.

— Onde fica isso?

— Não é longe.

— Duas horas a cavalo, senhor — disse outro homem, sendo mais útil.

— E Merewalh?

— Está recuando, senhor.

Eles me contaram qual era a mensagem de Merewalh para Æthelred: simplesmente que um exército de dinamarqueses havia saído de Ceaster, um número grande demais para que a pequena força de Merewalh pudesse contê-lo ou ao menos enfrentá-lo. Os dinamarqueses vinham para o sul, e Merewalh, lembrando-se da tática que eu havia usado contra Sigurd, estava recuando ao longo da fronteira galesa na esperança de que os selvagens das tribos viessem dos morros para atacar os invasores.

— Quando eles atacaram? — perguntei.

— Ontem à noite, senhor. Ao anoitecer.

Hora estranha, pensei, mas por outro lado isso provavelmente ocorrera para pegar a força de Merewalh desprevenida e, se fosse assim, havia fracassado. Merewalh estivera alerta, seus batedores o avisaram e até agora ele havia escapado.

— Quantos homens ele tem agora? — perguntei.

— Oitenta e três, senhor.

— E quem está comandando os dinamarqueses? Que estandartes você viu?

— Um corvo, senhor, outro com um machado quebrando uma cruz e um crânio.

— Havia dragões também — disse o segundo homem.

— E dois tinham lobos — acrescentou o terceiro.

— E um cervo com cruzes na cabeça — falou o primeiro homem. Ele me pareceu inteligente e sensato, e havia dito tudo o que eu precisava saber.

— Um corvo em voo? — perguntei.

— Sim, senhor.

— É Sigurd. O machado é Cnut e o crânio é Haesten.

— E o cervo, senhor? — perguntou ele.

— Æthelwold — respondi com azedume. Então parecia que Offa estivera certo e os dinamarqueses atacavam saindo de Ceaster. E isso certamente significava que iam para o sul, comandados ostensivamente por Æthelwold. Olhei para o norte, pensando que os dinamarqueses não poderiam estar longe. — O senhor Æthelred provavelmente vai mandar você ao rei Eduardo.

— Provavelmente, senhor.

— Porque você viu os dinamarqueses — eu disse. — Então diga ao rei Eduardo que eu preciso de homens. Diga... — fiz uma pausa, tentando tomar uma decisão que não fosse destruída pela passagem do tempo — diga que eles devem me encontrar em Wygranceaster. E se Wygranceaster estiver sitiada, diga para me procurarem em Cirrenceastre. — Eu já sabia que teríamos de recuar, e quando Eduardo reagisse e mandasse homens, se mandasse, eu poderia muito bem ter sido empurrado para o sul do Temes.

Os três homens continuaram cavalgando para o sul e nós sondamos cautelosamente em direção ao norte, com batedores à frente e nos flancos. E eu vi que a escuridão do céu matinal não era uma nuvem de tempestade, e sim a fumaça de tetos de palha queimando.

Com que frequência vi a fumaça da guerra manchando o céu, escura e em rolos, subindo de trás de árvores ou de algum vale, sabendo que mais uma fazenda, aldeia ou salão estava virando cinzas! Cavalgamos devagar para o norte e eu vi pessoalmente que a paz de Plegmund havia terminado, e pensei em como ela fora o tipo de paz que transcende qualquer compreensão. Esta é uma expressão do livro sagrado do cristianismo, e certamente a paz de Plegmund transcendia toda a compreensão. Os dinamarqueses tinham ficado quietos por tempo demais, e isso levara Plegmund a acreditar que seu Deus havia castrado os inimigos, mas agora eles tinham violado a paz incompreensível, e aldeias, fazendas, medas e moinhos estavam ardendo.

Passou-se uma hora antes que víssemos os dinamarqueses. Batedores cavalgaram de volta para nos dizer onde o inimigo estava, mas a fumaça no céu era indicação suficiente e a estrada já estava apinhada de pessoas tentando escapar dos invasores. Cavalgamos até o cume de um morro baixo coberto de árvores, de onde vimos as propriedades queimando. Imediatamente abaixo de nós havia um salão com celeiros e depósitos. Estava apinhado de homens. Havia uma carroça perto do salão e eu vi a colheita recente sendo empilhada nela.

— Quantos? — perguntei a Finan.

— Há trezentos homens lá — disse ele. — Pelo menos trezentos.

E mais homens estavam no vale amplo mais além. Bandos de dinamarqueses atravessavam as campinas, procurando fugitivos ou outros lugares para devastar. Pude ver um pequeno amontoado de mulheres e crianças que tinham sido poupadas e estavam sendo vigiadas por dinamarqueses de espada. Eles sem dúvida iriam para o mercado de escravos do outro lado do mar. Uma segunda carroça, cheia de potes de cozinhar, espetos, um tear, ancinhos, enxadas e qualquer outra coisa que pudesse ser útil, foi mandada para o norte. As mulheres e crianças capturadas, junto com um grande rebanho de animais domésticos, foram atrás, e um homem jogou um galho aceso na palha do salão. Uma trompa soou em algum lugar no vale. Gradualmente os dinamarqueses obedeceram ao seu chamado insistente e os cavaleiros foram na direção da estrada.

— Meu Deus — disse Finan. — São centenas de desgraçados.

— Veja o crânio. — Eu podia ver um crânio humano no topo de um pedaço de pau.

— Haesten — observou Finan.

Procurei o próprio Haesten, mas eram cavaleiros demais. Não vi nenhum outro estandarte, pelo menos nenhum que eu reconhecesse. Durante alguns instantes fiquei tentado a levar meus homens para o leste e galopar morro abaixo para matar alguns inimigos desgarrados, mas resisti à tentação. Aqueles malditos retardatários não estavam longe dos bandos maiores, e seríamos imediatamente perseguidos e suplantados pelos números. Os dinamarqueses não estavam se movendo rápido, seus cavalos pareciam descansados e bem alimentados e agora minha tarefa era ficar à frente deles para vigiar o que faziam e aonde iam.

Voltamos pela estrada. Recuamos durante todo o dia, e durante todo o dia os dinamarqueses vieram atrás de nós. Vi o salão da viúva queimar, vi a fumaça subir a leste e oeste e as grandes colunas no céu sugeriam que havia três bandos de guerreiros assolando a região. Os dinamarqueses nem estavam se incomodando em usar batedores, pois sabiam que seu número era suficiente para esmagar qualquer inimigo, enquanto meus batedores estavam sendo sempre empurrados para trás. Na verdade eu me sentia cego. Não tinha ideia verdadeira de quantos dinamarqueses havia, só sabia que eram centenas, que a fumaça subia e eu sentia raiva, tanta raiva que a maioria dos meus homens evitava meu olhar. Finan não se importava.

— Precisamos de um prisioneiro — disse ele, mas os dinamarqueses estavam sendo cuidadosos. Permaneciam em tropas consideráveis, sempre em número muito grande para meus poucos homens. — Eles não estão com pressa — observou Finan, perplexo. — Isso é estranho. Nenhuma pressa.

Estávamos em outro morro baixo, ainda observando. Tínhamos deixado a estrada porque os dinamarqueses a estavam seguindo, e muitas pessoas a usavam para escapar em direção ao sul. Essas pessoas queriam ficar perto de nós, mas sua presença só nos tornava mais vulneráveis. Eu disse a esses fugitivos que deveriam continuar indo para o sul e vigiamos os dinamarqueses dos morros a leste da estrada, e enquanto o dia passava fiquei mais assustado ainda. Como Finan havia dito, os dinamarqueses não tinham pressa. Estavam revirando tudo como ratos num celeiro, explorando cada cabana, salão ou fazenda, pegando qualquer coisa útil, mas essa era uma região que já fora devastada, fazia parte das terras perigosas entre os saxões e a Mércia dinamarquesa, de modo que os ganhos deviam ser poucos. O verdadeiro saque estava ao sul. Então por que eles não se apressavam? A fumaça alertava o campo sobre sua chegada e as pessoas tinham tempo de enterrar seus bens valiosos ou então levá-los embora. Não fazia muito sentido. Os dinamarqueses estavam catando migalhas enquanto o festim permanecia sem vigilância, então o que estavam fazendo?

Sabiam que os estávamos vigiando. É impossível esconder 143 homens num terreno meio coberto por árvores, e eles devem ter nos vislumbrado à distância, mas não podiam saber quem éramos porque eu deliberadamente não ergui meu estandarte. Se soubessem que Uhtred de Bebbanburg estava tão perto, e em número tão inferior, eles poderiam ter feito um esforço maior, mas só no fim da tarde tentaram nos atrair para a batalha, e mesmo assim foi um esforço pequeno. Sete cavaleiros dinamarqueses foram para o sul na estrada agora vazia. Seguiam devagar, mas eu podia vê-los olhando nervosos na direção da floresta que nos escondia. Sihtric riu.

— Eles estão perdidos.

— Não estão, não — disse Finan, irônico.

— São iscas — observei. Era óbvio demais. Queriam que atacássemos, e assim que fizéssemos isso eles dariam meia-volta e galopariam para o norte, atraindo-nos para uma emboscada.

— Ignore-os — ordenei, e fomos de novo para o sul, atravessando o divisor de águas de modo que à nossa frente, nas sombras enganosamente pacíficas da tarde, eu podia ver um brilho do Sæfern.

Eu estava me apressando um pouco, querendo achar um local onde pudéssemos passar a noite em relativa segurança e longe dos dinamarqueses. Então vi outro brilho, algo reluzindo, um simples clarão no meio das sombras longas, distante à nossa esquerda. Olhei por um longo tempo e me perguntei se teria imaginado aquilo, então vi de novo o tremor de luz.

— Desgraçados — eu disse, pois percebi por que os dinamarqueses tinham sido tão lentos em nossa perseguição. Haviam mandado homens ao redor do nosso flanco leste, um grupo de guerreiros para nos interceptar, mas o sol baixo havia se refletido num elmo ou numa ponta de lança e agora eu podia vê-los ao longe, homens com cotas de malha em meio às árvores. — Depressa! — gritei para meus homens.

Esporas e medo. Um galope desvairado descendo a longa encosta, cascos trovejando, o escudo dando pancadas nas minhas costas, a bainha de Bafo de Serpente batendo contra a sela, e à esquerda vi os dinamarqueses saindo das árvores, um número grande demais deles. Estavam esporeando seus cavalos num galope insensato, esperando nos interceptar. Eu poderia ter virado para o oeste, para longe deles, mas pensei que um segundo grupo de dinamarqueses poderia ter ido por lá, e cavalgaríamos direto para suas espadas. Desse modo, a única esperança era ir para o sul, com empenho e depressa, cavalgando para escapar das mandíbulas que eu sentia se fecharem em volta de nós.

Eu cavalgava na direção do rio. Não poderíamos ir mais depressa do que nossos cavalos mais lentos, não pelo menos sem sacrificar homens, e os dinamarqueses esporeavam com toda a força. Mas se eu pudesse alcançar o

Sæfern haveria uma chance. Levar os cavalos direto para a água e fazê-los nadar, depois defender a outra margem caso sobrevivêssemos àquela travessia louca. Assim eu disse a Finan para ir à direção do último lugar onde eu tinha visto uma lasca de luz do sol refletida na água enquanto eu cavalgava na retaguarda dos meus homens, onde era golpeado por torrões de terra úmida jogada pelos cascos pesados.

Então Finan gritou um alerta e eu vi cavaleiros à nossa frente. Xinguei, mas continuei cavalgando. Desembainhei Bafo de Serpente.

— Ataque-os! — gritei. Não poderia haver nada mais inteligente a fazer. Estávamos numa armadilha e a única esperança era atravessar lutando contra os homens à frente, e achei que estávamos em maior número do que eles. — Matem e continuem indo! — gritei para os meus homens e esporeei o cavalo para liderar a carga. Agora estávamos perto de uma estrada, cuja superfície lamacenta era cheia de buracos de cascos e rodas de carroça. Havia cabanas, pequenos canteiros de verduras, montes de esterco e pocilgas. — Direto pela estrada — gritei quando cheguei à frente de nossa pequena coluna. — Matem-nos e continuem indo!

— Eles são nossos! — gritou Finan, ansioso. — Senhor, eles são nossos! São nossos!

Era Merewalh que esporeava ao nosso encontro.

— Por ali, senhor — gritou ele para mim, apontando pela estrada. Seus homens se juntaram aos meus, os cascos trovejando no capim dos dois lados das pedras partidas da estrada romana. Olhei por cima do ombro esquerdo e vi os dinamarqueses não muito longe, atrás, mas à nossa frente havia um morro baixo e no topo do morro uma paliçada. Um forte. Era antigo, estava em ruínas, mas existia, e fui na direção dele. Depois olhei de novo para trás e vi que meia dúzia de dinamarqueses havia ultrapassado e muito seus companheiros.

— Finan! — gritei, em seguida puxei uma rédea e girei o garanhão. Uma dúzia dos meus homens viu o que eu estava fazendo e seus cavalos também deram meia-volta, lançando torrões de lama. Instiguei o cavalo e bati em sua anca com a parte chata de Bafo de Serpente, e para minha perplexidade os seis dinamarqueses deram meia-volta com igual rapidez. Um dos seus cavalos escorregou e caiu numa grande agitação de cascos e o cavaleiro se esparramou na estrada, levantou-se atrapalhadamente, agarrou as rédeas de um companheiro e correu ao lado do cavalo que se afastava. — Parem! — gritei, não para os dinamarqueses, e sim para meus homens, porque o grupo maior dos inimigos estava agora à vista e vinha rápido. — Para trás! — gritei. — Recuem e subam o morro!

O morro, com seu forte dilapidado, ficava numa língua de terra formada por uma grande curva do Sæfern. Havia um povoado dentro da curva, com uma igreja e um punhado de casas, mas a maioria da terra era de mato baixo ou pântano. Fugitivos haviam chegado ali e seu gado, seus porcos, gansos e ovelhas se amontoavam ao redor das pequenas casas com teto de palha.

— Onde estamos? — gritei para Merewalh.

— Chama-se Scrobbesburh, senhor — gritou ele de volta.

O lugar era construído para a defesa. A língua de terra teria uns trezentos passos de largura, e para defendê-la eu tinha meus 143 homens, aos quais agora haviam se juntado os de Merewalh, mas um bom número de fugitivos era de homens que serviam no fyrd e tinham machados, lanças, arcos de caça e até algumas espadas. Merewalh já os havia alinhado transversalmente na língua de terra.

— Quantos homens você tem? — perguntei.

— Trezentos, senhor, além de meus 83 guerreiros.

Os dinamarqueses estavam olhando. Agora seriam uns 150, talvez, e muitos chegavam do norte.

— Ponha cem homens do fyrd no forte — eu disse a Merewalh. O forte ficava no lado sul da língua de terra, deixando o comprido trecho norte para ser defendido. Perto do rio a terra era pantanosa e eu duvidei que os dinamarqueses pudessem atravessá-la, por isso fiz minha parede de escudos entre o morro do forte e a borda do pântano. O sol estava baixando. Os dinamarqueses deveriam atacar agora, pensei, mas ainda que chegassem em números cada vez maiores, não tentaram. Parecia que nossa morte deveria esperar até o outro dia.

Houve pouco sono. Acendi fogueiras atravessando a língua de terra, de modo que pudéssemos ver caso os dinamarqueses atacassem à noite, e vimos as fogueiras dinamarquesas ao norte, à medida que mais homens chegavam e mais fogueiras eram acesas, até que o céu era uma claridade de chamas refletidas em nuvens baixas. Ordenei que Rypere explorasse o povoado e encontrasse tudo o que pudesse para comer. Havia pelo menos oitocentas pessoas presas em Scrobbesburh e eu não tinha ideia de quanto tempo ficaríamos ali, mas duvidei que encontraríamos provisões para mais do que alguns dias, mesmo depois de matarmos os animais. Finan colocou uma dúzia de homens desmantelando as casas de modo que a madeira pudesse ser usada para formar uma barreira atravessando a língua de terra.

— O sensato — disse Merewalh em algum momento durante aquela noite longa e nervosa — seria fazer os cavalos nadarem atravessando o rio e continuar indo para o sul.

— Então por que você não faz isso?

Ele sorriu e apontou na direção de algumas crianças que dormiam no chão.

— E deixá-las para os dinamarqueses, senhor?

— Não sei quanto tempo poderemos nos sustentar aqui — alertei.

— O senhor Æthelred mandará um exército.

— Você acredita nisso?

Ele deu um sorriso torto.

— Ou talvez o rei Eduardo, não é?

— Talvez — respondi —, mas vai demorar dois ou três dias para nossos mensageiros alcançarem Wessex, e eles vão conversar durante outros dois ou três dias, e até lá estaremos mortos.

Merewalh se encolheu diante dessa verdade brutal, mas a não ser que a ajuda já estivesse a caminho, estávamos condenados. O forte era uma construção patética, remanescente de alguma guerra antiga contra os galeses que viviam atacando as terras do oeste da Mércia. Tinha um fosso que não impediria a passagem nem de um aleijado, e a paliçada estava tão podre que poderia ser empurrada com uma das mãos. A barreira que fizemos era risível, apenas uma linha irregular de madeiras de telhado que poderiam fazer um homem tropeçar, mas jamais impediriam um ataque decidido. Eu sabia que Merewalh estava certo, que nosso dever era atravessar o Sæfern e continuar cavalgando para o sul até chegarmos a um local onde um exército pudesse se reunir. Era uma esperança fraca e pouco convincente, e no fim da noite, logo antes que o alvorecer cinzento manchasse o céu no leste, senti o desespero dos condenados. As três Nornas não haviam me dado uma chance, a não ser a de plantar meu estandarte e morrer com Bafo de Serpente na mão. Pensei em Stiorra, minha filha, e desejei vê-la mais uma vez, e então a luz cinzenta chegou, e com ela uma névoa, e as nuvens estavam baixas de novo, trazendo uma chuva fraca do oeste.

Através da névoa vi os estandartes dinamarqueses. No centro estava o símbolo de Haestern, o crânio sobre o mastro comprido. O vento era fraco demais para agitar as bandeiras, por isso eu não podia ver se elas mostravam águias, corvos ou javalis. Contei os estandartes. Pude ver pelo menos trinta e a névoa ainda escondia alguns, e embaixo daquelas bandeiras úmidas os dinamarqueses estavam formando uma parede de escudos.

Nós tínhamos dois estandartes. Merewalh mostrava a bandeira de Æthelred, com o cavalo branco empinado, que ele havia posto no forte. Ela pendia frouxa em seu mastro comprido. Meu estandarte da cabeça de lobo estava na terra mais baixa, ao norte, e eu ordenei que Oswi, meu serviçal, cortasse uma árvore nova para fazer um segundo mastro, de modo que eu pudesse abrir a bandeira e mostrar aos dinamarqueses quem eles estavam enfrentando.

— Isso não passa de um convite, senhor — disse Finan. Ele bateu com os pés no chão molhado. — Lembre-se de que os anjos disseram que o senhor iria morrer. Todos querem o seu crânio pregado numa empena.

— Não vou me esconder deles.

Finan fez o sinal da cruz e olhou com expressão soturna para as fileiras inimigas.

— Pelo menos será rápido, senhor — disse ele.

A névoa se dissipou lentamente, mas a garoa continuou caindo. Os dinamarqueses haviam formado uma linha entre dois bosques a cerca de 800 metros. A linha, densa com escudos pintados, preenchia o espaço entre as árvores e eu tive a impressão de que ela continuava dentro da floresta. Isso era estranho, pensei, mas, afinal de contas, nada naquela guerra súbita fora previsível.

— Setecentos homens? — supus.

— Mais ou menos — disse Finan. — Um número suficiente. E tem mais entre as árvores.

— Por quê?

— Talvez os desgraçados queiram que a gente os ataque — sugeriu Finan. — Para depois virem dos dois lados.

— Eles sabem que não vamos atacar — eu disse. Estávamos em número menor e a maioria dos nossos homens não era de guerreiros treinados. Os dinamarqueses poderiam saber disso simplesmente porque o fyrd raramente era equipado com escudos. Eles veriam minha parede de escudos no centro da nossa linha, mas dos dois lados essa parede de escudos era flanqueada por homens que não carregavam qualquer proteção. Carne fácil, pensei, e não duvidei que o fyrd se partiria como um graveto quando os dinamarqueses avançassem.

Mas eles permaneceram entre as árvores à medida que a névoa desaparecia e a chuva ficava mais forte. Às vezes os dinamarqueses batiam com as espadas nos escudos para fazer o trovão da guerra, e eu escutava à distância homens gritando, porém estavam longe demais para ouvir as palavras.

— Por que eles não vêm? — perguntou Finan, lamentoso.

Eu não podia responder porque não tinha ideia do que os dinamarqueses faziam. Eles nos tinham à sua mercê e estavam parados em vez de atacar. Haviam avançado muito lentamente no dia anterior e agora estavam imóveis. Essa era a sua grande invasão? Lembro-me de olhá-los, pensando, e dois cisnes voaram no alto, as asas batendo na chuva. Era um sinal, mas o que significava?

— Se eles nos matarem, até o último homem — perguntei a Finan —, quantos deles morrerão?

— Duzentos?

— É por isso que não estão atacando — sugeri, e Finan me olhou, perplexo. — Eles estão escondendo homens nas árvores não com esperança de que ataquemos, mas para não sabermos quantos eles são. — Fiz uma pausa, sentindo uma ideia tomar forma em minha mente. — Ou, para ser mais exato — continuei —, para não sabermos como eles são poucos.

— Poucos? — perguntou Finan.

— Este não é o grande exército deles — eu disse, subitamente com muita certeza. — Isso é um ardil. Sigurd não está aí, nem Cnut. — Eu estava supondo, mas era a única explicação que conseguia encontrar. Quem quer que comandasse aqueles dinamarqueses tinha menos de mil homens e não queria perder duzentos ou trezentos numa luta que não fazia parte da invasão principal. Seu trabalho era nos conter ali e atrair outras tropas saxãs para o vale do Sæfern, enquanto a verdadeira invasão chegava. De onde? Do mar?

— Achei que Offa havia lhe dito... — começou Finan.

— Aquele desgraçado estava chorando — eu disse com selvageria. — Estava chorando para me convencer de que falava a verdade. Ele me disse que estava pagando por minha gentileza, mas eu jamais fui gentil com ele. Eu lhe pagava como todo mundo. E os dinamarqueses devem ter pagado mais para ele me contar um monte de mentiras. — De novo eu não sabia se isso era verdade, mas por que aqueles dinamarqueses não vinham nos trucidar?

Houve movimento no centro da linha inimiga e os escudos se separaram para deixar que três cavaleiros passassem. Um carregava um galho cheio de folhas, sinal de que desejavam conversar, e outro usava um elmo alto, com crista prateada, do qual saía um rabo com penas de corvo. Chamei Merewalh, depois caminhei com ele e Finan, passando por nossa barreira frágil e pelo capim molhado, em direção aos dinamarqueses que se aproximavam.

Haesten era o homem com o elmo emplumado. Era uma peça magnífica, decorada com a serpente de Midgard retorcida em volta do cocuruto, com a cauda protegendo a nuca e a boca formando a crista que segurava as plumas de corvo. As abas faciais tinham dragões gravados, entre as quais o rosto de Haesten ria para mim.

— Senhor Uhtred — disse ele, feliz.

— Você está usando a touca da sua mulher — respondi.

— Foi um presente do jarl Cnut, que estará aqui ao anoitecer.

— Eu me perguntei por que vocês estavam esperando. Agora sei. Você precisa de ajuda.

Haesten sorriu como se estivesse sendo indulgente com meus insultos. O sujeito que segurava o galho verde estava alguns passos atrás dele, e ao seu lado havia um guerreiro usando outro elmo ornamentado, este com as abas faciais amarradas juntas, de modo que não dava para ver seu rosto. Sua cota de malha era cara, a sela e o cinto decorados com prata e os braços estavam cheios de argolas preciosas. Seu cavalo estava nervoso e ele bateu com força no pescoço do animal, o que só o fez andar de lado no terreno macio. Haesten se inclinou e acariciou o garanhão irritadiço.

— O jarl Cnut está trazendo Cuspe de Gelo — disse ele.

— Cuspe de Gelo?

— Sua espada — explicou Haesten. — Você e ele, senhor Uhtred, lutarão no meio dos galhos de aveleira. Esse é o meu presente para ele.

Cnut Ranulfson tinha a reputação de ser o maior espadachim entre todos os dinamarqueses, um mágico com a lâmina, um homem que sorria enquanto matava e tinha orgulho de sua reputação. Confesso que senti um tremor de medo diante das palavras de Haesten. Uma luta restringida num espaço marcado por galhos de aveleira era uma luta formal, e sempre até a morte. Seria uma demonstração de habilidade por parte de Cnut.

— Será um prazer matá-lo — eu disse.

— Mas seus anjos não disseram que você morreria? — perguntou Haesten, achando graça nisso.

— Meus anjos?

— Foi uma ideia inteligente — disse Haesten. — O jovem Sigurd aqui as trouxe de volta para nós. Duas meninas tão bonitas! Ele gostou delas. Assim como a maioria de nossos homens.

Então o cavaleiro que estava com Haesten era o filho de Sigurd, o cachorrinho que quisera lutar comigo em Ceaster. O ataque a Turcandene fora coisa dele, sua iniciação como líder, mas não duvidei de que seu pai tivesse mandado homens mais velhos para garantir que o filho não cometesse erros fatais. Lembrei-me das moscas em volta do corpo de Ludda e do corvo grosseiramente desenhado no reboco romano.

— Quando você morrer, cachorrinho — eu disse —, vou garantir que não esteja com sua espada na mão. Vou mandá-lo para a carne podre de Hel. Veja se gosta disso, sua bosta de morcego.

Sigurd Sigurdson desembainhou sua espada. Desembainhou-a muito devagar, demonstrando que não estava fazendo um desafio imediato.

— Ela se chama Dragão de Fogo — disse, levantando a lâmina.

— Espada de um cachorrinho — zombei.

— Quero que você saiba o nome da espada que vai matá-lo — disse ele, depois puxou a cabeça do garanhão como se quisesse mandar o animal para cima de mim, mas o cavalo empinou ligeiramente e o jovem Sigurd precisou se agarrar à crina para continuar na sela. Haesten se inclinou de novo e segurou o freio do garanhão.

— Guarde a espada, senhor — disse ele ao rapaz, depois sorriu para mim. — Você tem até o fim da tarde para se render, e caso não se renda — agora sua voz soou mais dura, passando por cima do comentário que eu me preparava para fazer —, cada um de vocês morrerá. Mas caso ceda, senhor Uhtred, pouparemos seus homens. Até a tarde! — Ele virou o cavalo, puxando o jovem Sigurd. — Até a tarde! — gritou de novo enquanto se afastava.

Esta era a guerra que transcendia qualquer compreensão, pensei. Por que esperar? Só se Haesten tivesse tanto medo de perder um quarto ou um terço de sua força. Mas se esta era mesmo a vanguarda de um grande exército dinamarquês, não tinha por que se demorar em Scrobbesburh. Deveria estar indo rapidamente para a barriga macia da Mércia saxã, para depois atravessar o Temes e devastar Wessex. Cada dia que os dinamarqueses esperassem era um dia para reunir o fyrd e trazer guerreiros dos condados saxões, a não ser que minha suspeita estivesse correta e esse golpe dinamarquês se destinasse a enganar, enquanto o ataque verdadeiro acontecia em outro local.

Havia mais dinamarqueses por perto. No fim da manhã, à medida que a chuva finalmente acabava e um sol aquoso surgia fraco entre as nuvens, vimos mais fumaça no céu a leste. A princípio a fumaça era esgarçada, mas se adensou rapidamente, e dentro de uma hora mais duas colunas de fumaça apareceram. Então os dinamarqueses estavam devastando os povoados próximos, e outro bando havia atravessado o rio e estava patrulhando a grande curva que nos cercava. Osferth encontrara dois barcos que não passavam de peles esticadas em estruturas de salgueiro e quisera fazer uma grande balsa como a que havíamos encontrado para cruzar o Use, mas a presença dos cavaleiros dinamarqueses acabou com essa ideia. Ordenei que meus homens reforçassem a barricada que atravessava a língua de terra, erguendo-a com traves e caibros para proteger os homens do fyrd e canalizar qualquer ataque para a minha parede de escudos. Eu tinha pouca esperança de sobreviver a um ataque decidido, mas os homens devem ser mantidos ocupados, por isso derrubaram seis cabanas e carregaram a madeira até a língua de terra, onde lentamente a barreira ficou um pouco mais formidável. Um padre que se refugiara em Scrobbesburh caminhou ao longo da minha linha defensiva dando pequenos pedaços de pão. Os homens se ajoelhavam à sua frente e ele colocava as migalhas em seus lábios, depois acrescentava uma pitada de terra.

— Por que ele está fazendo isso? — perguntei a Osferth.

— Nós viemos da terra, senhor, e é para ela que voltaremos.

— Não vamos a lugar nenhum se Haesten não atacar.

— Ele tem medo de nós?

Balancei a cabeça.

— É uma armadilha — respondi, e tinha havido muitas armadilhas, desde o momento em que os homens tentaram me matar no dia de são Alnoth e a convocação para selar um acordo com Eohric, e quando eu queimei os navios de Sigurd, e a criação dos anjos, mas agora eu suspeitava que os dinamarqueses tinham acionado a maior armadilha até então, e ela dera certo porque durante a tarde houve uma súbita agitação de pânico na outra margem do rio, quando os dinamarqueses em patrulha esporearam seus cavalos para o oeste. Algo os amedrontara, e alguns instantes depois um bando muito maior de cavaleiros apareceu. Aqueles homens carregavam dois estandartes, um com uma cruz e o outro com um dragão. Eram saxões ocidentais. Haesten estava atraindo homens para Scrobbesbuhr e eu estava convencido de que todos éramos necessários num lugar distante onde o verdadeiro ataque dinamarquês estaria se desdobrando.

Steapa comandava os recém-chegados. Ele apeou e desceu pela margem do rio até uma pequena plataforma lamacenta onde pôs as mãos em concha.

— Onde podemos atravessar?

— A oeste — gritei de volta. — Quantos vocês são?

— Duzentos e vinte!

— Temos setecentos dinamarqueses aqui — gritei —, mas não creio que este seja o exército principal deles!

— Mais gente nossa está vindo! — gritou ele, ignorando minhas últimas palavras, e eu o vi subir de volta o barranco.

Ele foi para o oeste, desaparecendo no meio das árvores à procura de um vau ou uma ponte. Voltei à língua de terra e vi os dinamarqueses ainda parados em fileira. Deviam estar cheios de tédio, mas não fizeram qualquer esforço para nos provocar, nem mesmo quando a tarde chegou e foi embora. Haesten devia saber que eu não me renderia humildemente, mas não fez qualquer gesto para cumprir a ameaça feita de manhã. Vimos as fogueiras dinamarquesas de acampamento brotando de novo, olhamos para o oeste esperando a chegada de Steapa e esperamos. A noite caiu.

E ao amanhecer os dinamarqueses tinham ido embora.

Æthelflaed chegou uma hora depois do nascer do sol, trazendo quase 150 guerreiros. Como Steapa, tivera de cavalgar para o oeste até encontrar um vau, e era meio-dia antes que estivéssemos todos juntos.

— Achei que tinha ido para o sul — eu disse.

— Alguém precisa lutar contra eles — retrucou ela.

— Só que eles foram embora. — A terra ao norte da língua de terra ainda estava salpicada de fogueiras em brasa, mas não havia nenhum dinamarquês, apenas pegadas de cascos indo para o leste. Agora tínhamos um exército, mas ninguém com quem lutar. — Haester jamais pretendeu lutar comigo — eu disse. — Só queria me atrair para cá.

Steapa me olhou perplexo, mas Ætyelflaed entendeu o que eu estava dizendo.

— Onde eles estão?

— Nós estamos no oeste — respondi —, portanto eles devem estar no leste.

— E Haesten foi se juntar a eles?

— Acho que sim. — Não tínhamos certeza de nada, claro, a não ser que os homens de Haesten haviam atacado o sul, a partir de Ceaster, e depois cavalgado misteriosamente para o leste. Eduardo, como Æthelflaed, havia respondido aos meus primeiros alertas mandando homens para o norte com o objetivo de descobrir se existia ou não uma invasão. Steapa deveria confirmar ou negar minha primeira mensagem, depois cavalgar de volta a Wintanceaster. Æthelflaed ignorara minhas ordens de se abrigar em Cirrenceastre; em vez disso trouxe seus guerreiros domésticos para o norte. Outras tropas mércias, segundo ela, tinham sido convocadas a Gleawecestre. — Isso é uma surpresa — eu disse com sarcasmo. Æthelred, como fizera na última vez em que Haesten havia invadido a Mércia, protegeria suas próprias terras e deixaria o resto do país se defender sozinho.

— Eu devo retornar ao rei — disse Steapa.

— Quais são suas ordens? — perguntei. — Encontrar a invasão dinamarquesa?

— Sim, senhor.

— E você encontrou?

Ele balançou a cabeça.

— Não.

— Então você e seus homens vêm comigo — ordenei. — E você — apontei para Æthelflaed — deve ir para Cirrenceastre ou então se juntar ao seu irmão.

— E você — respondeu ela, apontando de volta para mim — não me dá ordens, por isso farei o que eu quiser. — Ela me olhou com ar desafiador, mas não falei nada. — Por que não destruímos Haesten? — perguntou ela.

— Porque não temos homens suficientes — respondi pacientemente. — E porque não sabemos onde está o restante dos dinamarqueses. Você quer começar uma batalha com Haesten e depois descobrir 3 mil dinamarqueses enlouquecidos de hidromel na sua retaguarda?

— Então o que vamos fazer? — perguntou ela.

— O que eu disser para você fazer — respondi.

E assim fomos para o leste, seguindo as pegadas de Haesten, e ficou evidente que mais nenhuma propriedade fora incendiada e nenhuma aldeia fora saqueada. Isso significava que Haesten viajava depressa, ignorando as chances de capturar espólios porque, presumi, tinha ordens de se juntar ao grande exército dinamarquês, onde quer que ele estivesse.

Nós nos apressamos também, mas no segundo dia estávamos perto de Liccelfeld e eu tinha o que fazer ali. Entramos na cidadezinha que não possuía muralhas, mas alardeava uma grande igreja, dois moinhos, um mosteiro e um salão imponente que era a casa do bispo. Muitas pessoas tinham fugido para o sul, procurando o abrigo de um burh, e nossa chegada provocou pânico. Vimos pessoas correndo para a floresta próxima, presumindo que fôssemos dinamarqueses.

Demos água os cavalos nos dois riachos que atravessavam a cidade e eu mandei Osferth e Finan comprar comida enquanto Æthelflaed e eu levávamos trinta homens ao segundo maior salão da cidade, um prédio novo e magnífico que ficava na borda norte de Liccefeld. A viúva que morava ali não tinha fugido diante de nossa chegada. Em vez disso esperou no salão, acompanhada por uma dúzia de serviçais.

Seu nome era Edith. Era jovem, bonita e dura, mas parecia suave. Seu rosto era redondo, o cabelo ruivo e encaracolado era abundante e o corpo era gorducho. Usava um vestido de linho tingido de dourado e em volta do pescoço havia uma corrente de ouro.

— Você é a viúva de Offa — presumi, e ela assentiu. — Onde estão os cães dele?

— Eu os afoguei.

— Quanto o jarl Sigurd pagou ao seu marido para mentir para nós?

— Não sei do que o senhor está falando.

Virei-me para Sihtric.

— Reviste o lugar — ordenei. — Pegue toda a comida de que precisar.

— O senhor não pode... — começou Edith.

— Eu posso fazer o que quiser! — rosnei para ela. — Seu marido vendeu Wessex e a Mércia aos dinamarqueses.

Ela era teimosa, não admitiu nada, mas havia muita riqueza nova e evidente no salão recém-construído. Ela gritou conosco, tentou me atacar com uma foice quando tirei o ouro do seu pescoço e cuspiu xingamentos quando fomos embora. Não saí da cidade imediatamente, em vez disso fui ao cemitério perto da catedral, onde meus homens desenterraram o corpo de Offa. Ele havia pagado com prata aos padres para ser enterrado perto das relíquias de são Chad, acreditando que essa proximidade apressaria sua ascensão ao céu no dia em que Cristo retornasse à terra, mas eu fiz o máximo para mandar sua alma imunda para o inferno cristão. Carregamos seu corpo podre, ainda enrolado nos panos descoloridos, até os limites da cidade e o jogamos num riacho.

Depois continuamos cavalgando para o leste, para descobrir se a traição dele havia condenado Wessex.

QUARTA PARTE
Morte no inverno

Onze

A ALDEIA NÃO EXISTIA MAIS. As casas eram pilhas fumegantes de madeira queimada e cinzas, os cadáveres de quatro cães retalhados estavam expostos na rua lamacenta e o fedor de carne assada se misturava com a fumaça soturna. O corpo de uma mulher, nu e inchado, flutuava num laguinho. Corvos estavam empoleirados em seus ombros, rasgando a carne intumescida. O sangue havia secado, preto, nas fendas da pedra chata usada para lavar roupa, junto d'água. Um grande olmo erguia-se acima da aldeia, mas seu lado sul fora incendiado pelas chamas do teto da igreja e tinha queimado, de modo que a árvore parecia golpeada por um raio, metade cheia de folhas verdes, a outra meio preta, murcha e quebradiça. As ruínas da igreja ainda ardiam e não havia uma pessoa viva para nos dizer qual era o nome do lugar, mas uma dúzia de manchas de fumaça nos dizia que este não era o único povoado a ser reduzido a ruínas carbonizadas.

Tínhamos cavalgado para o leste, de novo seguindo os rastros do bando de Haesten; depois essas pegadas haviam se virado para o sul, juntando-se a um caminho mais largo, queimado e pisoteado. Esse caminho fora feito por centenas de cavalos, provavelmente milhares, e as trilhas de fumaça no céu sugeriam que os dinamarqueses viajavam para o sul em direção ao vale do Temes e aos ricos saques em Wessex, mais além.

— Há cadáveres na igreja — disse-me Osferth. Sua voz estava calma, mas dava para ver que ele sentia raiva. — Muitos cadáveres. Devem ter sido trancados lá dentro e então a igreja foi queimada.

— Como quando queimam um salão — respondi, lembrando-me do salão de Ragnar, o Velho, ardendo na noite, e dos gritos das pessoas presas dentro.

— Há crianças lá — continuou Osferth, parecendo mais irado ainda. — Os corpos se encolheram até ficar do tamanho de bebês!

— Suas almas estão com Deus — disse Æthelflaed, tentando consolá-lo.

— Não existe mais piedade — observou Osferth, olhando para o céu, que era uma mistura de nuvens cinzentas e fumaça escura.

Steapa também olhou para o céu e disse:

— Eles estão indo para o sul. — Estava pensando em suas ordens de retornar a Wessex e preocupado porque eu o mantinha na Mércia enquanto uma horda dinamarquesa ameaçava sua pátria.

— Ou talvez para Lundene — sugeriu Æthelflaed. — Ela estava pensando o mesmo que eu. Lembrei-me da muralha decadente da cidade e dos batedores de Eohric olhando-a. Alfredo soubera da importância de Lundene, motivo pelo qual tinha pedido que eu a capturasse, mas será que os dinamarqueses sabiam? Quem guarnecesse Lundene controlava o Temes, e o Temes levava aos fundos da Mércia e de Wessex. Um comércio muito grande passava por Lundene, de modo que muitas estradas iam até lá, e quem dominasse Lundene tinha a chave para o sul da Britânia. Um exército dinamarquês tinha passado nessa direção, provavelmente apenas um dia antes, mas seria o único exército? Haveria outro sitiando Lundene? Será que outro já teria capturado a cidade? Eu me sentia tentado a cavalgar direto para Lundene para garantir que ela fosse bem defendida, mas isso significaria abandonar a trilha fumegante do grande exército.

Æthelflaed estava me observando, esperando uma resposta, mas eu não disse nada. Seis de nós estávamos montados nos cavalos, no centro daquela aldeia incendiada, enquanto meus homens davam água aos cavalos no lago onde flutuava o corpo inchado. Æthelflaed, Steapa, Finan, Merewalh e Osferth me olhavam e eu tentava me colocar na mente de quem quer que comandasse os dinamarqueses. Cnut? Sigurd? Eohric? Nem isso sabíamos.

— Vamos seguir os dinamarqueses — decidi finalmente, apontando para a fumaça no céu ao sul.

— Eu deveria me juntar ao meu senhor — lamentou Merewalh, infeliz.

Æthelflaed sorriu.

— Deixe-me dizer o que meu marido fará — disse ela, e o escárnio na palavra "marido" era tão pungente quanto o cheiro que vinha da igreja incendiada. — Ele manterá suas forças em Gleawcestre, assim como fez quando os dinamarqueses invadiram pela última vez. — Ela viu o conflito no rosto de Merewalh. Ele era um bom homem, e como todos os bons homens queria cumprir seu dever de juramento, que era estar ao lado de seu senhor, mas sabia que Æthelflaed dizia a verdade. Ela se empertigou na sela. — Meu marido — disse, mas desta vez sem escárnio — me deu permissão para dar ordens a qualquer dos seus seguidores que eu encontrasse. Portanto agora ordeno que fique comigo.

Merewalh sabia que ela estava mentindo. Olhou-a um instante, depois concordou.

— Então farei isso, senhora.

— E os mortos? — perguntou Osferth, olhando para a igreja.

Æthelflaed se inclinou e tocou gentilmente o braço do meio-irmão.

— Os mortos devem enterrar seus mortos — disse ela.

Osferth sabia que não havia tempo para dar um enterro cristão aos mortos. Eles deviam ser deixados, mas a raiva que sentia era enorme por dentro, e ele desceu da sela e foi até a igreja fumegante onde pequenas chamas lambiam os caibros. Tirou dois pedaços de madeira chamuscada no meio da ruína. Uma tinha cerca de 1,5 metro, a outra era bem menor, e ele remexeu no meio das cabanas arruinadas até achar uma tira de couro, talvez um cinto, e usou o couro para amarrar os dois pedaços de madeira. Fez uma cruz.

— Com sua permissão, senhor — disse ele. — Quero ter meu próprio estandarte.

— O filho de um rei deve ter seu pavilhão — respondi.

Ele bateu no chão com a parte de baixo da cruz, fazendo-a soltar cinzas, e a peça transversal se inclinou, torta. Seria engraçado se Osferth não estivesse sentindo uma fúria tão amarga.

— Este é o meu estandarte — disse ele, e chamou seu serviçal, um surdo-mudo chamado Hwit, para carregar a cruz.

Seguimos as pegadas de cascos para o sul, passando por mais aldeias queimadas, por um grande salão que agora era somente cinzas e caibros enegrecidos e por campos onde as vacas mugiam terrivelmente porque precisavam ser ordenhadas. Se os dinamarqueses deixaram vacas é porque já deviam ter um rebanho enorme, grande demais para ser cuidado, assim como deviam ter recolhido também mulheres e crianças para os mercados de escravos. Nesse ponto estavam sendo atrapalhados. Em vez de ser um exército rápido, perigoso e bem montado, composto por guerreiros selvagens, tinham se tornado uma lenta procissão de cativos, carroças, rebanhos de vacas e ovelhas. Ainda deviam estar mandando grupos de atacantes malignos, mas cada um desses traria mais saques que deixariam o exército principal ainda mais vagaroso.

Eles haviam atravessado o Temes. Descobrimos isso no dia seguinte quando chegamos a Cracgelad, onde eu matara Aldheim, o homem de Æthelred. Agora a cidadezinha era um burh e suas muralhas eram de pedra e não de terra e madeira. As fortificações eram trabalho de Æthelflaed e ela havia ordenado que o trabalho fosse feito não somente porque a cidadezinha guardava uma travessia do Temes, mas porque tinha testemunhado um pequeno milagre ali; tocada pela mão de um santo morto, ela acreditava. Assim, agora Cracgelad era uma fortaleza formidável, com um fosso inundado à frente da nova muralha de pedras, e não era surpreendente que os dinamarqueses tivessem ignorado a guarnição, indo em vez disso para a estrada que atravessava os pântanos na margem norte do Temes até a ponte romana, consertada na mesma ocasião em que as muralhas de Cracgelad eram reconstruídas. Também seguimos pela estrada e paramos nossos cavalos na margem norte do Temes, olhando o céu arder acima de Wessex. Então o reino de Eduardo estava sendo devastado.

Æthelflaed podia ter transformado Cracgelad num burh, mas a cidade ainda mostrava o estandarte de seu marido, com o cavalo branco, acima do portão sul, e não sua bandeira do ganso segurando a cruz. Uma dúzia de homens apareceu nesse portão e se juntou a nós. Um deles era um sacerdote, o padre Kynhelm, e ele nos deu a primeira notícia confiável. Disse que Æthelwold estava com os dinamarqueses.

— Ele veio ao portão, senhor, e exigiu que nos rendêssemos.

— Você o reconheceu?

— Nunca o vi antes, senhor, mas ele se anunciou e presumo que tenha dito a verdade. Ele veio com saxões.

— Não com dinamarqueses?

O padre Kynhelm balançou a cabeça.

— Os dinamarqueses ficaram longe. Nós podíamos vê-los, mas pelo que pude perceber todos os homens que estavam perto do portão eram saxões. Vários deles gritaram para nos rendermos. Contei duzentos e vinte.

— E uma mulher — acrescentou um homem.

Ignorei isso.

— Quantos dinamarqueses? — perguntei ao padre Kynhelm.

Ele deu de ombros.

— Centenas, senhor, eles enegreciam os campos.

— O estandarte de Æthelwold é um cervo com cruzes no lugar das galhadas. Essa era a única bandeira?

— Eles mostraram uma cruz preta também, senhor, e uma bandeira com um javali.

— Um javali?

— Um javali com presas, senhor.

Então Beortsig havia se juntado aos seus senhores, o que queria dizer que o exército que saqueava Wessex era em parte saxão.

— Que resposta você deu a Æthelwold? — perguntei ao padre Kynhelm.

— Que servíamos ao senhor Æthelred, senhor.

— Você tem notícias do senhor Æthelred?

— Não, senhor.

— Tem comida?

— O bastante para o inverno, senhor. A colheita foi adequada. Deus seja louvado.

— Que forças vocês têm?

— O fyrd, senhor, e 22 guerreiros.

— Quantos homens no fyrd?

— Quatrocentos e vinte, senhor.

— Mantenha-os aqui, porque os dinamarqueses provavelmente retornarão. — Quando Alfredo estava em seu leito de morte eu lhe dissera que os nórdicos não tinham aprendido a lutar contra nós, mas nós é que tínhamos aprendido a lutar contra eles, e isso era verdade. Eles não fizeram qualquer tentativa de capturar Cracgelad, a não ser por um débil pedido para a cidade se render, e se milhares de dinamarqueses não eram capazes de capturar um pequeno burh, por mais formidáveis que fossem suas muralhas, não tinham chance contra as guarnições maiores de Wessex, e se não podiam capturar os burhs maiores e com isso destruir as forças de Eduardo que estavam dentro, eventualmente acabariam recuando. — Que estandartes dinamarqueses você viu? — perguntei ao padre Kynhelm.

— Nenhum nitidamente, senhor.

— Qual é o estandarte de Eohric? — perguntei a todos que estavam por perto.

— Um leão e uma cruz — respondeu Osferth.

— O que quer que seja um leão — eu disse. Eu queria saber se os anglos orientais de Eohric haviam se juntado à horda dinamarquesa, mas o padre Kynhelm não tinha a resposta.

Na manhã seguinte chovia de novo, as gotas salpicando o Temes que deslizava diante das muralhas do burh. As nuvens baixas tornavam difícil distinguir as colunas de fumaça, mas minha impressão era de que os incêndios não estavam muito longe, ao sul do rio. Æthelflaed foi ao convento de santa Werburgh e rezou. Osferth encontrou um carpinteiro na cidade que montou sua cruz corretamente, prendendo-a com pregos, enquanto eu chamava dois homens de Merewalh e dois de Steapa. Mandei os mércios a Gleawcestre com uma mensagem para Æthelred. Eu sabia que, se a mensagem fosse minha, ele iria ignorá-la completamente, por isso ordenei que dissessem que era um pedido do rei Eduardo para ele trazer suas tropas, todas as suas tropas, a Cracgelad. Expliquei que o grande exército havia atravessado o Temes no burh e que certamente recuaria pelo mesmo caminho. Eles podiam, claro, escolher outro vau ou outra ponte, mas os homens têm o hábito de usar as estradas e as trilhas que já conhecem. Se a Mércia juntasse seu exército na margem norte do Temes, Eduardo poderia trazer os saxões ocidentais do sul e nós prenderíamos os dinamarqueses no meio. Os homens de Steapa levaram a mesma mensagem para Eduardo, só que ela era minha e meramente sugeria que, à medida que os dinamarqueses recuassem, ele deveria concentrar seu exército e segui-los, mas sem atacar até que já tivessem atravessado o Temes.

Na metade da manhã dei a ordem para selarem os cavalos e ficarem prontos para partir, mas não disse para onde. E então, justo quando estávamos para ir embora, chegaram dois mensageiros do bispo Erkenwald em Lundene.

Jamais gostei de Erkenwald, e Æthelflaed o odiava desde que ele havia feito um sermão sobre o adultério encarando-a o tempo todo, mas o bispo conhecia seu trabalho. Mandara mensageiros através de todas as estradas romanas que partiam de Lundene com ordens de procurar forças mércias ou saxãs ocidentais.

— Ele disse para estar atento à sua presença, senhor — disse um dos homens. Era da guarnição de Weohstan e falou que os dinamarqueses estavam diante das muralhas de Lundene, mas não em grande número. — Se nós os ameaçamos, senhor, eles recuam.

— São homens de quem?

— Do rei Eohric, senhor, e alguns seguem o estandarte de Sigurd, também.

Então Eohric havia realmente se juntado aos dinamarqueses e não aos cristãos. Os mensageiros de Erkenwald disseram ter ouvido que os dinamarqueses se reuniram em Eofewic e lá pegaram navios para a Ânglia Oriental, e enquanto eu era atraído para Ceaster, esse grande exército, reforçado pelos guerreiros de Eohric, havia atravessado o Use e começado seu caminho de fogo e morte.

— O que os homens de Eohric estão fazendo em Lundene? — perguntei.

— Só observam, senhor. Não estão em número suficiente para um ataque.

— Mas são o suficiente para manter as tropas dentro das muralhas — disse eu. — E o que o bispo Erkenwald quer?

— Ele esperava que o senhor fosse para Lundene.

— Diga para, em vez disso, ele me mandar metade dos homens de Weohstan.

O pedido do bispo Erkenwald, que eu suspeitei na verdade ter sido uma ordem suavizada pelos mensageiros para parecer uma sugestão, fazia pouco sentido para mim. Certo, Lundene precisava ser defendida, mas o exército que ameaçava aquela cidade estava aqui, ao sul do Temes, e se nos movêssemos depressa poderíamos interceptá-lo. A força inimiga em Lundene provavelmente só estava lá para impedir que a grande guarnição da cidade partisse para confrontar o exército principal. Minha expectativa era que os dinamarqueses saqueariam e queimariam, mas eventualmente teriam de sitiar um burh ou então ser enfrentados, em terreno aberto, por um exército saxão ocidental, e era mais importante saber onde eles estavam e o que pretendiam do que se juntar na distante Lundene. Para derrotar os dinamarqueses precisávamos enfrentá-los em franca batalha. Não havia como escapar dos horrores da parede de escudos. Os burhs poderiam protelar a derrota, mas a vitória vinha do combate cara a cara e meu pensamento era forçar uma batalha quando os dinamarqueses estivessem cruzando o Temes de volta. A única coisa que eu sabia era que precisávamos escolher o campo de batalha. E Cracgelad, com seu rio, sua estrada e sua ponte era um lugar melhor do que a maioria, tão bom quanto a ponte de Fearhnamme, onde havíamos trucidado o exército de Harald Cabelo de Sangue depois de colocá-lo numa armadilha quando somente metade de suas tropas tinha cruzado o rio.

Dei cavalos novos aos mensageiros de Erkenwald e mandei-os de volta a Lundene, sem muita esperança, porém, de que o bispo despachasse reforços a não ser que recebesse uma ordem direta de Eduardo. Depois, levei a maior parte das nossas forças para o outro lado do rio. Merewalh ficou em Cracgelad, e eu havia dito a Æthelflaed para ficar com ele, mas ela ignorou a ordem e cavalgou ao meu lado.

— Lutar não é para as mulheres — resmunguei com ela.

— O que é para as mulheres, então, senhor Uhtred? — perguntou ela com uma doçura fingida. — Ah, por favor, por favor! Diga!

Procurei a armadilha oculta na pergunta. Obviamente havia uma armadilha, mas eu não podia vê-la.

— Cuidar da casa — eu disse rigidamente.

— Limpar? Varrer? Fiar? Cozinhar?

— Supervisionar os serviçais, sim.

— E criar os filhos?

— Isso também — concordei.

— Em outras palavras — disse ela com irritação —, as mulheres devem fazer tudo que os homens não podem fazer. E neste momento parece que os homens não conseguem lutar, portanto é melhor eu fazer isso também. — Ela deu um sorriso de triunfo, depois gargalhou quando fiz uma careta. Na verdade eu estava feliz com a companhia dela. Não só porque eu a amava, mas a presença de Æthelflaed sempre inspirava os homens. Os mércios a adoravam. Ela podia ser saxã ocidental, mas sua mãe era mércia e Æthelflaed adotara aquele país como seu. Sua generosidade era famosa; não havia praticamente nenhum convento na Mércia que não dependesse dos rendimentos das grandes propriedades que Æthelflaed havia herdado para ajudar suas viúvas e órfãs.

Assim que atravessamos o Temes estávamos em Wessex. O mesmo caminho marcado por cascos mostrava onde o grande exército havia se espalhado enquanto ia para o sul, e as primeiras aldeias por onde passamos estavam queimadas, as cinzas transformadas numa grande lama pela chuva da noite. Mandei Finan e cinquenta homens à frente para servir como batedores, avisando que as trilhas de fumaça no céu estavam muito mais perto do que eu havia esperado.

— O que você esperava? — perguntou Æthelflaed.

— Que os dinamarqueses fossem direto para Wintanceaster.

— E atacassem a cidade?

— Eles deveriam fazer isso, ou então devastar a região ao redor, com esperanças de atrair Eduardo para uma luta.

— Se Eduardo estiver lá — disse ela com incerteza.

Mas em vez de atacar Wintanceaster os dinamarqueses pareciam devastar a terra logo ao sul do Temes. Era uma terra boa, com fazendas gordas e povoados ricos, mas grande parte de sua riqueza tinha sido levada para os burhs mais próximos.

— Eles precisam sitiar um burh ou ir embora — eu disse —, e geralmente não têm paciência para um cerco.

— Então por que vieram?

Dei de ombros.

— Talvez Æthelwold acreditasse que o povo iria apoiá-lo. Talvez eles esperem que Eduardo comande um exército e que eles possam derrotá-lo.

— E pode?

— Não enquanto não tiver forças suficientes — respondi, esperando que isso fosse verdade. — Mas nesse momento os dinamarqueses estão sendo atrasados por cativos e pelo saque, e vão mandar parte disso de volta para a Ânglia Oriental. — Era o que Haesten havia feito durante sua grande devastação da Mércia. Suas forças tinham se movido rapidamente, mas ele destacara constantemente bandos de homens para escoltar os escravos cativos e as mulas de carga de volta a Beamfleot. Se minhas suspeitas estivessem corretas, os dinamarqueses mandariam homens de volta através da rota por onde tinham vindo, e era por isso que eu cavalgava para o sul, procurando um desses bandos dinamarqueses que estivessem levando o saque de volta à Ânglia Oriental.

— Faria mais sentido eles usarem outra rota — observou Æthelflaed.

— Para isso eles precisariam conhecer a região. Seguir os próprios rastros é muito mais fácil.

Não precisamos nos afastar muito da ponte porque os dinamarqueses estavam surpreendentemente perto, na verdade estavam muito perto mesmo. Dentro de uma hora Finan havia retornado com notícias de que grandes bandos de dinamarqueses se espalhavam por toda a região mais próxima. A terra subia gradualmente na direção sul e os incêndios da destruição ardiam no horizonte distante enquanto homens traziam cativos, animais e saques para o terreno mais baixo.

— Há um povoado na estrada adiante — disse Finan. — Ou melhor, havia um povoado, e eles estão juntando o saque lá, e não há mais de trezentos desgraçados.

Eu estava preocupado porque os dinamarqueses não haviam guardado a ponte em Cracgelad, mas a única resposta para essa preocupação era presumir que eles não temiam qualquer ataque vindo da Mércia. Eu tinha mandado batedores ao longo da margem do rio, para o leste e para o oeste, mas nenhum deu qualquer notícia da presença dinamarquesa. Parecia que o inimigo estava concentrado em juntar o saque e não prestava atenção a qualquer ataque vindo do outro lado do Temes. Ou isso era descuido, ou então uma armadilha cuidadosa.

Éramos quase seiscentos homens. Se fosse uma armadilha, seríamos um animal difícil de matar, e eu decidi preparar uma armadilha nossa. Estava começando a achar que os dinamarqueses se mostravam descuidados, excessivamente confiantes em seus números avassaladores, e nós estávamos na retaguarda deles e tínhamos uma rota segura para a fuga. A oportunidade era simplesmente boa demais.

— Aquelas árvores podem nos esconder? — perguntei a Finan, apontando na direção de um bosque denso ao sul.

— O senhor poderia esconder mil homens lá.

— Vamos esperar nas árvores. Você vai comandar todos os nossos homens — eu disse, falando dos homens jurados a mim. — E vai atacar os desgraçados. Depois vai trazê-los de volta na direção do restante de nós.

Era uma emboscada simples, tão simples que eu realmente não acreditava que daria certo, mas esta ainda era a guerra que transcendia qualquer compreensão. Em primeiro lugar, estava acontecendo com um atraso de três anos, e agora, depois da tentativa de me atrair para Ceaster, os dinamarqueses pareciam ter se esquecido completamente de mim.

— Eles têm líderes demais — sugeriu Æthelflaed enquanto cavalgávamos a passo ao longo da estrada romana que partia da ponte — e são todos homens, de modo que nenhum vai ceder. Eles estão discutindo entre si.

— Esperemos que continuem discutindo — eu disse. Assim que chegamos ao meio das árvores nós nos espalhamos. Os homens de Æthelflaed estavam à direita, e eu mandei Osferth para mantê-la em segurança. Os homens de Steapa foram para a esquerda, enquanto eu ficava no centro. Apeei, dando as rédeas do cavalo a Oswi, e fui com Finan até a borda sul da floresta. Nossa chegada nas árvores havia feito pombos voarem ruidosamente entre os galhos, mas nenhum dinamarquês notou. Os mais próximos estavam a cerca de duzentos ou trezentos passos, perto de um rebanho misto de ovelhas e cabras. Para além deles ficava uma propriedade ainda intacta e eu podia ver um grande número de pessoas por lá.

— Cativos — disse Finan. — Mulheres e crianças.

Haveria dinamarqueses, também, e sua presença era traída por um grande rebanho de cavalos selados, numa área cercada. Era difícil dizer o número de cavalos, mas seriam pelo menos uma centena. A propriedade era um pequeno salão ao lado de um par de celeiros com palha nova no teto que brilhava ao sol. Havia mais dinamarqueses atrás do salão, nos campos, onde presumi que estivessem recolhendo os animais.

— Eu sugeriria cavalgar para o salão — eu disse —, matar o máximo que puder, trazer um prisioneiro para mim e pegar os cavalos deles.

— Já era hora de termos uma luta — disse Finan, com ar sonhador.

— Traga-os para nós e vamos matar todos os filhos da mãe. — Ele se virou para ir, mas eu pus a mão em seu braço coberto pela cota de malha. Ainda estava olhando para o sul. — Não é uma armadilha, é?

Finan olhou para o sul.

— Eles chegaram até aqui sem lutar — respondeu ele — e acham que ninguém vai ousar enfrentá-los.

Senti uma frustração momentânea. Se eu tivesse o exército da Mércia em Cracgelad e se Eduardo pudesse me trazer os homens de Wessex vindos do sul, poderíamos esmagar esse exército descuidado. Mas, pelo que eu sabia, éramos as únicas tropas saxãs próximas dos dinamarqueses.

— Quero mantê-los aqui — eu disse.

— Mantê-los aqui? — perguntou Finan.

— Perto da ponte, de modo que o rei Eduardo possa trazer homens para esmagá-los. — Tínhamos homens em número mais do que suficiente para sustentar a ponte contra qualquer número de ataques que os dinamarqueses fizessem. Nem precisávamos dos mércios de Æthelred para que a armadilha funcionasse. Este era o campo de batalha que eu queria. — Sihtric!

A escolha deste local como o terreno para destruir os dinamarqueses era tão óbvio, tão tentador e tão vantajoso que eu não quis esperar antes que Eduardo soubesse de minha certeza.

— Sinto muito por você perder a luta — disse a Sihtric —, mas isso é urgente. — Eu ia mandá-lo com três homens para cavalgar em direção ao oeste e depois ao sul. Eles deveriam seguir meus primeiros mensageiros e contar ao rei onde os dinamarqueses estavam e como poderiam ser derrotados. — Diga a ele que o inimigo só está esperando para ser morto. Diga que esta pode ser sua primeira grande vitória, diga que os poetas vão cantá-la durante gerações, e acima de tudo diga para ele se apressar! — Esperei até Sihtric ter partido, depois olhei para o inimigo de novo. — Traga-me o máximo de cavalos que puder — disse a Finan.

Ele comandou meus homens para o sul, mantendo-se no meio de algumas árvores a leste da estrada, enquanto eu juntava todos os cavaleiros que

Morte dos reis

restavam. Cavalguei ao longo de nossa linha, curvando-me sob os galhos baixos, e disse aos homens que eles deveriam não somente matar o inimigo, mas feri-lo. Os homens feridos atrasam o exército. Se Sigurd, Cnut e Eohric tivessem tropas muito feridas, não poderiam cavalgar rapidamente. Eu queria retardar aquele exército, colocá-lo numa armadilha, mantê-lo no lugar até que as forças de Wessex pudessem vir do sul e matá-lo.

Olhei os pássaros voarem das árvores por onde Finan estava levando meus homens. Nenhum dinamarquês notou ou se interessou, caso tenha visto os pássaros. Esperei ao lado de Æthelflaed e senti uma empolgação súbita. Os dinamarqueses estavam numa armadilha. Não sabiam, mas tinham sido condenados. O sermão do bispo Erkenwald estava certo, claro, a guerra é uma coisa pavorosa, mas também podia ser muito agradável, e não havia nada mais agradável do que forçar o inimigo a fazer nossa vontade. O inimigo estava onde eu queria, e onde ele morreria, e me lembro de ter rido alto e de Æthelflaed me olhar com curiosidade.

— O que há de engraçado? — perguntou ela, mas não respondi porque nesse momento os homens de Finan saíram da cobertura das árvores.

Atacaram do leste. Foram rapidamente e por um momento os dinamarqueses pareceram atordoados com seu aparecimento súbito. Torrões de terra levantados pelos cascos salpicaram o ar atrás dos meus homens, pude ver a luz refletida em suas espadas e observei dinamarqueses correndo na direção do salão, e logo os homens de Finan estavam no meio deles, derrubando-os, cavaleiros ultrapassando fugitivos, lâminas baixando, sangue colorindo o dia, homens caindo, sangrando, entrando em pânico, e Finan os impeliu, indo na direção do campo onde os cavalos dinamarqueses estavam presos.

Ouvi um toque de trompa. Homens estavam se reunindo no salão, pegando escudos, mas Finan os ignorou. Havia uma cancela no cercado e eu vi Cerdic se abaixar e puxá-la. Os cavalos dinamarqueses saíram correndo pela abertura, seguindo meus homens. Mais dinamarqueses vinham galopando do sul, convocados pela trompa urgente, enquanto Finan partia com uma carga de cavalos sem cavaleiros na direção das nossas árvores. O caminho por onde ele havia galopado estava cheio de corpos. Contei 23, e nem todos estavam mortos. Alguns estavam feridos, retorcendo-se no chão enquanto o sangue manchava o capim. Ovelhas em pânico corriam de um lado para o outro. Uma segunda trompa juntou seu chamado à primeira, com o barulho áspero no sol da tarde. Os dinamarqueses estavam se reunindo, mas ainda não tinham visto o restante de nós no meio das árvores. Viram um bando de seus cavalos sendo levados para o norte e deviam ter presumido que Finan era da guarnição de Cracgelad e que os cavalos seriam levados para o outro lado do Temes, para a segurança das muralhas de pedra, e alguns dinamarqueses partiram em perseguição. Esporearam seus cavalos enquanto Finan sumia no meio das árvores. Desembainhei Bafo de Serpente e as orelhas do meu garanhão se viraram para trás quando ele ouviu o sibilo da lâmina na bainha forrada de pele de carneiro. Ele estava tremendo, pateando o chão com um casco pesado. Chamava-se Broga e se mostrava agitado pelos cavalos que passavam ruidosos entre as árvores. Relinchou e eu afrouxei as rédeas para deixá-lo avançar.

— Matem e firam! — gritei. — Matam e firam!

Broga, cujo nome significa terror, saltou adiante. Ao longo de toda a borda do bosque os cavaleiros apareceram, suas lâminas reluzindo, e atacamos os dinamarqueses espalhados, gritando, e o mundo era o trovão dos cascos.

A maioria dos dinamarqueses deu meia-volta para fugir. Os sensatos continuaram a carga na nossa direção, sabendo que sua melhor chance de sobrevivência estava em atravessar nossas fileiras e escapar atrás de nós. Meu escudo batia nas minhas costas, Bafo de Serpente estava levantada e eu girei na direção de um homem num cavalo cinza e o vi pronto para me golpear com a espada, mas um dos homens de Æthelflead o acertou antes com uma lança. Ele se retorceu na sela, com a espada caindo, e eu deixei-o para trás e alcancei um dinamarquês que fugia a pé. Golpeei com Bafo de Serpente transversalmente em seus ombros, puxei-a para trás ao longo do pescoço, vi-o cambalear, deixei-o, girei a espada para um homem que corria e abri seu couro cabeludo, de modo que de repente seu cabelo comprido ficou molhado de sangue.

Os dinamarqueses a pé junto ao salão tinham feito uma parede de escudos, talvez quarenta ou cinquenta homens que nos encaravam com seus escudos redondos se sobrepondo, mas Finan havia se virado e trazido seus homens de volta, abrindo caminho violentamente pela estrada e deixando corpos espalhados. Agora trouxe seus homens para trás da parede de escudos. Gritou seu desafio irlandês, palavras que não significavam nada para nenhum de nós, mas mesmo assim faziam o sangue coagular, e a parede de escudos, vendo cavaleiros na frente e atrás, se desmontou. Seus cativos estavam encolhidos no pátio, eram todos mulheres e crianças, e eu gritei mandando irem para o norte, na direção do rio.

— Vão, vão!

Broga havia atacado dois homens. Um girou a espada na direção da boca do cavalo, mas ele era bem treinado e empinou, sacudindo os cascos, e o homem se abaixou para longe. Agarrei-me ao cavalo, esperei ele baixar de novo e desci Bafo de Serpente com força na cabeça do segundo homem, partindo elmo e crânio. Ouvi um grito e vi que Broga havia mordido o rosto do primeiro homem. Esporeei. Cães uivavam, crianças gritavam e Bafo de Serpente se alimentava. Uma mulher nua saiu cambaleando do salão, o cabelo solto, o rosto manchado de sangue.

— Vá para lá! — gritei para ela, apontando a espada na direção norte.

— Meus filhos!

— Procure-os! Vá!

Um dinamarquês saiu do salão segurando a espada, olhou horrorizado e se virou de volta, mas Rypere o tinha visto e cavalgou ao seu lado, agarrou-o pelo cabelo comprido e o arrastou para longe. Duas lanças rasgaram sua barriga e um garanhão pisoteou-o. Ele se retorceu, sangrando e gemendo enquanto o deixávamos ali.

— Oswi! — gritei para o meu serviçal. — A trompa!

Agora mais dinamarqueses surgiam ao sul, muito mais dinamarqueses, e era hora de partir. Tínhamos ferido muito o inimigo, mas aquele não era o local para lutar contra uma horda em número muito maior. Eu só queria que os dinamarqueses ficassem ali, presos pelo rio, de modo que Eduardo pudesse trazer o exército de Wessex contra eles e impeli-los como gado na direção das minhas espadas. Oswi continuou tocando a trompa, frenético.

— Para trás! — gritei. — Todos vocês! Para trás!

Voltamos bem devagar. Nossa carga louca havia matado e ferido pelo menos uma centena de homens, de modo que os pequenos campos estavam salpicados de corpos. Os feridos se encontravam em valas ou junto a cercas vivas e nós os deixamos ali. Steapa estava rindo, o que era uma visão temível, com seus grandes dentes à mostra e a espada vermelha.

— Seus homens são a retaguarda — eu disse, e ele concordou. Procurei Æthelflaed e fiquei aliviado ao vê-la incólume. — Cuide dos fugitivos — eu disse. Os cativos que tinham escapado precisavam ser arrebanhados de volta. Vi a mulher nua arrastar duas crianças pequenas pelas mãos.

Formei meus homens na borda das árvores onde nossa carga havia começado. Esperamos ali, agora com os escudos nos braços, as espadas brilhando com o sangue inimigo, e desafiamos os dinamarqueses a virem, mas eles estavam desorganizados e feridos, de modo que não se arriscariam a uma carga até que tivessem mais homens. E assim que vi que os fugitivos tinham ido em segurança para o norte, gritei para meus homens os seguirem.

Tínhamos perdido cinco homens — dois mércios e três saxões ocidentais —, mas havíamos devastado o inimigo. Finan tinha dois prisioneiros e eu os mandei à frente, com os fugitivos. A ponte estava apinhada de cavalos e de gente fugindo, e eu fiquei com Steapa guardando a extremidade sul até ter certeza de que o último dos nossos tivesse atravessado o rio.

Pusemos uma barricada na extremidade norte da ponte, amontoamos troncos atravessando a estrada e convidamos os dinamarqueses a virem para serem mortos entre os parapeitos romanos, mas nenhum veio. Olharam-nos trabalhar, juntaram-se em números ainda maiores no lado de Wessex, mas não vieram buscar vingança. Deixei Steapa e seus homens guardando a barricada, com a certeza de que nenhum dinamarquês atravessaria enquanto ele estivesse ali.

Então fui interrogar os prisioneiros.

Os dois dinamarqueses estavam sendo vigiados por seis mércios de Æthelflaed, que os protegiam da fúria de uma multidão que se reunira no espaço diante do convento de santa Werburgh. A multidão ficou em silêncio quando cheguei, talvez amedrontada por Broga, cuja boca ainda estava manchada de sangue. Desci da sela e deixei Oswi tomar as rédeas. Ainda segurava Bafo de Serpente com a lâmina sem ter sido lavada.

Ao lado do convento havia uma taverna cuja placa mostrava um ganso, e eu mandei que os dois homens fossem levados para o pátio. Chamavam-se Leif e Hakon, ambos eram jovens, estavam apavorados e tentavam não demonstrar isso. Mandei que os portões do pátio fossem trancados com as barras. Os dois estavam de pé no centro do pátio, cercados por seis de nós. Leif, que não parecia ter mais de 16 anos, não conseguia afastar o olhar da lâmina de Bafo de Serpente, suja de sangue.

— Vocês têm uma opção — eu disse aos dois. — Podem responder às minhas perguntas e morrer com espadas na mão ou podem ser teimosos e eu vou despi-los e jogá-los para o povo lá fora. Primeiro, quem é o senhor de vocês?

— Eu sirvo ao jarl Cnut — revelou Leif.

— E eu sirvo ao rei Eohric — respondeu Hakon, a voz tão baixa que quase não pude ouvir. Era um garoto forte, de rosto comprido, com cabelo cor de palha. Usava uma velha cota de malha rasgada nos cotovelos e grande demais; suspeitei que tivesse sido de seu pai. Além disso, usava uma cruz no pescoço, mas Leif tinha um martelo.

— Quem comanda o seu exército? — perguntei aos dois.

Ambos hesitaram.

— O rei Eohric? — sugeriu Hakon, mas não pareceu ter certeza.

— O jarl Sigurd e o jarl Cnut — disse Leif, com incerteza igual e quase no mesmo instante.

E isso explicava muita coisa, pensei.

— Não é Æthelwold?

— Ele também, senhor — disse Leif, que tremia.

— Beortsig está com o exército?

— Sim, senhor, mas ele serve ao jarl Sigurd.

— E o jarl Haesten serve ao jarl Cnut?

— Sim, senhor — respondeu Hakon.

Æthelflaed estava certa, pensei. Senhores demais e ninguém no comando. Eohric era fraco, mas era orgulhoso, e não seria subserviente a Sigurd ou Cnut, embora esses dois provavelmente desprezassem Eohric. No entanto, precisavam tratá-lo como rei se quisessem ter suas tropas.

— E qual é o tamanho do exército?

Nenhum dos dois sabia. Leif achava que seriam 10 mil, o que era ridículo, enquanto Hakon só dizia que haviam lhes garantido que era o maior exército que jamais atacara os saxões.

— E para onde ele vai? — perguntei.

De novo nenhum dos dois sabia. Tinham-lhes dito que tornariam Æthelwold rei de Wessex e Beortsig rei da Mércia, e que os novos monarcas iriam recompensá-los com terras, mas quando perguntei se iam para Wintanceaster os dois ficaram inexpressivos e percebi que nenhum deles tinha ouvido falar naquela cidade.

Deixei Finan matar Leif. Ele morreu com coragem e rapidamente, segurando uma espada, mas Hakon implorou para ver um padre antes de morrer.

— Você é dinamarquês — eu disse.

— E cristão, senhor.

— Ninguém cultua Odin na Ânglia Oriental?

— Alguns, senhor, mas não muitos.

Isso era preocupante. Eu sabia que alguns dinamarqueses se convertiam porque era conveniente. Haesten insistira para que sua esposa e suas filhas fossem batizadas, mas só porque isso garantia termos melhores com Alfredo, contudo, se Offa não havia mentido com relação a tudo antes de morrer, a mulher de Haesten era uma crente verdadeira. Hoje, enquanto encaro minha morte e enquanto minha velhice faz diminuir as glórias deste mundo, não vejo nada além de cristãos. Talvez no norte distante, onde o gelo agarra a terra mesmo no verão, restem algumas pessoas que façam sacrifícios a Tor, Odin e Freya, mas não conheço ninguém na Britânia. Nós deslizamos em direção às trevas, ao caos final do Ragnarok, quando os mares arderão no caos e a terra se partirá, e até os deuses morrerão. Hakon não se importava se estaria segurando uma espada ou não, só queria fazer suas orações. E depois que elas foram feitas, nós separamos sua cabeça dos ombros.

Enviei mais mensageiros a Eduardo, só que desta vez mandei Finan, porque sabia que o rei ouviria o irlandês, junto com mais sete homens. Eles deveriam cavalgar para o oeste antes de cruzar o Temes, depois ir rapidamente na direção de Wintanceaster ou para onde o rei estivesse, e levavam uma carta que eu mesmo escrevera. Os homens sempre se surpreendem ao ver que sei ler e escrever, mas Beocca me ensinou quando eu era criança e nunca perdi a capacidade. Alfredo, claro, insistia que todos os seus senhores soubessem ler, principalmente para que ele pudesse nos escrever suas cartas cheias de censuras, mas desde sua morte não são muitos os que se incomodam em aprender, mas eu ainda tenho a capacidade. Escrevi que os dinamarqueses estavam prejudicados por um número muito grande de líderes, que se demoravam demais logo ao sul do Temes, que eu os havia retardado tomando cavalos e deixando-os com uma massa de feridos. Venha na direção de Cracgelad, insisti com o rei. Pegue cada guerreiro, convoque o fyrd e avance contra os dinamarqueses a partir do sul, e eu seria a bigorna contra a qual ele poderia bater o inimigo transformando-o em sangue, ossos e comida para os corvos. Se os dinamarqueses se movessem, eu disse, eu iria segui-los como uma sombra na margem norte do Temes para bloquear a fuga, mas duvidei que eles fossem para longe. "Nós os temos em nossas mãos, senhor rei", escrevi, "e agora o senhor deve fechar o punho."

Então esperei. Os dinamarqueses não se moveram. Vimos as piras de fumaça no céu distante ao sul, que nos diziam que eles estavam devastando uma área mais ampla de Wessex, mas seu acampamento principal ainda não ficava muito longe ao sul da ponte de Cracgelad, que havíamos transformado em fortaleza. Ninguém podia cruzar a ponte a não ser que permitíssemos. Eu a atravessava todo dia, levando cinquenta ou sessenta homens para patrulhar uma pequena distância na margem sul, certificando-me de que os dinamarqueses não estavam se movendo, e a cada dia retornava a Cracgelad atônito ao ver como o inimigo tornava a coisa tão fácil para nós. À noite podíamos observar o brilho de suas fogueiras iluminando o céu ao sul, e de dia víamos a fumaça, e em quatro dias nada mudou, a não ser o tempo. A chuva chegou e foi embora, o vento agitou o rio e uma névoa precoce de outono obscureceu as muralhas numa manhã, e quando a névoa se dissipou os dinamarqueses ainda estavam lá.

— Por que eles não se movem? — perguntou Æthelflaed.

— Porque não conseguem concordar com relação ao lugar para onde devem ir.

— E se você os comandasse, para onde eles iriam?

— Para Wintanceaster.

— E sitiariam a cidade?

— Capturaríamos — respondi, e essa era a dificuldade deles. Sabiam que homens morreriam no fosso do burh e em sua muralha alta, mas isso não era motivo para não tentar. Os burhs de Alfredo deram aos inimigos uma charada que eles não podiam solucionar, e eu teria de encontrar uma solução se quisesse retomar Bebbanburg, uma fortaleza mais formidável que qualquer burh. — Eu iria a Wintanceaster — continuei —, lançaria os homens contra as muralhas até ela cair, depois tornaria Æthelwold rei e exigiria que os saxões ocidentais me seguissem, e então marcharíamos para Lundene.

Mas os dinamarqueses não fizeram nada. Em vez disso discutiam. Mais tarde ouvimos dizer que Eohric queria que o exército marchasse para Lundene, enquanto Æthelwold achava que ele deveria atacar Wintanceaster. Cnut e Sigurd eram a favor de todos atravessarem de novo o Temes para capturar Gleawcestre. Assim Eohric queria trazer Lundene para as fronteiras de seu reino, Æthelwold desejava o que acreditava ser seu direito de nascença e Cnut e Sigurd queriam simplesmente estender suas terras para o sul até o Temes. As discussões deixavam o grande exército pairando na indecisão, e eu imaginei os mensageiros de Eduardo cavalgando entre os burhs, juntando os guerreiros, reunindo um exército saxão que pudesse destruir o poder dinamarquês na Britânia para sempre.

Então Finan retornou com todos os mensageiros que eu havia mandado a Wintanceaster. Eles cruzaram o Temes bem a oeste, passando ao largo dos dinamarqueses, e chegaram a Cracgelad com os cavalos embranquecidos de suor e cobertos de poeira. Traziam uma carta do rei. Um padre escrivão a havia redigido, mas Eduardo a assinara e a carta tinha seu selo. Cumprimentava-me em nome do deus cristão, agradecia efusivamente pelas mensagens e depois ordenava que eu deixasse Cracgelad imediatamente e levasse todas as forças sob meu comando para encontrar com o rei em Lundene. Li aquilo incrédulo.

— Você disse ao rei que temos os dinamarqueses encurralados no rio? — perguntei a Finan.

Finan confirmou.

— Disse, senhor, mas ele nos quer em Lundene.

— Ele não entende a oportunidade?

— Ele vai para Lundene, senhor, e quer que nos juntemos a ele lá — respondeu Finan peremptoriamente.

— Por quê? — E essa era uma pergunta que ninguém sabia responder.

Eu não poderia fazer nada de útil sozinho. Tinha homens, certo, mas nem de longe o suficiente. Precisava de 2 ou 3 mil guerreiros vindos do sul, e isso não aconteceria. Pelo jeito Eduardo ia levar seu exército para Lundene, pegando uma rota que o mantinha bem longe dos cavaleiros dinamarqueses mais avançados. Xinguei, mas havia feito um juramento de obedecer ao rei Eduardo e meu senhor dera uma ordem.

Assim abandonamos a armadilha, deixamos os dinamarqueses viverem e cavalgamos para Lundene.

O rei Eduardo já se encontrava em Lundene e as ruas estavam cheias de guerreiros. Cada pátio era usado como estábulo e até o antigo anfiteatro romano estava apinhado de cavalos.

Eduardo se hospedava no velho palácio real da Mércia. Lundene ficava na Mércia, apesar de estar sob o domínio de Wessex desde que eu a havia capturado para Alfredo. Encontrei Eduardo na grande câmara romana com suas colunas, sua cúpula, seu reboco rachado e o piso de ladrilhos quebrados. Um conselho estava em sessão, e o rei era flanqueado pelo arcebispo Plegmund e o bispo Erkenwald. E diante deles, num semicírculo de bancos e cadeiras, sentavam-se mais homens da igreja e uma dúzia de ealdormen. Os estandartes de Wessex estavam encostados na parede do fundo da câmara. Uma discussão animada acontecia quando entrei e as vozes se calaram assim que meus passos soaram altos no assoalho partido. Pedaços de ladrilhos deslizaram no chão. Houvera uma imagem feita de ladrilhos, mas nesse ponto já desaparecera.

— Senhor Uhtred — disse Eduardo, cumprimentando-me calorosamente, mas notei um ligeiro nervosismo em sua voz.

Ajoelhei-me diante dele.

— Senhor rei.

— Bem-vindo — disse ele. — E junte-se a nós.

Eu não havia limpado minha cota de malha. Havia sangue nos espaços entre os aros apertados e os homens notaram. O ealdorman Æthelhelm ordenou que fosse trazida uma cadeira para perto dele e me convidou a me sentar.

— Quantos homens nos traz, senhor Uhtred? — perguntou Eduardo.

— Steapa está comigo — respondi. — E contando com os homens dele, temos 563. — Eu havia perdido alguns na luta em Cracgelad e outros mais haviam ficado para trás por causa de cavalos mancos enquanto íamos para Lundene.

— O que faz um total de...? — perguntou Eduardo a um padre sentado a uma mesa na lateral da câmara.

— Três mil, quatrocentos e vinte e três homens, senhor rei.

Ele obviamente estava falando de guerreiros domésticos, e não do fyrd, e esse era um exército respeitável.

— E o inimigo? — perguntou Eduardo.

— Entre 4 e 5 mil homens, senhor, pelo que podemos avaliar.

A conversa entrecortada era obviamente para meus ouvidos. O arcebispo Plegmund, com o rosto azedo como uma maçã murcha, me olhava atentamente.

— Portanto veja, senhor Uhtred. — Eduardo virou-se de volta para mim. — Não tínhamos homens suficientes para forçar um encontro nas margens do Temes.

— Os homens da Mércia teriam se juntado ao senhor — eu disse. — Gleawcestre não fica longe.

— Sigismund veio da Irlanda e ocupou Ceaster — disse o arcebispo Plegmund, continuando a história. — O senhor Æthelred precisa vigiá-lo.

— De Gleawcestre? — perguntei.

— De onde ele decidir — respondeu Plegmund, irritado.

— Sigismund é um norueguês que foi expulso da Irlanda pelos selvagens nativos — eu disse. — Nem de longe é ameaça para a Mércia. — Eu nunca ouvira falar de Sigismund e não fazia ideia do motivo para ele ter escolhido ocupar Ceaster, mas parecia uma explicação provável.

— Ele trouxe tripulações de pagãos — disse Plegmund. — Uma horda!

— Ele não é da nossa conta — interveio Eduardo, obviamente infeliz com o tom afiado das últimas palavras. — Nosso negócio é derrotar meu primo

Æthelwold. Agora — ele me olhou —, você concordará que nossos burhs estão bem defendidos?

— Espero que sim, senhor.

— E é a nossa crença — continuou Eduardo — que o inimigo será frustrado pelos burhs, e com isso irá se retirar logo.

— E vamos lutar com eles enquanto estiverem recuando — disse Plegmund.

— Então por que não lutar com eles ao sul de Cracgelad? — perguntei.

— Porque os homens de Cent não poderiam chegar àquele local a tempo — disse Plegmund, parecendo irritado com minha pergunta. — E o ealdorman Sigelf prometeu setecentos guerreiros. Assim que tiverem se juntado a nós estaremos prontos para confrontar o inimigo.

Eduardo me olhou cheio de expectativa, claramente querendo minha concordância.

— Certamente é sensato esperar até termos os homens de Cent, não? — disse ele finalmente, quando não fiz nenhum comentário. — O número deles tornará nosso exército realmente formidável.

— Tenho uma sugestão, senhor rei — eu disse, respeitosamente.

— Todas as suas sugestões são bem-vindas, senhor Uhtred.

— Acho que em vez de pão e vinho a igreja deveria servir cerveja e queijo velho, e proponho que o sermão seja no início do serviço religioso, em vez de no fim, e acho que os padres deveriam ficar nus durante a cerimônia, e...

— Silêncio! — gritou Plegmund.

— Se os seus padres vão conduzir suas guerras, senhor rei — eu disse —, então por que os seus guerreiros não podem comandar a igreja? — Houve alguns risos nervosos, mas à medida que o conselho prosseguia ficou claro que estávamos tão sem liderança quanto os dinamarqueses. Os cristãos falam sobre os cegos guiando os cegos, e naquele momento os cegos estavam lutando contra os cegos. Alfredo teria dominado um conselho daqueles, mas Eduardo cedia aos conselheiros e homens como Æthelhelm eram cautelosos. Preferiam esperar até que as tropas de Sigelf de Cent tivessem se juntado a nós.

— Por que os homens de Cent não estão aqui agora? — perguntei. Cent ficava perto de Lundene, e no tempo que meus homens haviam demorado para cruzar metade da Britânia saxã e cruzar de volta, os homens de Cent não tinham conseguido completar uma marcha de dois dias.

— Eles estarão aqui — disse Eduardo. — Tenho a palavra do ealdorman Sigelf.

— Mas por que ele se atrasou? — insisti.

— O inimigo foi para a Ânglia Oriental em navios — respondeu o arcebispo Plegmund — e nós tememos que ele pudesse usar esses navios para descer pelo litoral de Cent. O ealdorman Sigelf preferiu esperar até ter certeza de que a ameaça não era real.

— E quem comanda o nosso exército? — perguntei, e essa pergunta causou embaraço.

Houve silêncio por alguns instantes e então o arcebispo Plegmund fez um muxoxo.

— Nosso rei comanda o exército, claro — disse ele.

E quem comanda o rei?, pensei, mas não falei nada. Naquela noite Eduardo mandou me chamar. Estava escuro quando me juntei a ele. Eduardo dispensou os serviçais, de modo que ficamos a sós.

— O arcebispo Plegmund não está no comando — censurou ele, obviamente se lembrando de minha última pergunta ao conselho —, mas eu levo em consideração os conselhos dele.

— Os conselhos de não fazer nada, senhor rei?

— De juntar todas as nossas forças antes de lutarmos. E o conselho concorda. — Estávamos no amplo aposento superior, onde uma cama grande ficava entre dois lampiões de velas. Eduardo estava parado junto à grande janela acima da velha cidade, a janela em que Æthelflaed e eu havíamos ficado com tanta frequência. Era voltada para o oeste, na direção da cidade nova onde as luzes suaves dos fogos reluziam. Mais para oeste estava escuro, era uma terra negra. — Os gêmeos estão em segurança?

— Estão em Cirrenceastre, senhor rei, portanto sim, estão em segurança. — Os gêmeos, Æthelstan e Eadgyth, estavam com minha filha e meu filho mais novo, todos em boas mãos dentro de Cirrenceastre, um burh que era tão bem defendido quanto Cracgelad. Fagranforda havia pegado fogo, como eu esperava, mas todo o meu pessoal estava em segurança dentro de Cirrenceastre.

— E o menino tem boa saúde? — perguntou Eduardo, ansioso.

— Æthelstan é um bebê robusto.

— Eu gostaria de poder vê-los.

— O padre Cuthbert e sua esposa estão cuidando deles.

— Cuthbert se casou? — perguntou Eduardo, surpreso.

— Com uma jovem muito bonita.

— Coitada — disse Eduardo. — Logo morrerá de tanto ser importunada por ele. — O rei sorriu e pareceu infeliz quando não retribuí o sorriso. — E minha irmã está aqui?

— Sim, senhor rei.

— Ela deveria estar cuidando das crianças — disse ele, sério.

— Diga isso a ela, senhor rei. E ela lhe trouxe quase 150 guerreiros mércios. Por que Æthelred não mandou nenhum?

— Ele está preocupado com os noruegueses da Irlanda — respondeu o rei, depois deu de ombros quando fiz um som de desprezo. — Por que Æthelwold não penetrou mais fundo em Wessex?

— Porque eles estão sem liderança e porque ninguém foi para a sua bandeira. — Eduardo ficou perplexo. — Acho que o plano deles era chegar a Wessex, proclamar Æthelwold rei e esperar que os homens se juntassem a eles, mas ninguém fez isso.

— Então o que eles irão fazer?

— Se não puderem tomar um burh, vão voltar para o lugar de onde vieram.

Eduardo se virou para a janela. Morcegos adejavam na escuridão, às vezes aparecendo brevemente na luz das lanternas que iluminavam o aposento alto.

— Eles são muitos, senhor Uhtred — disse ele, falando dos dinamarqueses. — São muitos. Devemos ter certeza antes de atacar.

— Se esperar por certezas na guerra, senhor rei, irá morrer esperando.

— Meu pai me aconselhou a manter Lundene. Disse que jamais deveríamos entregar a cidade.

— E deixar que Æthelwold fique com o resto? — perguntei azedamente.

— Ele vai morrer, mas nós precisamos dos homens do ealdorman Sigelf.

— Ele vai trazer setecentos?

— Foi o que prometeu, e com isso teremos mais de 4 mil homens. — Eduardo sentiu conforto com esse número. — E, claro, agora temos seus homens e também os mércios. Devemos ficar bem mais fortes.

— E quem nos comanda? — perguntei com voz carrancuda.

Eduardo pareceu surpreso com a pergunta.

— Eu, claro.

— Não será o arcebispo Plegmund?

Eduardo se enrijeceu.

— Eu tenho conselheiros, senhor Uhtred, e o rei que não ouve seus conselheiros é tolo.

— É tolo o rei que não sabe em quais conselheiros confiar — retruquei. — E o arcebispo o aconselhou a desconfiar de mim. Ele acha que sou simpático aos dinamarqueses.

Eduardo hesitou, depois concordou.

— Ele se preocupa com isso, sim.

— Mas até agora, senhor rei, eu sou o único de seus homens que matou algum daqueles desgraçados. Para um homem indigno de confiança esse é um comportamento estranho, não?

Eduardo apenas me olhou, depois se encolheu quando uma mariposa grande voou perto do seu rosto. Chamou serviçais para fechar os grandes postigos. Em algum lugar no escuro pude ouvir homens cantando. Um serviçal tirou o manto de cima dos ombros de Eduardo, depois a corrente de ouro que estava em seu pescoço. Do outro lado do arco, onde a porta estava aberta, pude ver uma garota esperando nas sombras. Não era a esposa de Eduardo.

— Obrigado por ter vindo — disse ele, me dispensando.

Fiz uma reverência e saí.

No dia seguinte, Sigelf chegou.

Doze

A LUTA COMEÇOU NA RUA ABAIXO da grande igreja perto do velho palácio mércio onde Eduardo e seu séquito estavam aquartelados. Os homens de Cent haviam chegado naquela manhã, espalhando-se pela ponte romana e por baixo do arco partido que atravessava a muralha de Lundene junto ao rio. Seiscentos e oitenta e seis homens comandados por seu ealdorman, Sigelf, e o filho dele, Sigebriht, cavalgavam sob estandartes que mostravam as espadas cruzadas de Sigelf e a cabeça de touro com chifres sangrentos de Sigebriht. Havia dezenas de outras bandeiras expostas, a maioria com cruzes ou santos, e os cavaleiros eram acompanhados de monges, padres e carroças cheias de suprimentos. Nem todos os guerreiros de Sigelf estavam montados, pelo menos uma centena viera sem cavalos, e esses homens entraram pela cidade durante um bom tempo depois de os cavaleiros terem chegado.

Eduardo ordenou que os soldados de Cent encontrassem alojamentos na parte leste da cidade, mas, claro, os recém-chegados queriam explorar Lundene, e a briga começou quando uma dúzia dos homens de Sigelf exigiu cerveja numa taverna chamada Porco Vermelho, que era popular entre os homens do ealdorman Æthelhelm. A briga começou por causa de uma prostituta e logo alcançou a porta da taverna e se espalhou morro abaixo. Mércios, saxões ocidentais e homens de Cent brigavam na rua, e em minutos espadas e facas foram sacadas.

— O que está acontecendo? — Com a interrupção do conselho, Eduardo olhou pasmo por uma janela do palácio. Podia ouvir gritos, lâminas se chocando e via mortos e feridos no morro pavimentado de pedras. — São os dinamarqueses? — perguntou pasmo.

Ignorei o rei.

— Steapa! — chamei, descendo às pressas os degraus e gritando para o administrador me trazer Bafo de Serpente. — Você! — Agarrei um guarda-costas do rei. — Ache uma corda. Uma corda comprida.

— Uma corda, senhor?

— Há pedreiros consertando o teto do palácio. Eles têm corda! Pegue! Agora! E ache alguém que saiba tocar uma trompa.

Eu e mais uma dúzia de homens saímos à rua, mas havia pelo menos cem pessoas brigando ali, e o dobro desse número olhando e gritando encorajamentos. Bati na cabeça de um homem com a parte chata de Bafo de Serpente, derrubei outro com um chute, gritei para os homens pararem, mas eles não ouviam. Um homem até correu para mim, gritando com a espada erguida, e depois pareceu perceber o erro e se virou para outro lado.

O homem que eu mandara pegar a corda trouxe uma que tinha um pesado balde de madeira amarrado, e usei o balde como peso para jogar a corda por cima da placa do Porco Vermelho.

— Ache um homem que esteja brigando, qualquer um — eu disse a Steapa.

Ele saiu enquanto eu fazia um nó corrediço. Um homem ferido, com as tripas penduradas, se arrastou morro abaixo. Uma mulher gritava. A sarjeta estava cheia de sangue diluído em cerveja. Um dos homens do rei chegou com uma trompa.

— Toque — eu disse — e continue tocando.

Steapa arrastou um homem até onde eu estava. Não tínhamos ideia se ele era de Wessex ou da Mércia, mas não importava. Passei o nó corrediço pelo seu pescoço, dei-lhe um tapa quando ele implorou misericórdia e puxei-o para o alto, onde ele ficou pendurado, com as pernas balançando. A trompa soava, insistente, impossível de ser ignorada. Entreguei a ponta da corda a Oswi, meu serviçal.

— Amarre em alguma coisa — eu disse, depois me virei e gritei para a rua. — Mais alguém quer morrer?

A visão de um homem dançando numa corda enquanto morria sufocado teve um efeito calmante sobre as multidões. A rua ficou silenciosa. O rei e uma dúzia de acompanhantes haviam aparecido à porta do palácio e os homens fizeram reverência ou se ajoelharam.

326

Morte dos reis

— Mais uma briga — eu gritei — e todos vocês morrerão! — Procurei um dos meus homens. — Puxe os tornozelos desse maldito — eu disse, apontando para o enforcado.

— Você acaba de matar um dos meus homens — disse uma voz, e eu me virei e vi um sujeito de rosto fino, parecido com uma raposa, e bigode comprido, ruivo e trançado. Era mais velho, talvez com quase 50 anos, e o cabelo ruivo estava ficando grisalho nas têmporas. — Você o matou sem julgamento! — acusou ele.

Olhei-o de cima a baixo, mas ele me encarou com ar de briga.

— Vou enforcar mais uma dúzia dos seus homens se eles brigarem na rua — respondi. — E quem é você?

— O ealdorman Sigelf. E me chame de senhor.

— Sou Uhtred de Bebbanburg — respondi, sendo recompensado por um piscar de surpresa. — E me chame de senhor.

Evidentemente Sigelf decidiu que não queria brigar comigo.

— Eles não deveriam estar brigando — admitiu de má vontade. E franziu a testa. — Imagino que já tenha conhecido meu filho, não?

— Conheci o seu filho — respondi.

— Ele foi um idiota — disse Sigelf com voz tão afiada quanto seu rosto. — Um jovem idiota. E aprendeu sua lição.

— A lição da lealdade? — perguntei, olhando para o outro lado da rua, onde Sigebriht estava fazendo reverência ao rei.

— Os dois gostavam da mesma cadela — disse Sigelf —, mas Eduardo era um príncipe e os príncipes têm o que desejam.

— Os reis também — observei em tom ameno.

Sigelf entendeu o que eu queria dizer e me deu um olhar muito duro.

— Cent não precisa de rei — respondeu ele, claramente tentando negar o boato de que desejava o trono para si.

— Cent tem um rei — eu disse.

— Foi o que ouvimos dizer. — Ele falava com sarcasmo. — Mas Wessex precisa cuidar mais de nós. Cada nórdico desgraçado que é chutado da Frankia chega à nossa costa, e o que Wessex faz? Coça a bunda e depois cheira os dedos enquanto nós sofremos. — Ele viu o filho fazer uma reverência pela segunda vez e cuspiu, mas era difícil dizer se era por causa da obediência do filho ou por causa de Wessex. — Veja o que aconteceu quando Harald e Haesten vieram!

— Eu derrotei os dois.

— Mas não antes de eles estuprarem metade de Cent e incendiarem mais de cinquenta aldeias. Precisamos de mais defesas. — Ele me olhou furioso. — Precisamos de alguma ajuda!

— Pelo menos você está aqui — falei tentando aplacá-lo.

— Vamos ajudar Wessex mesmo que Wessex não nos ajude.

Eu havia pensado que a chegada dos homens de Cent provocariam alguma ação por parte de Eduardo, mas em vez disso ele esperou. Todo dia havia um conselho de guerra que não decidia nada a não ser esperar mais e ver o que o inimigo faria. Batedores estavam observando os dinamarqueses e mandavam relatórios diariamente. Esses relatórios diziam que os dinamarqueses continuavam sem se mover. Insisti para que o rei os atacasse, mas seria o mesmo que implorar para ele voar até a lua. Implorei que ele me deixasse comandar meus homens para vigiar o inimigo, mas ele recusou.

— Ele acha que você vai atacá-los — disse-me Æthelflaed.

— Por que *ele* não ataca? — perguntei, frustrado.

— Porque está amedrontado, porque há homens demais dando conselhos, porque está com medo de fazer a coisa errada, porque só precisaria perder uma batalha para deixar de ser rei.

Estávamos no andar de cima da casa romana, uma daquelas construções espantosas que tinham escadas subindo de um andar ao outro. A lua brilhava através de uma janela e dos buracos no teto onde as telhas de ardósia haviam caído. Fazia frio e estávamos enrolados em peles.

— Um rei não deveria estar amedrontado — eu disse.

— Eduardo sabe que os homens o comparam com seu pai. Ele fica se perguntando o que nosso pai teria feito.

— Alfredo teria me chamado — eu disse. — Faria um sermão de dez minutos para mim e depois me daria o exército.

Ela ficou quieta em meus braços. Estava olhando o teto salpicado de luar.

— Você acha que algum dia teremos paz? — perguntou.

— Não.

— Eu sonho com o dia em que poderemos viver num salão grande, sair para caçar, ouvir canções, andar junto ao rio e jamais temer um inimigo.

— Você e eu?

— Só você e eu. — Ela virou a cabeça de modo que o cabelo escondeu os olhos. — Só você e eu.

Na manhã seguinte Eduardo ordenou que Æthelflaed retornasse a Cirrenceastre, uma ordem que ela ignorou explicitamente.

— Eu disse a ele para dar o exército a você — disse ela.

— E o que ele respondeu?

— Que era o rei e comandaria o exército.

Seu marido também havia ordenado que Merewalh voltasse a Gleawcestre, mas Æthelflaed convenceu o mércio a ficar.

— Precisamos de cada homem bom — respondeu ela a Æthelred, e precisávamos mesmo, mas não para apodrecer dentro de Lundene. Tínhamos todo um exército ali, mais de 4 mil e quinhentos homens, e tudo que ele fazia era guardar as muralhas e olhar para o campo imutável do outro lado.

Não fizemos nada e os dinamarqueses devastaram o interior de Wessex, mas não fizeram qualquer tentativa de invadir um burh. Os dias de outono se encolheram e continuávamos indecisos dentro de Lundene. O arcebispo Plegmund retornou a Contwaraburg e eu pensei que sua partida poderia encorajar Eduardo, mas o bispo Erkenwald ficou com o rei e aconselhou cautela assim como o padre Coenwulf, o padre que rezava as missas de Eduardo e era seu conselheiro mais próximo.

— Não é do estilo dos dinamarqueses ficarem inativos — disse ele a Eduardo —, por isso temo uma armadilha. Deixe que eles deem o primeiro passo, senhor rei. Eles certamente não podem ficar aqui para sempre. — Pelo menos nisso ele estava certo, porque à medida que o outono deslizava frio para o inverno os dinamarqueses se moveram finalmente.

Haviam estado tão indecisos quanto nós, então simplesmente atravessaram o rio de volta em Cracgelad e retornaram pelo caminho por onde tinham vindo. Os batedores de Steapa nos falaram sobre sua retirada, e dia a dia os relatórios vinham, informando que estavam retornando à Ânglia Oriental, levando escravos, animais e saque.

— E assim que tiverem voltado para lá — eu disse ao conselho —, os dinamarqueses da Nortúmbria irão para casa em seus navios. Eles não obtiveram nada, a não ser um monte de escravos e de gado, mas nós também não fizemos nada.

— O rei Eohric violou o tratado — observou indignado o bispo Erkenwald, mas a utilidade dessa observação me escapou.

— Ele prometeu ficar em paz conosco — disse Eduardo.

— Ele deve ser castigado, senhor rei — insistiu Erkenwald. — O tratado foi solenizado pela igreja!

Eduardo olhou para mim.

— E se os nortumbrianos forem para casa — disse ele —, Eohric estará vulnerável.

— Quando forem para casa, senhor rei — observei. — Eles podem esperar até a primavera.

— Eohric não pode alimentar tantos homens — observou o ealdorman Æthelhelm. — Eles vão abandonar o reino dele rapidamente! Vejam os problemas que temos para alimentar um exército.

— Então vocês invadirão no inverno? — perguntei com escárnio. — Quando os rios estiverem inundando, a chuva caindo e nós chafurdando na lama congelada?

— Deus está do nosso lado! — declarou Erkenwald.

O exército estava em Lundene havia quase três meses e os suprimentos de comida da cidade estavam escasseando. Não havia inimigos junto aos portões, por isso mais comida estava sendo trazida para os armazéns, mas para isso era necessário um número imenso de carroças, bois, cavalos e homens. E os próprios guerreiros estavam entediados. Alguns culpavam os homens de Cent por terem atrasado a chegada e, apesar de eu ter enforcado um homem, havia brigas constantes em que dezenas de homens morriam. O exército de Eduardo estava irritadiço, mal-empregado e faminto, mas a indignação do bispo Erkenwald pelo fato de Eohric ter traído uma confiança sagrada reanimou de algum modo o conselho e convenceu o rei a tomar uma decisão. Durante semanas tivéramos os dinamarqueses à nossa mercê e lhes concedemos misericórdia, mas agora que eles haviam saído de Wessex o conselho subitamente encontrava a coragem.

— Devemos seguir os inimigos — anunciou Eduardo —, tomar de volta o que roubaram e nos vingarmos do rei Eohric.

— Se nós os seguirmos — eu disse, olhando para Sigelf —, todos precisaremos de cavalos.

— Nós temos cavalos — observou Eduardo.

— Nem todos os homens de Cent têm — respondi.

Sigelf se eriçou diante disso. Parecia-me que ele era um homem pronto a se ofender com a mínima sugestão de crítica, mas sabia que eu estava certo. Os dinamarqueses sempre se moviam a cavalo e um exército retardado por soldados a pé jamais iria alcançá-los ou ser capaz de reagir rapidamente a um movimento do inimigo. Sigelf fez uma careta na minha direção, mas resistiu à tentação de falar alguma coisa. Em vez disso olhou para o rei.

— O senhor poderia nos emprestar cavalos? — perguntou a Eduardo. — Que tal os cavalos da guarnição daqui?

— Weohstan não vai gostar disso — respondeu Eduardo, infeliz. O cavalo era uma das posses mais valiosas de qualquer homem, e não era uma posse que ele emprestaria casualmente a um estranho que fosse para a guerra.

Por um momento ninguém falou, então Sigelf deu de ombros.

— Então deixe que uma centena dos meus homens fique aqui, como guarnição, e o seu... como é mesmo o nome dele, Weohstan?, pode mandar uma centena de cavaleiros para substituí-los.

E assim ficou decidido. A guarnição de Lundene daria cem cavaleiros ao exército e os homens de Sigelf iriam substituí-los nas muralhas, e então finalmente poderíamos marchar. Assim, na manhã seguinte o exército saiu de Lundene pela Porta do Bispo e pela Porta Velha. Seguimos as estradas romanas em direção ao nordeste, mas aquilo não poderia ser chamado de perseguição. Alguns homens do exército, os que tinham experiência, viajavam com pouco peso, mas um contingente enorme havia trazido carroças, serviçais e um número muito grande de cavalos de reserva, e tínhamos sorte se viajávamos uma média de 5 quilômetros por hora. Steapa comandava os guerreiros do rei como vanguarda, com ordens de ficar à vista do exército, e resmungava por ter de viajar tão lentamente. Eduardo havia ordenado que eu ficasse com a retaguarda, mas eu desobedeci e fui muito à frente dos homens de Steapa. Æthelflaed e seus mércios foram comigo.

— Achei que o seu irmão havia insistido para você ficar em Lundene — eu disse.

— Não — respondeu ela. — Ele ordenou que eu fosse para Cirrenceastre.

— E por que não está obedecendo?

— Estou — disse ela —, mas ele não disse que estrada eu deveria tomar. — Ela sorriu para mim, desafiando-me a mandá-la embora.

— Só fique viva, mulher — resmunguei.

— Sim, senhor — respondeu ela com humildade fingida.

Mandei meus batedores bem à frente, mas tudo que eles descobriram foram as pegadas do recuo dinamarquês. Nada fazia sentido, pensei. Os dinamarqueses haviam juntado um exército que tinha provavelmente mais de 5 mil homens, atravessado a Britânia, invadido Wessex e depois não fizeram nada além de saquear. Agora estavam se retirando, mas não devia ter sido um verão muito lucrativo para eles. Os burhs de Alfredo tinham feito seu serviço protegendo boa parte da riqueza de Wessex, mas manter os dinamarqueses à distância não era o mesmo que derrotá-los.

— E por que eles não atacaram Wintanceaster? — perguntou Æthelflaed.

— A cidade é forte demais.

— Por isso eles simplesmente foram embora?

— Havia líderes demais, também. Eles provavelmente estão fazendo conselhos de guerra, como nós. Cada um tem uma ideia diferente, eles conversam, e agora vão para casa porque não conseguem tomar uma decisão.

Lundene fica na fronteira da Ânglia Oriental, assim no segundo dia havíamos penetrado bastante no território de Eohric e Eduardo liberou o exército para se vingar. As tropas se espalharam, saqueando fazendas, arrebanhando gado e queimando aldeias. Nosso progresso diminuiu até estarmos nos arrastando, e nossa presença era revelada pelas grandes colunas de fumaça das casas incendiadas. Os dinamarqueses não fizeram nada. Haviam recuado para muito além da fronteira e nós os seguimos, descendo dos morros baixos para a planície ampla da Ânglia Oriental. Aquela era uma região de campos úmidos, grandes pântanos, diques compridos e rios lentos, junco e aves selvagens, névoa matinal e lama eterna, chuvas e ventos frios e cortantes vindos do mar. As estradas eram poucas e as trilhas, traiçoeiras. Eu dizia repetidamente a Eduardo para manter o exército unido, mas ele estava ansioso para devastar a terra de Eohric, por isso as tropas se espalharam mais, e meus homens, ainda agindo como batedores, tinham dificuldade para manter contato com os guerreiros mais distantes. Os dias estavam encurtando, as noites ficavam mais frias e jamais havia árvores suficientes para fazer todas as fogueiras que necessitávamos, assim os homens usavam a madeira e a palha das construções capturadas e à noite essas fogueiras se espalhavam por uma enorme vastidão de terra. No entanto, os dinamarqueses não faziam nada para se aproveitar de nossa dispersão. Penetramos mais ainda em seu reino de água e lama e continuávamos sem ver dinamarqueses. Passamos ao largo de Grantanceaster, indo na direção de Eleg, e nos trechos mais altos do terreno encontramos enormes salões de festas com caibros grandes e densa cobertura de juncos que queimavam com estalos fortes e muito brilho, mas os habitantes dos salões haviam se retirado para mais longe ainda.

No quarto dia percebi onde estávamos. Viajávamos nos restos de uma estrada romana que seguia reta como uma lança através do terreno baixo, e eu fui examinar a região a oeste, onde encontrei a ponte em Eanulfsbirig. Ela havia sido consertada com grandes pedaços de madeira cortada grosseiramente e posta sobre as pedras enegrecidas dos pilares romanos. Eu estava na margem oeste do Ruse, onde Sigurd havia me desafiado, e a estrada que saía da ponte ia na direção de Huntandon. Lembrei-me de Ludda dizendo que havia terreno mais alto do outro lado do rio e que era lá que os homens de Eohric tinham planejado me emboscar. E parecia provável que Eohric teria a mesma ideia agora, por isso mandei Finan e mais cinquenta homens examinarem aquela ponte mais distante. Eles retornaram no meio da tarde.

— Centenas de dinamarqueses — disse Finan laconicamente. — Uma frota de navios. Estão esperando por nós.

— Centenas?

— Não posso atravessar o rio para contar direito sem ser morto, mas vi 143 navios.

— Então são milhares de dinamarqueses.

— E esperando por nós, senhor.

Encontrei Eduardo num convento ao sul. Os ealdormen Æthelhelm e Sigelf estavam com ele, assim como o bispo Erkenwald e o padre Coenwulf, e eu interrompi seu jantar para dar a notícia. Era uma noite fria e um vento úmido chacoalhava os postigos do salão do convento.

— Eles querem batalha? — perguntou Eduardo.

— O que eles querem, senhor, é que sejamos idiotas a ponto de lhes oferecer batalha.

Ele ficou perplexo diante disso.

— Mas se nós os encontramos... — começou.

— Devemos destruí-los — declarou o bispo Erkenwald.

— Eles estão do outro lado de um rio que não podemos atravessar — expliquei —, a não ser pela ponte que eles estão defendendo. Eles vão nos trucidar um por um até recuarmos, e então vão nos seguir feito lobos atrás de um rebanho de ovelhas. É isso que eles querem, senhor rei. Eles escolheram o campo de batalha e nós somos tolos se aceitarmos a escolha.

— O senhor Uhtred está certo — disse rispidamente o ealdorman Sigelf. Fiquei tão surpreso que não falei nada.

— Está sim — concordou Æthelhelm.

Obviamente Eduardo queria perguntar o que deveríamos fazer, mas sabia que a pergunta o faria parecer fraco. Pude vê-lo pensando nas alternativas e fiquei satisfeito ao ver que ele escolheu a certa.

— A ponte da qual você falou — disse ele. — Eanulfsbirig?

— Sim, senhor rei.

— Nós podemos atravessá-la?

— Sim, senhor rei.

— E se a atravessarmos poderemos destruí-la?

— Eu a atravessaria, senhor rei — eu disse — e marcharia até Bedanford. Convidaria os dinamarqueses a nos atacarem lá. Assim nós escolhemos o campo de batalha, e não eles.

— Faz sentido — observou Eduardo, hesitante, olhando na direção do bispo Erkenwald e do padre Coenwulf em busca de apoio. Os dois concordaram.

— É o que faremos — disse Eduardo com mais confiança.

— Peço-lhe um favor, senhor rei — disse Sigelf, parecendo de uma humildade pouco natural.

— O que você quiser — respondeu Eduardo, com generosidade.

— Permita que meus homens sejam a retaguarda, senhor rei. Se os dinamarqueses atacarem, que meus homens recebam o assalto. Deixe os homens de Cent defenderem o exército.

Eduardo pareceu surpreso e satisfeito com o pedido.

— Claro — concordou. — E obrigado, senhor Sigelf.

E assim foram mandadas as ordens a todas as tropas espalhadas, chamando-as para a ponte de Eanulfsbirig. Deveriam marchar às primeiras luzes, e ao mesmo tempo os centianos de Sigelf avançariam pela estrada para confrontar os dinamarqueses logo ao sul de Huntandon. Estávamos fazendo exatamente o que os dinamarqueses haviam feito. Tínhamos invadido, destruído e agora iríamos recuar, só que em meio ao caos.

O amanhecer trouxe um frio cortante. A geada tocava os campos e as valas tinham uma pele de gelo. Lembro-me tão bem daquele dia porque metade do céu era de um azul-claro e reluzente e a outra metade, em todo o leste, era de nuvens cinzentas. Era como se os deuses tivessem arrastado um cobertor pela metade do mundo, dividindo o céu, e a borda das nuvens era reta como uma lâmina. Essa borda estava prateada pelo sol e sob ela a terra parecia escura. E era por essa terra que as tropas de Eduardo seguiam com dificuldade para o oeste. Muitos traziam saques e queriam usar a estrada romana, a mesma estrada por onde os homens de Sigelf avançavam. Vi uma carroça quebrada sob o peso de uma mó. Um homem estava gritando com seus guerreiros para consertar a carroça ao mesmo tempo em que chicoteava dois bois impotentes. Eu estava com Rollo e 22 homens, e simplesmente cortamos os arreios dos bois e empurramos a carroça quebrada com seu fardo imenso para dentro da vala, despedaçando o gelo fino.

— Essa pedra é minha — gritou o homem, furioso.

— E esta espada é minha — rosnei de volta. — Agora leve seus homens para o oeste.

Finan estava com a maioria dos meus homens perto de Huntandon, enquanto eu havia ordenado que Osferth levasse vinte cavaleiros e escoltasse Æthelflaed a oeste do rio. Ela havia me obedecido humildemente, o que me surpreendeu. Lembrei-me de Ludda dizendo que havia outra estrada que ia de Huntandon a Eanulfsbirig, por fora da grande curva do rio, por isso alertei Eduardo a respeito dessa rota e depois mandei Merewalh e seus mércios para guardá-la.

— Eles poderiam mandar navios rio acima ou usar a estrada menor, mas os batedores de Merewalh devem vê-los, se tentarem alguma dessas coisas.

Ele havia concordado. Eu não tinha certeza se Eduardo entendia totalmente o que eu estava dizendo, mas agora ele se sentia tão grato com meus conselhos que provavelmente teria concordado se eu lhe dissesse para mandar homens para guardar a metade escura da lua.

— Não posso ter certeza se eles tentarão cortar nossa retirada — disse ao rei —, mas quando seu exército atravessar a ponte simplesmente mantenha-o lá. Que ninguém marche para Bedanford até todos termos cruzado o rio! Atraia-os para a batalha. Assim que tivermos todos os homens em segurança do outro lado poderemos marchar juntos para Bedanford. O que não devemos fazer é estender o exército ao longo da estrada.

Deveríamos estar com todo mundo do outro lado do rio ao meio-dia, mas o caos governava. Algumas tropas se perderam, outras estavam tão carregadas de saques que só podiam se mover a passo de lesma, e os homens de Sigelf embolaram-se com os que vinham no outro sentido. Os dinamarqueses deveriam ter atravessado o rio e atacado, mas em vez disso ficaram em Huntandon e Finan os vigiava do sul. Sigelf só alcançou Finan no meio da tarde, e então posicionou seus homens atravessando a estrada a cerca de 800 metros ao sul do rio. Era uma posição bem escolhida. Um pequeno bosque escondia parte de seus homens, que eram protegidos nos dois flancos por trechos de pântano e na frente por um fosso inundado. Se os dinamarqueses atravessassem a ponte poderiam montar sua parede de escudos, mas para atacar Sigelf deveriam atravessar o fosso fundo e inundado atrás do qual escudos, espadas, machados e lanças de Cent esperavam.

— Eles podem tentar passar ao redor dos pântanos e atacar você pelas costas — eu disse a Sigelf.

— Já lutei antes — respondeu ele rispidamente.

Não me importei se o estava ofendendo.

— Então não fique aqui se eles atravessarem a ponte, apenas recue. E se eles não atravessarem, mandarei notícias dizendo quando você deve se juntar de novo a nós.

— Você está no comando? — perguntou ele. — Ou Eduardo?

— Eu estou — respondi, e ele demonstrou espanto.

Seu filho, Sigebriht, tinha ouvido a conversa e me acompanhou enquanto eu cavalgava em direção ao norte para olhar os dinamarqueses.

— Eles vão atacar, senhor? — perguntou ele.

— Não entendo nada desta guerra — respondi. — Nada. Os desgraçados deviam ter atacado há semanas.

— Talvez estejam com medo de nós — disse ele, depois gargalhou, o que achei curioso, mas considerei uma tolice da juventude. Ele era mesmo idiota, mas um idiota muito bonito. Ainda usava o cabelo comprido, amarrado na nuca com uma tira de couro, e no pescoço estava a fita de seda cor-de-rosa que ainda tinha a leve mancha de sangue daquela manhã perto de Sceaftesburi. Sua malha cara estava polida, o cinto com placas de ouro brilhava e a espada com botão de cristal estava guardada numa bainha decorada com dragões retorcidos, feitos de fio de ouro finamente enrolado. Seu rosto tinha ossos fortes, olhos brilhantes e a pele estava vermelha com o frio. — Então eles deveriam ter nos atacado, mas o que nós deveríamos ter feito?

— Deveríamos ter atacado em Cracgelad — respondi.

— Por que não atacamos?

— Porque Eduardo estava com medo de perder Lundene e esperando o seu pai.

— Ele precisa de nós — observou Sigebriht, com satisfação evidente.

— O que ele precisava — eu disse — era de uma garantia da lealdade por parte de Cent.

— Ele não confia em nós? — perguntou Sigebriht dissimuladamente.

— Por que confiaria? — indaguei em tom selvagem. — Vocês apoiaram Æthelwold e mandaram mensageiros a Sigurd. Claro que ele não confiava em vocês.

— Eu me submeti a Eduardo, senhor — disse Sigebriht com humildade. Em seguida me olhou e decidiu que deveria falar mais. — Admito tudo que o senhor diz, mas há uma loucura na juventude, não há?

— Loucura?

— Meu pai diz que os jovens são enfeitiçados pela loucura. — Ele ficou quieto por um momento. — Eu amava Ecgwynn — disse pensativamente.

— O senhor a conheceu?

— Não.

— Ela era pequena como um elfo, senhor, e linda como o amanhecer. Era capaz de transformar o sangue dos homens em fogo.

— Loucura.

— Mas ela escolheu Eduardo e isso me enlouqueceu.

— E agora?

— O coração consegue se curar — disse ele com sentimento. — Fica uma cicatriz, mas não estou mais numa loucura idiota. Eduardo é o rei e tem sido bom comigo.

— E há outras mulheres.

— Graças a Deus, sim — disse ele, e riu de novo.

Naquele momento gostei dele. Nunca havia confiado em Sigebriht, mas ele estava certo ao dizer que há mulheres que nos levam à loucura e à idiotice, e que o coração se cura, mesmo que a cicatriz permaneça, mas terminamos a conversa porque Finan vinha galopando em nossa direção, o rio estava à frente e os dinamarqueses, à vista.

Ali o Use era largo. As nuvens haviam coberto lentamente o céu sem vento, de modo que o rio estava cinza e plano. Uma dúzia de cisnes movia-se lentamente na água vagarosa. Parecia que o mundo estava parado; até os dinamarqueses permaneciam quietos e eram centenas, milhares, com os estandartes nítidos sob o céu que ia escurecendo.

— Quantos? — perguntei a Finan.

— Muitos, senhor — respondeu ele, uma resposta que eu merecia porque era impossível contar o inimigo escondido junto às casas da cidadezinha. Outros se espalhavam ao longo da margem do rio, dos dois lados da cidade. Pude ver o estandarte do corvo em voo, de Sigurd, no terreno mais elevado no centro da cidade, e a bandeira de Cnut com o machado e a cruz quebrada do outro lado da ponte. Havia saxões também, porque o símbolo do javali de Beortsig estava ao lado do cervo de Æthelwold. Abaixo da ponte vi uma frota de navios dinamarqueses atracados densamente ao longo da margem mais distante de nós, mas apenas sete deles estavam sem mastros e tinham sido trazidos por baixo da ponte, o que sugeria que os dinamarqueses não tinham pensado em usar seus barcos para avançar rio acima até Eanulfsbirig.

— E por que não estão atacando? — perguntei.

Nenhum deles havia atravessado a ponte que, claro, tinha sido feita pelos romanos. Às vezes penso que se os romanos jamais tivessem invadido a Britânia jamais conseguiríamos atravessar um rio. Na margem sul, perto de onde estávamos montados, havia uma dilapidada casa romana e um amontoado de cabanas com tetos de palha. Seria um ótimo lugar para uma vanguarda dinamarquesa, mas por algum motivo eles pareciam contentes em esperar na margem norte.

Começou a chover. Era uma chuva fina, afiada, que trouxe um sopro de vento que ondulou o rio em volta dos cisnes. O sol estava baixo no oeste, onde o céu se encontrava livre de nuvens, fazendo parecer que a terra ao redor do rio e dos dinamarqueses com escudos coloridos reluzia num mundo de sombras cinzentas. Dava para ver uma coluna de fumaça muito mais ao norte, e isso era estranho porque, o que quer que estivesse queimando, estava no território de Eohric, e não tínhamos homens tão ao norte assim. Talvez, pensei, fosse apenas um truque das nuvens ou um incêndio acidental.

— Seu pai ouve você? — perguntei a Sigebriht.

— Sim, senhor.

— Diga a ele que mandaremos um mensageiro avisando quando ele pode começar a recuar.

— Nós ficaremos até lá?

— Sim, a não ser que os dinamarqueses ataquem. E mais uma coisa. Vigie aqueles desgraçados. — Apontei para os dinamarqueses que estavam mais a oeste. — Há uma estrada que vai por fora da curva do rio, e se vocês virem o inimigo usando aquela estrada, mandem uma mensagem para nós.

Ele franziu a testa, pensativo.

— Porque eles poderiam bloquear nossa retirada?

— Exato — respondi satisfeito por ele ter entendido. — E se eles conseguirem cortar a estrada para Bedanford, teremos de lutar com eles por trás e pela frente.

— E é para lá que estamos indo? Para Bedanford?

— É.

— E isso fica a oeste?

— A oeste, mas vocês não terão de achar o caminho para lá. Estarão de volta ao exército neste fim de tarde. — O que eu não disse é que estava deixando a maior parte dos meus homens não muito atrás das tropas de Cent. Sigelf, o pai de Sigebriht, era um homem tão orgulhoso e difícil de lidar que teria me acusado imediatamente de não confiar nele caso soubesse que meus homens estavam perto. Na verdade, eu queria ter meus próprios olhos perto de Huntandon e Finan possuía os olhos mais afiados que eu conhecia.

Deixei Finan na estrada, 800 metros a sul de Sigelf, depois levei uma dúzia de homens de volta a Eanulfsbirig. Cheguei ao crepúsculo e o caos finalmente ia terminando. O bispo Erkenwald havia cavalgado de volta pela estrada e ordenado que as carroças mais lentas e pesadas fossem abandonadas, e agora o exército de Eduardo estava se reunindo nos campos do outro lado do rio. Se os dinamarqueses atacassem seriam obrigados a atravessar a ponte dando de cara com um exército, ou então marchar ao redor, pela estrada ruim que passava em volta da curva do rio.

— Merewalh ainda está guardando aquela estrada, senhor rei? — perguntei a Eduardo.

— Está, e diz que não há sinal do inimigo.

— Bom. Onde está sua irmã?

— Mandei-a de volta a Bedanford.

— E ela foi?

Ele sorriu.

— Foi!

Agora estava claro que todo o exército, a não ser meus homens e a retaguarda de Sigelf, atravessaria o Use em segurança antes do anoitecer, por isso mandei Sihtric de volta pela estrada com uma mensagem para as duas forças se retirarem o mais rápido possível.

— Diga para virem à ponte e atravessarem. — Assim que tivéssemos feito isso, e desde que os dinamarqueses não tentassem nos flanquear, escaparíamos de ter o campo de batalha escolhido por eles. — E diga a Finan para deixar os homens de Sigelf irem primeiro — ordenei a Sihtric. Eu queria Finan como a verdadeira retaguarda, porque nenhum outro guerreiro no exército era tão confiável.

— Você parece cansado — disse Eduardo com simpatia.

— Estou cansado, senhor rei.

— Vai demorar pelo menos uma hora até o ealdorman Sigelf nos alcançar. Então descanse.

Certifiquei-me de que meus 12 homens e cavalos estivessem descansando, então comi uma refeição pobre, de pão duro e feijões amassados. Agora a chuva caía mais forte e um vento leste deixava a noite cruelmente fria. O rei tinha seu alojamento numa das cabanas que havíamos destruído parcialmente para queimar a ponte, mas de algum modo seus serviçais encontraram um pedaço de pano de vela para fazer um teto. Um fogo ardia na lareira, fazendo a fumaça subir em redemoinho sob a cobertura improvisada. Dois padres discutiam baixinho quando me acomodei perto do fogo. Junto à parede oposta havia uma pilha de caixas preciosas de prata, ouro e cristal, que guardavam as relíquias que o rei levava à guerra para garantir o favor de seu deus. Os padres discordavam com relação a qual relicário continua uma lasca da arca de Noé ou uma unha do dedo do pé de são Patrício e eu os ignorei.

Cochilei de leve, pensando em como era estranho que todas as pessoas que haviam afetado minha vida nos últimos três anos estivessem de repente num mesmo lugar, ou perto dele. Sigurd, Beortsig, Eduardo, Cnut, Æthelwold, Æthelflaed, Sigebriht, todos reunidos nesse canto frio e molhado da Ânglia Oriental. E certamente, pensei, isso era significativo. As três Nornas estavam tecendo os fios juntos, e isso devia ter um propósito. Procurei um padrão na trama, porém não vi nenhum, e meus pensamentos se desgarraram enquanto eu caía no sono. Acordei quando Eduardo passou pela porta baixa. Agora estava escuro lá fora, um negrume total.

— Sigelf não está recuando — disse ele aos dois padres, em tom irritado.

— Senhor rei? — perguntou um deles.

— Sigelf está sendo teimoso — respondeu o rei, estendendo as mãos para o fogo. — Está no mesmo lugar. Eu mandei que recuasse, mas ele não quer.

— Ele o quê? — perguntei, subitamente desperto.

Eduardo pareceu espantado ao me ver.

— É Sigelf — disse ele. — Está ignorando meus mensageiros! Você mandou um homem até ele, não foi? E eu mandei mais cinco! Cinco! Mas eles voltam afirmando que ele se recusa a recuar! Diz que está escuro demais e está esperando o amanhecer, mas Deus sabe que ele está arriscando seus homens. Os dinamarqueses acordarão às primeiras luzes. — Eduardo suspirou. — Acabei de mandar um homem com ordens para eles se retirarem. — Ele parou, franzindo a testa. — Estou certo, não estou? — perguntou, precisando de uma confirmação.

Não respondi. Fiquei em silêncio porque finalmente vi o que as Nornas estavam fazendo. Vi o padrão na trama de todas as nossas vidas e entendi, finalmente, que a guerra que transcendia qualquer entendimento. Meu rosto deve ter parecido chocado, porque Eduardo me encarou.

— Senhor rei — eu disse. — Ordene que o exército marche de volta atravessando a ponte, depois junte-se a Sigelf. Entendeu?

— Você quer que eu... — começou ele, confuso.

— O exército inteiro! — gritei. — Todos os homens! Marchem até Sigelf agora! — gritei como se ele fosse meu subordinado e não meu soberano, porque se me desobedecesse nesse instante não seria rei por muito mais tempo. Talvez já fosse tarde demais, porém não havia tempo para explicações. Havia um reino a ser salvo. — Marche agora — rosnei — de volta por onde viemos, de volta a Sigelf, e depressa!

E corri para o meu cavalo.

Levei meus 12 homens. Puxamos os cavalos através da ponte, depois montamos e seguimos a estrada na direção de Huntandon. Era uma noite negra e fria, com a chuva batendo em nossos rostos, e não podíamos cavalgar depressa. Lembro-me de ser atacado pela dúvida. E se estivesse errado?

Se estivesse errado eu estava levando o exército de Eduardo de volta para o campo de batalha escolhido pelos dinamarqueses. Estava deixando-o encurralado na curva do rio, talvez com dinamarqueses de todos os lados, mas resisti à dúvida. Nada fizera sentido e agora tudo fazia sentido, tudo menos as fogueiras que ardiam no norte distante. Houvera uma coluna de fumaça à tarde e agora eu podia ver três incêndios enormes, traídos pelo brilho refletido nas nuvens baixas. Por que os dinamarqueses estariam queimando salões ou aldeias na terra do rei Eohric? Era outro mistério, mas não me preocupei com ele porque os incêndios estavam distantes, muito depois de Huntandon.

Passou-se uma hora antes que uma sentinela nos interpelasse. Era um dos meus homens e nos levou até onde Finan estava com os outros num trecho de mata.

— Não recuei porque Sigelf não está se movendo — explicou Finan. — Deus sabe por quê.

— Lembra-se de quando estivemos em Hrofeceastre e conversamos com o bispo Swithwulf?

— Lembro.

— O que eles estavam colocando nos navios?

Houve um momento de pausa enquanto Finan percebia o que eu estava dizendo.

— Cavalos — respondeu baixinho.

— Cavalos para a Frankia — eu disse. — E Sigelf chega a Lundene dizendo que não tem cavalos suficientes para seus homens.

— E agora cem dos seus homens fazem parte da guarnição de Lundene.

— E estão prontos para abrir os portões da cidade quando os dinamarqueses chegarem — continuei. — Porque Sigelf é jurado a Æthelwold ou Sigurd, ou a quem quer que tenha lhe prometido o trono de Cent.

— Jesus, Maria e José — disse Finan.

— E os dinamarqueses não estavam indecisos, estavam esperando Sigelf declarar sua lealdade. Agora eles a têm, e o desgraçado centiano não recua porque está esperando os dinamarqueses se juntarem a ele. Eles acham que estamos indo para o oeste e vão marchar rápido para o sul, os homens de Sigelf em Lundene vão abrir os portões e a cidade vai cair enquanto esperamos os earslings em Bedanford.

— Então o que vamos fazer?

— Impedi-los, é claro.

— Como?

— Mudando de lado, obviamente. De que outro modo seria?

Treze

A DÚVIDA ENFRAQUECE A VONTADE. E se eu estivesse errado? E se Sigelf fosse apenas um velho teimoso e idiota que realmente achava que estava escuro demais para recuar? Mas ainda que as dúvidas me assombrassem fui em frente, levando meus homens para o leste em volta do pântano que ancorava à direita da linha de Sigelf.

O vento estava forte, a noite gélida, a chuva malévola e a escuridão absoluta. Se não fossem as fogueiras de acampamento dos homens de Cent, certamente nos perderíamos. Uma grande quantidade de fogueiras marcava a posição de Sigelf e havia outras logo ao norte, o que me disse que pelo menos alguns dinamarqueses haviam atravessado o rio e se abrigavam do mau tempo nas choupanas ao redor da antiga casa romana. Aqueles três misteriosos incêndios enormes, o grande brilho de salões queimando, que também chamava atenção muito mais ao norte, e eu não podia explicá-los.

Muita coisa, e não somente aqueles incêndios distantes, desafiava a compreensão. Alguns dinamarqueses haviam cruzado o rio, mas o brilho das fogueiras na margem norte me dizia que a maioria continuava em Huntandon, o que era estranho caso pretendessem ir para o sul. Os homens de Sigelf não tinham se movido de onde eu os deixara, o que significava que havia um espaço entre seus homens e os dinamarqueses mais próximos, e esse espaço era a minha oportunidade.

Eu havia deixado nossos cavalos para trás, todos amarrados num trecho de floresta, e meus homens estavam a pé, carregando escudos e armas. As fogueiras nos orientavam, mas por um longo tempo estávamos tão longe das chamas mais próximas que não podíamos ver o chão, por isso tropeçávamos, caíamos, lutávamos, vadeávamos e forçávamos caminho pelo pântano. Pelo menos uma vez fiquei com água até a cintura, a lama se grudava nas botas e os pedaços de troncos me faziam tropeçar, enquanto os pássaros espantados gritavam, voando na noite. Achei que esse barulho certamente alertaria nossos inimigos, revelando que estávamos em seu flanco, mas eles não pareciam notar.

Às vezes fico acordado nas longas noites da minha velhice e penso nas coisas loucas que fiz, nos riscos, nos lances de dados que desafiavam os deuses. Lembro-me de ter atacado o forte em Beamfleot, de enfrentar Bubba, de me esgueirar pelo morro em Dunholm, mas quase nenhuma dessas loucuras se rivalizou com aquela noite fria na Ânglia Oriental. Comandei 134 homens em meio à escuridão do inverno, e estávamos atacando entre duas forças inimigas que, juntas, somavam pelo menos 4 mil homens. Se fôssemos apanhados, se fôssemos interpelados, se fôssemos derrotados, não teríamos para onde correr nem onde nos escondermos, a não ser nas sepulturas.

Eu havia ordenado que todos os meus dinamarqueses estivessem na vanguarda. Homens como Sihtric e Rollo, cuja língua nativa era o dinamarquês, homens que tinham vindo me servir depois de perder seus senhores, homens que eram jurados a mim ainda que lutássemos contra outros dinamarqueses. Eu tinha 17 desses, e acrescentei a eles meus 12 frísios.

— Quando atacarmos — havia dito a eles — gritem "Sigurd".

— Sigurd — disse um deles.

— Sigurd! — repeti. — Os homens de Sigelf devem pensar que somos dinamarqueses. — Dei a mesma instrução aos meus saxões. — Gritem "Sigurd!". É o seu grito de guerra até a trompa soar. Gritem e matem, mas estejam prontos para recuar quanto a trompa soar.

Seria uma dança com a morte. Por algum motivo pensei no pobre Ludda, trucidado a meu serviço, e em como ele havia me contado que toda magia é simplesmente fazer alguém pensar uma coisa enquanto, na verdade, outra está acontecendo.

— O senhor os faz olhar para a sua mão direita — disse-me uma vez — enquanto a sua esquerda está roubando a bolsa deles.

Portanto agora eu faria os homens de Cent acreditarem que tinham sido traídos por seus aliados, e se o truque desse certo esperava transformá-los de novo em bons homens de Wessex. Se fracassasse, a profecia de Ælfadell seria cumprida e Uhtred de Bebbanburg morreria naquele miserável pântano invernal e eu mataria a maioria dos homens que estavam ao meu lado. E como eu amava aqueles homens! Naquela noite fria e sofrida, enquanto avançávamos para uma luta desesperada, eles estavam cheios de entusiasmo. Confiavam em mim como eu confiava neles. Juntos ganharíamos reputação, homens em salões por toda a Britânia contariam as histórias de nossas façanhas. Ou de nossa morte. Eram amigos, homens jurados, jovens, guerreiros, e com homens assim seria possível penetrar nos portões do próprio Asgard.

Aquela curta jornada pelo pântano pareceu demorar uma eternidade. Eu ficava olhando ansioso para o leste, esperando que o amanhecer não chegasse, e depois olhando para o norte, esperando que os dinamarqueses não se juntassem aos homens de Sigelf. À medida que chegávamos mais perto vi dois cavaleiros na estrada e isso afastou minhas dúvidas. Mensageiros estavam viajando entre as duas forças. Supus que os dinamarqueses estivessem esperando as primeiras luzes para deixarem o abrigo das casas de Huntandon e irem para o sul, mas assim que se movessem marchariam rapidamente para Lundene, a não ser que os impedíssemos.

E então, finalmente, estávamos perto das fogueiras de Sigelf. Seus homens dormiam ou estavam sentados juntos às chamas. Eu havia me esquecido do fosso que os protegia e escorreguei dentro dele, com o escudo fazendo barulho enquanto eu caía. O gelo se partiu quando penetrei na água. Um cachorro latiu nas linhas centianas e um homem olhou na nossa direção, mas não viu nada preocupante. Outro homem bateu no cachorro e alguém riu.

Sibilei para quatro dos meus homens se juntarem a mim no fosso. Eles ficaram parados, formando uma linha que o atravessava, e esses quatro guiaram os outros pela margem traiçoeiramente escorregadia, passando pela água e subindo no outro lado. Minhas botas chapinhavam enquanto eu subia a margem oposta. Agachei-me ali enquanto meus homens cruzavam o fosso e se espalhavam formando uma linha de batalha.

— Parede de escudos! — sibilei para a vanguarda de dinamarqueses e frísios. — Osferth?

— Senhor?

— Você sabe o que fazer.

— Sim, senhor.

— Então faça.

Eu dera a Osferth quase metade dos meus homens e instruções cuidadosas. Ele hesitou.

— Eu rezei pelo senhor — disse.

— Então vamos torcer para que essas malditas preces funcionem — sussurrei, e toquei o martelo em volta do pescoço.

Meus homens estavam formando a parede de escudos. A qualquer momento, pensei, alguém iria nos ver, e o inimigo — já que por enquanto os homens de Sigelf eram os nossos inimigos — faria sua própria parede de escudos e estaria em maior número que nós, numa proporção de cinco para um, mas a vitória não vem para quem ouve os próprios temores. Meu escudo tocava o de Rollo e eu desembainhei Bafo de Serpente. Sua lâmina comprida suspirou ao passar pela boca da bainha.

— Sigurd! — sussurrei. E depois mais alto. — Avançar!

Atacamos. Berrávamos o nome do nosso inimigo enquanto corríamos.

— Sigurd! — gritamos. — Sigurd! Sigurd!

— Matem! — gritei em dinamarquês. — Matem!

Matamos. Estávamos matando saxões, homens de Wessex que naquela noite haviam sido traídos por seu ealdorman para servir aos dinamarqueses, mas nós os matamos e desde então correm boatos do que fizemos naquela noite. Eu os nego, claro, mas poucos acreditam nas minhas palavras. A princípio a matança foi fácil. Os centianos estavam meio adormecidos, desprevenidos, suas sentinelas olhando em direção ao sul, e não em guarda contra um ataque vindo do norte, e nós cortamos e abrimos caminho para o fundo de seu acampamento.

— Sigurd! — gritei, e cravei Bafo de Serpente num homem que estava acordando, depois chutei-o na fogueira do acampamento e o ouvi gritar enquanto eu girava a lâmina para trás contra um rapaz. Não estávamos nos demorando para acabar com os homens que atacávamos, e sim deixando-os para a fileira de trás. Aleijamos os homens de Cent, os ferimos, os afogamos, e os que vinham atrás golpeavam com espadas ou lanças e eu ouvia homens gritando e pedindo misericórdia, gritando que estavam do nosso lado, e eu soltei meu grito de guerra ainda mais alto. — Sigurd! Sigurd!

Essa primeira carga nos levou por um terço do caminho para dentro do acampamento. Homens fugiam de nós. Ouvi um homem gritando para formarem uma parede de escudos, mas o pânico havia se espalhado entre os seguidores de Sigelf. Vi um homem tentando encontrar seu escudo numa pilha, puxando desesperadamente as tiras de couro e nos espiando com olhos aterrorizados. Ele abandonou os escudos e correu. Uma lança fez um arco atravessando a luz das fogueiras, desaparecendo por cima do meu ombro. Nossa parede de escudos havia perdido a coesão, mas não precisava de qualquer forma para se manter muito apertada porque o inimigo estava se espalhando. Iria demorar apenas alguns instantes, contudo, até que eles percebessem como minha força de ataque era ridiculamente pequena, mas então os deuses provaram que estavam do nosso lado porque o próprio ealdorman Sigelf galopou na nossa direção.

— Estamos com vocês! — gritou ele. — Pelo amor de Deus, seus idiotas desgraçados, nós estamos com vocês!

As placas faciais do meu elmo estavam fechadas. Não carregávamos estandarte, porque ele estava com Osferth. Sigelf não fazia ideia de quem eu era, mas sem dúvida via a riqueza do meu elmo e os elos finamente forjados da minha malha suja de lama. Levantei a espada, contendo meus homens.

Sigelf estava tremendo de fúria.

— Seus idiotas desgraçados — rosnou ele. — Quem são vocês?

— Você está do nosso lado? — perguntei.

— Somos aliados do jarl Sigurd, seu idiota maldito, e terei sua cabeça por causa disso.

Sorri, mas ele não viu meu sorriso por trás do aço reluzente das placas faciais.

— Senhor — eu disse humildemente, depois girei Bafo de Serpente para trás, acertando a boca de seu cavalo. O animal empinou, gritando, com sangue espumando na noite. Sigelf caiu por trás da sela. Puxei-o para a lama, bati na anca do animal para mandá-lo contra os homens espalhados do ealdorman, depois chutei o rosto de Sigelf enquanto ele tentava se levantar. Pus a bota direita em seu peito magricelo e prendi-o no chão. — Sou Uhtred — eu disse, mas apenas para o próprio Sigelf escutar. — Está ouvindo, seu traidor? Sou Uhtred. — E vi seus olhos se arregalarem antes de eu cravar a espada em sua garganta magricela e seu grito se transformar num gorgolejo, enquanto o sangue espirrava para longe no chão molhado. E ele estava se retorcendo e tremendo enquanto morria.

— Trompa! — gritei para Oswi. — Agora!

A trompa soou. Meus homens sabiam o que fazer. Viraram de volta para o pântano, recuando em direção ao escuro para além das fogueiras. Enquanto eles iam, uma segunda trompa soou e eu vi Osferth comandando uma parede de escudos vinda das árvores. Meu estandarte da cabeça de lobo e a cruz chamuscada de Osferth apareciam acima da parede que avançava.

— Homens de Cent! — gritou Osferth. — Homens de Cent, seu rei está vindo salvá-los! Formem junto de mim! De mim! De mim!

Osferth era filho de rei, e toda a linhagem antiga estava em sua voz. Numa noite de frio, caos e morte ele parecia confiante e seguro. Homens que tinham visto seu ealdorman ser morto, que tinham visto seu sangue espirrar vermelho na escuridão iluminada pelas chamas, foram na direção de Osferth e se juntaram à sua parede de escudos porque ele prometia segurança. Meus homens estavam recuando para as sombras, depois indo para o sul, juntar-se ao flanco direito de Osferth. Tirei meu elmo e joguei-o para Oswi, depois caminhei ao longo da parede de escudos cada vez maior.

— Eduardo nos mandou para salvá-los! — gritei aos centianos. — Os dinamarqueses os traíram! O rei vem com todo o seu exército! Formar a parede! Levantem os escudos!

Havia uma borda cinzenta no céu do leste. A chuva ainda caía fraca, mas o amanhecer se aproximava. Olhei para o norte e vi cavaleiros. Os dinamarqueses deviam ter se perguntado o motivo dos sons de batalha e o toque das trompas havia perturbado o fim da noite. Alguns vinham pela estrada para ver pessoalmente, e o que viam era uma parede de escudos cada vez maior. Viam meu estandarte da cabeça de lobo, viam a cruz enegrecida de Osferth e viam homens caídos no meio dos restos das fogueiras destruídas. Os homens de Sigelf, sem liderança, ainda estavam no caos, sem fazer mais ideia do que estava acontecendo do que os dinamarqueses, mas nossa parede de escudos oferecia segurança e eles estavam pegando seus escudos, elmos e armas e correndo para se juntar às fileiras. Finan e Osferth empurravam homens para assumirem posição. Um homem alto, sem elmo, mas carregando uma espada nua, correu até onde eu estava.

— O que está acontecendo?

— Quem é você?

— Wulferth — respondeu ele.

— E quem é Wulferth? — perguntei, parecendo calmo. Ele era um thegn, um dos seguidores mais ricos de Sigelf, que trouxera 43 homens à Ânglia Oriental. — Seu senhor está morto — eu disse — e os dinamarqueses vão nos atacar muito em breve.

— Quem é o senhor?

— Uhtred de Bebbanburg. Eduardo está vindo. Precisamos conter os dinamarqueses até que o rei nos alcance. — Puxei o cotovelo de Wulferth e levei-o em direção ao pântano à esquerda de nossa posição defensiva, no oeste. — Forme seus homens aqui e lute por seu país, por Cent e por Wessex.

— Por Deus! — gritou Osferth ali perto.

— Até mesmo por Deus — eu disse.

— Mas... — começou Wulferth, ainda confuso com os acontecimentos da noite.

Olhei-o nos olhos.

— Por quem você quer lutar? Por Wessex ou pelos dinamarqueses?

Ele hesitou, não porque estivesse inseguro com relação à resposta, mas porque tudo estava mudando e ele ainda tentava entender o que acontecia. Havia esperado marchar para o sul na direção de Lundene, e em vez disso pediam que lutasse.

— E então? — instiguei.

— Wessex, senhor.

— Então lute bem. Você está encarregado deste flanco. Forme seus homens e diga a eles que o rei está vindo.

Eu não tinha visto sinal de Sigebriht, mas à medida que a fraca luz cinzenta do dia inundava o leste vi-o se aproximando, vindo do norte. Havia estado com os dinamarqueses, sem dúvida dormindo no calor e no conforto que Huntandon tinha a oferecer. Agora estava montado e atrás dele um homem carregava o estandarte da cabeça do touro.

— Oswi! — gritei. — Arranje-me um cavalo! Finan! Seis homens, seis cavalos! Wulferth! — Virei-me de volta para o thegn.

— Senhor?

— Encontre o estandarte de Sigelf e mande um homem erguê-lo ao lado do meu.

Havia um bom número de cavalos centianos amarrados no bosque atrás de nossa posição. Oswi me trouxe um, já selado, e eu montei e instiguei o animal na direção de Sigebriht, que havia parado a cerca de cinquenta ou sessenta passos. Ele e seu porta-estandarte estavam com mais cinco homens. Eu não conhecia nenhum. Não queria que os homens de Cent reagissem àquela bandeira do touro, mas por sorte a chuva a fazia pender úmida e lastimável.

Contive o cavalo perto de Sigebriht.

— Quer ganhar fama, garoto? — desafiei. — Mate-me agora.

Ele olhou para além de mim, para onde as tropas de seu pai estavam se preparando para a batalha.

— Onde está meu pai? — perguntou ele.

— Morto — respondi, e desembainhei Bafo de Serpente. — Isso o matou.

— Então eu sou ealdorman — disse ele. Em seguida respirou fundo e eu soube que ele iria gritar para os homens de seu pai para exigir sua lealdade, mas antes que ele pudesse falar eu havia feito o cavalo emprestado avançar e levantei a espada.

— Fale comigo, garoto — eu disse, segurando Bafo de Serpente perto do seu rosto. — Não com eles.

Finan havia se juntado a mim, e mais cinco dos meus homens estavam a alguns passos de distância, agora.

Sigebriht estava com medo, mas se obrigou a parecer corajoso.

— Todos vocês vão morrer — disse ele.

— Provavelmente — concordei —, mas vamos levar você junto.

Morte dos reis

Seu cavalo recuou e eu o deixei sair do alcance da minha espada. Olhei para além dele e vi contingentes de dinamarqueses atravessando a ponte. Por que haviam esperado? Se tivessem atravessado na noite anterior poderiam ter se juntado a Sigelf e agora estariam marchando para o sul, mas algo os contivera. Então me lembrei daqueles incêndios misteriosos ardendo ao longo da noite, os três grandes clarões de salões ou aldeias queimando. Será que alguém havia atacado a retaguarda dinamarquesa? Era a única explicação possível para o atraso deles, no entanto quem seria? Mas agora os dinamarqueses estavam atravessando o rio, centenas, milhares, e derramando-se pela ponte com eles estavam os homens de Æthelwold e os mércios de Beortsig, e eu achei que o exército inimigo nos suplantava numa proporção de pelo menos oito para um.

— Dou três opções a você, cachorrinho — falei a Sigebriht. — Pode se juntar a nós e lutar por seu rei legítimo; pode lutar contra mim, você e eu, aqui mesmo; ou então pode fugir para seus senhores dinamarqueses.

Ele me olhou, mas achou difícil sustentar o olhar.

— Vou jogar sua carcaça aos cães — disse ele, tentando parecer cheio de escárnio.

Apenas o encarei e Sigebriht finalmente deu meia-volta. Ele e seus homens cavalgaram de volta para os dinamarqueses e eu o olhei ir embora, e só quando ele havia desaparecido no meio das fileiras densas do inimigo eu virei o cavalo e voltei para a nossa parede de escudos.

— Homens de Cent! — gritei, contendo o cavalo diante deles. — Seu ealdorman era um traidor de seu país e de seu deus! Os dinamarqueses prometeram torná-lo rei, mas quando os dinamarqueses cumpriram uma promessa? Eles queriam que vocês lutassem por eles, e depois que vocês tivessem feito isso planejavam tomar suas mulheres e suas filhas para o prazer deles! Prometeram o trono de Wessex a Æthelwold, mas algum de vocês acha que ele manteria o trono por mais de um mês? Os dinamarqueses querem Wessex! Querem Cent! Querem nossos campos, nossas mulheres, nosso gado, nossos filhos! E esta noite eles atacaram vocês traiçoeiramente! Por quê? Porque decidiram que não precisavam de vocês! Eles têm homens suficientes sem precisar de vocês, por isso decidiram matá-los!

Boa parte do que eu havia dito era verdade. Olhei as fileiras de Cent, os escudos, lanças, machados e espadas. Vi rostos ansiosos, rostos amedrontados.

— Sou Uhtred de Bebbanburg — gritei. — E vocês sabem quem eu sou e quem eu matei. Vocês lutarão agora ao meu lado, e só precisamos conter esse inimigo traiçoeiro até que o rei nos alcance. Ele está vindo! — Eu esperava que isso fosse verdade, porque, se não fosse, este seria o dia da minha morte. — Ele está perto — gritei. — E quando nos alcançar trucidaremos esses dinamarqueses como lobos chacinando cordeiros. Você! — Apontei para um padre. — Pelo que estamos lutando?

— Pela cruz, senhor — respondeu ele.

— Mais alto!

— Pela cruz!

— Osferth! Onde está seu estandarte?

— Comigo, senhor! — gritou Osferth.

— Então deixe-nos vê-lo! — Esperei até que a cruz de Osferth estivesse na frente e no centro de nossa linha. — Este é o nosso estandarte! — gritei, apontando Bafo de Serpente para a cruz chamuscada e esperando que meus deuses me perdoassem por isso. — Hoje vocês lutam por seu deus, pelo seu país, por suas esposas e por suas famílias, porque se perderem... — fiz uma pausa de novo — se perderem, todas essas coisas acabarão para sempre!

E de trás de mim, vindo do lado das casas perto do rio, começou o trovão. Os dinamarqueses estavam batendo suas lanças e espadas contra os escudos, fazendo o trovão da guerra, o barulho capaz de enfraquecer o coração dos homens, e era hora de apear e ocupar meu lugar na parede de escudos.

A parede de escudos.

Ela aterroriza. Não há lugar mais terrível que a parede de escudos. É o lugar onde morremos, onde conquistamos e ganhamos reputação. Toquei o martelo de Tor, rezei para Eduardo estar vindo e me preparei para lutar.

Na parede de escudos.

Eu sabia que os dinamarqueses tentariam passar por trás de nós, mas isso demoraria. Eles precisavam rodear o pântano ou encontrar um modo de atravessá-lo, e nenhuma das duas opções poderia ser feita em menos de uma hora, provavelmente duas. Mandei um mensageiro voltar pela estrada, com ordens de encontrar Eduardo e instigar a pressa nele, porque suas tropas eram as únicas que poderiam impedir que os dinamarqueses nos cercassem. E se os dinamarqueses tentassem mesmo nos envolver, também tentariam me manter preso no lugar, o que significava que eu podia esperar um ataque frontal destinado a me manter ocupado enquanto parte das forças deles procuravam um caminho para chegar à nossa retaguarda.

E se Eduardo não viesse?

Então eu morreria ali, onde a profecia de Ælfadell iria se cumprir, onde algum homem iria alardear que havia matado Uhtred.

Os dinamarqueses avançavam lentamente. Os homens não gostam da parede de escudos. Não correm para o abraço da morte. Você olha adiante e vê os escudos se sobrepondo, os elmos, o brilho dos machados, lanças e espadas e sabe que precisa chegar ao alcance daquelas lâminas, ao local da morte, e precisa de tempo para juntar coragem, esquentar o sangue, deixar que a loucura suplante a cautela. Por isso os homens bebem antes da batalha. Meus homens não possuíam cerveja nem hidromel, porém as forças de Cent tinham isso em quantidade suficiente e eu podia ver dinamarqueses passando odres através de sua linha de combate. Ainda estavam batendo com as armas nos escudos de salgueiro e o dia clareava, lançando sombras compridas por cima da geada. Eu havia visto cavaleiros indo para o leste e sabia que estavam procurando um caminho para passar ao redor do meu flanco, mas não podia me preocupar com eles porque não tinha tropas suficientes para enfrentá-los. Precisava segurar os dinamarqueses da frente até que Eduardo chegasse para matar os de trás.

Padres andavam ao longo de nossa linha. Homens se ajoelhavam diante deles, os padres os abençoavam e colocavam pitadas de lama nas línguas.

— Hoje é dia de santa Luzia — gritou um padre aos guerreiros —, e ela cegará os inimigos! Ela vai nos proteger! Bendita seja a santa Luzia! Rezem a santa Luzia!

A chuva havia parado, mas boa parte do céu de inverno continuava coberta por nuvens sob as quais os estandartes inimigos eram nítidos. O corvo alado de Sigurd e a cruz partida de Cnut, o cervo de Æthelwold e o javali de Beortsig, a caveira de Haesten e a fera estranha de Eohric. Havia jarls de posição inferior no meio das fileiras inimigas e eles tinham os próprios símbolos: lobos, machados, touros e falcões. Seus homens gritavam insultos, batiam com as armas nos escudos e avançavam lentamente, alguns passos de cada vez. Os saxões e anglos orientais do exército inimigo estavam sendo encorajados por seus padres, enquanto os dinamarqueses invocavam Tor ou Odin. Meus homens estavam na maioria silenciosos, mas acho que faziam piadas para encobrir o medo. Corações batiam mais rápido, bexigas se esvaziavam, músculos tremiam. Essa era a parede de escudos.

— Lembrem-se! — gritou o padre centiano. — Santa Luzia era tão cheia do Espírito Santo que nem vinte homens podiam movê-la! Arrearam uma parelha de bois a ela, que nem assim pôde ser movida! É assim que vocês devem estar quando os pagãos chegarem! Impossíveis de serem movidos! Cheios do Espírito! Lutem por santa Luzia!

Os homens que tinham ido para o leste haviam desaparecido numa névoa matinal que brotava do pântano. Os inimigos eram muitíssimos, uma horda assassina, e chegaram mais perto ainda, a cem passos, e cavaleiros galopavam na frente da apertada parede de escudos, gritando encorajamentos. Um daqueles cavaleiros veio na nossa direção. Usava malha brilhante, braceletes grossos e um elmo reluzente. Seu cavalo era um animal magnífico, recém-enfeitado e oleado, os arneses brilhando com prata.

— Vocês vão morrer! — gritou para nós.

— Se quiser peidar — gritei de volta —, vá para o seu lado e mate todo mundo com o fedor.

— Vamos estuprar suas mulheres! — gritou o homem. Ele falava inglês. — Vamos estuprar suas filhas!

Eu estava achando muito bom ele gritar suas esperanças, porque elas só encorajariam meus homens a lutar.

— Sua mãe era o quê? — gritou um centiano de volta. — Uma porca?

— Se baixarem as armas — gritou o homem —, vamos poupá-los! — Ele virou o cavalo e eu o reconheci. Era Oscytel, o comandante de Eohric, um guerreiro de aparência brutal que eu conhecera na muralha de Lundene.

— Oscytel! — gritei.

— Ouvi um cordeiro balindo! — gritou ele de volta.

— Desça do cavalo — eu disse, dando um passo à frente — e lute comigo.

Ele pousou as mãos no arção da sela e me encarou, depois olhou o fosso inundado que tinha uma crosta de gelo fino sobre a água. Eu sabia que era por isso que ele viera, não somente para insultar, mas para ver que obstáculos havia para a carga dinamarquesa. Ele me olhou de volta e riu.

— Não luto com velhos — disse.

Isso era estranho. Ninguém jamais havia me chamado de velho. Lembro-me de ter rido, mas havia choque por trás da gargalhada. Semanas antes, conversando com Æthelflaed, eu havia zombado porque ela estava olhando o próprio rosto num grande prato de prata. Parecia preocupada porque tinha rugas em volta dos olhos e tinha reagido à minha zombaria estendendo o prato para mim. Olhei meu reflexo e vi que minha barba estava grisalha. Lembro-me de ter espiado aquilo enquanto ela ria de mim, e não me senti velho, mesmo que minha perna ferida pudesse ficar traiçoeiramente rígida de vez em quando. Era assim que as pessoas me viam? Como um velho? No entanto, eu estava com 45 anos, de modo que, sim, era um velho.

— Este velho vai cortar você do saco até a garganta — gritei para Oscytel.

— Neste dia Uhtred morre! — gritou ele para meus homens. — E todos vocês morrerão com ele! — Com isso girou o cavalo e esporeou de volta para a parede de escudos dinamarquesa. Agora esses escudos estavam a oitenta passos de distância. Suficientemente perto para enxergar os rostos, para ver as bocas rosnando. Pude ver o jarl Sigurd, magnífico em sua cota de malha e com uma pele de javali preto pendurada nos ombros. Na crista do elmo havia uma asa de corvo, preta à luz cinzenta do alvorecer. Pude ver Cnut, o homem da espada rápida, seu manto branco, o rosto fino e pálido, o estandarte com a cruz cristã quebrada. Sigebriht estava ao lado de Eohric, que por sua vez era flanqueado por Æthelwold, e com eles estavam seus guerreiros mais ferozes e mais fortes, os homens que tinham de manter os reis, os jarls e os senhores vivos. Guerreiros tocavam cruzes e martelos. Estavam gritando, mas eu não sabia o que gritavam porque naquele momento o mundo pareceu tornar-se silencioso. Eu olhava o inimigo adiante, avaliando qual deles viria me matar e como eu iria matá-lo primeiro.

Meu estandarte estava atrás de mim, e atrairia homens ambiciosos. Eles queriam minha caveira como uma taça para beber, meu nome como troféu.

Olhavam-me enquanto eu os olhava, e viam não um homem coberto de lama, mas sim um senhor da guerra com um elmo que tinha um lobo na crista, braceletes de ouro, malha de elos apertados e um manto azul-escuro com bainha de fios dourados e uma espada famosa por toda a Britânia. Bafo de Serpente era famosa, mas mesmo assim eu voltei a embainhá-la, porque uma espada longa não ajuda no abraço da parede de escudos. Em vez disso peguei Ferrão de Vespa, curta e mortal. Beijei sua lâmina e em seguida gritei meu desafio ao vento de inverno.

— Venham me matar! Venham me matar!

E eles vieram.

As lanças chegaram primeiro, atiradas por homens da terceira ou quarta fileira inimiga. Nós as recebemos nos escudos, as pontas de ferro batendo fortes no salgueiro, e os dinamarqueses gritavam enquanto vinham rapidamente para cima de nós. Deviam ter sido alertados com relação ao fosso, mas mesmo assim ele atrapalhou muitos homens que tentaram saltá-lo e em vez disso escorregaram na nossa margem, os pés saindo de baixo do corpo enquanto nossos machados de cabos compridos baixavam tão rápido quanto um relâmpago. Quando treinamos a parede de escudos eu ponho um homem com machado ao lado de outro com espada, e a missão do machado é enganchar a lâmina sobre a borda do escudo inimigo e puxá-lo para baixo, de modo que a espada possa deslizar por cima e ir contra o rosto do inimigo, mas agora os machados baixavam esmagando elmos e crânios, e de repente o mundo explodiu em ruído, gritos, no som de açougueiro das lâminas abrindo crânios, e os homens que vinham atrás da primeira fileira dinamarquesa pressionavam através do fosso e suas lanças longas batiam nos nossos escudos.

— Fechar! — gritei. — Escudos se tocando! Escudos se tocando! Avançar um passo!

Nossos escudos se sobrepuseram. Havíamos passado horas treinando isso. Os escudos formaram uma muralha enquanto pressionávamos até a borda do fosso, onde a margem íngreme e escorregadia tornava fácil a matança. Um homem caído tentou golpear com a espada por baixo do meu escudo, mas eu o chutei na cara e minha bota reforçada com ferro acertou seu nariz e os olhos, ele escorregou para trás e eu estava estocando com Ferrão de Vespa, achando a abertura entre dois escudos inimigos, cravando a lâmina curta e rígida através da malha e penetrando na carne, gritando, sempre olhando nos olhos deles, vendo o machado descer e percebendo que Cerdic, atrás de mim, o aparava com seu escudo, mas a força do golpe baixou o escudo dele sobre meu elmo e por um momento fiquei atordoado e cego, mas ainda apertando Ferrão de Vespa à frente. Rollo, ao meu lado, havia baixado um escudo com seu machado, e quando minha visão clareou percebi a oportunidade e enfiei Ferrão de Vespa através da abertura, vi quando a ponta da arma acertou um olho e torci-a com força. Um golpe fortíssimo acertou meu escudo, lascando uma tábua.

Cnut estava tentando me alcançar, berrando para seus homens abrirem espaço, o que era idiotice porque significava que eles perderiam a coesão para deixar que seu senhor chegasse ao local da matança. Cnut e seus homens estavam num frenesi, desesperados para romper nossa parede; seus escudos não se sobrepunham e o fosso os atrapalhava. Dois dos meus homens cravaram suas lanças com força nos homens que vinham. Cnut tropeçou num deles, esparramou-se no fosso e eu vi o machado de Rypere acertar seu elmo, apenas um golpe de raspão, mas que foi forte o bastante para atordoá-lo, porque ele não se levantou.

— Eles estão morrendo! — gritei. — Agora matem todos os desgraçados!

Cnut não estava morto, mas seus homens o estavam arrastando para longe, e em seu lugar veio Sigurd Sigurdson, o cachorrinho que prometera me matar. Gritou com os olhos arregalados enquanto atacava pelo fosso, os pés tentando encontrar apoio, e eu girei meu escudo danificado para fora, para lhe dar um alvo que ele, como um idiota, aceitou, estocando com sua espada, Dragão de Fogo, entre meu corpo e Rollo. Eu me virei ligeiramente enquanto mandava Ferrão de Vespa subindo contra seu pescoço. Ele havia se esquecido das lições, havia esquecido de se proteger com o escudo, e a lâmina curta entrou por baixo do queixo, subiu através da boca, quebrando dentes, rasgando a língua, despedaçando os pequenos ossos nasais e penetrando no crânio com tanta força que eu o levantei do chão por um momento, enquanto o sangue jorrava na minha mão e para dentro da manga da cota de malha. Então sacudi-o, soltando a lâmina, e girei-a para trás contra um dinamarquês que se encolheu e caiu. Deixei outro homem matá-lo porque Oscytel vinha chegando, gritando que eu era um velho, e o júbilo da batalha estava em mim.

Aquele júbilo, aquela loucura. Os deuses deviam sentir-se assim em todos os momentos durante todos os dias. É como se o mundo ficasse mais lento. Você vê o atacante, vê que ele está gritando, mas não ouve nada, e sabe o que ele fará, e todos os movimentos dele são muito lentos e os seus são muito rápidos, e nesse instante você não pode fazer nada errado, você viverá para sempre e seu nome será gravado no céu numa glória de fogo branco porque você é o deus da batalha.

Oscytel veio com sua espada e com ele estava um homem que queria baixar meu escudo usando um machado, mas no último instante eu inclinei o topo do escudo para trás, na minha direção, e o machado escorregou pela madeira pintada acertando a bossa. Oscytel estava brandindo a espada com as duas mãos, na direção da minha garganta, mas o escudo continuava ali e sua borda de ferro aparou a lâmina, prendendo a ponta. Empurrei o escudo para a frente, desequilibrando-o, e passei Ferrão de Vespa por baixo da borda, com toda a minha força de velho concentrada naquele golpe maligno que vem por baixo do escudo. Senti a ponta da lâmina raspando um osso da coxa, rasgando sangue, carne e músculo, penetrando em sua virilha, e então eu o escutei. Ouvi seu grito preencher o céu enquanto eu rasgava sua virilha e derramava seu sangue no fosso cheio de gelo rachado.

Eohric viu seu campeão cair e a visão o fez parar do outro lado do fosso. Seus homens pararam com ele.

— Escudos! — gritei, e meus homens alinharam seus escudos. — Você é um covarde, Eohric — gritei. — Um covarde gordo, um porco gerado na merda, filhote de uma porca, um fraco! Venha morrer, seu gordo desgraçado!

Ele não queria ir, mas os dinamarqueses estavam vencendo. Talvez não no centro da linha, onde ficava meu estandarte, mas à nossa esquerda os dinamarqueses haviam atravessado o fosso e formado uma parede de escudos do nosso lado do obstáculo, e ali estavam empurrando os homens de Wulferth para trás. Eu deixara Finan e trinta homens como reservas e eles tinham ido reforçar aquele flanco, mas estavam pressionados, em número tremendamente inferior, e assim que os dinamarqueses penetrassem entre aquele flanco e o pântano no lado oeste iriam fazer minha fileira se enrolar e nós morreríamos. Os dinamarqueses sabiam disso e sentiram confiança, e mais homens ainda vinham me matar porque meu nome era aquele que os poetas dariam à glória deles. Eohric foi empurrado no fosso com o restante de seus homens e eles tropeçaram nos mortos, escorregaram na lama, subiram por cima dos próprios mortos e nós gritamos nossa canção de guerra enquanto os machados baixavam, as lanças furavam e as espadas cortavam. Meu escudo estava em frangalhos, despedaçado pelas lâminas. Minha cabeça estava machucada, eu sentia sangue na orelha esquerda, mas continuávamos lutando e matando. Eohric trincava os dentes e tentava acertar uma espada enorme em Cerdic, que havia substituído o homem à minha esquerda.

— Puxe o escudo dele — rosnei para Cerdic. Ele levantou seu machado, a ponta da lâmina se agarrou na malha de Eohric. Cerdic puxou-o para a frente e eu golpeei Ferrão de Vespa de cima para baixo na parte de trás de seu pescoço gordo, e ele gritou enquanto caía aos nossos pés. Seus homens tentaram resgatá-lo, e eu o vi me olhar em desespero, trincando os dentes com tanta força que eles se despedaçaram, e nós matamos o rei Eohric da Ânglia Oriental num fosso que fedia a sangue e bosta. Golpeamos, cortamos, retalhamos e pisoteamos. Gritávamos como demônios. Homens invocavam Jesus, chamavam suas mães, berravam de dor e um rei morreu com a boca cheia de dentes quebrados num fosso que se encharcara de vermelho. Os anglos orientais tentaram levar Eohric para longe, mas Cerdic segurou-o e eu degolei o cadáver. Então gritei para os anglos orientais que seu rei havia morrido, que tínhamos matado seu rei, que estávamos vencendo.

Mas não estávamos vencendo. Estávamos de fato lutando feito demônios, dando aos poetas uma história para contar nos anos vindouros, mas a canção terminaria com nossa morte porque nosso flanco esquerdo cedeu. Nossos homens ainda lutavam, mas se dobraram para trás e os dinamarqueses jorraram pela abertura. Assim os inimigos que haviam cavalgado para nos pegar pela retaguarda não precisavam vir, porque tínhamos sido curvados e agora formaríamos uma parede de escudos virada para todas as direções, e essa parede se encolheria e se encolheria, e iríamos um por um para as sepulturas.

Vi Æthelwold. Agora ele estava montado, cavalgando atrás de alguns dinamarqueses, instigando-os, e com ele havia um porta-estandarte que levava a bandeira do dragão de Wessex. Ele sabia que viraria rei se vencesse esta batalha, e havia abandonado o estandarte do cervo branco para adotar a bandeira de Alfredo. Ainda não havia atravessado o fosso e estava tomando cuidado para não participar da luta; em vez disso, exortava os dinamarqueses a nos matar.

Então me esqueci de Æthelwold porque nosso flanco esquerdo foi empurrado com força para trás e havíamos nos tornado um bando de saxões presos por uma horda de dinamarqueses. Formamos um círculo malfeito, cercado por escudos, pelos homens que tínhamos matado, e pelos nossos mortos também. E os dinamarqueses pararam para formar uma nova parede de escudos, para resgatar seus feridos e contemplar sua vitória.

— Eu matei aquele desgraçado do Beortsig — disse Finan enquanto se juntava a mim.

— Bem, espero que tenha doído.

— Foi o que pareceu — disse ele. Sua espada estava ensanguentada, o rosto sorridente manchado de sangue. — Isso não está muito saudável, está?

— Na verdade, não — respondi. Tinha começado a chover de novo, uma chuvinha fraca. Nosso círculo defensivo estava perto do pântano a leste. — O que poderíamos fazer — sugeri — é dizer aos homens para correrem para o pântano e irem para o sul. Alguns vão conseguir escapar.

— Não muitos — respondeu Finan. Podíamos ver os dinamarqueses recolhendo os cavalos de Cent. Estavam tirando as cotas de malha, as armas e o que mais pudessem encontrar nos nossos mortos. Um padre estava no centro dos nossos homens, rezando. — Eles vão nos caçar feito ratos no pântano — disse Finan.

— Então vamos lutar aqui — respondi, e não havia outra opção.

Nós os tínhamos ferido. Eohric estava morto, Oscytel trucidado, Beortsig era um cadáver e Cnut estava ferido, mas Æthelwold vivia, Sigurd vivia e Haesten vivia. Eu podia vê-los montados, pressionando os homens na formação, preparando as tropas para nos esmagar.

— Sigurd! — berrei, e ele se virou para me olhar. — Eu matei aquele nanico do seu filho!

— Você vai morrer lentamente — gritou ele de volta.

Eu queria instigá-lo a um ataque louco e matá-lo na frente de seus homens.

— Ele berrou feito uma criança quando morreu! Como um covardezinho! Como um cachorrinho!

Sigurd, com as grandes tranças enroladas no pescoço, cuspiu na minha direção. Ele me odiava, me mataria, mas a seu próprio tempo e do seu modo.

— Mantenham os escudos apertados! — gritei para meus homens. — Mantenham-nos apertados e eles não vão conseguir nos romper! Mostrem aos desgraçados como os saxões lutam!

Claro que eles poderiam nos romper, mas não se diz a homens que estão prestes a morrer que eles estão prestes a morrer. Eles sabiam. Alguns tremiam de medo, mas permaneciam em linha.

— Lute ao meu lado — eu disse a Finan.

— Vamos juntos, senhor!

— Espadas nas mãos.

Rypere estava morto. Eu não o tinha visto morrer, mas vi um dinamarquês arrancando a malha de seu corpo magro.

— Ele era um bom homem — eu disse.

Osferth nos encontrou. Geralmente ele andava muito arrumado, imaculadamente vestido, mas sua malha estava rasgada, o manto em frangalhos e o olhar selvagem. Seu elmo tinha uma grande mossa no cocuruto, mas ele não parecia ferido.

— Deixe-me lutar ao seu lado, senhor — disse ele.

— Para sempre — respondi. A cruz de Osferth ainda estava erguida no centro de nosso círculo, e um padre gritava que Deus e santa Luzia fariam um milagre, que venceríamos, que viveríamos, e eu o deixei pregar porque ele estava dizendo o que os homens precisavam ouvir.

O jarl Sigurd abriu caminho na parede de escudos dinamarquesa diante de mim. Segurava um enorme machado de guerra, de lâmina larga, e tinha lanceiros dos dois lados. Eu usava um escudo novo, que mostrava as espadas cruzadas do ealdorman Sigelf.

— Alguém viu Sigebriht? — perguntei.

— Está morto — disse Osferth.

— Tem certeza?

— Eu o matei, senhor.

Gargalhei. Havíamos matado vários líderes inimigos, mas Sigurd e Æthelwold viviam e tinham poder suficiente para nos esmagar e depois derrotar o exército de Eduardo, colocando com isso Æthelwold no trono de Alfredo.

— Você se lembra do que Beornnoth disse? — perguntei a Finan.

— Deveria, senhor?

— Ele queria saber como a história terminava. Eu também gostaria de saber.

— A nossa termina aqui — disse Finan, e fez o sinal da cruz com o punho da espada.

E os dinamarqueses vieram outra vez.

Vieram lentamente. Os homens não querem morrer no momento da vitória. Querem desfrutar do triunfo, compartilhar a riqueza que a vitória traz, por isso caminhavam firmes, mantendo os escudos bem apertados.

Alguém em nossas fileiras começou a cantar. Era uma canção cristã, talvez um salmo, e a maioria dos homens acompanhou, o que me fez pensar em meu filho mais velho e no péssimo pai que eu havia sido, e imaginei se ele teria orgulho da minha morte. Os dinamarqueses vinham batendo com as lâminas e os cabos das lanças nos escudos. A maioria desses escudos encontrava-se quebrada, partida por machados, lascada. Os homens estavam encharcados com o sangue dos inimigos. Batalha na manhã. Eu me sentia cansado e olhando para as nuvens de chuva pensei que esse era um local ruim para morrer. Mas não podíamos escolher nossa morte. As Nornas fazem isso ao pé da árvore Yggdrasil, e eu imaginei uma daquelas três senhoras do destino segurando a tesoura acima do meu fio. Ela estava pronta para cortar, e tudo que importava agora era segurar a espada com força de modo que as mulheres aladas me levassem ao salão de festas do Valhalla.

Vi os dinamarqueses gritando conosco. Não ouvia, não porque estivesse fora do alcance da audição, mas porque o mundo pareceu estranhamente silencioso de novo. Uma garça brotou da névoa e voou acima, e eu escutei claramente as batidas fortes de suas asas, mas não ouvia os insultos dos meus inimigos. Plante seus pés com firmeza, sobreponha o escudo, vigie a lâmina do inimigo, esteja pronto para contragolpear. Havia dor no meu quadril direito, que eu mal notava. Teria sido ferido? Não ousei olhar porque os dinamarqueses estavam perto e eu espiava duas pontas de lanças, sabendo que golpeariam o lado direito do meu escudo para forçá-lo para trás e deixar que Sigurd viesse pela esquerda. Encontrei o olhar de Sigurd e nós nos encaramos, e então as lanças vieram.

Eles atiraram dezenas de lanças das fileiras de trás, lanças pesadas que voavam em arco por cima das alas da frente para bater com força nos nossos escudos. Nesse momento um homem da primeira fila deve se agachar para deixar que o escudo o proteja, e os dinamarqueses atacaram quando viram que estávamos nos abaixando.

— De pé! — gritei, com o escudo pesado por duas lanças. Meus homens estavam gritando de fúria e os dinamarqueses se chocaram contra nós, soltando seus berros de guerra, golpeando com machados, e nós empurramos de volta, as duas fileiras trancadas, arfando. Era uma disputa de empurrões, mas nós tínhamos apenas três fileiras e os dinamarqueses tinham pelo menos seis, de forma que estavam nos impelindo para trás. Tentei enfiar Ferrão de Vespa à frente e sua lâmina acertou um escudo. Sigurd estava tentando me alcançar, gritando, mas o jorro de homens o forçou para longe de mim. Um dinamarquês, de boca aberta e com a barba suja de sangue, prendeu um machado no escudo de Finan e eu tentei passar Ferrão de Vespa por cima do meu escudo mandando-a contra o rosto dele, mas outra lâmina desviou a minha. Estávamos sendo forçados para trás, o inimigo tão perto que sentíamos o bafo de cerveja. E então a próxima carga chegou.

Veio da nossa esquerda, do sul, cavaleiros chegando pela estrada romana com lanças apontadas e um estandarte do dragão voando. Cavaleiros vindo da névoa rala, cavaleiros que gritavam seu desafio enquanto esporeavam contra as fileiras de trás do inimigo.

— Wessex! — gritavam eles. — Eduardo e Wessex! — Vi as fileiras compactas de dinamarqueses estremecerem e se mexerem sob o impacto, e a segunda fileira de cavaleiros que chegavam usaram suas espadas para golpear os inimigos, que por sua vez viram mais cavaleiros ainda chegando, cavaleiros com malhas brilhantes no amanhecer, e as novas bandeiras mostravam cruzes, santos e dragões. Os dinamarqueses estavam se rompendo, correndo de volta para a proteção do fosso.

— Avançar! — gritei.

Senti a pressão do ataque dinamarquês diminuir e gritei para meus homens empurrarem, matarem os desgraçados, e gritamos como homens resgatados do vale da morte, atacando. Sigurd desapareceu, protegido por seus homens. Tentei acertar o dinamarquês de barba ensanguentada com Ferrão de Vespa, mas a pressão dos homens o empurrou para a direita e os dinamarqueses à frente estavam se rompendo, com cavaleiros no meio deles, espadas baixando, lanças furando. Steapa estava ali, enorme e furioso, rosnando para o inimigo, usando a espada como um cutelo de açougueiro, seu garanhão mordendo e escoiceando, relinchando e pisoteando. Supus que a força de Steapa fosse pequena, talvez não mais de quatrocentos ou quinhentos homens, mas havia levado pânico aos dinamarqueses ao atacar suas fileiras de trás. No entanto, não iria demorar muito até que eles se recuperassem e voltassem ao ataque.

— Para trás! — rugiu Steapa na minha direção, apontando a espada vermelha para o sul. — Voltem agora!

— Peguem os feridos! — gritei para meus homens.

Mais cavaleiros chegavam, elmos brilhando à luz cinzenta do dia, pontas de lanças parecendo a morte prateada, espadas baixando sobre os dinamarqueses em fuga. Nossos homens estavam carregando os feridos para o sul, para longe do inimigo, e à nossa frente estavam os corpos dos mortos e agonizantes. Os cavaleiros de Steapa refaziam as fileiras, todos menos um, que esporeou seu garanhão e galopou pela nossa frente. Eu o vi se abaixar sobre a crina preta do animal, reconheci-o e larguei Ferrão de Vespa para pegar uma lança caída. Ela era pesada, mas eu a atirei com força. Ela voou por entre as pernas do cavalo e o derrubou, e eu ouvi um homem gritar de medo enquanto caía no capim molhado. O cavalo estava sacudindo as patas tentando se levantar e o pé do cavaleiro ficou preso no estribo. Desembainhei Bafo de Serpente, corri até ele e soltei o estribo com um chute.

— Eduardo é rei — disse ao homem.

— Ajude-me! — Seu cavalo estava sendo segurado por um dos meus homens, e o homem tentou se levantar, mas eu o chutei de novo. — Ajude-me, Uhtred — disse ele.

— Eu ajudei você durante toda a vida, toda a sua vida miserável, e agora Eduardo é rei.

— Não — disse ele. — Não!

Ele não estava negando o direito do primo como rei, e sim a ameaça da minha espada. Estremeci de raiva enquanto baixava Bafo de Serpente. Cravei-a em seu peito e a grande lâmina rasgou a cota de malha, forçando os elos partidos a afundar através do esterno e das costelas, indo direto para o coração podre que explodiu sob o ímpeto do aço. Ele ainda gritou e eu continuei mergulhando a espada, e o grito foi sumindo até virar um som ofegante. Mantive Bafo de Serpente ali, olhando a vida dele vazar para o solo da Ânglia Oriental.

Assim Æthelwold estava morto e Finan, que havia recuperado Ferrão de Vespa, puxou meu braço.

— Venha, senhor, venha! — disse ele. Os dinamarqueses estavam gritando de novo e nós corremos, protegidos pelos cavaleiros. Logo havia mais cavaleiros na névoa e eu soube que o exército de Eduardo tinha vindo, mas nem ele nem os dinamarqueses sem líder queriam uma luta. Agora os dinamarqueses tinham a proteção do fosso, estavam em sua parede de escudos, mas não marchavam em direção a Lundene.

Por isso nós marchamos para lá.

Eduardo usou a coroa de seu pai na festa de Natal. As esmeraldas reluziam à luz da fogueira no grande palácio romano no topo da colina de Lundene. Lundene estava em segurança.

Uma espada ou machado havia cortado meu quadril, mas na hora eu não tinha percebido. Minha cota de malha estava sendo consertada por um ferreiro e o ferimento ia se curando. Lembrei-me do medo, do sangue, dos gritos.

— Eu estava errado — disse-me Eduardo.

— Verdade, senhor rei.

— Deveríamos tê-los atacado em Cracgelad — disse ele, depois olhou pelo salão, onde seus senhores e thegns jantavam. Naquele momento ele se pareceu com o pai, apesar de seu rosto ser mais forte. — Os padres disseram que você não era confiável.

— Talvez não seja — respondi.

Ele sorriu disso.

— Mas os padres dizem que a providência divina ditou a guerra. Ao esperar, dizem eles, nós matamos todos os nossos inimigos.

— Quase todos os nossos inimigos — corrigi. — E um rei não pode ficar esperando a providência divina. Um rei deve tomar decisões.

Ele recebeu bem a censura.

— *Mea culpa* — disse baixinho, e depois: — Mas Deus estava do nosso lado.

— O fosso estava do nosso lado, e sua irmã venceu aquela guerra.

Fora Æthelflaed que havia retardado os dinamarqueses. Se eles tivessem atravessado o rio durante a noite estariam prontos para atacar mais cedo e certamente teriam nos dominado muito antes de os cavaleiros de Steapa virem nos resgatar. No entanto, a maioria dos dinamarqueses havia ficado em Huntandon, contidos ali pela ameaça à sua retaguarda. Essa ameaça eram os salões incendiados. Æthelflaed recebera do irmão a ordem de cavalgar para a segurança, mas em vez disso levara suas tropas mércias para o norte e causara os incêndios que amedrontaram os dinamarqueses fazendo-os pensar que havia outro exército atrás deles.

— Queimei dois salões e uma igreja — disse ela.

Æthelred estava sentada à minha esquerda, Eduardo à direita, e o padre Coenwulf e os bispos tinham sido empurrados para as extremidades da mesa elevada.

— Você queimou uma igreja? — perguntou Eduardo, em choque.

— Era uma igreja feia. Mas era grande e queimou bem.

Queimou bem. Toquei sua mão, que estava sobre a mesa. Quase todos os nossos inimigos estavam mortos — apenas Haesten, Cnut e Sigurd permaneciam vivos —, porém matar um dinamarquês é ressuscitar uma dúzia.

Seus navios continuariam vindo pelo mar, porque os dinamarqueses jamais descansariam até que a coroa de esmeralda fosse deles, ou até que os esmagássemos totalmente.

Mas por enquanto estávamos em segurança. Eduardo era rei, Lundene era nossa, Wessex havia sobrevivido e os dinamarqueses estavam derrotados.

Wyrd bið ful āræd.

Nota Histórica

As Crônicas Anglo-saxônicas são nossa melhor fonte para os acontecimentos do período em que os anglos e os saxões dominaram a Britânia, mas não existe uma crônica única. Parece provável que o próprio Alfredo tenha encorajado a criação do texto original, que oferecia um resumo, ano a ano, de acontecimentos a partir do nascimento de Cristo, e esse primeiro manuscrito foi copiado e distribuído entre mosteiros que, por sua vez, atualizavam suas cópias, de modo que não existem duas versões iguais. As anotações podem ser terrivelmente obscuras e nem sempre confiáveis. Assim, durante o ano 793 d.C. as Crônicas registram dragões ferozes nos céus da Nortúmbria. Em 902 as Crônicas registram uma batalha no "Holme", um local que nunca foi identificado, apesar de sabermos que era em algum ponto da Ânglia Oriental. Um exército dinamarquês comandado pelo rei Eohric e pelo pretendente do trono de Wessex, Æthelwold, invadiu a Mércia, atravessou o Tâmisa em Cracgelad (Cricklade), atacou Wessex e depois recuou. O rei Eduardo seguiu-os para dentro da Ânglia Oriental e se vingou devastando as terras de Eohric. Então vem o hipnotizante relato da batalha feito nas Crônicas: "Quando ele (Eduardo) quis sair de lá, fez anunciar ao exército que todos partiriam juntos. Os Kentianos ficaram lá, contra sua ordem, e sete mensagens ele lhes mandou. A força os encontrou lá e eles lutaram." Em seguida vem uma lista das baixas mais notáveis, dentre elas Æthelwold, o rei Eohric, o ealdorman Sigelf, seu filho Sigebriht e Beortsig. "Por outro lado", dizem as Crônicas, "muita matança foi feita, e mais dinamarqueses foram mortos, ainda que eles tivessem o campo de batalha." Isso sugere que os dinamarqueses venceram a batalha, mas ao vencer perderam a maioria de seus líderes. (Estou usando uma tradução das Crônicas feita por Anne Savage, publicada pela Heinemann, Londres, 1983.)

O mais fascinante nesse relato breve é a recusa enigmática das forças de Kent em recuar, e minha solução para isso, de que o ealdorman Sigelf estava tentando trair o exército saxão ocidental, é pura invenção. Não sabemos onde a batalha foi travada nem o que realmente aconteceu lá, só que houve uma batalha e que Æthelwold, o rival de Eduardo na luta pelo trono de Wessex, foi morto. As Crônicas falam sobre a rebelião de Æthelwold numa longa anotação sobre o ano 900 (embora a morte de Alfredo tenha sido em 899). "Alfredo, filho de Æthelwulf, faleceu seis noites antes do Dia de Todos os Santos. Era rei de todos os ingleses, a não ser aquela parte que estava sob domínio dinamarquês; e manteve esse reino por um ano e meio a menos do que trinta. Em seguida, seu filho Eduardo recebeu o reino. Æthelwold, o filho do irmão de seu pai, ocupou as propriedades em Wimbourne e Christchurch, sem a autorização do rei e de seus conselheiros. Então o rei cavalgou com o exército até acampar em Badbury Rings perto de Wimbourne, e Æthelwold ocupou a propriedade com os homens que lhe eram leais e pôs barricadas em todos os portões contra eles; disse que ficaria ali, vivo ou morto. Em seguida fugiu sob a cobertura da noite e buscou a força na Nortúmbria. O rei ordenou que cavalgassem atrás dele, mas ele não pôde ser alcançado. Eles capturaram a mulher que ele havia tomado sem autorização do rei e contra a ordem do bispo, porque ela era abençoada como freira." Mas não sabemos quem era a mulher, ou por que Æthelwold a sequestrou, ou o que foi feito dela. De novo, minha solução de que era a prima de Æthelwold, Æthelflaed, é pura invenção.

As Crônicas nos dão o essencial da história, mas sem muitos detalhes ou mesmo explicações para o que aconteceu. Outro mistério é o destino da mulher com quem Eduardo pode ter se casado ou não; Ecgwynn. Sabemos que ela lhe deu dois filhos e que um deles, Æthelstan, seria imensamente importante na criação da Inglaterra, no entanto ela desaparece totalmente dos registros e é substituída pela filha do ealdorman Æthelhelm, Ælflæd. Um relato muito mais tardio sugere que o casamento de Eduardo com Ecgwynn não foi considerado válido, mas na verdade sabemos muito pouco sobre essa história, só que Æthelstan, sem mãe, irá com o tempo se tornar o primeiro rei de toda a Inglaterra.

As Crônicas observam que Alfredo foi "rei de todos os ingleses", mas então acrescentam a advertência cautelosa e crucial, "a não ser pela parte que estava sob domínio dinamarquês". Na verdade, boa parte do que iria se tornar a Inglaterra estava sob domínio dinamarquês; toda a Nortúmbria, toda a Ânglia Oriental e os condados da Mércia mais ao norte. Sem dúvida Alfredo queria ser rei de todos os ingleses, e na ocasião de sua morte ele era de longe o líder mais notável e poderoso entre os saxões, mas seu sonho de unir todas as terras onde o inglês era falado não se realizara. No entanto, ele teve a fortuna de ter um filho, uma filha e um neto que eram tão comprometidos com esse sonho quanto ele próprio e com o tempo o fizeram acontecer. Essa é a história por trás destas narrativas de Uhtred; a história da criação da Inglaterra. Sempre fiquei curioso com o fato de nós, ingleses, termos tão pouca curiosidade sobre a gênese de nossa nação. Na escola, às vezes parece que a história britânica começa em 1066 d.C. e que tudo que aconteceu antes é irrelevante, mas a história de como a Inglaterra passou a existir é uma narrativa enorme, empolgante e nobre.

O pai da Inglaterra é Alfredo. Ele pode não ter vivido para ver a terra dos angelcynn unida, mas tornou essa união possível preservando a cultura saxônica e a língua inglesa. Ele tornou Wessex uma fortaleza que suportou um ataque dinamarquês depois do outro, e que depois de sua morte estava suficientemente forte para se espalhar para o norte até que os senhores dinamarqueses fossem dominados e assimilados. Houve um Uhtred envolvido naqueles anos e ele é meu ancestral direto, mas as histórias que conto a seu respeito são pura invenção. A família foi dona de Bebbanburg (atualmente castelo de Bamburgh em Northumberland) desde os primeiros anos da invasão da Britânia pelos anglo-saxões, indo quase até a conquista normanda. Quando o resto do norte caiu sob domínio dinamarquês, Bebbanburg se sustentou e era um enclave dos angelcynn em meio aos vikings. Quase certamente essa sobrevivência deveu-se tanto à colaboração com os dinamarqueses quanto à imensa força natural da fortaleza da família. Eu afastei o Uhtred desta história de Bebbanburg para que pudesse estar mais perto dos eventos que criaram a Inglaterra, eventos que começam no sul saxão e movem-se lentamente para o norte anglo. Eu o queria perto de Alfredo, um homem de quem ele desgosta quase na mesma medida que admira.

Alfredo, claro, é o único monarca britânico que foi chamado de "o Grande". Não existe um comitê estilo Nobel que dê esse título honorífico, que parece brotar da história por consentimento dos historiadores, no entanto poucas pessoas discutem o direito de Alfredo ao título. Segundo qualquer critério, ele foi um homem muito inteligente, e também um homem bom. Alfredo impôs a lei, a educação e a religião a seu povo, como também o protegeu de inimigos temíveis. Criou um estado viável, o que não é um feito pequeno. Justin Pollard, em sua maravilhosa biografia *Alfred the Great* (John Murray, Londres, 2005) resume os feitos de Alfredo assim: "Alfredo queria um reino onde o povo de cada cidade-mercado quisesse defender sua propriedade e seu rei porque sua prosperidade *era* a prosperidade do Estado." Ele criou uma nação à qual o povo sentia pertencer porque a lei era justa, porque a ambição era recompensada e porque o governo não era tirânico. Não é uma receita ruim.

Ele foi enterrado na velha catedral de Winchester, porém mais tarde o corpo foi transferido para a nova catedral, onde o túmulo foi envolvido em chumbo. Guilherme, o Conquistador, querendo dissuadir seus novos súditos ingleses de venerar o passado, fez com que o caixão envolto em chumbo fosse transferido para a abadia de Hyde, fora de Winchester. Essa abadia, como todas as outras casas religiosas, foi dissolvida sob o governo de Henrique VIII e se tornou uma casa particular e, mais tarde, uma prisão. No fim do século XVIII o túmulo de Alfredo foi descoberto pelos prisioneiros, que roubaram o chumbo e depois jogaram os ossos fora. Justin Pollard supõe que os restos do maior rei anglo-saxão provavelmente ainda estão em Winchester, espalhados no solo, em algum lugar entre um estacionamento e uma fileira de casas vitorianas. Sua coroa cravejada de esmeraldas não teve destino melhor. Sobreviveu até o século XVII, quando, segundo dizem, os detestáveis puritanos que governaram a Inglaterra depois da Guerra Civil arrancaram as pedras e derreteram o ouro.

Winchester ainda é a cidade de Alfredo. Muitas das linhas que limitam as propriedades no coração da velha cidade são as estabelecidas por seus agrimensores. Os ossos de muitos membros de sua família estão em caixas de pedra na catedral que substituiu a dele e sua estátua está no centro da cidade, corpulenta e guerreira, ainda que na verdade ele tenha sido doente durante toda a vida e que seu amor não fosse a glória marcial, e sim a religião, o estudo e a lei. Ele foi de fato Alfredo, o Grande. Mas, nesta narrativa da criação da Inglaterra, seu sonho ainda não se realizou, portanto Uhtred precisa lutar de novo.

Este livro foi composto na tipografia
ITC Stone Serif Std, em corpo 9,5/16, e impresso em
papel off-white no Sistema Digital Instant Duplex
da Divisão Gráfica da Distribuidora Record.